CASADA CON KAYOG

Agencia Primaria

REGINE ABEL

ÍNDICE

CASADA CON KAYOG

Ella era su paz y su salvación.

Toda su vida, Kayog se ha empeñado en proyectar la imagen del macho que lo controla todo. Pero, en el fondo, está hecho pedazos por un tormento que no le da tregua. Hasta que aparece Linsea. Su sueño imposible. Su paloma serena. El canto hipnotizante de su alma lo envuelve y le hace anhelar un futuro que sabe que jamás podrá tener. No debería acercarse a ella, pero ¿cómo resistirse, si es su alma gemela?

En cuanto Linsea ve a Kayog, queda irremediablemente prendada. Inteligente, carismático, talentoso y arrolladoramente guapo, él es una auténtica estrella de rock por la que todos suspiran. Sin embargo, él solo tiene ojos para ella. Descubrir el oscuro secreto que Kayog intenta ocultar desesperadamente tras su máscara de perfección debería hacerla huir. En cambio, despierta en ella el impulso de luchar por él... por lo que podrían llegar a ser juntos.

Con todas las probabilidades en su contra, ¿serán capaces de superar los obstáculos imposibles que se alzan entre ellos, o acaso sus incesantes esfuerzos por salvarlo terminarán sellando su propia perdición?

DEDICATORIA

A quienes perciben y experimentan el mundo de una manera distinta. Los de mente estrecha lo llamarán defecto o anomalía; los sabios, en cambio, lo reconocerán como una oportunidad y una bendición. No eres un bicho raro: eres un don. Y el mundo necesita la belleza que solo tú puedes ver y ofrecer.

A quienes permanecen a tu lado en plena tormenta, los que te levantan cuando caes y luchan por ti cuando ya no te quedan fuerzas. Por muy oscuros que se vuelvan los días, los verdaderos amigos y la verdadera familia siempre iluminarán tu camino, aunque sea con una chispa tenue.

Por las almas gemelas.

ADVERTENCIA

Este libro incluye referencias—y algunas escenas—relacionadas con temas delicados, como enfermedades mentales, abuso de sustancias, embarazos de alto riesgo, ideas suicidas y mortalidad infantil.

Si alguno de estos temas puede resultar desencadenante para ti, te recomendamos acercarte a la lectura con cuidado.

CAPÍTULO I

LINSEA

Las relucientes cúpulas de la Universidad Galáctica Acadia me llamaron la atención mientras recorría el camino hacia la entrada principal. Mis ojos se movían de un lado a otro mientras observaba a la multitud de alienígenas que se arremolinaban, enzarzados en animadas conversaciones o intentando localizar a un amigo o conocido. Reconocí muchos rostros, algunos de ellos simplemente por formar parte de una familia famosa, otros por haber interactuado con ellos en los círculos superiores de la política galáctica o el mantenimiento de la paz.

Hacía mucho tiempo que no acudía por fin a este prestigioso establecimiento. Y saber que mi amigo más querido también asistiría lo hacía aún más emocionante.

Mucho antes de llegar a los primeros peldaños de la escalera de diez metros de ancho que conducía a la gran terraza situada frente a la entrada, divisé a mi querida Tala. Sus atuendos de vivos colores siempre la hacían fácil de encontrar entre la multitud. Su falda larga, fluida y de color naranja brillante dejaba entrever sus interminables piernas a través de una abertura que se detenía justo por encima de la rodilla derecha. Un top ajustado, sin mangas y de color amarillo claro ceñía las suaves curvas de

3

su estrecha cintura. Un collar tribal de cuentas colgaba de su largo y esbelto cuello hasta el ombligo, con pendientes a juego. Las mismas cuentas de colores adornaban los apretados rizos de su pelo negro. El conjunto hacía brillar su piel oscura y reflejaba su personalidad alegre y el orgullo que sentía por su herencia. Estaba radiante y sus ojos de obsidiana se iluminaron mientras me saludaba. Le devolví el saludo con la mano y una sonrisa se dibujó en mi rostro mientras mi corazón se calentaba por el placer de reencontrarme con Tala después de ocho meses que parecían ocho años.

Cuando subí las escaleras, ella se cruzó en mi camino y me abrazó con una fuerza sorprendente, a pesar de lo frágil que parecía su esbelta figura. La rodeé con los brazos y correspondí a su abrazo antes de cerrar las alas tras ella. Ronroneó y me frotó la cara en el pliegue del cuello, donde las plumas eran más esponjosas, de una forma que sabía que me hacía cosquillas.

Me reí entre dientes y la solté.

—¡Vaya, no me había dado cuenta de lo mucho que había echado de menos esos abrazos alados! —exclamó Tala con un dramatismo que me hizo reír.

—Supongo que tendré que compensarlo en los próximos días —dije bromeando.

—Más te vale —replicó Tala con falsa indignación—. Ya era hora de que trajeras tu esponjosa cola hasta aquí. ¿Cómo te atreves a dejarme abandonada en este espantoso lugar por tanto tiempo?

Puse los ojos en blanco mientras ella enganchaba su brazo bajo el mío y me arrastraba escaleras arriba.

—En primer lugar, no te dejé abandonada —repliqué en un tono poco impresionado—. En segundo lugar, estaba en *la* práctica más intensa de todas. Me habrías arrancado las plumas si no hubiera ido.

—Sí, sí, señorita "estoy-tan-bien-conectada" siempre son los mismos los que se llevan todas las ventajas —replicó con un mohín teatral.

Resoplé y le di un codazo juguetón.

—No me odies, diva. Sigue juntándote conmigo y puede que tú también te conectes.

—¿Por qué crees que soy amiga tuya? —preguntó Tala como si la respuesta debiera ser obvia.

Me llevé la palma de la mano al pecho, fingiendo estar profundamente herida.

—¡¿Qué?! Creía que era por mis abrazos alados.

—Bueno, eso también —añadió, agitando una mano desdeñosa.

—Me alegra oírlo —respondí, haciéndole una mueca.

—¿Ya te has instalado? —preguntó mientras nos abríamos paso entre la multitud para entrar en el vestíbulo principal del enorme edificio.

—Todavía tengo que deshacer algunas maletas. Lo terminaré esta noche, cuando vuelva a mi habitación.

—¡Olvídalo! Esta noche no. Puedes ocuparte de esa mierda mañana —respondió Tala en un tono que no admitía discusión.

—¿Por qué? ¿Qué pasa? —pregunté, intrigada.

—Ecos de Locura va a tocar —dijo mientras empezaba a darme una vuelta por el campus.

Fruncí el ceño.

—Suena como un grupo de hard rock humano. Eso no va conmigo.

—¡No es hard rock! —replicó rápidamente—. Su estilo es más bien grunge, metal alternativo y rock suave. Y chica, déjame decirte que cuando Kai empiece a cantar una balada, se te van a doblar los dedos de los pies... Bueno, las garras en tu caso.

Volví a resoplar y abrí la boca para replicar, pero ella continuó alabando al grupo, o mejor dicho, a su cantante.

—Cuando empiece a cantar una sección de rock, te explotarán los ovarios. Y ese cuerpo... La forma en que se mueve debería ser absolutamente ilegal. Ese empuje de cadera...

—¡Tala, eso *es* demasiada información! —interrumpí, más divertida que escandalizada—. Sinceramente, me parece que quieres una cita a solas con él, no un tercero que te estropee la fiesta.

—Ni hablar —dijo con expresión falsamente abatida—. No le gustan las mujeres.

—Oh, ¿Kai es gay? —pregunté, curiosa.

—Ojalá —dijo una sexy voz masculina detrás de mí.

Giré la cabeza y vi a un Edocit muy guapo que pasaba junto a nosotras. Me guiñó un ojo, lo que nos hizo reír a las dos mientras seguía su camino.

—¿Entonces es asexual? —le pregunté a Tala mientras pasábamos por delante de las oficinas administrativas en dirección a la biblioteca.

Se encogió de hombros.

—Eso dicen los rumores. Lleva aquí dos años y nunca ha salido con nadie a pesar de que se le han echado encima todos los tipos posibles de coños galácticos.

—¡TALA! —exclamé, genuinamente sorprendida y con las mejillas encendidas.

Ella me sonrió, con un brillo travieso en los ojos, mientras seguía fastidiándome, disfrutando de mi vergüenza.

—Plumosa, escamosa, peluda, carnosa —enumeró, pellizcándose la piel morena del antebrazo al pronunciar esa última palabra—, al señor Kai no le interesa nada de eso.

—Oookay —dije, insegura de qué debía responder a esto.

—¿Es normal? —preguntó Tala, esta vez con sincera curiosidad.

—¿Es normal qué? —pregunté, desconcertada.

—¿Que los Temerns sean asexuales? Además, parece que nunca te interesa nadie —añadió, dirigiéndome una mirada de evaluación.

Levanté la ceja.

—¿Kai es un Temern?

—Sí.

—Vaya, no me lo esperaba. Pero no, mi gente no tiende a ser asexual, o al menos no en una proporción diferente a la de cualquier otra especie. Sí que nos excitamos, pero no solemos tener rollos de una noche.

—¿Por qué no? ¿Es algo cultural o religioso?

Negué con la cabeza mientras le dedicaba una sonrisa indulgente.

—Ninguna de las dos cosas. Pero somos empáticos. Percibimos lo que siente nuestra pareja. Puede resultar bastante incómodo cuando la otra persona tiene grandes expectativas o desarrolla un profundo apego que tú no puedes corresponder. La culpa de causarles dolor, angustia o incomodidad puede ser bastante disuasoria.

—¡Maldita sea! Entonces supongo que ninguna de nosotras es lo bastante buena como para siquiera cruzar esa línea —dijo Tala, con una expresión triste.

La miré con el ceño fruncido, aunque mi diversión seguía siendo visible.

—¿No tienes pareja? ¿No sigues con el encantador y muy sexy Mares? —pregunté.

—¡Síp! —respondió Tala con suficiencia.

—¿Y estás babeando por un Temern? —desafié en tono ligeramente reprobatorio.

Ella resopló.

—No hay ningún delito en disfrutar de la vista y que el ego de uno se acaricie atrayendo la atención del chico popular.

Resoplé.

—Pensé que no te gustaban los picos.

—¡Chica, ese tipo haría que *cualquiera* hiciera *cualquier cosa*! —exclamó como si fuera evidente—. Toda regla tiene una

7

excepción, y él es todas ellas. Ya sabes que a los humanos nos gustan los besos. Pero por Kai, lo dejaríamos sin pensarlo.

Me eché a reír.

—Después de tantas décadas, siglos incluso, de cohabitar con humanos, habría esperado que todos supieran ya que incluso las especies con picos como el mío son capaces de besar.

Hizo un gesto desdeñoso.

—Ustedes hacen el baile de la lengua. No es lo mismo que un beso adecuado, suave y amortiguado que la gente con labios puede intercambiar.

—Vale, vale —dije, negándole con la cabeza—. Pero sabes, abanicarte por el hecho de que un Temern tenga una voz bonita es un poco tonto. Todos los pájaros saben cantar.

Señaló la cafetería cuando pasamos junto a ella e indicó el pasillo que conducía a los laboratorios y departamentos de investigación antes de guiarme por el pasillo de la derecha hacia los anfiteatros de conferencias.

—Soy consciente de ello. Pero Kayog es algo totalmente distinto. Además de estar buenísimo, es un cantante e intérprete increíble, el mejor atleta en varios deportes y un genio en la clase.

—Vaya, vaya... parece que tenemos al Sr. Perfecto —dije con una pizca de sarcasmo—. Pero ya sabemos que eso no existe. Así que, ¿cuál es su defecto? A ver, déjame adivinar: ¿es un engreído? ¿Arrogante? ¿Un matón con complejo de superioridad?

Sacudió la cabeza ante cada una de mis preguntas y luego puso una cara rara.

—Kai no es nada de eso. Su único defecto, si es que se le puede llamar así, es que es bastante introvertido.

Me quedé boquiabierta. De todas las respuestas que podría haber dado, esa no figuraba en la lista.

—¡¿Un cantante introvertido?! Son los mayores buscafocos del universo.

Tala suspiró con el ceño fruncido mientras me guiaba hacia la sala donde tendría lugar nuestra primera clase.

—Es complicado —respondió por fin mi amiga.

—¿Complicado cómo? —insistí.

Se mordió el labio inferior mientras reflexionaba sobre su respuesta.

—No sé muy bien cómo describirlo. Kai suele aislarse en momentos completamente aleatorios. Lo ves con un grupo de deportistas y de repente se va en medio de una conversación. Unas cuantas veces, también salió de clase y no volvió. De hecho, asiste a la mayoría de ellas a distancia.

—¿Y aun así es un alumno aventajado? —pregunté, con la sospecha arraigada en la nuca audible en mi voz.

—No hace trampas, si eso es lo que quieres decir —dijo Tala en un tono que no admitía discusión—. Cuando lo conozcas, verás que Kai es inteligente como un genio. Pero ven, la clase está a punto de empezar. Terminaremos la visita después.

Entramos en el aula y casi se me salen los ojos de las órbitas. Sabía que Acadia poseía algunas de las aulas más grandes de la galaxia, pero esto superaba todo lo que había visto. A primera vista, parecía tener al menos mil asientos. Con forma de anfiteatro, tenía varias filas que se arqueaban frente al escenario. Tres balcones ofrecían aún más asientos con múltiples pantallas gigantes estratégicamente colocadas para ofrecer una gran vista independientemente de dónde te sentaras. Aunque no pude ver ningún sistema de megafonía, no dudé de que la sala poseía los mejores sistemas de audio disponibles.

Para mi sorpresa, Tala se sentó en una de las diez primeras filas. Aunque eso me convenía, no pude evitar lanzar una mirada inquisitiva a mi amiga.

—¿Primera fila? Creía que te encantaba estar detrás para ocultar tus travesuras —pregunté burlonamente.

—Sí, pero no el primer día —respondió en tono conspiratorio.

—¿Y por qué? —pregunté mientras me acomodaba en el asiento, agradecida por el respaldo ajustable para que no me estorbara con las alas y la cola.

—Sí, porque te permite ver bien a todo el mundo que entra, además de permitirnos salir rápido cuando inevitablemente nos suelten antes de tiempo —contestó con sorna.

Sonreí y asentí con la cabeza antes de dejar que mi mirada recorriera la sala para ver quién estaba ya presente y si veía alguna cara conocida. Saludé con la mano a algunos conocidos y tomé nota mentalmente de las personas que reconocía, pero que aún no conocía personalmente. Ya me presentaría más tarde, en el momento oportuno. En el campo al que me dedicaba, era vital entablar relaciones con el mayor número posible de personas, sobre todo de la élite.

Entonces se hizo un silencio repentino en la sala. La mayor parte de la discreta charla terminó cuando muchas cabezas se volvieron hacia la entrada.

—¡Dios mío! —susurró Tala con emoción en la voz.

Aquella reacción me sorprendió, ya que supuse que el profesor había entrado, provocando la repentina disminución de las conversaciones. Miré en la dirección general que todos miraban y me quedé paralizada.

El Temern más impresionante que había visto en mi vida caminaba por uno de los pasillos principales, hablando en voz baja con un humano. Era alto—muy musculoso para nuestra especie, que tiende a ser flácida—pero no voluminoso. Su cuerpo esbelto mostraba cada surco definido de sus abdominales y bíceps. Un par de majestuosas alas colgaban de su espalda, con las lustrosas plumas del mismo color granate oscuro que la mayor parte de su cuerpo. La parte delantera era de un color beige más claro que parecía resaltar la perfección de su torso. Las plumas doradas de su pecho se extendían hasta su impresionante rostro, con un pico orgulloso y unos hipnotizantes ojos plateados. Caminaba con una gracia que gritaba control y un poder subyacente listo para desatarse en un abrir y cerrar de ojos.

De repente se detuvo, frunció el ceño y su cabeza se inclinó hacia mí. Nuestras miradas se encontraron y sentí como si me hubiera golpeado una roca directamente en el pecho. El tiempo se detuvo. El mar plateado de sus ojos me engulló por completo. Me hipnotizó incluso cuando me desnudó, dejándome vulnerable y expuesta.

A pesar de la conmoción que parecía robarme todo pensamiento racional, no pasé por alto la expresión atónita, incrédula y casi asombrada del rostro del hermoso desconocido.

Se sobresaltó, rompiendo la magia, y apartó la cabeza de mí para mirar a su amigo. Parpadeó y pareció darse cuenta de que su compañero le había estado llamando mientras él me miraba. Después de asentir a algo que dijo su amigo, me dirigió otra mirada, con un rostro ilegible. Luego apartó la mirada y subió el resto de las escaleras que daban acceso al balcón lateral situado a mi izquierda.

Todavía aturdida, me obligué a apartar la mirada, con el corazón latiéndome a una velocidad enloquecedora. Necesité toda mi fuerza de voluntad para seguir mirando hacia delante en lugar de intentar echarle otro vistazo.

—¡Qué coño, Lin! Te estaba mirando —exclamó Tala en voz baja.

—¿Quién es? —pregunté con la misma voz baja, aún intranquila por el poderoso efecto que tenía sobre mí.

—¡El Sr. Perfecto del que te he estado hablando! Es Kai — dijo Tala como si fuera evidente.

Una mujer humana sentada en la fila de enfrente se giró para mirarnos, con la curiosidad reflejada en su cara de duendecillo cubierta de pecas.

—¿Lo conoces? —preguntó.

Negué con la cabeza.

—No.

—Nunca ha mirado a nadie como te ha mirado a ti —respondió con voz envidiosa—. Supongo que le gustan los Temerns.

—¡Oh, por favor! —dijo Tala en tono indignado—. Ha habido muchas otras hembras Temern en Acadia, y a ninguna de ellas les ha dedicado ni una sola mirada.

La mujer se encogió de hombros, apretó los labios y nos dio la espalda para mirar al profesor. No podía decidir si sentía lástima o fastidio por ella mientras ojeaba las emociones que emanaban de ella. Aunque dominaban la amargura y los celos, también percibí mucha resignación, tristeza y esa desagradable aura que emiten las personas que carecen de autoestima o se revuelcan en la autorrecriminación. No me cabía duda de que estaba pensando alguna tontería, como que había sido una tonta al pensar que alguna vez tendría una oportunidad con él porque no se creía lo bastante buena.

Como empática, siempre quise tender la mano y levantar a las personas que se autolesionaban involuntariamente con pensamientos tan negativos.

—¡Demonios, sí que lo tienes! Me voy a pegar a tu culo para siempre —susurró Tala.

Resoplé. Tala era un caso aparte. Cuando la conocías por primera vez, podías pensar que era seria, demasiado correcta y toda una reina imponente. Pero en cuanto bajaba la guardia y dejaba atrás la máscara que le imponía su estricta educación, aparecía la granuja más divertida, traviesa e irreverente que pudieras imaginar. Y bajo todo eso, se escondía la amiga más leal y desinteresada que cualquiera podría desear.

El profesor subió al estrado y reclamó nuestra atención. Por primera vez en mi vida, me costaba concentrarme en una clase. Odiaba que estuviéramos sentadas en una de las primeras filas, ya que no podía ver a Kai desde esa posición sin girar claramente la cabeza hacia él. Y sin embargo, podía sentir el peso de su mirada en mí todo el camino desde el balcón. Me sorprendí a mí

CASADA CON KAYOG

misma más veces de las que podía contar momentos antes de intentar echarle un vistazo. Para mi total consternación, no pude ni siquiera vislumbrar sus emociones. Era como si hubiera levantado un muro impenetrable a su alrededor. Todos los Temerns poseíamos la capacidad de bloquear nuestras emociones de nuestros compañeros por privacidad. Sin embargo, nunca se sellaba del todo. Todavía se podía obtener alguna información superficial. Pero no obtuve nada de Kai. Aunque la distancia afectaba a nuestra capacidad de leer a los demás, él no estaba tan lejos como para que yo no obtuviera al menos algo. Eso me molestó aún más, impidiendo aún más mi capacidad de concentración.

Afortunadamente, como solía ocurrir el primer día, el profesor se limitó a repasar el programa del semestre, dándonos una visión general de las tareas que tendríamos, el tipo de libros, eventos y temas en los que deberíamos sumergirnos para ayudarnos más en este curso.

Cuando el profesor nos dio la palabra, habían transcurrido menos de treinta minutos. Cuando la gente empezó a salir de la sala, Tala no se apresuró como había insinuado en un principio. Mientras salía lentamente de la fila en la que había estado sentada, no pude resistir el impulso de echar un vistazo al balcón.

Una oleada de celos y decepción me invadió al verlo rodeado de un sinfín de *groupies* de todos los sexos. Para mi sorpresa, él se dio la vuelta de inmediato, como si hubiera sentido el peso de mi mirada. Tontamente, y sintiéndome como si me hubieran atrapado haciendo algo indebido, aparté la vista… solo para volver a levantarla y descubrir que él seguía mirándome. Sonrió, y en esa sonrisa había un destello de triunfo que iluminó sus ojos plateados.

Aquello me molestó y, empujando a Tala, salí a toda prisa de la habitación.

—Que se joda —murmuré en voz baja.

—¡Espera! ¿No quieres conocerlo? —preguntó Tala, medio trotando para alcanzarme.

—No —dije en tono cortante.

—¿Por qué no? —preguntó, desconcertada por mi repentino cambio de actitud.

—Porque es un imbécil.

Tala retrocedió y me agarró del brazo para detenerme y obligarme a mirarla.

—¿Qué pasó? ¿Qué me perdí?

—¿No viste su sonrisa de satisfacción? —pregunté, sintiéndome molesta y humillada a la vez.

Vaciló antes de lanzarme una mirada de disculpa.

—Eh... los picos hacen difícil ver cuando ustedes sonríen, y ni se diga cuando ponen esa sonrisita burlona.

Puse los ojos en blanco, tiré suavemente de mi brazo y reanudé la marcha.

—Bueno, ya lo he visto.

Tala hizo un gesto desdeñoso.

—No sé lo que viste, o más bien lo que *crees* que viste, pero puedo asegurarte que te equivocas. Y lo arreglaremos esta noche.

—¡Claro que no! No voy a ir —dije con firmeza.

Ella puso los ojos en blanco.

—¡Oh, vamos! ¿Desde cuándo eres tan emocional?

La fulminé con la mirada.

—No me llames emocional. Y nunca me han gustado los grupos de rock.

Ella resopló.

—Necesitas socializar, y ese bar es el mejor sitio.

La miré incrédula.

—¿Con todo ese ruido?

—No siempre es ruidoso —dijo en un tono que daba a entender que estaba empezando a colmar su paciencia—. Recuerda que aquí todos son futuros embajadores, enviados especiales y élites políticas y científicas intergalácticas. Necesitas hacer contactos que te ayuden a construir tu carrera. Así que sácate esa vara de ese esponjoso trasero tuyo y no seas una mocosa engreída. Ya bastante estirada pareces.

—¡No soy para nada una estirada! —exclamé, indignada.

—Sí, lo pareces —dijo Tala, esta vez sin la burla que antes podía oírse en su voz—. Pareces incluso más estirada que yo con los desconocidos. De lo que no te das cuenta es de que, con tus inmaculadas plumas blancas, esa cola tan elegante que casi parece un tren, tu melodiosa voz y la gracia con la que caminas, te sientes como la realeza. La gente no se te acerca porque se sienta intimidada o por debajo de ti.

—¡Pero ése no es el caso!

—Lo sé, pero no lo hacen. La gente necesita ver que realmente te relajas y disfrutas de un buen rato en un ambiente relajado. Necesitas que te vean accesible para aprovechar al máximo tu tiempo aquí haciendo contactos —continuó Tala en tono de hermana mayor—. De todos modos, el Sr. Perfecto nunca se mezcla con la multitud. Por lo tanto, estarás a salvo de su sonrisa burlona.

Le hice una mueca, y ella respondió con una risita.

—Está bien, mandona —murmuré.

Ella se rio, me besó la mejilla, enganchó su brazo con el mío y me llevó a la otra sección del campus que aún no había visto antes de nuestra siguiente clase.

CAPÍTULO 2

LINSEA

A terricé frente al Club Imperio de Hierro, plegando mis enormes alas tras de mí en cuanto toqué el suelo. Era una notable creación arquitectónica con un moderno estilo gótico industrial. Subí las escaleras saludando con la cabeza a algunas personas de la multitud, algunas de pie fuera mientras otras se abrían paso hacia el interior. Al atravesar las pesadas puertas metálicas, no pude evitar quedarme impresionada por el diseño interior.

Había imaginado un espacio oscuro, desordenado y ligeramente claustrofóbico, destinado a forzar la intimidad. En cambio, me atrajo un vestíbulo agradablemente elegante, con líneas nítidas, vigas a la vista, alguna pared de cemento, decoración minimalista y grandes ventanales que dejaban respirar el lugar. Aunque en la actualidad se utilizaba como club y sala de conciertos, podía servir fácilmente para actos más formales.

Cualquier recelo que tuviera antes de venir se desvaneció. Tala tenía razón al decir que era el lugar perfecto para establecer contactos. Era elegante y, al mismo tiempo, agradablemente informal y relajado. Como era de esperar por el tipo de estudiantes que asistían a Acadia, entre el público había muchas especies diferentes, la mayoría descendientes de influyentes figuras políticas, científicas y socioculturales. Por algo Acadia tenía unos de los requisitos de admisión más estrictos y exhaustivos en cuanto a comprobación de antecedentes.

Dado que mi familia había evolucionado en algunos de los rangos más altos de las esferas política y jurídica, conocía a muchas de las personas presentes. Sin embargo, necesitaba convertir esas amistades en alianzas reales e incluso en amigos. Más allá del hecho de que tenía demasiado orgullo para confiar simplemente en mi buen nombre para abrir puertas, las relaciones personales ayudaban mucho a conseguir objetivos que, de otro modo, podrían ser muy cuestionados.

Me dirigí hacia Tala, que mantenía una animada conversación con Colin Wilson. Me sorprendió que estuviera aquí. A sus 35 años, Colin, un triunfador, ya se había ganado el puesto de Director de los Enforcers, las fuerzas de mantenimiento de la paz galáctica bajo el paraguas de la Organización de los Planetas Unidos.

La OPU actuaba como moderadora y protectora para garantizar la coexistencia pacífica de sus diversos planetas miembros. Ayudaba a definir y hacer cumplir las normas de conducta para el comercio justo, la soberanía territorial, las directrices sobre la interacción y la protección de los mundos primitivos, vetaba o aprobaba los esfuerzos de colonización de nuevos planetas, así como ayudaba a navegar en las disputas galácticas en todas sus formas. Mi madre trabajaba como negociadora para la OPU. Mi abuela también trabajaba para ellos, pero como asesora jurídica superior. Mientras que mi padre era abogado criminalista para los Enforcers. Y yo esperaba seguir los pasos de las dos mujeres más importantes de mi vida uniéndome también a la OPU, pero como embajadora de la organización.

Así que sí, hacer amigos y forjar alianzas entre estas personas, muchas de las cuales se convertirían en mis homólogos o futuros colegas, era esencial.

—¡Bien, ya estás aquí! —dijo Tala con entusiasmo cuando acorté distancias con ellos—. Le dije a Mares que vendría a arrastrarte pataleando y gritando si era necesario.

—No deberías amenazar con hacer daño físico en presencia de un Enforcer de Rango Superior —le dije en tono de reprimenda juguetona mientras le daba un abrazo.

Ella resopló.

—Yo también tengo contactos. Y Colin me cubre las espaldas, ¿verdad?

Se rio entre dientes e inclinó la cabeza en señal de acuerdo mientras yo volvía mi atención hacia él.

—Desde luego que sí, y de todas formas, estaba demasiado distraída como para haber oído nada —respondió de una forma demasiado inocente que me hizo sonreír.

—¡Traidora! —dije con falsa indignación—. Me alegro de verte por aquí. ¿Qué te trae por aquí?

Antes de que pudiera responder, Tala intervino, con la cara vuelta hacia otro lado mientras parecía buscar a alguien entre la multitud.

—Si me disculpas un momento, tengo que encontrar a mi hombre. Apuesto a que alguna tonta le está abrazando o intentando arrancarle una hoja del pelo.

Ambas resoplamos, y Colin hizo un gesto con la mano indicándole que prosiguiera. La vimos marchar resueltamente en dirección al bar, donde Mares había ido a buscarles unas bebidas.

Volví a mirar a Colin, un atractivo hombre humano. Medía un metro noventa y apenas me superaba en estatura. Llevaba el pelo negro corto, con un estilo algo militar. Unos penetrantes ojos grises me miraban desde su rostro robusto y atractivo, de mandíbula cuadrada y nariz romana. La ligera protuberancia del puente indicaba que probablemente se le había roto antes. No era de extrañar, ya que solía practicar boxeo de competición. Aunque musculoso, tenía más el cuerpo en forma de un nadador que el de un culturista. Como muchos de los presentes, vestía ropa casual chic en tonos más oscuros.

La verdad es que nunca entendí por qué las especies que necesitaban vestir tendían a elegir colores oscuros. Aunque reconozco que el negro tenía una innegable aura de fuerza, me gustaría adornarme con una paleta más alegre y emocionante, como hacía Tala.

—Para responder a tu pregunta, estoy aquí para evaluar a posibles reclutas —dijo Colin con calma.

Mis ojos se abrieron de par en par, sorprendidos.

—¿Quién?

Me dedicó una sonrisa indulgente.

—Eso sería revelador, querida.

Le hice una mueca antes de echar un vistazo a la sala, tratando de identificar a alguien que pudiera ser un candidato interesante para la fuerza de mantenimiento de la paz por excelencia de la galaxia. Fruncí los labios y le miré con desconfianza.

—¿Has venido a evaluar a posibles reclutas aquí? ¿Por qué no en un evento deportivo, una feria de ciencias o un debate? Me parecen lugares mucho más apropiados para evaluar a los candidatos en plena acción.

Esta vez, su expresión misteriosa despertó aún más mi curiosidad.

—Te sorprendería saber adónde vamos para reclutar. Los mejores candidatos suelen encontrarse en los lugares más extraños. Dicho esto, también estoy aquí investigando.

—¿Investigando qué?

Sonrió de un modo que implicaba que yo no debía entrometerme, pero de un modo amable.

—Pronto te enterarás.

Justo cuando abría la boca para hacer otra pregunta, un enjambre de gente entró de repente mientras los que ya estaban dentro se apresuraban hacia la parte delantera del escenario.

—¡El evento principal está a punto de comenzar! —dijo Colin en tono divertido.

—¿Cómo lo saben tú y ellos? —pregunté, confusa.

No había un horario concreto para el comienzo del concierto, solo que el club abría a partir de las seis de la tarde.

—Todo el mundo entró porque el rompecorazones cantante acaba de llegar volando —dijo Colin con un brillo burlón en sus ojos grises—. Disfruta del espectáculo. Hasta luego.

—Nos vemos —respondí distraída, molesta por el repentino revoloteo en la boca del estómago.

Una oleada de emoción se abrió paso hacia mí, e inmediatamente reconocí que emanaba de mi amiga. Como empática, podía sentir pasivamente las emociones de cualquiera en un radio de cincuenta metros, o de hasta cien metros si me centraba en un solo objetivo. Pero como sería abrumador estar constantemente inundada por los sentimientos de la gente, los Temerns podían desactivar esa capacidad o mantenerla activa solo en una persona concreta. Cuando salía con amigos, mantenía un delgado vínculo con ellos, excluyendo a todos los demás. En este caso, me resultaba más fácil localizar la posición de Tala entre la multitud.

Tala se apresuró a llegar a mi lado, con su novio Mares a cuestas, sosteniendo una copa en cada mano, una de las cuales me tendió a mí. Mares era un hombre impresionante. Típico de sus orígenes Edocit—una especie parecida a las dríadas—tenía una hermosa piel morena, aunque en el extremo más oscuro del espectro, ya que iba del avellana pálido al ébano. Remolinos en relieve adornaban sus brazos, mejillas y manchas visibles en su musculoso pecho. Esos patrones naturales llamados *yevins* marcaban el linaje de un Edocit y también podían servir como huellas dactilares.

Al ser un Utzac—una de las distintas razas de los Edocit— Mares poseía una majestuosa cornamenta. Delicadas hojas brotaban de las delgadas lianas entrelazadas con su pelo verde azulado. De hecho, unas cuantas flores blancas florecieron en su pelo, una reacción involuntaria que expresaba felicidad. A diferencia de otras razas Edocit, los Utzac también tenían hojas naturales de colores que crecían estratégicamente para ocultar partes traviesas, con forma de taparrabos para los machos y de falda larga para las hembras.

Me sonrió, sus ojos verde oscuro desprovistos de esclerótica o pupilas, chispeaban de excitación.

Mares me caía realmente bien. Más de una vez me avergoncé de la envidia que despertaba en mí su relación amorosa. Quería conocer a alguien que me mirara como Mares miraba a Tala. Las emociones que irradiaban ambos por el mero hecho de estar el uno en presencia del otro eran un regalo en sí mismas. Llevaban juntos más de un año y su amor no hacía más que crecer. No dudaba de que acabarían casándose.

—¡Ya está aquí! —dijo Tala entusiasmada mientras yo le daba las gracias a Mares por la bebida.

—Eso he oído —respondí, poco impresionada—. Parece que quiere hacer la gran entrada de diva.

—No —replicó Tala con mirada severa—. Deja de odiar al pobre macho.

—No lo odio —dije despectivamente—. Pero el hecho de que hubiera tanta gente fuera esperando a que llegara indica que es algo recurrente. Aparece en el último momento, sabiendo que sus fans echan espuma por la boca, listos para entrar corriendo a ver su *perfección*.

La vergüenza me quemó las tripas ante la mirada de decepción que me dirigió mi amiga. Nunca había sido una persona presumida. Este comportamiento sarcástico por una simple sonrisa gritaba lo mucho que se había metido en mi piel.

Mientras pensaba en eso, lo vi pasar volando por una de las ventanas traseras y desaparecer detrás de una pared.

—Joder, chica, nunca te había visto ser tan prejuiciosa con

nadie —dijo Tala en un tono castizo que me avergonzó aún más
—. Como dije antes, es introvertido.

—¿Y eso qué tiene que ver? —pregunté, confusa.

—Si fuera una diva y quisiera esa gran entrada que dices,
habría aterrizado en la puerta principal y se habría pavoneado
entre los fans antes de dirigirse al escenario —explicó Tala con
voz tranquila—. En cambio, siempre llega volando justo antes
del espectáculo, entra por la puerta trasera, canta y luego se va.
Esas no son las acciones de una diva o un buscafocos.

No podía discutir esa lógica. En efecto, era el comportamiento de alguien que no quería interactuar con la gente y, especialmente, con grandes multitudes. ¿Qué sentido tenía? Antes de
que pudiera seguir dándole vueltas al tema, las luces se atenuaron, la opacidad de las ventanas cambió para crear un ambiente
más íntimo, la música ambiental se apagó y los focos inundaron
el escenario.

La sala se llenó de gritos y aplausos cuando los músicos
subieron al escenario. Todos eran apuestos humanos de la misma
edad que el resto de nosotros, entre veinte y treinta años.
Ninguno me resultaba familiar. Los cuatro hombres se acomo-
daron en sus respectivos instrumentos y Kayog hizo su entrada.
Los gritos subieron de tono cuando se acercó con elegancia al
micrófono. Para mi consternación, un escalofrío me recorrió la
espina dorsal y mi estómago se agitó con mucha más excitación
de la que quería admitir. Me sentí aún más patética cuando
intenté convencerme de que mi reacción ante él se debía únicamente a mis habilidades empáticas para captar la excitación de
los demás.

En cuanto puse la mano en el micrófono, un silencio electri-
zante se apoderó de los asistentes. Aunque, comprensiblemente,
a otras especies les costaba ver cuando las especies con pico
sonreían, la que se posó en la boca del Sr. Perfecto era innegable-
mente perfecta y seductora a más no poder. No importaba cuánto
percibiera la multitud, todos se derretían.

Para mi sorpresa, sus ojos plateados se centraron en mí. Cualquier odio o antipatía que me acechara hacia él se desvaneció al instante. ¿Cómo podía tener tanto poder sobre mí? Peor aún, la sonrisa que me dedicó no tenía nada de la arrogancia que había percibido en la sala de conferencias. Era tierna, amable, pero también casi triste. Esa última parte no tenía sentido. Y entonces él clavó sus ojos en mí.

Era una práctica habitual entre la gente de las aves. Nuestros iris se agrandaron mientras nuestras pupilas se encogían rápidamente. Por instinto, correspondí a este saludo, que expresaba que estábamos encantados e incluso honrados de conocer a esa persona. Su sonrisa se ensanchó y solo entonces apartó la mirada de mí.

Me di cuenta de que había estado conteniendo la respiración y me sentí desolada y un poco mareada. ¿Le había afectado tanto como a mí aquel breve intercambio? ¿Cómo había sido capaz de ocultarme sus emociones?

Cuando tomó el micrófono del atril, el público volvió a animarle. Afortunadamente, a pesar de su excitación, los presentes no eran del tipo rabioso que empujaría imprudentemente para acercarse al escenario y aplastar a las pobres almas que estaban delante.

—Buenas noches a todos, y gracias por venir en tan gran número el primer día de clase. Estamos encantados de ver tantas caras conocidas, y especialmente las nuevas —dijo Kayog con una voz sexy que me puso la piel de gallina.

Sin embargo, fue la significativa mirada que me dirigió al decir la última parte de su frase lo que hizo que un enjambre de mariposas volara por mi estómago. Mis mejillas se encendieron cuando unas cuantas cabezas se giraron hacia mí al darse cuenta de que esas palabras iban dirigidas específicamente a mí.

O al menos eso parecía...

Incluso mi desdichada amiga me dio un codazo discreto, su excitación alcanzaba niveles máximos a través del vínculo empático que tenía con ella. Afortunadamente, Kai reanudó la conversación, atrayendo de nuevo la atención de todos hacia él.

—Para los nuevos, permítanme presentarles a mis maravillosos compañeros. Benedict Gibson a la batería, Devin Thomas a la guitarra, Adam Cole al teclado y Carter Fox al bajo. Y yo soy su humilde servidor, Kayog Voln. Juntos, somos Ecos de Locura. Y esta noche, comenzaremos con una nueva pieza inspirada en una visión encantadora llamada Dulce Paloma.

Volvió a colocar el micrófono en su soporte y lo rodeó con ambas manos. Un silencio ensordecedor se apoderó de la sala. Las luces se atenuaron aún más y los focos se centraron en él. Otro fuerte escalofrío me recorrió cuando cerró los ojos. Empezó a silbar una melodía inquietante con una voz arrulladora que recordaba a la de una paloma de luto, pero el sonido era un poco más grave, más gutural. Sólo el teclado y el bajo le acompañaban con acordes sostenidos que hacían más redonda la melodía general sin competir con él.

Y entonces empezó a cantar.

Llegaste como un torbellino a mi vida
Una mirada tuya derribó mis muros por la mitad
El canto divino de tu alma me hipnotiza
Tu mera presencia me hace doler por lo que podría ser
Eres mi luz, mi tranquilidad, mi paloma serena
Oh, cómo me gustaría ser alguien a quien pudieras amar

En cuanto terminó de cantar esa última línea en una suave balada, casi me sobresalto cuando la batería y la guitarra entraron con un salvaje riff metálico. Kayog arrancó el micrófono de su soporte y una expresión de rabia se dibujó en su hermoso rostro. Agitó sus alas flotando a un metro sobre el escenario, casi como un ángel vengativo a punto de desatar su ira contra los pecadores.

Pero estoy loco
Echa un vistazo a mi mente, y entra en la boca de la
locura
Estoy loco
Un lunático delirante lleno de pesadillas y oscuridad

La guitarra pasó a un riff lento, la batería cayó en un redoble grave y constante, y tanto el teclado como el bajo adoptaron un tono siniestro. Mientras el teclado repetía una melodía aguda y perturbadora, como sacada de una película de terror, el bajo descendía a notas tan profundas que podías sentirlas vibrar en el suelo bajo tus pies y resonar en tu pecho. La voz de Kayog se volvió amenazadora mientras me sostenía la mirada directamente.

Vuela lejos mi paloma serena
Vuela mientras puedas
Porque ningún poder de abajo o de arriba
Te liberará una vez que entres en la guarida de la bestia
Porque estoy loco

La guitarra se calmó, y la batería solo utilizó su bombo y unos discretos platillos para marcar el ritmo. El teclado y el bajo volvieron a tocar ominosos acordes sostenidos mientras Kayog reanudaba el silbido.

—Escribió esta canción sobre ti —susurró Tala, con los ojos pegados al escenario.

—¿Qué? No, no lo ha hecho —susurré, ignorando la vocecilla que me llamaba mentirosa.

—Sí, lo hizo —dijo Mares, mirándome de reojo mientras rodeaba con los brazos la cintura de Tala, que apoyaba la espalda en su pecho—. Sería demasiada casualidad que hoy lanzara una nueva canción sobre una paloma serena.

—Una paloma blanca es el símbolo humano de la paz —me recordó Tala.

—Pero yo no soy una paloma —argumenté débilmente, avergonzada por aquella patética respuesta.

Mares me miró sin impresionarme.

—No, pero eres un pájaro blanco. Te está avisando.

—¿Pero sobre qué? Ni siquiera hemos hablado nunca — desafié.

—Pero se ha fijado en ti —replicó Tala—. Apuesto a que te desea, pero piensa que de alguna manera es malo para ti.

—¿Por qué? ¿Porque está loco? —pregunté en tono ligeramente burlón, haciéndome eco de la letra de la canción—. ¿Qué pasó con lo de ser el Sr. Perfecto? —añadí burlonamente para aligerar el ambiente.

En lugar de bufar o lanzarme "esa mirada", Mares frunció el ceño y adoptó una expresión seria.

—Creo que podría ser neurodivergente —respondió pensativo.

Me tocó a mí fruncir el ceño.

—Ser neurodivergente no convierte a alguien en loco —argumenté con severidad—. Mucha gente así tiene vidas y relaciones muy normales.

—Lo sé —dijo Mares en tono razonable—. Pero puede que *él* no piense lo mismo. Al fin y al cabo, evita sistemáticamente a la gente y lleva soltero desde que le conocemos. Alguien tan guapo, carismático, inteligente y popular no estaría soltero a menos que fuera por elección propia. Pero dudo que lo haga felizmente.

Demasiado pronto—¿o no lo bastante pronto?—la canción terminó entre aplausos. Sonrió, hizo una reverencia al público y volvió a mirarme brevemente a los ojos. Eso pareció confirmar que, en efecto, se trataba de mí.

Aquello me confundió por completo. ¿Le gustaba de verdad, pero no quería tener una relación? ¿Era su forma de decir que no le importaría jugar conmigo, pero que no esperara ningún tipo de compromiso? ¿O todos estábamos viendo algo que no existía? El concierto duró otros cuarenta minutos. La forma en que su cuerpo se movía mientras recorría el escenario, alternando baladas y piezas más movidas, me trastornaba la cabeza. Según las declaraciones anteriores de Tala, Kayog era un atleta de alto nivel. Y su cuerpo parecía confirmarlo. Tenía una forma de mover las caderas que hacía que sus musculosos abdominales nos pidieran a gritos que lo tocáramos. El juego de luces y sombras sobre su pecho resaltaba cada una de sus deliciosas curvas y protuberancias.

En un momento dado, volvió a colocar el micrófono en su soporte y me miró fijamente a los ojos. Su mano derecha, que sujetaba con fuerza la parte superior del soporte, parecía que me estuviera agarrando la garganta de forma posesiva y controladora. Los dedos de su mano derecha se deslizaron a lo largo del soporte y casi pude sentirlos recorriendo mi columna vertebral en una suave caricia. Un fuego se encendió en la boca de mi estómago y empecé a palpitar en lugares que no debería.

Una vez más, cuando apartó la mirada para cantar el estribillo con una intensidad que enloquecía al público, me sentí casi abandonada. Sin embargo, entre las emociones eléctricas que chispeaban a mi alrededor, una más potente llamó mi atención. Tardé un segundo en fijarme en Colin. Estaba estudiando atentamente a Kayog, con un rostro ilegible.

En cuanto terminó el espectáculo, Colin se dirigió a los camerinos casi al mismo tiempo que los músicos. Uno de los porteros intentó detenerlo, pero Colin sacó su placa de Enforcer. Aunque sorprendido, el portero inclinó la cabeza y le dejó pasar.

¿Qué demonios podría querer con Kayog?

¿Está tratando de reclutarlo? ¿Pero para qué?

CAPÍTULO 3
KAYOG

Mientras nos dirigíamos al camerino, no pude evitar sonreír ante la excitación de mis compañeros. Casi hablaban unos por encima de otros, comentando la increíble respuesta que habíamos recibido del público. En los dos años que llevaba actuando con ellos, la popularidad de la banda no había dejado de crecer. Aunque nuestras actuaciones solían ser bien recibidas, esta noche, sin duda, pasamos a otro nivel.

—¡Amigo, la rompiste! —exclamó Devin, dándome una palmada en la espalda con una enorme sonrisa en el rostro.

Le dediqué una sonrisa de suficiencia.

—Claro que sí.

Se rio entre dientes y negó con la cabeza.

—¡Esa canción de la paloma fue una maldita obra de arte! —dijo Benedict mientras entrábamos al vestuario.

—¡Claro que sí! —contestó Devin mientras volvía a poner su guitarra en el soporte—. Y pensar que te estaba haciendo pasar un mal rato por meterla en el último minuto de esa manera.

—Te dije que merecía la pena —dije en tono divertido, contando los minutos que faltaban para poder salir discretamente.

CASADA CON KAYOG

—Claro que sí, y estuve de acuerdo en cuanto nos la cantaste —dijo Adam guiñando un ojo.

Tomó esa espantosa bebida llamada cerveza que tanto gustaba a los humanos, le pasó una botella a Carter, que la aceptó encantado, y luego se dejó caer en uno de los dos sofás de la espaciosa sala.

—¿Y de dónde salió eso? Esa chica guapa Temern te inspiró, ¿verdad? —preguntó Devin, moviendo las cejas de forma sugerente—. No te culpo. Yo también le esponjaría las plumas.

En ningún momento me di cuenta de que me estaba moviendo. Un segundo lo miraba fijamente, consumido por una furia ciega, y al siguiente lo tenía agarrado del cuello y lo estampaba contra la pared. La expresión de horror y desconcierto en su rostro reflejaba perfectamente la conmoción que yo mismo sentía. Nunca había resuelto nada con violencia, y mucho menos por los comentarios de un idiota calenturiento. Pero esto me provocó más allá de lo que puedo expresar.

—¡Vaya, Kai! Tranquilo, viejo. Sólo era una broma —exclamó Devin, levantando las palmas en un gesto de rendición.

—No *vuelvas* a faltarle al respeto —le espeté en tono amenazador.

—Todos, relájense —dijo Benedict con voz tranquilizadora—. Kai, déjalo ir, Hermano. No quería ofenderte. Sabes que es un imbécil. Suéltalo —repitió, tirando suavemente de mi brazo.

Obedecí a regañadientes, sorprendido de que arrastrara esto durante tanto tiempo. Siendo del tipo pacífico, mi comportamiento actual no tenía sentido, sobre todo teniendo en cuenta que de hecho sabía que Devin decía cosas ofensivas sin malicia real simplemente porque tenía el sentido del humor más tonto.

En cuanto retrocedí unos pasos y abandoné cualquier postura amenazadora, Ben se volvió hacia Devin y le dio una bofetada en la nuca.

—No faltamos al respeto a las mujeres, ¿recuerdas? —le dijo Ben con dureza.

29

Devin arrugó la cara y se frotó la nuca, mirando al batería y luego al resto de nosotros como si estuviéramos siendo demasiado dramáticos.

—¡Sólo era una puta broma! —exclamó Devin.

—Déjate de bromas tontas —replicó Ben con severidad—. No arruines el mejor concierto que hemos tenido solo porque no puedes evitar decir estupideces.

—Vale, lo siento —murmuró.

A pesar del malhumor con que expresó sus disculpas, sus emociones transmitían claramente la sinceridad de su vergüenza y remordimiento. Inmediatamente me sentí mal por mi reacción excesiva. Devin no era una mala persona. Simplemente nunca pensaba antes de hablar. Antes de unirse a la banda, siempre había salido con el tipo de hombres tóxicos que buscaban la validación de sus compañeros degradando a los demás, especialmente a las mujeres. Había recorrido un largo camino desde entonces, pero todavía tenía mucho trabajo por hacer.

—De todos modos, esa hembra Temern es realmente muy hermosa y con clase —dijo Benedict con una sonrisa amistosa mientras me daba un suave apretón en el hombro—. Me alegra ver que por fin te abres a alguien.

Resoplé y negué con la cabeza.

—No la estoy persiguiendo.

Mis cuatro compañeros retrocedieron al unísono.

—¿Por qué demonios no? —preguntó Devin—. Está claro que le gustas.

—A todas las mujeres les gustas —se burló Adam, haciendo que los demás se rieran.

—¡Verdad! —Carter intervino—. Y no habrías escrito una canción tan bonita sobre ella si no sintieras lo mismo.

—Estamos a punto de ir a mezclarnos con todos los mocosos influyentes que hay por ahí —dijo Benedict—. Es el momento perfecto para que hables con ella.

—No, gracias —dije en tono suave, pero firme—. Sabes que no me gustan las multitudes.

—¡Pero si siempre los dejas emocionados! —dijo Adam, con la misma expresión confundida que ponía cada vez que desaparecías después de un concierto—. ¡Los fans te adoran!

—Y asiste un representante de una gran discográfica —añadió Benedict con voz esperanzada.

Fruncí el ceño y le dirigí una mirada reprobatoria mientras intentaba acallar la culpa que surgía en lo más profundo de mi ser.

—Ben, siempre has sabido de qué iba la cosa. Te he dicho desde el principio que solo estoy aquí temporalmente. No deseo tener una carrera como cantante.

—¡Pero eres la cara de la banda! —dijo Devin con expresión cabizbaja—. No somos nada sin ti. La gente viene a ver a Kayog, ¡no a Ecos de Locura!

—Eso no es cierto —dije con convicción, aunque no podía negar la verdad parcial de su afirmación—. Sus canciones en sí mismas son mágicas. Ustedes compusieron la inmensa mayoría de nuestro repertorio. Hay montones de cantantes atractivos y carismáticos ahí fuera que podrían unirse a ustedes y a los que les encantaría cantar lo que creen. Puede que yo sea la moda del momento, pero soy muy reemplazable.

—No serás tú —replicó Adam tercamente.

—No, y eso es bueno. Serán ellos mismos con su propio recurso. Recuerda que este es mi último semestre aquí. Ahora es un buen momento para poner realmente el esfuerzo en la búsqueda de un nuevo vocalista. Habla con el representante de la discográfica. Seguro que tiene muchos cantantes con talento con los que podría emparejarlos. Sus canciones y la profundidad de sus mensajes son lo que realmente hace a esta banda, no el pájaro que canta —dije con voz suave.

Ben abrió la boca para decir algo. No supe si sería el inicio de otra discusión o su manera habitual de ponerle fin para mantener la paz. Pero antes de que pudiera hablar, unos golpes firmes en la puerta lo interrumpieron.

—Adelante —gritó Ben.

Narok, el portero Zamorano, asomó la cabeza para mirarnos con expresión de disculpa. Siempre me sorprendía ver ese lado amable del gigante, teniendo en cuenta su aspecto intimidatorio. Los machos Zamoranos eran macizos y medían una media de dos metros. Su especie lo tenía todo por partida doble: cuatro brazos, cuatro ojos, un segundo juego de cada órgano vital, incluida la parte traviesa. Cuando se enfadaban, sus ojos adquirían un tono naranja tan aterrador que incluso el más valiente dejaba de hacerse el gallito. Su fuerza descomunal, su velocidad y su sed de sangre los convertían en los guerreros más feroces de toda la galaxia.

—Siento molestarlos, pero el Director Wilson de los Enforcers está aquí para ver a Kayog —dijo Narok.

—¡¿Qué cojones?! —murmuró Devin, haciéndose eco del pensamiento que me vino a la cabeza, así como de la expresión que se dibujó en los rostros de nuestros compañeros.

—Déjalo entrar —dije, confuso y desconcertado a la vez.

Una parte de mí también se sintió molesto por no haber percibido su presencia. O más bien que no lo hubiera distinguido entre las demás personas que transmitían el mismo tipo de emoción ansiosa que él. La suya tenía un matiz diferente, más calculado y decidido, que debería haberla hecho destacar.

Realmente no necesito esto ahora.

Necesitaba irme y solo podía esperar que esto no me llevara demasiado tiempo. Si no me aislaba pronto, las cosas se pondrían feas rápidamente.

—Siento molestaros, caballeros —nos dijo a todos el Director Wilson en tono amable al entrar en la sala.

—¿Hay algún problema? —preguntó Ben, dando un paso adelante en una postura ligeramente defensiva frente a mí.

Se me encogió el corazón por el musculoso humano. Aunque

era un poco más bajo que mi 1,90, Ben tenía unos hombros anchos y unos brazos gruesos que hacían que la gente se lo pensara dos veces antes de meterse con él. Aunque no dudaba en dar la mano si era necesario, su dulce rostro era realmente un espejo del adorable osito de peluche que habitaba en su interior. Aun así, me encantaba lo protector que era siempre conmigo y con cualquier persona que creyera necesitada o en peligro. Era aún más bonito que, si de verdad surgían problemas, yo estuviera mucho mejor preparado que él para protegernos.

—No, no hay ningún problema —dijo tranquilizadoramente el Director Wilson—. Sólo me gustaría tener una charla informal con el Sr. Voln. No es fácil ponerse en contacto con vos —continuó, volviéndose hacia mí—. ¿Tenéis algo de tiempo ahora, o os dejo una tarjeta y me llamáis cuando queráis?

¿Qué tal nunca?

Naturalmente, me guardé la grosería y le dediqué una sonrisa cortés. Una parte de mí se planteó aceptar su oferta de llamarle más tarde para poder salir de aquí antes de que el dolor de cabeza fuera a más. Otra parte consideraba que era mejor acabar con esto de una vez. De todos modos, conociéndome a mí mismo, me obsesionaría hasta saber qué quería de mí para empezar.

—Ahora mismo estará bien —dije con el nivel adecuado de cortesía distante para dejar claro que no quería que esto se alargara más de lo necesario.

—¡Maravilloso! —dijo Wilson con un exceso de entusiasmo que dejaba entrever que sabía exactamente a qué atenerme—. ¿Hay algún lugar privado donde podamos hablar?

—Podéis quedaros con la habitación ya que vamos a salir a mezclarnos con los fans —dijo Ben a regañadientes antes de lanzarme una mirada evaluadora—. ¿Estarás bien?

Una vez más, una oleada de afecto se apoderó de mí. Le echaría mucho de menos al final del semestre, una vez que siguiera adelante.

—Sí, Hermano. Estaré bien —dije con una sonrisa.

Asintió con la cabeza y lanzó una última mirada de desconfianza al Enforcer antes de salir por la puerta. El Director reprimió una sonrisa divertida. Sus emociones eran fascinantes. Combinaban la más extraña mezcla de curiosidad, anticipación, sospecha y algo que no podía definir del todo. Nefasto no sería apropiado, ya que no percibí ninguna amenaza por su parte ni malas intenciones. Pero también tenía la fuerte sensación de que se había fijado unos objetivos que pensaba cumplir, sin importarle lo que yo pensara de ellos.

Señalé uno de los sofás en cuanto la puerta se cerró tras mis amigos.

—Por favor, sentáos, Director Wilson. ¿Deseáis tomar algo? —le pregunté mientras se acomodaba en el gran sofá seccional de cuero marrón oscuro.

Negó con la cabeza.

—No, gracias. No voy a acaparar demasiado de vuestro tiempo. Estoy seguro de que tenéis cosas mucho más interesantes que hacer que hablar conmigo. Y por favor, llámame Colin. Soy bastante informal.

—Bien, yo también. Así que puedes llamarme Kayog —respondí mientras me sentaba en el taburete acolchado frente a él, mucho más cómodo para mis anchas alas.

—¡Pues Kayog! Tienes un talento increíble. Tu voz es exquisita —dijo en un tono halagador que me dejó completamente indiferente.

Estaba probando mis respuestas para evaluar mi personalidad, incluso si podía comprarme o manipularme con cumplidos.

Me encogí de hombros.

—Todos los Temerns saben cantar. Comparado con otros de mi edad, me consideraría mediocre, en ningún caso excepcional.

—No sé si mediocre, pero tu carisma definitivamente no lo es. Tenías al público comiendo de la palma de tu mano.

Enarqué una ceja y le dediqué una sonrisa rígida.

—No te equivocas. La gente parecía responderme bien en general. Pero, ¿qué puedo hacer por ti? ¿Para qué querías verme?

—He venido aquí para conocer mejor una investigación en curso sobre posibles atentados terroristas y el creciente número de incidentes con Buenos Samaritanos que se están produciendo últimamente en la zona —dijo Colin con naturalidad.

Esta vez, mis dos cejas se alzaron.

—¡¿Me crees un terrorista?!

Se echó a reír.

—No, en absoluto.

—¿Un Buen Samaritano entonces? —insistí.

Sonrió, aunque sus ojos se entrecerraron ligeramente.

—¿Lo eres?

—No lo sé. En la medida de lo posible, intento ser útil cuando me necesitan. ¿Por qué? ¿Ser bueno es un delito? —pregunté con la misma indiferencia con la que él me interrogaba.

Se encogió de hombros.

—Obviamente no, excepto si ser un Buen Samaritano se convierte en un justiciero. Entonces es un poco más problemático.

—Ya veo —respondí sin comprometerme—. ¿Pero qué tiene eso que ver conmigo?

—Nada directamente —dijo de forma misteriosa—. Sólo decía que he venido a este planeta para investigar estos dos asuntos y he pensado aprovechar la oportunidad para hacerte una visita. Verás, siempre estamos atentos a posibles reclutas para los Enforcers. Y creemos que tú podrías ser un candidato perfecto.

Me quedé boquiabierto, realmente asombrado. De todas las cosas que podía haber dicho, ésa no figuraba en la lista de posibilidades.

—¿Yo? ¡¿Un Enforcer?! ¿Por qué querrías reclutar a un cantante? —pregunté, desconcertado.

Me miró con cara de "no seas tonto".

—Eres mucho más que un cantante, Kayog. Con solo 27

años, ya tienes dos másteres y estás a punto de terminar un tercero en unos meses. Eres un cantante e intérprete muy popular, participas en competiciones atléticas de nivel profesional, incluido el combate, y hablas cinco idiomas con fluidez sin la ayuda de un traductor. Eres soltero, carismático, empático, te has hecho a ti mismo y tienes un historial impecable y una reputación inmaculada. Podrías ser desde Agente a Embajador, pasando por todo lo demás.

Se me agolpaban mil millones de pensamientos. No se trataba de una charla improvisada. Es cierto que mencionó que no era fácil ponerse en contacto conmigo, pero este hombre me había investigado a fondo para enumerar con tanta seguridad todos mis logros.

¿Qué más sabrá de mí?

Por algún milagro—quién sabe cuál—logré mantener una expresión indiferente en el rostro.

—Me halagas, pero no me interesa la política galáctica.

Resopló como si hubiera dicho algo que insultara su inteligencia.

—¿De verdad? Estás haciendo un máster específicamente en ese campo. Tu primer máster fue en xenobiología. El segundo fue en historia galáctica con un enfoque en especies primitivas y en desarrollo. Y ahora mismo, estás haciendo uno en política intergaláctica con tu tesis debatiendo los pros y los contras de la Directiva Primaria. Si eso no es estar metido en política galáctica, no sé lo que es.

Hice un gesto despectivo con la mano.

—Existe algo así como simplemente perseguir el conocimiento por sí mismo. Que me encante entender las cosas a fondo no significa que quiera participar en el proceso.

—Cierto —dijo Colin con voz llena de dudas.

—Bueno, te agradezco tu interés. Pero si no hay nada más, me voy —dije, reprimiendo el impulso de frotarme las sienes y la nuca para disminuir la presión que me producía un creciente dolor punzante en la nuca.

—¿A la fiesta? —preguntó con curiosidad.

—No, me voy.

Retrocedió con auténtica sorpresa.

—¿Te vas? ¿Por qué?

—Las multitudes no van conmigo —dije, con la voz un poco cortada por el creciente dolor que su persistencia me obligaba a soportar.

—¿Un artista y capitán de dos equipos deportivos al que no le van las multitudes? —exclamó incrédulo.

—Así es —dije, poniéndome en pie con una expresión que dejaba claro que insistir más ahora sería de mala educación.

Él también se puso en pie, con los ojos entrecerrados mientras otra oleada de sospecha surgía en su interior.

—¿De qué huyes? —preguntó Colin, con el Enforcer que llevaba dentro.

—De absolutamente nada —respondí con voz fría—. Ahora, si me disculpas.

Sin esperar su respuesta, me dirigí hacia la puerta.

—¡Espera! Por favor, toma mi tarjeta —dijo, alcanzándome y extendiéndola hacia mí.

Miré la tarjeta y me tragué las ganas de decirle que se la quedara. Como no quería darle otra excusa para seguir encadenándome aquí, me limité a tomarla.

—Eres un candidato fascinante, Kayog Voln —dijo Colin pensativo.

—No soy un candidato —dije con firmeza.

—La OPU y los Enforcers pueden abrirte puertas que nadie más puede —dijo con un tono extraño, a la vez autoritario y persuasivo—. Llámame cuando quieras saber más sobre las oportunidades que podrías tener dentro de nuestras filas.

—Claro —dije distraídamente antes de salir corriendo.

El estómago se me revolvió con la sensación nauseabunda que precede a un monstruoso dolor de cabeza. La horrible presión detrás de los ojos casi me hace querer arrancármelos de la cabeza. Salí corriendo por la puerta trasera.

A través de las ventanas, que habían recuperado su opacidad normal, pude ver a la multitud que se mezclaba alegremente en el interior. Se me oprimió el pecho de envidia al pensar en toda esa gente, ya fueran amigos, amantes, conocidos e incluso desconocidos al azar, que se reunían en un espacio común, se divertían y simplemente disfrutaban de su mutua compañía sin preocuparse por nada.

Amaba y odiaba mi soledad.

En realidad, me gustaba mucho la gente. Si me dieran a elegir, sería el alma de la fiesta. Lamentablemente, temía a sus emociones y en cómo me destrozaban.

¿Por qué coño soy un Temern tan roto?

Batiendo las alas con todas mis fuerzas, me elevé en el cielo y me alejé de las zonas pobladas en dirección al agua. Cuanto más me alejaba de la gente, más disminuía la presión cerebral que me torturaba. Lo más doloroso fue perder el hipnotizante canto de mi hermosa paloma. Pero el resto del ruido era demasiado para mí.

Los recuerdos de la impresionante hembra invadieron mi mente, amortiguando el persistente malestar que me arañaba el cerebro. Verme cantar la había excitado. Cada oleada de sus deliciosas emociones me había encendido la sangre, haciéndome bailar de un modo aún más sexy. Su deseo había avivado el mío. Una parte de mí se sentía avergonzada por mi comportamiento en el escenario. Siempre me había esforzado por entretener sin utilizar el sexo ni enviar señales equivocadas a las fans, especialmente a los que podían sentirse atraídas por mí de forma romántica.

Pero mi paloma lo cambió todo.

Quería que me deseara tanto como yo a ella. Una parte sádica de mí de la que nunca me había dado cuenta acechaba en lo más profundo de mi ser y, de hecho, disfrutaba enormemente con el hecho de que ella no pudiera decidir si le gustaba o desconfiaba de mí. Mi lado competitivo disfrutaba con la perspectiva de derribar sus muros y hacer que se enamorara perdidamente de mí. Sin embargo, era un reto que no debía... que no podía aceptar.

Ella era mi alma gemela, un sueño imposible que nunca pensé que podría hacerse realidad. Pero quería decir cada palabra de esta canción que escribí para ella. Estaba loco.

Ella podría ser mi paz...

Por desgracia, como se ha demostrado esta noche, ni siquiera mi paloma sería suficiente. Los ruidos repugnantes de la multitud casi la sepultaron. Mientras completaba el vuelo de regreso a casa, la oscura sombra que siempre parecía cernirse sobre mí me engulló por completo, sumiéndome en un profundo pozo de desesperación. No podía vivir en el campus. De hecho, no podía vivir en ningún lugar remotamente poblado. Incluso el bosque presentaba sus propias dificultades.

Cuando aterricé en la pequeña isla del río que pasaba por delante del campus, agradecí en silencio a los poderes fácticos su existencia. Había tenido que hablar mucho y convencer al alcalde para que me permitiera instalarme aquí, aislado de todo el mundo. Mi cabaña, hecha a medida para mis necesidades, había sido una bendición. Me apresuré a entrar y cerré la puerta. El ruido disminuyó inmediatamente a la mitad.

Con las alas abiertas, me apoyé en la puerta, con la nuca apoyada en el acolchado especial diseñado para bloquear la mayoría de las señales de comunicación, desde las radiofrecuencias hasta las ondas psíquicas. Se me escapó un suspiro estremecedor. No sabría decir si lo provocó el alivio, la tristeza o una mezcla de ambos.

Me deslicé a lo largo de la puerta y me senté en el suelo. Doblé las piernas contra el pecho, las rodeé con los brazos y apoyé la frente en las rodillas. Un dolor sordo me apuñaló el corazón mientras el bello rostro de mi paloma bailaba ante los ojos de mi mente. Mientras esperaba a que el dolor debilitante de mi cabeza desapareciera, tararé para mis adentros la encantadora canción de su alma.

Podía soñar seguro con ella, aquí en mi hogar, mi santuario... mi prisión.

CAPÍTULO 4
KAYOG

Durante los dos días siguientes, asistí a clase a distancia. Últimamente, mi capacidad para tolerar la presencia de otras personas disminuía notablemente. Si antes podía asistir a un par de clases seguidas antes de necesitar aislarme, ahora apenas podía con una sola. La inflamación de mi cerebro también tardó más en remitir. Por suerte, aunque en la universidad no conocían el alcance de mi enfermedad, me habían dado permiso para asistir desde casa. Mi asiduidad y mis excelentes notas desempeñaron un papel importante en ese permiso especial.

Esta mañana, con la necesidad de reanudar mi entrenamiento para la próxima competición de piragüismo—por no hablar de mi ardiente deseo de actividad física—volé de vuelta al campus muy temprano, antes de que las masas empezaran a pisar fuerte. Se me revolvió el estómago ante la perspectiva de encontrármela. Esperaba y temía verla. Mi cabeza me decía que debía alejarme, pero mi corazón no estaba de acuerdo.

Fui al hangar a buscar mi canoa. Era una elegante embarcación de un solo remo que llevé hasta el río que bordeaba la universidad. A cada lado del río, habían construido varias filas de gradas a lo largo de la orilla para que el público pudiera asistir a las competiciones que se celebraban allí. Aunque yo me especializaba en las carreras cortas de 200 metros, en realidad destacaba en las medianas y largas, sobre todo en la de 1000 metros. Puse la canoa en el agua, hice un poco de estiramientos y luego embarqué en mi nave. Tenía una gran bañera abierta con un bloque de espuma para las rodillas sobre el que me arrodillé. El reposapiés se había modificado para adaptarse mejor a la forma de mis pies de pájaro. Aunque no odiaba las carreras de kayak, prefería la canoa, ya que se dirigía con la pala en lugar de necesitar un timón. Requería mucho más control, concentración y, a menudo, el uso de tipos específicos de brazadas para mantener la embarcación en movimiento recto, el tipo de retos que me encantaban.

Completé la primera vuelta de 800 metros con unas bandas de resistencia en la embarcación, remando a un ritmo tranquilo para concentrarme en la forma, la técnica y en establecer esa conexión entre mente y cuerpo. Al iniciar la vuelta de regreso, me quité las bandas. Realicé unas treinta brazadas a un ritmo constante y uniforme, luego aumenté la velocidad en una ráfaga breve e intensa, para después relajarme un poco y volver a repetir el ciclo.

A continuación, hacía una vuelta de 1.000 metros a un ritmo relajado. Al girar para iniciar el regreso, activé el cronómetro de mi brazal y me preparé mentalmente durante la cuenta regresiva para una carrera a máxima intensidad. En cuanto sonó la señal, empecé a remar con fuerza, cuidando al mismo tiempo de mantener un ritmo estable para no agotarme antes de llegar a la meta.

Apenas habían transcurrido cien metros cuando la sentí. Casi pierdo la concentración y el ritmo del susto. La embriagadora melodía se intensificó a medida que ella se acercaba. El impulso de escudriñar la orilla en su busca ardió en mis entrañas, pero, una vez más, me obligué a mantener el rumbo. Sin embargo, se me fue de la cabeza cualquier idea de mantener un ritmo adecuado. Aunque no podía verla, mi paloma se había detenido junto a las gradas de la orilla este y me observaba. Sus emociones gritaban lo impresionada que estaba por mi actuación. También transmitían excitación y, sobre todo, un nervioso entusiasmo por verme aquí. La necesidad irresistible de impresionarla aplastó cualquier pensamiento racional. Me exigí al máximo, mostrando toda mi fuerza, mi técnica y mi resistencia. Los músculos y los pulmones empezaron a arder, pero los ignoré, demasiado concentrado en disfrutar de su asombro. Ese asombro me envolvió como la seda más suave, disipando el dolor y llenándome de una oleada de energía que me impulsó mucho más allá de mis límites habituales.

Llegué a la orilla del río jadeando. Me bajé de la canoa con las piernas un poco tambaleantes, hinché las plumas y agité las alas para crear más corriente de aire alrededor de mi cuerpo y disipar el exceso de calor generado por el esfuerzo. A veces envidiaba la capacidad de otras especies de sudar para regular su temperatura corporal.

Por una fracción de segundo, temí que se marchara. Sus emociones transmitían en voz alta sus dudas sobre si debía seguir a lo suyo o reconocerme. Mi corazón se aceleró cuando de repente empezó a aplaudir. Tratando de actuar con indiferencia, me volví tranquilamente hacia mi paloma. Al verla acercarse despreocupadamente, se me aceleró el pulso de un modo que no guardaba relación con el esfuerzo que acababa de hacer. Incliné la cabeza e hice una pequeña reverencia de agradecimiento mientras ella acortaba la distancia que nos separaba. Ella soltó una risita, un sonido delicado y musical como el de las campanillas de viento mecidas por una suave brisa.

—Impresionante —dijo, deteniéndose a poca distancia de mí.

—Gracias —respondí, sintiéndome increíblemente cohibido.

Como cantante y atleta, solía recibir bastantes cumplidos.

Pero viniendo de ella era algo totalmente distinto. La sincera admiración que emanaba de ella me dejó seriamente trastornado.

—Es la primera vez que veo a un Temern en una canoa —dijo pensativa, con sus preciosos ojos azules ligeramente desenfocados, como si buscara en su memoria la confirmación de aquella afirmación.

Yo sonreí.

—Nuestras alas pueden ser un serio impedimento con el viento, por no mencionar el peso extra —dije en tono amable—. Sólo significa que debemos mantener una forma perfecta y emplear más fuerza que nuestros rivales.

Me dio un lento repaso que me hizo estremecer el estómago. No fue escabrosa ni sugerente, simplemente valorativa y admirativa. Aun así, me dio vueltas en la cabeza.

—Bueno, desde luego no te falta fuerza. Un cantante con talento y un atleta muy hábil... Nos avergüenzas al resto de los mortales —añadió burlona.

Solté una carcajada y bajé la mirada, sintiéndome a la vez encantado por sus cumplidos y estúpidamente avergonzado. Necesité toda mi fuerza de voluntad para no retorcerme.

—Ja, ja, difícilmente. Estoy seguro de que tienes tus propios talentos asombrosos que hacen que los demás babeen de envidia —repliqué—. Por cierto, me llamo Kayog. Kayog Voln.

—Lo sé —respondió con una sonrisa traviesa—. *Todo el mundo* lo sabe. Y también lo dijiste en el concierto de la otra noche.

—Cierto, lo dije —murmuré, sintiéndome estúpido.

—Soy Linsea Kenna.

Linsea... Hermoso nombre para una hermosa paloma.

Quería cantar su nombre a todo pulmón, dejarlo rodar por mi lengua y saborear cada sílaba. Pero me contuve.

—Es un nombre precioso. Es un placer conocerte formalmente —dije.

—El placer es todo mío —respondió tímidamente.

¡Que me jodan! Todo lo que rodeaba a aquella hembra me había afectado. Las emociones que se arremolinaban a su alrededor se estaban convirtiendo rápidamente en una adicción. Y aquella canción... La melodía de su alma armonizaba con la mía de un modo que trascendía lo divino. Casi parecía una caricia física en lo más profundo de mi ser.

Linsea aún no sabía hasta qué punto quería permitirse explorar los sentimientos que yo despertaba en su interior. Y esa ambivalencia no hacía más que azuzar al cazador que acechaba en mi interior y que deseaba capturarla.

No debía perseguirla.

¿Qué futuro podía ofrecerle alguien tan roto como yo? Y sin embargo, éramos almas gemelas. De alguna manera, de algún modo, el Destino pretendía que funcionáramos. Además, darle la espalda al mayor regalo que el universo podía concederle a alguien sería un crimen. De todos modos, ya estaba demasiado enganchado—por no decir obsesionado—para dejarla escapar.

Volví la canoa hacia un lado, doblé ligeramente las rodillas y la subí a la repisa creada por mi regazo. Alcancé con la mano izquierda la yema de porteo y la hice rodar hacia mí.

—¿Necesitas ayuda? —exclamó Linsea, dando un paso adelante, pero sin saber qué hacer.

—No, yo me encargo. Pero gracias —dije suavemente.

Incliné la canoa y luego la levanté por encima de mí antes de apoyarla sobre mi cabeza. Apoyé las palmas de las manos en cada uno de los lados interiores para mantenerla firme. Aunque ésta era la forma en que siempre llevaba mi canoa de un lado a otro, ver a mi compañera tan impresionada por la facilidad con que la levantaba me hizo acicalarme un poco.

—¡Guao, realmente eres fuerte! —Linsea susurró con asombro, como si fuera más para sí misma.

—Tal vez un poco —respondí con un guiño.

Ella rio entre dientes, sus ojos brillaban con diversión.

—¿Caminarías conmigo? —le pregunté suavemente.

—¡Claro! —dijo Linsea, antes de encogerse interiormente, sin duda reprendiéndose a sí misma por la forma demasiado ansiosa en que aceptó—. Alguien tiene que asegurarse de que el cantante más famoso de Acadia no se lastime cargando una enorme canoa él solo.

Resoplé, impresionado por lo rápido que reaccionaba. Aunque solo los más brillantes y la élite lograban entrar en la escuela, de vez en cuando algún mocoso con privilegios conseguía colarse. Obviamente, mi alma gemela no podía ser alguien así. Pero aquella primera muestra de la facilidad con la que esquivaba lo que consideraba una admisión embarazosa despertó mi curiosidad. Iba a disfrutar muchísimo enfrentándome a ella en un duelo mental.

—Para ser sincera, cuando me enteré de que también eras un atleta de élite, esperaba que participaras en deportes de vuelo como el Lazgar —reflexionó Linsea en voz alta.

El Lazgar era un juego inventado por uno de nuestros parientes lejanos, los Zelconianos. Eran pájaros como nosotros que vivían en un planeta primitivo que aún se regía por las estrictas directrices de la Directiva Primaria. Aunque las especies locales aún no habían conseguido viajar por el espacio, a los alienígenas se les permitía aterrizar en el planeta e interactuar con los nativos de forma limitada.

El deporte, que tenía lugar en una arena especial con obstáculos en bucle que cambiaban con las horas, implicaba a grupos de doce a veinte personas. Los participantes perseguían a Lazgar—un dron—para intentar capturarlo antes de que se acabara el tiempo. Cuanto más rápido lo atraparan, mayor sería su puntuación. Había sido creado y bautizado en honor a un mocoso Zelconiano llamado Lazgar que se volvió famoso por escaparse constantemente para evitar las clases y ser perseguido por todos los adultos de la ciudad a lo largo y ancho de la creación.

Sonreí y asentí.

—Una suposición justa y acertada. De hecho, tengo el récord actual de puntuación más alta.

Se echó a reír y sacudió la cabeza como si yo fuera un caso perdido.

—Figúrate. ¿Hay algo en lo que no destaques?

—¡Oh, sí! ¡Demasiadas! —exclamé con una expresión de desaliento en extremo dramática.

—¿En serio? —preguntó Linsea en tono dudoso—. ¿Como por ejemplo?

—Eso sería revelador —respondí burlonamente—. Quédate conmigo lo suficiente y puede que lo descubras.

—Cuidado, puede que te tome la palabra —dijo en tono falsamente amenazador.

Decir que era sexy de cojones sería quedarse muy corto. La facilidad con la que nos comunicábamos consolidaba aún más el hecho de que estábamos hechos el uno para el otro. A pesar de mi casi inexistente experiencia personal con mujeres, no era tan despistado como para no reconocer el flirteo cuando se producía.

Entramos en el hangar situado a poca distancia del río. Había docenas de canoas, kayaks, tablas de surf acuático, motos acuáticas y otras embarcaciones y equipos para deportes acuáticos almacenados en secciones perfectamente organizadas en un espacio con forma de H. Me dirigí directamente a la sección de las canoas.

Cada una de ellas estaba en un estante sujeto con cerraduras digitales. Frente a ellas, en la parte central de un punto de la H, un par de estaciones de lavado nos permitían limpiar nuestras embarcaciones antes de guardarlas de nuevo. Acomodé mi canoa en el de la izquierda.

—Te has levantado temprano —dije mientras tiraba de la manguera para empezar a enjuagar mi canoa.

Ella asintió.

—Me gusta hacer ejercicio en el parque junto al agua. Me

picó la curiosidad cuando vi a un remero solitario. Así que vine a echar un vistazo.

—Me alegro —le dije.

Para mi sorpresa, me miró con extrañeza y ladeó la cabeza mientras meditaba su respuesta. A juzgar por sus emociones, los pensamientos que cruzaban por su mente no tenían nada que ver con que viniera a investigar al remero solitario.

—Hiciste un espectáculo increíble la otra noche —dijo Linsea pensativa—. No me gustan mucho las bandas de rock, aunque la tuya no sea eso. Pero no puedo negar que realmente lo disfruté.

—Gracias. Es un placer.

—Desapareciste muy rápido. El resto de la banda se mezcló con todo el mundo, pero a ti no se te veía por ninguna parte —dijo, con un tono indiferente a pesar de la intensidad de sus ojos.

Aunque esperaba que esa pregunta surgiera más pronto que tarde, luché contra el impulso de retorcerme.

—No me gustan las multitudes —dije, sonriendo ante su expresión de confusión—. Tu reacción es normal. Todo el mundo está desconcertado. Actuar durante un espectáculo está bien, pero lo que pasa después no me gusta demasiado.

—¿Por qué? ¿Demasiadas groupies? —preguntó Linsea con un brillo burlón en los ojos.

Resoplé y luego asentí.

—A riesgo de parecer vanidoso, tengo que decir que sí.

—Ese es el precio de la fama para ti —bromeó, antes de adoptar una expresión más seria—. Esa noche había una discográfica presente.

Mi cara se cerró de inmediato.

—Eso es un pase difícil para mí.

Ella frunció el ceño, insegura de cómo le sentaba mi respuesta.

—¿Y la banda?

—Les dije que buscaran un nuevo cantante si querían seguir

adelante con cualquier oferta potencial —respondí mientras aplicaba un poco de jabón suave en la canoa—. Los chicos siempre supieron el trato desde el principio. No es como si les hubiera soltado esto en el último minuto y les hubiera pillado por sorpresa.

—Pero sin duda esperaban que cambiaras de opinión —insistió.

—Tienes razón —reconocí—. Pero eso es cosa suya. Les dejé clara mi postura una y otra vez. Si deciden seguir negándolo, no puedo hacer nada.

—¿Por qué no quieres? —preguntó con auténtica curiosidad—. Tienes mucho talento, un carisma increíble, y parecías disfrutarlo.

—Disfruto cantando, como cualquier otro Temern. Y estoy seguro de que a ti también. Pero eso no significa que quiera hacer una carrera de ello —respondí de manera objetiva.

—Es justo. Entonces, ¿qué carrera te atrae realmente?

Reprimí una sonrisa ante este sutil interrogatorio para conocer a un posible compañero.

—La verdad, no lo sé —dije con toda sinceridad.

Justo a tiempo, Linsea frunció el ceño. Nunca quedaba bien haber llegado a mi edad y aún no saber lo que queríamos hacer, especialmente en un ambiente como el de Acadia, donde todo el mundo era extremadamente motivado y ambicioso.

—Pero estás estudiando un máster, ¿no? —preguntó con cuidado, con una confusión audible.

—Sí —confirmé—. Pero éste será el tercero.

Su cara de asombro me arrancó una sonrisa divertida. También era una reacción habitual cada vez que se lo revelaba a alguien.

Un millón de pensamientos revolotearon sobre sus hermosas facciones. Estaba sopesando qué pregunta podría ser inapropiada y cómo saciar su curiosidad.

—Es bastante caro —dijo al fin.

Resoplé.

—Técnicamente, tienes razón. Sin embargo, más allá del hecho de que puedo permitírmelo, también he tenido la suerte de recibir becas que han cubierto el coste de los tres.

Sus cejas se alzaron con una mezcla de sorpresa, asombro y confusión persistente.

—Así que eres una especie de niño prodigio, como les gusta decir a los humanos —contestó, todavía dando vueltas a la pregunta que realmente quería hacer.

Me encogí de hombros mientras empezaba a enjuagar el jabón de la canoa.

—La verdad es que no. Sólo soy muy curioso y me encanta estudiar. Como no puedo quedarme de brazos cruzados, busco constantemente una nueva pasión que capte mi atención y que, además, me permita comprender mejor nuestro mundo. Como soy un superdotado, siempre me esfuerzo por sobresalir en todo lo que hago. A cambio, eso me ha dado grandes oportunidades, como estas becas.

—Teniendo en cuenta lo difícil que es obtenerlas, creo que estás siendo excesivamente humilde, lo cual es gratamente sorprendente. Los cantantes y guitarristas principales de los grupos suelen tener fama de estar muy ávidos de atención y elogios —dijo en tono ligeramente burlón, aunque su curiosidad seguía sin saciarse.

En otras circunstancias, creo que habría preguntado mucho más abiertamente. Como era nuestra primera interacción real, Linsea probablemente seguiría tanteando el terreno durante algún tiempo más. Yo quería que fuera franca. Decir que no tenía nada que ocultar sería mentir. Sin embargo, si alguna vez esperaba tener una oportunidad en el futuro con ella, más temprano que tarde, tendría que revelar el lado raro de mí que me obligó a esta vida ermitaña y asocial.

—Pero para responder a tu pregunta, sospecho que al final acabaré en un trabajo de oficina redactando leyes y artículos sobre la Directiva Primaria y las especies vulnerables —dije con indiferencia.

—¿Un trabajo de oficina? —Linsea se hizo eco con una expresión casi horrorizada—. Eres demasiado carismático para encerrarte en una habitación estéril a escribir artículos de derecho.

Me encogí de hombros.

—El tiempo lo dirá, supongo. ¿Y a ti? ¿Qué apasionante carrera te atrae?

Chasqueó el pico de esa forma típica que para nosotros expresa reflexión, un poco como cuando los humanos se muerden el labio inferior antes de responder a una pregunta delicada.

—Al principio, quería hacer obras de caridad. Pero he estado reconsiderándolo seriamente —dijo Linsea pensativa.

Fue mi turno de poner cara de sorpresa mientras cerraba el agua y activaba los ventiladores alrededor de la base que sostenía mi canoa para que comenzara a secarla.

—¿Por qué? ¿Qué te ha hecho cambiar de opinión?

—Control —respondió ella de forma evidente—. Acabo de terminar unas prácticas, por eso me perdí el semestre anterior. Una de las cosas que se hicieron dolorosamente obvias fue que las organizaciones benéficas están constantemente mendigando y esperando recibir algunas migajas. La principal forma de que las cosas avancen para ellas en es que tengan aliados y defensores en las altas esferas. Si me convierto en embajador o enviado político, puedo presionar a las personas adecuadas para que las cosas sucedan.

Una sonrisa casi depredadora se instaló en mi rostro.

Vaya, vaya. Parece que no eres precisamente una santita, como le gusta decir a Benedict. Por alguna razón, pensé que eras de las que prefieren no causar problemas. Así que me alegra ver que eres una mujer segura y decidida, que sabe lo que quiere y toma las acciones necesarias para alcanzar sus metas.

—Lo intento —replicó con una expresión de suficiencia y coquetería que me hizo soltar una risita.

Una vez que las secadoras terminaron su tarea, recogí mi canoa y la llevé a su perchero reservado antes de cerrarlo. Miré a Linsea, sus emociones transmitían la misma vacilación que yo sentía. No estábamos listos para separarnos, pero no sabíamos cómo dar el siguiente paso.

—¿Quieres desayunar? —preguntó Linsea.

A pesar de la manera casual en que pronunció esas palabras, y su comportamiento relajado, cada fibra de su ser estaba tensa, preparándose para un rechazo. La tonta hembra no se daba cuenta de que yo ya era suyo.

—Me encantaría, pero necesitaría unos minutos para darme una ducha rápida —dije en tono tímido—. Estoy mohoso.

—¡Oh! No hay ningún problema. Puedo esperar... ¿A no ser que tengas otros planes? —preguntó con cuidado.

—Ninguno. Seré rápido —dije con una sonrisa, antes de fruncir el ceño—. Hmmm, ¿quizás deberíamos evitar la cafetería?

Ella retrocedió ligeramente ante esta inesperada petición.

—¿Por qué?

Me moví sobre mis garras, sintiéndome un poco cohibido.

—No es por presumir, pero si nos ven juntos, la gente probablemente empezará a molestarte.

El rostro de Linsea se cerró. Aunque la mayoría de la gente lo consideraría una expresión neutral, sus emociones gritaban a los cuatro vientos su floreciente sospecha. Me hizo reír de nuevo. Una parte de mí se sentía culpable, ya que ella no tenía idea de que la capacidad innata de cada Temern para bloquear sus emociones de los demás no funcionaba conmigo. Ella era un libro abierto para mí, mientras que yo estaba completamente cerrado a ella...

...por su propio bien.

—No estoy ocultando una novia secreta, si ese es el pensa-

miento que actualmente cruza por tu mente —dije burlonamente
—. Esto es genuinamente para protegerte, ya que la gente puede
ser bastante invasiva. Estoy acostumbrado a que me miren sin
parar y ya no me molesta. Como tú has dicho, es el precio de la
fama. Pero si a ti te parece bien, no hay problema.

—Me parece bien —respondió ella con firmeza.

—Entonces a la cafetería —respondí con una sonrisa—.
Ahora vuelvo.

Obviamente, esa no habría sido mi elección. Al menos, era lo
suficientemente temprano como para que no hubiera demasiada
gente, lo que haría que la aglomeración fuera soportable, o al
menos manejable. Me di la vuelta para irme, pero antes de que
pudiera dar siquiera cinco pasos, Linsea me llamó.

—¡En realidad, espera! Tienes razón al decir que tus groupies
son bastante duras. Vayamos a un lugar privado para que
podamos comer en paz. Ahora que lo pienso, tener gente mirándome mientras intento disfrutar de mi comida sería bastante
incómodo —dijo, haciendo una mueca.

Yo me reí.

—Te aseguro que sí. Pero como he dicho, podemos hacer lo
que quieras.

—A un lugar privado entonces. Por cierto, podría ir a buscar
comida para nosotros mientras te duchas —se ofreció Linsea.

—¡Claro! —Dije, encantado con la idea de no tener que
exponerme a las masas antes de lo necesario.

—¿Qué quisieras comer? —preguntó.

—Me encantaría el desayuno de atleta número dos —
respondí mientras me llevaba la mano al brazal del antebrazo
izquierdo para transferirle algunos créditos.

Moviéndose a una velocidad sorprendente, Linsea me agarró
de la muñeca, deteniéndome, antes de fruncirme el ceño con una
expresión algo indignada.

—¡No! Es por mi cuenta —dijo.

—¡¿Qué coño?! —Exclamé, con una expresión aún más

ofendida, demasiado aturdido incluso para disfrutar adecuadamente de la maravillosa sensación de su mano sobre mí.

Me soltó la muñeca y casi gimo por la pérdida de contacto.

—Puedes invitarme a desayunar otro día —dijo con desdén.

Estuve a punto de discutir. Sin embargo, más allá de su mirada severa advirtiéndome que no lo hiciera, su oferta prácticamente garantizaba una segunda cita. Sólo un idiota dejaría pasar esa oportunidad.

—Está bien, pero yo te invitaré a cenar —dije en un tono ligeramente malhumorado.

Ella se relajó de inmediato y soltó una risita.

—O eso también vale.

—Te lo juro —insistí.

Esta vez, se echó a reír mientras me lanzaba una mirada incrédula.

—¿Qué? —preguntó.

—He dicho jurar con el meñique —repetí sin arrepentirme —. Si no recuerdo mal, es una promesa humana.

—Sí, lo es. Y lo conozco muy bien. Sólo que nunca esperé oírlo de ti —dijo con expresión divertida.

—Bien. Me alegro de que lo conozcas. Y nunca asumas nada sobre lo que yo haría o no haría. Recibirás un latigazo cervical por todos mis comportamientos inesperados —le dije con un tono misterioso mezclado con una pizca de suficiencia—. Ahora júralo.

Ella sacudió la cabeza y el aura de alegría que emanaba de ella me envolvió de la forma más maravillosa.

—Bien, mandón. Te lo juro con el meñique —dijo con fingido disgusto, mientras levantaba el dedo meñique hacia mí.

—Buena chica —ronroneé mientras envolvía su dedo meñique con el mío, enganchándolos durante un segundo antes de soltar la mano—. ¿Nos vemos en la mesa de picnic cerca del mirador?

Ella asintió.

—Trato hecho.

Sonreí, con el corazón acelerado por la emoción.

—Entonces, hasta pronto.

—Nos vemos pronto —respondió antes de darse la vuelta y salir del hangar.

Mi mirada se detuvo en la perfección que era mientras se alejaba con elegancia. Sí, no importaba lo loco que estuviera, nunca podría dejarla ir. Linsea era mi alma gemela.

CAPÍTULO 5
LINSEA

Mis mejillas ardían de vergüenza mientras me obligaba a salir del hangar con aplomo y a paso relajado. Podía sentir su mirada taladrándome la espalda. ¿Qué pensamientos cruzaban su mente? Parecía completamente interesado en mí; incluso había coqueteado un par de veces, por muy sutil que hubiera sido. Pero ¿por qué demonios no podía percibir en él ni el más mínimo rastro de emoción? Tenía la inexplicable certeza de que, de alguna manera, él sí podía leer las mías. No debería ser posible... y aun así, ahí estaba.

Pensar en las veces que me había excitado con él me mortificaba más de la cuenta si realmente era capaz de percibir todo lo que sentía en su presencia. Incluso los Temerns más poderosos entre nosotros siempre se filtraban un poco.

Mientras volaba hacia el edificio principal de camino a la cafetería, mi desdichada mente seguía atascada en Kayog. Al saber que se estaba duchando, se me pasaron por la cabeza las fantasías más traviesas. Podía ver el agua resbalando por la perfección de su cuerpo, cada gota deslizándose sobre su ancho pecho, entre los cincelados surcos de sus abdominales y bajando hasta sus musculosos muslos.

Quería estar a su lado, rascando suavemente con las uñas las pequeñas plumas de plumón que bordeaban la unión entre la base de sus alas y la espalda. Sentí una punzada sorda entre los muslos cuando imaginé los sonidos guturales que haría al acariciar aquel punto tan sensible.

Durante el concierto, memoricé los movimientos pecaminosos de su cuerpo y la expresión sensual de su rostro cuando se inclinaba hacia el micrófono y sus dedos recorrían el atril. ¿Tendría el mismo aspecto en la agonía de la pasión? ¿Se balancearía su cuerpo sobre el mío con una tensión animal similar, apenas reprimida y ansiosa por desatarse?

¡Por el Creador! ¡Contrólate!

Nunca me había dejado afectar tan fácilmente por una cara bonita, un cuerpo ardiente o una sonrisa seductora. Y ciertamente nunca dejé que mis hormonas controlaran mi buen juicio. Pero justo en ese instante, no podía dejar de pensar en lo mucho que había deseado que me tirara sobre la hierba, justo al lado del río, sacara lo que instintivamente sabía que sería una enorme polla y me follara hasta dejarme sin sentido.

¡BASTA!

Tala no me dejaría ni oír el final si supiera siquiera una fracción de lo locamente obsesionada que me había vuelto con el Sr. Perfecto. Y hasta ahora, realmente estaba resultando ser perfecto.

¿De verdad?

Ese pensamiento me hizo reflexionar. Sí, Kayog era un superdotado que sobresalía en todo y lo hacía parecer fácil. Sólo por eso, tendría todo el derecho a presumir y pavonearse. Sin embargo, resultó ser extrañamente humilde. Eso me gustaba. Nada me disgustaba tanto como la gente con el ego inflado, los fanfarrones y los que se creían mejores que los demás, fuera cual fuera el motivo.

Dicho esto, también me preocupaba la posibilidad de que fuera escamoso y poco fiable. Claro que dominaba en cosas que tenían reglas y directrices establecidas, como los deportes y la escuela. Pero, ¿por qué no tenía una carrera clara en mente? ¿Era miedo al compromiso? ¿A lo desconocido? ¿De probarse a sí mismo en un espacio que no estaba rígidamente controlado? ¿Y por qué tantos másters? ¿Falta de ambición? ¿Miedo al éxito? Por una fracción de segundo, casi me aferro a esa última especulación. Pero ni siquiera eso funcionó. Su naturaleza competitiva desmentía esa posibilidad. Le gustaba ganar. Entonces, ¿por qué vacilaba tanto?

Luego estaba la pregunta sobre su actual enfoque en la Directiva Primaria. ¿Por qué centrar su maestría en política galáctica en torno a ese tema específico? ¿Eran sentimientos altruistas los que alimentaban su interés por proteger a los débiles y vulnerables, o eran objetivos más nefastos y materialistas los que le impulsaban? Alguien con un conocimiento profundo de la fuerza, las debilidades y los recursos de las especies primitivas podría enriquecerse obscenamente explotando las lagunas de la Directiva Primaria.

Tantas preguntas y tan pocas respuestas...

Mientras aterrizaba frente al edificio y me dirigía a la cafetería, no podía dejar de pensar en ese macho que ya me tenía harta. No quería parecer demasiado intensa, pero necesitaba respuestas y entender mejor con quién estaba tratando. Por mis propias reacciones, sospechaba que podría enamorarme de él muy rápido. Y justo por eso tenía que averiguar bien qué clase de persona era antes de involucrarme demasiado.

De pie frente al mostrador, eché un vistazo al menú y me fijé en el que había pedido Kayog. Siendo un animal de costumbres, nunca me molestaba en mirar la gran variedad que se ofrecía para satisfacer las necesidades de las diversas especies que vivían en el campus. Normalmente, mi desayuno consistía en yogur natural con fruta fresca y cereales. Pero su elección realmente me atraía.

El desayuno de atleta número dos estaba dividido con la mitad de carbohidratos, y la otra mitad dividida a partes iguales entre proteínas magras y frutas. Ese en concreto ofrecía brochetas de pollo a la parrilla, galletas de frutos secos, frutas variadas compuestas principalmente de bayas y una botella de agua aromatizada.

A lo largo de los años de interacción con los humanos, me había familiarizado bastante con su comida, y especialmente con su amor por el pollo. Nosotros teníamos el equivalente en nuestro planeta, pero no prosperaban ni se adaptaban tan fácilmente a otros climas y entornos como los pollos. Decidido a emular a Kayog, pedí dos raciones de ese desayuno. Justo cuando iba a tomar las bolsas, sentí las ondas familiares segundos antes de que mi amiga gritara mi nombre.

—¡Oye, Lin! —gritó Tala, aferrándose al brazo de Mares mientras se acercaba con una gran sonrisa—. No te vimos en el parque y pensamos que habías decidido quedarte a dormir. ¿Quieres desayunar con nosotros?

Me di la vuelta. Antes de que pudiera decir una sola palabra, sus ojos se clavaron en las dos bolsas que tenía en las manos.

—Espera. ¿Comida para dos? —Soltó el brazo de Mares y puso los puños en las caderas de esa forma indignada que daba a entender que más me valía darle una buena explicación si quería evitar meterme en problemas—. ¿Ya me has sustituido?

Resoplé y negué con la cabeza.

—Claro que no, tonta.

—¿Entonces para quién es? —insistió.

La forma en que torcí la cara bastó para decírselo todo. Sus ojos se abrieron lentamente y su boca se abrió de forma casi cómica.

—¡Nooooo! ¿En serio?

Me encogí de hombros, sintiéndome un poco cohibida, mientras Mares se reía, divertido y un poco sorprendido.

—Sólo me lo encontré mientras entrenaba —dije un poco a la defensiva.

—¡Vagabunda! —susurró ella, con la emoción en la voz que disimulaba la dureza de la palabra.

—¡Oye! —exclamé, sin ofenderme lo más mínimo, pues sabía que no había malicia detrás.

—Lo sabía, actuando sin interés, odiándolo y fingiendo que estaba por debajo de ti. Te dije que te enamorarías de él —dijo Tala con suficiencia.

—Sólo estábamos desayunando. Y no lo odiaba —murmuré.

—Claro, claro. Como quieras. Ve a por tu hombre, ¡y luego quiero todos los detalles jugosos! —dijo Tala, mientras Mares le negaba con la cabeza.

—¡De ninguna manera! —dije con voz severa.

—Deberías huir antes de que la multitud se dé cuenta —dijo Mares, con sus ojos verde oscuro brillando divertidos.

—Sí, buen punto —coincidió Tala—. ¡Pero sigo queriendo detalles! Ahora ve a divertirte y, por una vez, olvídate de ser tan remilgada.

Me reí y me apresuré a salir antes de emprender el vuelo. En efecto, mucha gente entraba poco a poco, algunos iban a por comida, otros se reunían fuera y unos pocos se apresuraban a ocuparse de sus asuntos.

Mientras volaba hacia el mirador—que estaba a una distancia respetable de las masas—me felicité por haber aceptado no comer en la cafetería. La intimidad del parque nos permitiría ser nosotros mismos mientras nos conocíamos. Aunque su sugerencia inicial me había hecho sospechar que tenía alguna aventura secreta y que quería mantener oculta cualquier posible relación conmigo, la sinceridad con la que me ofreció una opción acalló ese temor. Sin embargo, me avergonzaba admitir que primero insistí en ir a la cafetería porque quería que nos vieran juntos.

No me consideraba del tipo posesiva o insegura. Alardear de mis relaciones tampoco me atraía. Pero, por alguna razón, quería sellar a este hombre como mío, ser reclamada públicamente por él y dejar claro a todas las groupies que estaba fuera del mercado. Teniendo en cuenta que no hacía ni una hora que nos conocíamos oficialmente y que habíamos hablado por primera vez durante apenas media hora, mis reacciones fueron perturbadoras. La realidad era que no le conocía de nada, aparte de que estaba buenísimo, era muy listo, atlético y, hasta el momento, parecía alguien de cuya compañía podría disfrutar.

Para mi sorpresa, vi a Kayog sentado en la hierba, meditando en posición de loto. Casi me detuve, preguntándome si debía interrumpir ese momento de introspección. Mientras pensaba en ello, sus ojos se abrieron de repente y me miró. Teniendo en cuenta lo lejos que estaba todavía, era imposible que me hubiera sentido... ¿verdad? Se levantó y sonrió cálidamente, incitándome a completar mi aproximación.

—Lo siento, no quería interrumpir —dije avergonzada al aterrizar cerca de él.

—No lo hiciste —dijo en tono tranquilizador mientras me liberaba de las bolsas.

—¿Así que lo tuyo es la meditación?

Asintió.

—Lo hago bastante a menudo.

—Eso está bien —respondí, una vez más desconcertada por aquel macho fuera de lo común.

Un millón de preguntas se me agolpaban en la lengua, pero las aplastaba, no quería entrometerme. Aunque tenía la intención de hacerlo en algún momento, no quería asustarle dando la impresión de que le estaba interrogando. Una parte de mí también quería que se abriera libremente porque deseaba que le conociera, y no porque se sintiera presionado a revelar más de lo que estaba dispuesto a hacer.

Nos instalamos en una mesa de picnic bajo un árbol cerca del cenador. Abrimos nuestras respectivas bolsas y empezamos a comer. El primer bocado de las galletas de frutos secos hizo que casi se me salieran los ojos de las órbitas.

—¡Oh, vaya! ¡Estas galletas son increíbles! —exclamé antes de meterme otro en la boca con avidez.

Kayog se rio.

—Realmente lo son. Me avergüenza admitir que estoy un poco obsesionado con ellas.

Sonreí al ver lo adorable que parecía cada vez que adoptaba esa expresión avergonzada. Todas las suposiciones que había hecho sobre este macho se desmoronaban, una tras otra. Realmente parecía humilde, dulce y sin pretensiones. Nada que ver con la estrella de rock con derechos que me imaginaba. Tal vez Tala tenía razón después de todo cuando el primer día confundí su sonrisa con una mueca odiosa.

—Háblame de ti —dijo mientras tomaba una de las brochetas de pollo—. ¿Tienes hermanos?

Negué con la cabeza.

—No. Se podría decir que soy la princesita mimada de mis padres. Aunque, técnicamente, me crio sobre todo mi abuela.

Sus cejas se alzaron, una mezcla de simpatía y curiosidad brillaban en sus ojos plateados.

—¿Por qué?

—Mis padres viajan mucho —dije con aire melancólico—. Mi padre es abogado criminalista de los Enforcers, mientras que mi madre es negociadora de la OPU. Así que están constantemente viajando por toda la galaxia para ocuparse de cualquier mandato que les hayan asignado.

—¡Maldita sea! Eso debe de ser muy duro para su vida conyugal —dijo Kayog con empatía.

Yo sonreí.

—En realidad, lo hacen funcionar viajando el uno al otro. Nunca pasan más de una semana separados. En muchos sentidos, es comparable a estar casado con un camionero o un viajante de comercio. Te vas unos días, pero siempre vuelves a casa tras una breve ausencia.

Asintió lentamente mientras sopesaba mis palabras.

—Ya veo.

—También tienen videollamadas diarias entre ellos —continué—. Mientras crecía, se comunicaban regularmente conmigo y me visitaban al menos una vez al mes durante unos días. Así que participaban activamente en mi vida.

Ladeó la cabeza mientras me lanzaba una mirada de evaluación.

—¿Eso te molestaba?

Sonreí y negué con la cabeza antes de dar un sorbo al agua aromatizada.

—En absoluto. De hecho, preferí quedarme con mi abuela que con ellos.

Su expresión de asombro me hizo soltar una risita.

—Para poder quedarme con mis padres, me educaron en casa —le expliqué—. De niña no me molestaba demasiado, pero cuando cumplí ocho años empecé a resentirme por no poder tener amistades duraderas, porque siempre tenía que separarme de la gente a las pocas semanas. Quedarme con mi abuela me dio la estabilidad que tanto necesitaba: una escuela fija donde podía jugar con amigos y finalmente echar raíces.

—¿Cómo se sintieron tus padres al respecto? —preguntó Kayog en voz baja.

Me encantó lo respetuoso que fue al abordar lo que podría ser un tema delicado. Sobre todo, me conmovió su genuino interés por entender cómo viví esa parte de mi vida. Con demasiada frecuencia, la gente mantenía este tipo de conversaciones solo por educación, porque era lo que se esperaba. Con él, aunque todavía no podía leer sus emociones, me sentí vista y como si le fascinara.

—Estaban tristes por separarse de mí, pero también comprendían que su estilo de vida no satisfacía mis necesidades —dije, con el corazón henchido de afecto por mis padres—. Obviamente, como empáticos que son, podían sentir mi creciente disgusto y tuvieron una discusión abierta conmigo al respecto.

Mi felicidad era lo más importante para ellos. Incluso se ofrecieron a pedirme una reasignación a funciones más sedentarias. Eso fue lo que lo selló para mí.

—¿Cómo es eso? Habría esperado que aprovecharas la oportunidad —dijo Kayog con curiosidad.

—Yo también soy empática. Sé que no habrían dudado en hacerlo para hacerme feliz, pero eso los habría hecho miserables en lo profesional. Yo los quería precisamente por estar dispuestos a sacrificar todo lo que habían construido durante años por mí. Pero su trabajo era importante; estaban mejorando vidas, y eso me llenaba de orgullo. Por eso insistí en irme a vivir con mi abuela. Fue la mejor decisión que pude tomar.

—¿Qué le pareció a ella? A los abuelos les suele encantar tener a sus nietos cerca, pero solo durante unas horas o un par de días, no para heredar de nuevo toda la responsabilidad de criar a los pequeños —dijo con la misma dulzura.

—Estaba encantada —dije divertida, con el corazón derritiéndose de afecto por la anciana—. Sus colegas la llaman la dragona, aunque no tenga mucho sentido teniendo en cuenta que no somos reptiles. Pero sin duda es una fuerza a tener en cuenta.

—¿Qué hace?

Moví las alas, la suave brisa rozaba las plumas de plumón de mi nuca de una forma que empezaba a hacerme cosquillas.

—Nana Arika es la consejera principal de la División de Inteligencia de la OPU —dije, con el orgullo que sentía audible en mi voz.

Kayog retrocedió un poco y me miró estupefacto. Rápidamente recuperó la compostura, pero siguió mirándome con asombro.

—Vaya, tu familia está conectada al más alto nivel —dijo, impresionado.

Me encogí de hombros, tratando de parecer indiferente.

—Igual que las familias de más de la mitad de los estudiantes de aquí. No soy tan especial.

Una expresión extraña se dibujó en sus facciones, despertando mi curiosidad.

—¿Qué? —pregunté, intrigada.

—Muchos estudiantes vienen aquí porque sus familias esperan que sigan su legado —dijo Kayog con cuidado—. ¿Has venido aquí para seguir el camino de tus padres o de tu abuela? Sonreí.

—Sí y no. No me metí en política galáctica por mis padres, pero sí por ellos y por mi abuela. Toda mi vida he estado expuesta a las muchas cosas que puedo ayudar a cambiar si entro en este campo. Mi abuela quería que fuera consejera como ella.

—Ya lo creo —dijo con una sonrisa divertida—. Francamente, me sorprende que no te convenciera. Arika Sorek es muy conocida como una defensora feroz y sin pelos en la lengua a la que no querrás enfrentarte. Te masticará y te escupirá sin que siquiera entiendas qué te golpeó.

—Eso no podría ser más exacto —dije riendo—. Pero no podría verme pasando la vida en salas de juntas tratando con el mismo puñado de idiotas y consejeros de alto rango. Quiero viajar por la galaxia como mis padres y tener un impacto directo en la vida de los más vulnerables.

—Un objetivo admirable —dijo Kayog, sus ojos rebosantes de una aprobación que me produjo un cosquilleo en todo el cuerpo.

—Así que esa soy yo en pocas palabras. ¿Y tú? —pregunté—. ¿Algún otro hermano genio como tú? ¿Tu familia está en el mismo campo?

Una expresión ilegible cruzó su rostro. Por una fracción de segundo, creí que iba a desviarse y evitar responder a la pregunta. Para mi agradable sorpresa, no lo hizo.

—No lo sé, y lo dudo —dijo encogiéndose de hombros antes de llevarse a la boca la última galleta de frutos secos.

—¿Eh? —pregunté, desconcertada.

Sonrió.

—Mis padres me abandonaron cuando era un bebé. Así que no tengo ni idea de si tengo hermanos ni de en qué campo trabajaban.

Me llevé la palma de la mano al pecho, con el corazón roto por el bebé que había sido.

—¿Te abandonaron? —repetí, cabizbaja.

Asintió con la cabeza y su sonrisa tranquilizadora dejó claro que no le causaba ningún trauma ni angustia.

—Me pusieron en estasis dentro de una cápsula de emergencia infantil. La enviaron directamente a un orfanato de la pequeña ciudad de Voln —dijo con naturalidad.

Mis ojos se abrieron de par en par.

—¿Voln? —repetí.

Me dedicó una sonrisa de aprobación que yo había captado.

—Sí. Me llamaron así por ese pueblo de Daelynn, el mundo natal de los Darwandir.

—¡Oh, Creador! ¿Se estrelló su nave? ¿O fueron atacados por piratas? —pregunté, tratando de entender por qué unos padres se desharían así de su hijo recién nacido.

Si tenían acceso a una cápsula de emergencia construida específicamente para un niño, entonces tenían acceso a toda la tecnología y los servicios disponibles para apoyar a los padres que decidían no quedarse con su hijo. No había vergüenza ni estigma asociado a la renuncia a los derechos sobre la prole. Era mejor colocarlos en un entorno seguro que pudiera alimentar su crecimiento que mantenerlos a la fuerza en una situación en la que no eran queridos y hacían desgraciados a sus tutores.

—Nada de eso. La cápsula se lanzó desde un bosque situado a 75 kilómetros. Incluyeron una nota con mi nombre de pila en la que se disculpaban, pero afirmaban que mis necesidades superaban su capacidad de gestión.

—¡¿Tus necesidades?! —exclamé, indignada y desconcertada a la vez—. ¿Qué clase de necesidades podrías haber tenido de bebé que fueran tan abrumadoras como para que ni el apoyo familiar normal ni toda la tecnología avanzada pudieran con ellas?

Kayog me dedicó una sonrisa indulgente.

—Fui un niño muy... difícil.

—¿Cómo de difícil? —insistí—. ¿Y qué edad tenías?

—Tenía cuatro meses.

—¡¿Qué coño?! —exclamé, con la rabia filtrándose en mi voz.

Se rio entre dientes y me dedicó una sonrisa tranquilizadora.

—No pasa nada, Linsea. Por muy mal que te parezca oír esto, no puedo culparlos. Tuve algunos... problemas de salud importantes. Cualquier padre en su situación probablemente habría recurrido a lo mismo.

Me ardía la lengua por profundizar y pedirle que entrara en detalles sobre qué condición podía tener un bebé para justificar que lo abandonaran como lo habían hecho con él. Sin embargo, su vaguedad dejaba claro que no estaba dispuesto a revelar lo que debía de ser un historial médico muy personal. Al fin y al cabo, seguíamos siendo prácticamente desconocidos.

El destello de gratitud en sus ojos me confirmó que había tomado la decisión correcta al no forzar la situación. Lo último que deseaba era que se cerrara en banda por culpa de mi intromisión.

—Durante los dos primeros años, me cambiaron mucho de lugar —continuó Kayog, y su rostro adoptó una expresión distante al recordar—. Nadie quería quedarse conmigo. Lloraba demasiado y nada de lo que hacían me calmaba. Todos no sabían cuál podía ser el problema.

—Aunque es miembro de la OPU, Daelynn no es el planeta más avanzado. Puede que sus médicos no fueran los más adecuados para tratar a un bebé Temern —dije con cuidado.

—Lo primero que hicieron fue contactar con un Temern. Al parecer, no les fue muy bien y decidieron buscar otras vías.

Algo en la forma en que dijo esto levantó muchas banderas

rojas. ¿Qué habían visto o dicho los Temern para que no quisieran seguir contratando los servicios de uno de los nuestros?

—Finalmente, una pareja me acogió. Me mantuvieron hasta que tuve edad para irme.

—¡Es maravilloso! —exclamé—. ¿Cómo resolvieron tu problema?

Me miró fijamente durante unos segundos. No sabría decir si estaba buscando la forma adecuada de expresarlo o si quería responderme.

—Me colocaron dentro de un búnker aislado a doscientos metros de la casa principal. Tenía su propio cuarto de baño, dormitorio y un pequeño despacho. Me trajeron comida y todo lo que necesité —dijo con naturalidad.

—¡¿QUÉ?! —grité, poniéndome en pie de un salto, con el horror y la indignación recorriéndome por dentro—. ¿Por qué y por cuánto tiempo?

—Por favor, Linsea, siéntate. No pasa nada —dijo con voz tranquilizadora.

Avergonzada por mi arrebato, volví a acomodarme en el banco, con la mente en vilo y la sangre hirviéndome de rabia por haberle sometido a semejante abuso.

—Permanecí allí desde los tres años hasta los quince —dijo con calma.

—¡¿Qué cojones?! —siseé—. ¿Cómo te liberaste?

Para mi sorpresa, un destello de diversión brilló en sus ojos.

—Solicité mi primer máster —dijo en tono pícaro, y luego soltó una carcajada al ver mi expresión de estupefacción—. No tenía otra cosa que hacer en aquel búnker, así que estudié.

—¿Y luego qué pasó? —pregunté, asombrada por lo indiferente e imperturbable que parecía mostrarse ante toda la situación.

—Como parte del proceso, tuve que hacer una entrevista en persona y una evaluación. Desgraciadamente, mientras esperaba para entrar en la sala de reuniones, tuve un ataque de pánico en público —me dijo sombríamente.

—¡No me digas! —exclamé—. ¡Llevas doce putos años atrapado en aislamiento! Es un milagro que no te hayas vuelto loco. Por supuesto, tendrías un colapso mental después de encontrarte de repente rodeado de tanta gente.

De pronto, su aversión a las multitudes cobraba sentido. ¿Qué otros traumas seguía arrastrando de aquellos días terribles?

—La verdad sobre mi situación vital salió a la luz, y las cosas se pusieron feas —continuó Kayog.

—¡Espero que los arresten! —gruñí.

Su vacilación me tenía a punto de perder la cabeza otra vez.

—Es complicado —dijo con cuidado.

—¿En qué sentido? —Exclamé en tono evidente—. Te encerraron y abusaron de ti durante más de una década. Se merecen un billete de ida a Molvi.

Resopló y sacudió la cabeza. Molvi no era algo que se deseara a nadie, salvo a las personas más repugnantes. El planeta prisión era el castigo más duro que se podía recibir. Ser enviado allí equivalía prácticamente a una sentencia de muerte.

—Sé lo que parece, pero no me maltrataron. Crecer allí me ayudó a sobrellevar mi condición —dijo en voz baja mientras yo le miraba incrédula—. Por chocante que te parezca, no los odio. En realidad, les estoy agradecido. No me querían, pero tampoco deseaban hacerme daño. Durante todo el tiempo que viví con ellos, no me faltó de nada. Todo lo que necesitaba o pedía, ellos me lo daban.

—¿Por qué tengo la sensación de que no se enfrentaron a la justicia? —pregunté, luchando por conciliar lo que decía con el hecho de que lo enjaularan durante toda su juventud.

—Fueron acusados, pero yo impugné los cargos que se les imputaban —dijo Kayog—. Debido a mi estado y a cómo lo que hicieron realmente me ayudó a sobrevivir a una juventud difícil, los tribunales accedieron a retirar los cargos. Sin embargo, recibí

REGINE ABEL

un enorme acuerdo al considerar que los Servicios de Protección de Menores me habían fallado.

Mis ojos se abrieron de repente.

—Has insinuado que tienes una situación económica desahogada. ¿Es esa la fuente de tu riqueza?

Asintió.

—Principalmente, sí. Pero en lo que respecta a los estudios, recibí importantes becas, así que los créditos de la liquidación se mantienen casi intactos.

—¡Eso es estupendo! —dije, contenta de que aún sacara algo bueno de todo este calvario—. ¿Sigues hablando con tus padres de acogida?

—No. Nos separamos en buenos términos, pero la relación estaba más que agotada —dijo con una expresión que indicaba claramente que se trataba de un hecho consumado, y no necesariamente de algo que quisiera retomar.

Sin embargo, no había animosidad en él. No parecía albergar mala voluntad hacia las personas que lo habían "criado".

—Entiendo cómo te convertiste en un gran estudiante, pero ¿cómo te convertiste también en un atleta de élite? —le pregunté, aun pensando en la difícil infancia que había tenido.

—Me faltó actividad física adecuada —dijo con una sonrisa melancólica—. Una parte de mi "rehabilitación" incluía ver a un psicólogo y a un preparador físico. No estaba gordo ni nada por el estilo, pero no tenía músculos, poca resistencia y, en general, poca energía.

—Déjame adivinar, le cogiste el gusto.

—Alguna vez lo hice. Al igual que estudiar, me dio algo en lo que concentrarme. Sin embargo, fue incluso más allá, ya que pude sentir cómo mi cuerpo cambiaba y crecía de una forma que me gustó mucho. Me proporcionó una sensación de control que nunca antes había tenido. Mi trabajo y dedicación podían dar los resultados que quería. Por una vez, ya no era un espectador pasivo cuando se trataba del comportamiento de mi propio

70

cuerpo. Luego descubrí que tenía una vena bastante competitiva, así que eso me empujó aún más a querer sobresalir en las disciplinas que elegía.

Solté una risita al ver la forma tan simpática con la que se rascaba las hermosas plumas doradas que tenía cerca de la nuca. Me pareció un tic nervioso cada vez que se sentía avergonzado o cohibido.

—¿Y cómo hiciste la transición para poder manejar multitudes? —pregunté suavemente.

—Fue... un proceso lento y gradual —dijo vacilante—. Pero a día de hoy, sigo viviendo casi siempre aislado.

Fruncí el ceño y estudié sus rasgos como si pudieran revelar las respuestas a las innumerables preguntas que bullían en mi cabeza.

—¿Puedo preguntarte cuál era tu estado... o sigue siendo, si no se ha resuelto? —inquirí en tono amable y algo apologético.

Me miró con una expresión extraña. Me invadió una sensación de inquietud cuando estiró el cuello y su mano derecha se crispó ligeramente antes de cerrarla en un puño.

—Estoy loco —dijo al fin.

—¡No, no lo estás! —exclamé en un tono que no admitía discusión.

—Sí, Linsea, lo estoy —dijo Kayog con un tono de resignación que me dejó atónita.

Lo miré fijamente, con la mente a mil por hora.

—¿De eso se trataba tu nueva canción? —pregunté, con la tensión impregnando mi voz.

—Sí —dijo Kayog de forma objetiva, con el rostro desprovisto de cualquier emoción.

—¿Soy yo la paloma? —insistí.

Una vez más, accedió con un estoicismo casi robótico.

—Sí.

Sin embargo, algo había cambiado en su comportamiento. Llevaba tiempo gestándose, pero mi cerebro no lo percibía hasta ahora. Un nervio le latía en la sien, las manos—sobre todo los dedos índices—le temblaban de vez en cuando. Tenía la espalda rígida y sus majestuosas alas se apretaban cada vez más contra su cuerpo, de esa forma involuntaria que suelen hacer los pájaros cuando tienen miedo o sufren. Era una respuesta instintiva para proteger nuestro cuerpo de cualquier daño.

Como no sabía si se trataba de tics normales en él de los que no me había percatado antes por haber estado demasiado ocupada babeando y fantaseando con él, decidí guardar silencio al respecto por el momento. Si eran normales en él, no quería señalar algo de lo que pudiera sentirse cohibido.

—La canción decía que debía huir lejos —continué en el mismo tono controlado y no conflictivo—. ¿Es eso lo que quieres? ¿Que me aleje de ti?

—No —dijo con firmeza, la sinceridad en su voz actuando como el bálsamo más dulce en una herida que ni siquiera me había dado cuenta de que sentía ante la perspectiva de que él no quisiera tener nada que ver conmigo—. Pero probablemente deberías.

—¿Porque estás loco? —Pregunté.

—Sí.

Volvió a estirar el cuello y miró en dirección a la universidad. Seguí su mirada, suponiendo que por allí pasaba alguien que le desagradaba o que estaba haciendo algo inapropiado. Pero seguíamos bastante aislados, aunque ahora se congregaban bastantes grupos de gente cerca de la entrada del campus, así como dispersos en varias zonas alrededor del edificio. Nada ni nadie destacaba de forma que pudiera explicar su reacción.

Volví a mirar a Kayog y le vi sacando una pequeña píldora de un compartimento secreto de su brazal. Se la metió en la boca y, segundos después, sus pupilas se dilataron. Poco a poco, la tensión fue desapareciendo de sus hombros. Aún parecía tenso, incluso abría y cerraba las manos como si se le hubieran entumecido.

Me quedé mirándole horrorizada, negándome a dejar que el pensamiento que se colaba en mi mente echara raíces.

—¿Qué ha sido eso? —pregunté en un tono mucho más duro de lo que pretendía—. ¿Es algún tipo de medicina?

Se me encogió el corazón cuando no dijo que sí al instante.

—No, pero para mí, sí —dijo, con el rostro cerrado y toda la calidez desapareciendo de sus ojos.

—¿No? ¿Entonces qué es? ¿Son drogas? ¿Sufres de adicción? ¿Por eso dices que estás loco? —solté, con la rabia filtrándose en mi voz.

No era mi intención bombardearle con tantas preguntas ni atacarle de forma tan agresiva. Pero la decepción de que pudiera compartir algunos de los grandes defectos que suelen asociarse al estilo de vida de los artistas me golpeó con fuerza.

—No, no soy drogadicto —dijo en tono cortante, endureciéndose su rostro.

Sí, claro. Eso es exactamente lo que diría un drogadicto.

Aunque me guardé ese pensamiento poco caritativo, no lo solté.

—¿Qué es entonces? ¿Y por qué la tomas? —desafié.

Chasqueó el pico con fastidio y lanzó una mirada casi asesina hacia la universidad. ¿Qué coño le pasaba con la universidad? Nada de su comportamiento tenía sentido, y mi propio enfado porque se negaba a darme respuestas claras iba en aumento.

—¿Qué pasa? —repetí con más fuerza.

Kayog giró la cabeza hacia mí, esta vez con una expresión de enfado en el rostro. Para mi sorpresa, su esclerótica parecía estar inyectada en sangre. No dijo ni una palabra, con la mirada fija en mí y las manos entrelazadas, como si luchara por contenerse.

Respiré hondo y me reprendí por haber manejado todo esto tan mal. Enfrentarse a alguien que lucha contra el abuso de sustancias era la mejor manera de alejarlo.

—Por favor, habla conmigo, Kayog —le dije en un tono suave y apaciguador.

—Debo irme —dijo bruscamente, volviendo a meter en la bolsa los envoltorios vacíos de su comida.

—¡No, espera! —exclamé, presa del pánico—. Mira, no es ninguna vergüenza enfrentarse a una adicción, sobre todo teniendo en cuenta la dura educación que tuviste. Hay muchos programas que...

—¡NO SOY UN PUTO ADICTO! —gritó.

Retrocedí y me quedé mirándole atónita. A pesar de su visible enfado, no temía que me hiciera daño, pero me partía el corazón que se negara a aceptarlo. Para empezar, no se podía ayudar a alguien que se negaba a reconocer que tenía un problema.

Resopló y me dirigió una mirada de disgusto que me caló hondo.

—Sabes, Linsea, eres linda, pero eres muy criticona. No me conoces.

—No te conozco, pero estoy tratando de hacerlo —dije con voz suave.

—Ahora parece claro que no deberías —gruñó.

—Pero...

—¡BASTA! —gritó Kayog, golpeando tan fuerte con el puño la superficie de madera de la mesa que ésta se resquebrajó.

Jadeé y el corazón casi se me sale del pecho. Esa violencia repentina no iba dirigida a mí. Kayog miraba a la escuela con ojos asesinos. Se me heló la sangre cuando parecieron brillar. Los ojos de un Temern nunca deberían brillar. Entonces, con un gruñido furioso, saltó sobre el banco antes de emprender el vuelo.

Me quedé helada, en estado de shock, mientras se alejaba como un dios vengativo en una misión. De repente salí de mi aturdimiento, tomé nuestras bolsas vacías y volé tras Kayog para averiguar qué había provocado aquella reacción irracional. Parecía estar enfurecido por algo o alguien. Pero estábamos demasiado lejos para que percibiera sus emociones, y mucho menos para que le enfurecieran tanto.

A primera vista, no había visto ningún auricular u otro dispositivo de comunicación del que pudiera haber recibido algún tipo de mensaje. Aunque probablemente tuviera un implante de traducción—como la mayoría de las personas que forman parte de una especie avanzada—esos dispositivos no podían utilizarse para la comunicación a distancia. Entonces, ¿qué demonios acababa de ocurrir?

Dijo que estaba loco...

¿Kayog oía voces? ¿Podría estar teniendo algún tipo de episodio psicótico? Había un gran número de sustancias no medicinales o naturales que ayudaban a las personas con problemas mentales causados por desequilibrios químicos. Kayog afirmó que la pastilla que tomó no era un medicamento, pero que para él actuaba como tal. ¿Podría ser eso?

Cualquier otra especulación se desvaneció de mi mente cuando Kayog no se dirigió a la entrada principal, sino a una zona apartada de los jardines que bordeaban uno de los edificios orientales del campus. Algunas personas se fijaron en él. Sus emociones expresaron su curiosidad y empezaron a moverse en la dirección en la que se dirigía. Supongo que su expresión facial les alertó de que algo raro estaba ocurriendo.

Para mi consternación, la confusa curiosidad de los alumnos se transformó rápidamente en una mezcla de enfado por parte de algunos y de morbosa excitación por parte de otros. Fuera cual fuera la causa, no podía ser buena. Lamentablemente, desde este ángulo, no podía ver lo que había a la vuelta de la esquina del gran edificio. Kayog desapareció detrás de la pared al girar a la derecha, y un fuerte grito de rabia llegó hasta mí, pero no pude distinguir las palabras.

La escena apareció finalmente en mi campo de visión justo cuando Kayog aterrizaba frente a un grupo de tres machos humanos. Apenas tardé un segundo en comprender lo que había estado ocurriendo cuando vi a una hembra Nazhral aterrorizada apoyando la espalda contra la pared.

¡¿Cómo demonios pudo sentir esto desde la glorieta?!

—¡Oye, métete en tus putos asuntos! —gritó un hombre de pelo corto y negro, avanzando amenazadoramente hacia Kayog.

Sin malgastar saliva con aquel tonto, Kayog lo agarró por el cuello y lo lanzó como un muñeco de trapo por el césped con una fuerza alucinante. El moreno voló al menos diez metros antes de aterrizar de espaldas. Por suerte para él, se trataba de césped y no del duro pavimento que adornaba la entrada principal y las terrazas alrededor del campus. Pero, aun así, pareció perder el aliento.

Los otros dos hombres, uno rubio y otro moreno con una cicatriz en la frente, se pararon juntos frente a Kayog.

—Márchate y no vuelvas a acosar a otra persona, y mucho menos a una mujer, si sabes lo que te conviene —siseó Kayog.

—¡No te metas, Temern! —gruñó el macho rubio—. Esa puta ladrona y su puta gente son la razón por la que mi familia casi se arruina.

Aterricé a una distancia segura, incontables estudiantes se reunieron alrededor para presenciar el altercado.

—¡Última advertencia! —Kayog repitió.

—¡Vete a la mierda! —gritó el hombre de la cicatriz antes de cargar hacia delante.

Lanzó un puño carnoso a Kayog, que lo esquivó con facilidad. Jadeé cuando de inmediato blandió su ala izquierda contra él, golpeándolo lo bastante fuerte como para tirarlo al suelo con un sonoro ruido sordo. Aquello era muy peligroso, a menos que se dominara por completo ese tipo de movimiento, ya que nuestras alas eran bastante frágiles. Un golpe en el ángulo equivocado podía dislocarlas, romper alguno de los huesos o dañar nuestras plumas de tal forma que impediría seriamente nuestra capacidad de volar recto.

El hombre de la cicatriz gimió dolorosamente mientras

rodaba hacia un lado en posición fetal. A diferencia de su primer compañero, que había sido arrojado a la hierba, él no había tenido tanta suerte, sino que se había golpeado contra los duros adoquines de piedra. Dudaba que se hubiera roto algo, pero aquello no podía ser agradable.

El rubio emitió un grito enfurecido y también intentó lanzar una ráfaga de puñetazos a Kayog. Aunque los esquivaba o bloqueaba sin esfuerzo, Kayog estaba cada vez más furioso con el humano por no retroceder. Entre dos paradas, descargó un potente golpe con la palma de la mano contra el pecho del hombre, que retrocedió tambaleándose y a punto estuvo de caerse de culo. In extremis, el rubio consiguió mantenerse en pie apoyándose en la pared del fondo, a un par de metros de distancia.

Un grito alarmado surgió de la multitud cuando el primer hombre de pelo corto y oscuro se levantó de nuevo y salió corriendo del césped con una mirada casi demente, como si pretendiera placar a Kayog. Grité su nombre asustado cuando se quedó parado, mirando al atacante con una expresión aterradora.

Mi mente se congeló cuando levantó la palma de la mano izquierda, su brazo mucho más largo le permitió alcanzar a su atacante mucho antes de que el humano pudiera golpearle. Kayog cubrió la cara del hombre con la mano y lo empujó hacia atrás. Por alguna insensata razón, habría jurado que su palma brillaba. Detuvo al agresor en seco, pero llevado por su impulso, sus pies volaron hacia arriba y se golpeó la nuca contra el duro pavimento.

La multitud lanzó un grito de horror. Aunque no había sangre a su alrededor, el hombre tenía los ojos en blanco y permanecía inmóvil. Se me revolvió el estómago al pensar que la fuerza del impacto podría haberle roto el cuello. Pero los gritos de la Nazhral reclamaron toda nuestra atención.

Al darse cuenta de que las cosas no iban como él quería, el idiota humano se abalanzó sobre la hembra, probablemente con la intención de utilizarla como escudo de carne. Pero no llegó a alcanzarla. Ella corrió incluso cuando Kayog se abalanzó sobre él.

—¡HE DICHO BASTA! —gritó Kayog con voz atronadora.

Agarró la muñeca del humano, que intentó golpearle en la garganta. Kayog esquivó hacia la derecha, y luego le propinó un revés con tal fuerza que resonó como un trueno. La sangre estalló en la comisura de la boca del hombre. Sus rodillas se doblaron y apenas consiguió mantenerse en pie. Con un rugido casi salvaje, Kayog alzó el vuelo, sujetando al humano por la muñeca.

—¡Kayog, no! —susurré, aunque no sabía muy bien qué pretendía hacer.

Un puñado de personas corrió hacia el hombre con cicatrices, que afortunadamente volvía en sí. Pero yo solo tenía ojos para Kayog. Se me heló la sangre cuando comprendí sus intenciones. Voló una corta distancia hasta un alto árbol ancestral y se elevó hasta su cima, a una altura de al menos diez metros, antes de soltar la muñeca del hombre.

El pobre humano gritó, y el sonido se apagó rápidamente al chocar contra muchas de las innumerables y gruesas ramas en su descenso, hasta que se estrelló pesadamente contra el suelo. Aunque las ramas habían ralentizado su caída lo suficiente como para evitarle una muerte segura, había sufrido daños importantes. Se acurrucó en el suelo gimiendo, con la ropa desgarrada y visibles laceraciones en la piel.

Para mi horror, Kayog aterrizó frente a él con una mirada asesina. Por instinto, volé hacia ellos, aterrorizada por lo que pudiera ocurrir. Cuando acorté la distancia, oí al hombre suplicar a Kayog entre lágrimas y gemidos de dolor que no le hiciera más daño. Durante medio segundo, temí llegar demasiado tarde cuando las garras de Kayog salieron disparadas.

Sin pensarlo, aterricé frente a él, casi encima del humano, y puse las palmas de las manos sobre su pecho.

—Kayog, por favor, no le hagas daño. Se acabó —le supliqué, mientras mi mente registraba vagamente que había dejado caer nuestras bolsas en algún momento, probablemente después de que la pelea hubiera comenzado.

Giró el cuello antes de mirarme. Me invadió una sensación de terror al contemplar su rostro. Apenas podía reconocerle. Sus ojos estaban tan inyectados en sangre que las venas rojas zigzagueaban por su esclerótica como espirales de Tesla. De hecho, casi parecía como si le brotaran lágrimas de sangre de los ojos.

Retrocedí e inconscientemente aparté las manos de su pecho como si su mero contacto me quemara. Por primera vez, le tenía miedo de verdad. Una oleada de ira torció sus facciones. Me miró con una expresión dolida, triste y casi traicionada antes de elevarse con un poderoso aleteo.

Entumecida, asustada y confusa, lo vi alejarse mientras la gente a mi alrededor corría hacia el macho herido.

¿Qué coño acababa de pasar?

CAPÍTULO 6

KAYOG

Sentí que se acercaba mucho antes de aterrizar. Una oleada de gratitud se hinchó en mi interior, incluso mientras me ahogaba en la tristeza. El sutil golpe en la puerta antes de que entrara me arrancó una sonrisa reacia. Siempre había sido demasiado respetuosa, aunque sabía que yo era plenamente consciente de su presencia. No tuve que decirle que entrara para que abriera la puerta.

Sin mediar palabra, Isobel se dirigió al centro de la sala de estar, donde yo estaba sentado en mis ancas en mi intento fallido de meditar. Se detuvo un par de pasos delante de mí. Me acerqué más a ella, me apoyé en las rodillas, rodeé su cintura con los brazos y apoyé la mejilla en su vientre.

Todavía en silencio, me acarició la cabeza mientras las lágrimas resbalaban por mi cara. No necesitaba que le hablara para entenderme después de años intentando ayudarme a encontrar una paz que nunca llegaba. No sabría decir cuánto tiempo permanecimos así antes de que finalmente la soltara. Volví a sentarme y me sequé las lágrimas. A lo largo de los años, había pasado a menudo por momentos difíciles, pero no recordaba haberme sentido nunca tan derrotado.

Isobel se arrodilló frente a mí y me secó la humedad persistente de la cara con dos dedos.

—¿Te encuentras un poco mejor? —preguntó al fin.

Aplastado por la desesperación, negué con la cabeza.

—Estoy cansado, Isobel. Tan cansado... No creo que pueda seguir haciendo esto.

—NO hables así, ni siquiera pienses esas cosas —dijo con severidad—. Has luchado demasiado tiempo y demasiado duro como para rendirte ahora, cuando tienes tanto por lo que vivir. Eres más fuerte que esto.

—Me estoy magullando demasiado rápido ahora —dije—. A este paso, pronto tendré que aislarme por completo para ser remotamente capaz de funcionar.

Isobel frunció los labios mientras reflexionaba sobre mis palabras y luego asintió lentamente.

—Eso parece.

—Creo que es ella quien lo causa —respondí, con la garganta dolorosamente contraída.

—¿Tu paloma serena? —preguntó Isobel con voz suave.

Asentí con la cabeza.

—Sí. Se llama Linsea. Su canto es increíblemente hermoso. Quiero envolverme en ella y perderme en ella, excluir todo lo que no sea ella. Pero estar cerca de Linsea es como abrir las compuertas. Siento y escucho demasiado. Es como si me bombardearan desde todos los ángulos, y mi cerebro está en carne viva todo el tiempo.

Isobel frunció el ceño mientras yo respiraba entrecortadamente. Incluso ahora, el martilleo en mi cabeza seguía siendo implacable, y un dolor agudo continuaba apuñalándome el cerebro, especialmente detrás de los ojos.

—¿Has comprobado tus niveles? —preguntó, estudiando mi rostro.

Mis hombros se encorvaron.

—Sí. Y están por las nubes. Nada de lo que hago mejora mi

situación. Ha ido empeorando durante los dos últimos años, pero ahora está completamente fuera de control.

Me cogió la mano derecha y me la apretó suavemente. A pesar de sus esfuerzos por mantener sus emociones positivas, la impotencia y la desesperación en su interior brillaban y se hacían eco de las mías.

—Cree que soy una bestia salvaje y un drogadicto —dije con amargura, el asco y la decepción que mis acciones habían despertado en Linsea aún me calaban hasta los huesos.

—¡No lo eres! —Exclamó Isobel, ofendida en mi nombre.

—¿En serio? —pregunté con una pizca de desafío.

Ella retrocedió y me miró sorprendida.

—Kayog, ¿cómo puedes decir semejante cosa? Sabes perfectamente que no eres un drogadicto. Ésta no es una droga adictiva, y solo la tomas en casos extremos, cuando es necesario. Puedo ver por qué ella pudo haber malinterpretado lo que vio. La cuestión principal es si se lo dijiste.

—¿Que estoy loco? —Pregunté, abatido—. Sí, lo dije.

—No estás loco —replicó Isobel con severidad, la desaprobación en su voz me golpeó con fuerza.

Ella había sido la única que siempre me había visto como una persona, no como un bicho raro roto, no como una abominación que había que eliminar. En los seis años que habían pasado desde que la conocí, Isobel había hecho todo lo posible por ayudarme. Era más que una amiga. Para mí, era la hermana que nunca tuve y, a veces, casi una figura materna, a pesar de que teníamos la misma edad.

—¿Por qué no puedo ser normal? —pregunté con voz quebrada—. ¿Por qué no puedo estar con ella?

—*Puedes* estarlo, Kayog —dijo Isobel con fuerza—. Pero *debes* hablar con ella. Una vez que le expliques tu estado…

—¡No tengo arreglo, Isobel! —Me quejé—. Lo hemos intentado todo.

Hizo un gesto despectivo con la mano.

—Millones de personas en toda la galaxia viven con sus discapacidades. No hay razón para que tú seas diferente. Mientras tanto, seguiremos buscando una solución para ti. Pero habla con ella, Kayog.

Negué lentamente con la cabeza, con la mirada desenfocada mientras repetía la escena en mi cabeza.

—No viste cómo me miró ni cómo se sintió después de que dejé caer a ese humano por el árbol. En ese instante, Linsea me tuvo miedo. Pensó que yo parecía un monstruo —dije, con un dolor punzante acuchillando mi corazón.

Isobel suspiró y me acarició el antebrazo de manera tranquilizadora.

—Entiendo por qué. En su lugar, yo habría reaccionado igual si no supiera la verdad sobre ti. Pero dijiste que ella es tu alma gemela.

—Lo es —dije en un tono que no admitía discusión.

—¡Entonces habla con ella! —exclamó Isobel como si quisiera abofetearme por ser irracionalmente testarudo—. El Creador no te emparejó por nada. Linsea entró en tu vida porque están destinados a funcionar de alguna manera. El destino quiso que se encontraran ahora, cuando las cosas están llegando a su punto crítico. Juntos, no me cabe duda de que encontrarán la solución que yo no pude darte.

—No fallaste —repliqué apasionadamente, con la culpa retorciéndome por haberla hecho sentir inadecuada o como si no estuviera agradecido por todo lo que había hecho—. Tu amistad y tu apoyo son lo que me han dado esperanza y me han hecho seguir adelante todo este tiempo.

—Entonces permíteme seguir apoyándote en esto haciendo caso a mi consejo. Habla Con. Ella. Te mereces ser feliz, Kayog. Eres el alma más bondadosa que conozco.

Resoplé con autodesprecio.

—Sí, bueno todo esto podría ser un punto discutible. Es probable que me expulsen después de mi hazaña.

Isobel sacudió la cabeza con una convicción que me sorprendió.

—No te expulsarán. Celeste, la hembra Nazhral que rescataste, dio fe de que la estabas salvando. Todos los testigos coincidieron con su declaración. Claro, puede que te den un tirón de orejas por fuerza excesiva, pero eran tres contra uno.

—Es probable que sigan siendo hijos de padres muy influyentes —repliqué—. No dejan entrar a cualquiera en Acadia. Seguramente sus padres exigirán algún tipo de justicia.

—No —dijo con una suficiencia inusual mezclada con un brillo duro en los ojos—. Esos tres chicos han sido problemáticos desde el principio. Sí, sus padres son influyentes y la única razón por la que entraron. En realidad, le hiciste un favor a la escuela dándoles la excusa que necesitaban para expulsarlos potencialmente. Pero van a estar bien. Lo confirmé antes de venir aquí.

A pesar de mi situación actual, me invadió una oleada de alivio. No sabía cómo seguir adelante. Pero me gustaba que no me hubieran quitado la elección de las manos, como habría ocurrido si me hubieran expulsado.

—Que conste que el director Colin husmeó y se entrometió bastante después del incidente —dijo Isobel pensativa—. Creo que puede haber puesto el pulgar en la balanza a tu favor.

—¿En serio? —pregunté, atónito—. ¿Qué les dijo?

—Ni idea —respondió en tono de disculpa—. Pero siente una enorme curiosidad por ti. Cuando interrogó a los otros alumnos sobre el incidente, también los taladró sobre ti como persona.

—Joder —murmuré—. Ahora va a estar aún más encima de mí. Cree que soy el Buen Samaritano.

—¿Y lo eres? —preguntó Isobel, con el rostro ilegible mientras me sostenía la mirada inquebrantablemente.

Cualquier otra persona que la estuviera mirando no habría tenido ni idea de qué pensamientos cruzaban su mente. Con mis habilidades empáticas, pude leer claramente que ella creía que lo era. Aunque no aprobaba el vigilantismo ni la violencia en general, tampoco me condenaba por las medidas que hubiera tomado para proteger a los inocentes.

No respondí, pero tampoco aparté la mirada.

Ella resopló.

—Me lo imaginaba. Lo sospeché desde la primera vez que oí hablar de un rescate a tiempo.

—Vuelo mucho por la noche cuando no puedo dormir —dije sin comprometerme.

—¿Y tus enfáticas habilidades te llevan convenientemente a tropezar con damiselas en apuros? —preguntó Isobel en tono burlón.

Sonreí.

—En realidad, son más bien "tipos" en apuros, como les gusta decir a los humanos. Pero, ¿quién lleva la cuenta?

Se rio entre dientes y me sacudió la cabeza cariñosamente.

—Si sirve de algo, no puedo atribuirme el mérito de todos los rescates oportunos. Hay otros ahí fuera a los que no les parece bien que se haga daño a inocentes.

Ladeó la cabeza y me dirigió una mirada de evaluación.

—Los Enforcers son extremadamente ingeniosos y no reparan en gastos para el bienestar de sus tropas. ¿Has pensado en unirte a ellos?

Sacudí la cabeza con convicción.

—En cuanto sepan algo más de mí, probablemente me internarán o me convertirán en una especie de rata de laboratorio. Estoy harto de instituciones.

Apretó los labios en una expresión decepcionada, pero resignada.

—Sí... lo entiendo.

Por la mirada que me dirigió, Isobel parecía querer decir algo más, pero se lo pensó mejor. Me acercó la mano a la cara y me miró a los ojos, probablemente evaluando hasta qué punto debían de estar inyectados en sangre. Mi amiga se puso de pie y me pasó el escáner del brazal por la cabeza. Su ceño fruncido mientras examinaba el resultado en la interfaz me dijo todo lo que necesitaba saber.

—Todavía hay mucha hinchazón. Tómate otra pastilla y luego podemos meditar juntos —dijo Isobel en tono autoritario.

Asentí con la cabeza, me metí otra pastilla en la boca y adopté la posición de Lotus mientras mi amiga hacía lo mismo. No me curaría, pero ayudaría a traer algo de paz al interminable caos de mi mente.

CAPÍTULO 7

LINSEA

La vergüenza me quemó las tripas cuando me sorprendí a mí misma mirando de nuevo a la puerta. Era una tontería por mi parte, ya que Kayog solía asistir a clase a distancia. Pero no podía evitar esperar que apareciera contra todo pronóstico. Todavía no sabía cómo sentirme por lo ocurrido ayer.

—No va a venir —dijo Tala con voz suave después de que me asomara de nuevo a la puerta.

Se me encendieron las mejillas de vergüenza por haber sido tan obvia como para que ella se diera cuenta.

—Qué patética soy —murmuré.

—No, no lo eres —dijo Tala con firmeza—. Te sientes muy atraída por Kayog, y está claro que es recíproco. Ha pasado una mierda, y es justo que estés confusa por ello. Pero él no es un macho violento.

—¿¿Eh?! ¡No fuiste testigo de lo que pasó! —exclamé incrédula.

—No me hizo falta. Kayog protegió a Celeste de un grupo de matones —dijo Tala de una manera tranquila y evidente que me dejó perpleja.

—¡¿Tirando a ese idiota contra un árbol?!

Se encogió de hombros.

—Frenó la caída de dicho idiota. Su ego está mucho más magullado que su cuerpo. Y se lo merecía.

Negué con la cabeza, poco convencida, con un escalofrío recorriéndome mientras reproducía toda la escena en mi mente.

—También hay algo más. Los ojos de Kayog brillaban, y creo que sus manos también. Era como... —se me cortó la voz cuando me faltaron las palabras.

—¿Como qué? —Tala insistió suavemente—. ¿Como si estuviera poseído?

Negué con la cabeza.

—No, pero...

—¿Pero qué?

Solté un suspiro y me encogí de hombros.

—Sinceramente, no lo sé. Todo lo que puedo decir es que, por un breve momento, me asustó de verdad. No estaba realmente asustada *por* mí, pero no sabía a quién estaba mirando. Tal vez poseído no sea una mala palabra después de todo.

—Habla con él —dijo Tala con firmeza.

Arrugué la cara, sintiéndome desgarrada.

—O tal vez debería escuchar su consejo y huir mientras pueda. Y, sin embargo, otra parte de mí no quiere hacerlo. Por encima de todo, quiero entender qué ha pasado, qué ha provocado esa reacción y por qué coño le brillaban los ojos. Los Temerns no tienen habilidades como esa. Pero realmente parece un montón de problemas de los que sería más sabio mantenerme alejada.

—Chica, habla con tu hombre. Se deben los dos al menos averiguar qué está pasando para poder tomar una decisión con conocimiento de causa. Nadie escribe una canción así sobre una mujer que acaba de conocer si no va en serio con ella. Dense una oportunidad —dijo Tala.

—Sí, suponiendo que vuelva a aparecer —dije en tono malhumorado—. Por lo que sabemos, podrían haberle expulsado. Acadia tiene normas estrictas sobre la violencia.

Hizo un gesto despectivo.

—No, no le expulsarán. Ya nos habríamos enterado. Además, todo el mundo lo aclamaba como a un héroe. El colegio tendría un montón de gente descontenta con la que lidiar si lo castigaran por proteger a alguien en peligro.

—Hmmm, bueno —dije sin comprometerme, tan confuso ahora como al principio de esta conversación.

Aunque me lo esperaba, me sentí muy decepcionada cuando Kayog no apareció. Concentrarme en la clase rivalizaba con la hazaña olímpica más agotadora. Para cuando nos despidieron, ya había cambiado de opinión al menos mil millones de veces.

—Disculpa. ¿Sois Linsea Kenna? —me llamó una suave voz femenina en cuanto Tala y yo salimos de la sala de conferencias.

Giré la cabeza en dirección a la voz, atónita al ver a una esbelta y joven mujer humana envuelta en una larga túnica con símbolos rúnicos que reconocí como representativos de la mayoría de las principales religiones observadas por las diversas especies miembros de la OPU. Tenía el pelo largo y rubio oscuro, la piel aceitunada y unos ojos verde oscuro que me examinaban con amabilidad. Sin embargo, irradiaba un intenso nerviosismo, como si temiera mi reacción al acercarme a ella.

—Sí, soy yo —respondí, curiosa.

—¿Podríais concederme un momento para hablar? —preguntó, con el nerviosismo a flor de piel.

—Claro —dije, girándome completamente hacia ella.

—Es por un asunto privado —añadió, lanzando una mirada de disculpa a mi amiga.

Aunque estaba claro que le fastidiaba que la excluyeran, Tala asintió y me dedicó una sonrisa amistosa. Por mucho que le gustaran los chismes, mi mejor amiga era también la persona más digna de confianza que conocía. Nunca se entrometía en asuntos privados ni revelaba un secreto que le hubieran confiado sin su consentimiento expreso.

—Estaré en el jardín oriental cuando termines —dijo antes de alejarse.

Le sonreí agradecida antes de volver a centrar mi atención en la desconocida. Hizo un gesto con la mano hacia una discreta alcoba donde podríamos hablar con más libertad, y yo la seguí.

—¿Qué puedo hacer por vos? —pregunté intrigada cuando nos detuvimos.

—Me llamo Isobel Biondi. Soy la mejor amiga de Kayog.

Retrocedí, con la sorpresa y la traición golpeándome.

—¡¿Sois su novia?! —solté, de inmediato molesta conmigo misma por haber dejado que mi estúpida boca se adelantara a mis pensamientos.

Ella soltó una carcajada y negó con la cabeza. La sinceridad de su reacción y sus emociones aplastaron al instante cualquier duda que pudiera tener. Esto aumentó aún más mi mortificación por el hecho de que mi mente hubiera ido directamente allí cuando él no me había dado ninguna razón para sospechar de juego sucio.

—No —dijo en tono divertido mientras saludaba a su atuendo—. Esta túnica me marca como estudiante de doctorado en el programa clerical galáctico. Como parte de nuestra formación, debemos permanecer célibes durante cinco años. Este es solo el segundo año. Así que no, no hay ninguna relación romántica entre Kayog y yo. Es solo un buen amigo, al que considero como un hermano.

—Ya veo —respondí, aunque en realidad no vi nada—. ¿Os ha enviado él para que habléis conmigo?

Me sorprendió ver cómo se estremecía.

—No, él no me envió. De hecho, seguro que me da una paliza cuando se entere —dijo avergonzada.

Fruncí el ceño, siempre sospechando al instante de cualquiera que traicionara o actuara a espaldas de alguien que confiara en él.

—Entonces, ¿por qué lo hacéis? —pregunté, con la voz un poco más fría.

—Porque es mi amigo y está destrozado. En los seis años que lo conozco, jamás rechazó a ninguna mujer. Pero desde que te conoció, no ha podido sacarte de la cabeza ni un solo instante.

Mis mejillas se encendieron y me moví sobre mis garras, sintiéndome a la vez halagada y avergonzada.

—Kayog dice que eres la elegida, su alma gemela — continuó Isobel con una convicción que me dejó tambaleándome —. Pero también cree que no es digno de ti.

—¡¿Qué?! —exclamé, atónita ante sus dos afirmaciones.

—Cree que está loco, pero no lo está —dijo la sacerdotisa en un tono que no admitía discusión.

—Él lo ha dicho —concedí pensativa—. ¿Por qué piensa eso?

Vaciló y me miró con gesto de disculpa.

—Aunque me encantaría responder a tu pregunta, no soy quién para decirlo. Tiene que decírtelo él mismo.

Chasqueé el pico con fastidio, aunque apreciaba que ella le mostrara ese respeto.

—Como empática, puedo sentir que cada palabra que acabas de decir nace de lo más profundo. Pero Kayog no me conoce. Por eso, su afirmación de que soy *yo* me resulta profundamente descabellada. Al fin y al cabo, ayer hablamos apenas una hora por primera vez —respondí, midiendo con cuidado cada palabra para no decir en voz alta que, en el fondo, todo aquello me parecía una locura.

Ella sonrió de forma indulgente.

—Con cualquier otra persona, estaría de acuerdo en que tal afirmación sería descabellada. Pero Kayog ve y oye las cosas de una manera que nadie más puede. Te aseguro que no está loco. Simplemente es único.

—¿Quieres decir del mismo modo que los autistas pueden realizar ecuaciones matemáticas demenciales en segundos? —le pregunté.

Frunció los labios mientras sopesaba mis palabras durante un par de segundos antes de asentir vacilante.

—Tiene algunas similitudes, supongo. Pero, como he dicho, Kayog es único de una forma que nunca había visto antes — respondió Isobel con cuidado.

—¿Entonces *es* autista o neurodivergente? —insistí.

La sacerdotisa negó con la cabeza.

—No lo es. A Kayog simplemente le han diagnosticado mal toda su vida.

Asentí lentamente.

—Teniendo en cuenta que se ha criado en una colonia Darwandir, entiendo perfectamente cómo ha podido ocurrir.

Isobel retrocedió y sus ojos se abrieron de par en par con una extraña mezcla de sorpresa y esperanza.

—¿Lo sabes? —exclamó.

Me encogí de hombros.

—Sí, me lo contó.

—¿Todo? —insistió, con la mirada intensa.

—No sobre los detalles de su enfermedad —concedí—. Sólo mencionó que la única vez que lo vio un médico Temern, había motivos para creer que podría intentar hacerle daño.

—No hacerle daño, sino matarlo —corrigió Isobel, con la voz y la expresión endurecidas por la ira persistente hacia el médico.

Fue mi turno de retroceder.

—¡¿Qué?! ¿Por qué alguien que ha jurado curar a la gente querría hacerle daño? ¡¿Y especialmente a uno de los nuestros?!

No quería creer lo que decía, pero las emociones que se arremolinaban a su alrededor dejaban claro que estaba siendo totalmente sincera basándose en los hechos que conocía.

Isobel abrió y cerró la boca un par de veces antes de suspirar con frustración.

—Ya he dicho todo lo que podía sobre este asunto. Lo único que puedo hacer es rogarte que, por favor, hables con él. Tienes buenos contactos. Quizá puedas ayudarle a conseguir la asistencia médica que necesita —dijo en tono suplicante.

Me pasé una mano nerviosa por las suaves plumas de la cabeza y moví las alas para liberar parte de la tensión que se acumulaba en mi espalda.

—No lo he visto desde el incidente de ayer, y casi nunca viene a clase —dije.

—Mañana hará su entrenamiento en canoa —respondió rápidamente la sacerdotisa—. Le ayuda a concentrarse. Por favor, no sé cómo ayudarle. Todo esto le está destrozando física y mentalmente. Creo con todo mi corazón que el Creador te envió aquí para salvarlo. Lo siento en los huesos.

Abrumada, me froté la nuca, con demasiados pensamientos arremolinándose en mi cabeza. Pero incluso entonces, ya sabía que haría todo lo que estuviera en mi mano para ayudarle. Aquella mujer creía sinceramente que él estaba en apuros y que yo podía inclinar la balanza. Como ella dijo tan acertadamente, yo tenía buenos contactos. Si lo que afectaba a Kayog era de naturaleza médica, encontraríamos una cura.

—¿Estás en contacto con él, o lo ves en persona? —pregunté de repente.

Ella asintió, con la esperanza brillando en sus ojos verde oscuro.

—Sí, lo veo.

—Entonces, la próxima vez que hables con él, dile a Kayog que aún me debe una cena.

Me miró boquiabierta durante unos segundos antes de estallar en carcajadas, con toda la tensión desprendiéndose de sus hombros. A continuación, una cálida oleada de gratitud emanó de ella y se abalanzó sobre mí. Cualquier duda que aún pudiera tener sobre sus sentimientos hacia él se desvaneció en ese instante. Isobel le quería de verdad como a un hermano, o incluso casi como a una madre.

—Puedo ver por qué te ama. Gracias por darme la esperanza de su inminente salvación. Realmente el Creador te envió.

Me acarició suavemente el brazo en un gesto que combinaba amistad y gratitud antes de darse la vuelta y alejarse.

~

Me paseaba inquieta por el salón, mirando la pantalla cada dos por tres como si fuera la responsable de que mi abuela no me llamara. Mi impaciencia era injustificada, pues aún faltaban cuatro minutos para la hora acordada. Una cosa en la que siempre podía confiar era en que Nana Arika fuera exactamente puntual, no un poco antes o después, sino justo a la hora.

Sin embargo, no pude evitar maldecir al reloj por no ir más rápido.

Justo a tiempo, un mensaje entrante apareció en mi pantalla exactamente a las 5:30 PM. Casi me tiro en el sofá y acepto la llamada. Inmediatamente apareció el hermoso rostro de mi abuela. Yo era su vivo retrato, salvo que yo era completamente blanca con algunas motas oscuras en las mullidas plumas de mi pecho, mientras que mi abuela era completamente negra con motas blancas. A menudo bromeábamos diciendo que ella era el Ying de mi Yang. Y, sin embargo, nuestras personalidades eran inquietantemente parecidas.

—Hola, cariño —me dijo con ese tono cariñoso que siempre sentía como una manta cálida.

—Hola, Nana —respondí cariñosamente—. Siento mucho molestarte mientras estás en medio de ese gran mandato, pero realmente necesito tu ayuda.

—Es sobre ese tal Kayog Voln —preguntó con un tono demasiado despreocupado que no me engañó lo más mínimo.

Me quedé rígida, con la boca abierta, mientras mi mente se apresuraba a averiguar cómo era posible que ya supiera algo de él. Aún no había dicho ni una palabra sobre Kayog, ya que oficialmente no teníamos ningún tipo de relación. Y entonces me di cuenta.

—¿Colin dijo algo? —le pregunté.

Ella se encogió de hombros, con el rostro inexpresivo, mientras su mirada azul, idéntica a la mía, seguía siendo intensa.

—Tal vez —respondió de forma misteriosa.

Me enfurecí de inmediato. Sabía que se trataba de su instinto profesional para sonsacar toda la información posible a la otra parte sin revelar demasiado de lo que sabía. Pero ahora necesitaba un aliado, no un fiscal.

—¿Qué ha dicho? —pregunté en tono cortante, molesta por no poder leer sus emociones a través de la pantalla.

Entrecerró los ojos y mi reacción la hizo sospechar aún más.

—Ya sabes que no soy quién para revelar lo que me han confiado. Sin embargo, tienes un amigo interesante, aunque un poco violento —respondió en tono neutro mientras estudiaba mis respuestas.

No había duda de que mi abuela también deseaba poder leer mis propias emociones en ese momento.

—No es violento —respondí con firmeza, sorprendida por mi propia convicción al pronunciar esas palabras.

Esta misma mañana no sabía qué pensar de la brutal exhibición que había hecho ayer. Pero aquella conversación con la sacerdotisa lo había puesto todo patas arriba.

—¿En serio? —preguntó Nana Arika, con una ceja dudosa que reflejaba la incredulidad de su voz.

Asentí con la cabeza.

—Sé lo que parece —concedí—. A decir verdad, tenía algunas reservas sobre él. Pero, de hecho, estaba protegiendo a una víctima contra tres matones. Evidentemente, tenía la fuerza y las habilidades para infligir graves daños a todos ellos, pero no lo hizo. Dicho esto, no te llamo por ese incidente, sino para pedirte ayuda médica y tu palabra de que no lo comentaremos con nadie en quien no podamos confiar plenamente.

Esta vez, mi Nana se enderezó, y la expresión ligeramente distante que gritaba cuidadosa reserva se desvaneció. Yo nunca hacía este tipo de peticiones, así que ella sabía que estaba pasando algo grave.

—Por supuesto, cariño. Tienes mi palabra.

—Gracias —dije con sincera gratitud—. El motivo de esta petición es que Kayog sufre algún tipo de enfermedad rara. Aún no tengo todos los detalles, salvo que me ha dicho que la única vez que consultó a un médico Temern, su vida y su bienestar corrieron peligro.

Mi abuela retrocedió, y una expresión preocupada recorrió sus facciones.

—¿Un médico Temern quería hacerle daño? —insistió, con sus majestuosas alas rígidas por la tensión.

Asentí con la cabeza y procedí a relatar todo lo sucedido desde que conocí a Kayog, incluida su canción, todo lo que dijo mientras compartíamos el desayuno, el incidente con los matones y las revelaciones de Isobel.

Al ver que mi abuela casi se desplomaba contra el respaldo de su silla como si necesitara apoyo, todos mis sentidos se pusieron en alerta máxima. Sus ojos se movían de un lado a otro mientras su mente se agitaba, incontables emociones en conflicto empujándose y arremolinándose unas a otras sobre su rostro. Mi lengua ardía por la necesidad de interrogarla, pero no quería desconcentrarla mientras resolvía todo lo que le había confiado.

—¿Cuántos años tiene tu amigo? —preguntó de repente.

—Kayog tiene veintisiete —respondí, con la espalda rígida por la expectación y el nerviosismo.

Ella frunció el ceño y sacudió la cabeza con aire confuso.

—¿Qué? —pregunté, empezando a enfadarme—. ¿Qué estás pensando?

Volvió a sacudir la cabeza como si fuera incapaz de hacer las paces con los pensamientos que bullían en su cabeza.

—Sólo conozco una situación concreta en la que los médicos Temern querrían matar a uno de nosotros y, de hecho, se esperaría que lo hicieran —reflexionó en voz alta, mientras parecía seguir esforzándose por conciliar lo que se le pasaba por la cabeza.

—¡¿Se espera que lo hagan?! —exclamé, indignada—. ¿Qué pasó con su juramento de no hacer daño?

—Como he dicho, hay una situación muy singular que lo justifica. Pero los Edals nunca son tan mayores.

—¿Edals? —repetí—. ¿Qué es eso? ¿Y qué podría justificar un asesinato?

—Los Edals son Temerns que sufren una mutación extremadamente rara —explicó Nana Arika con cuidado—. Es un caso de locura en el que el niño nace rabioso.

Se me heló la sangre.

—¿Rabioso? Pero, ¿cómo? ¿Por qué?

—Tienen glándulas pineales anormales, que es lo que controla nuestras capacidades empáticas —respondió.

—¿Y eso les da poderes, como esa energía brillante alrededor de la mano de Kayog? —pregunté, con la mente en blanco.

Ella negó con la cabeza.

—No puedo decir si lo hacen o no. Por lo que he leído sobre el tema, sus encefalogramas están por las nubes. La mayoría mueren en el útero o son abortados en el momento en que se les diagnostica como Edals. Las raras excepciones que logran nacer no muestran ningún signo visible durante la gestación. En el momento en que comienza el parto, parece que se activa algún tipo de mutación en su glándula pineal y vienen al mundo gritando sin parar. Agarran todo y a todos, incluso a sí mismos. Hay que contenerlos para que no se autolesionen gravemente. En la mayoría de los casos, mueren de un aneurisma o de una hemorragia cerebral.

Apreté las manos sobre el regazo para que no me temblaran mientras repetía en mi mente la conversación con Kayog. La primera vez que me contó su historia, me pregunté qué clase de padres monstruosos pondrían a su recién nacido en estasis, lo meterían en una cápsula de emergencia y lo enviarían a una especie que no sabía nada de su anatomía solo porque no podían soportar su llanto. Ahora, yo no podía evitar preguntarme si en realidad lo habían enviado lejos para darle una oportunidad de vivir y librarlo de la eutanasia de nuestros médicos.

—¿Cuál es el Edal más viejo del que se tiene constancia? —pregunté en un susurro.

—Si esto es lo que es tu Kayog, y hasta ahora parece que podría serlo, sin duda es el más viejo. Suelen morir en veinticuatro horas. El más viejo del que se tiene constancia murió en una semana de pura agonía. Nunca llegan a los veintisiete.

—¡Por el Creador! —exhalé, apretando las palmas de las manos contra las mejillas antes de lanzar una mirada confusa a mi abuela—. ¿Cómo es que nunca he oído hablar de los Edals? Parece una enfermedad tan trágica y extrema que debería hablarse mucho de ella.

Sacudió la cabeza.

—Como he dicho, es una afección extremadamente rara, y solo se dan uno o dos casos cada siglo aproximadamente. Como la solución es bastante controvertida, se consideró mejor mantenerla en secreto y tratarla solo con los padres.

—¿Pero por qué? Matar al feto o al recién nacido parece un poco extremo. Con todos nuestros avances tecnológicos, seguro que se podría hacer algo por ellos. Si yo tuviera un hijo Edal, lo pondría en estasis para que no sufriera mientras los médicos trabajan sin descanso para encontrar una cura.

Me dedicó una sonrisa indulgente.

—Como he dicho, los Edals son un suceso extremadamente

raro. Según nuestra historia, un defecto así se consideraría muy perjudicial para la reputación de una casa. La familia querría mantenerlo en secreto para que todo el linaje no fuera rechazado por miedo a que pudiera manchar a otros. Esta directriz data de hace siglos. Nunca se actualizó porque nadie tenía motivos para creer que un niño así pudiera salvarse. Y no sabemos si tu Kayog es un Edal de verdad.

—Si no es un Edal, ¿por qué si no querría matarlo un médico Temern? Y de cualquier manera, un niño que se autolesiona no debería ser una justificación para medidas tan extremas. Además, en el caso de Kayog, ya era mucho mayor y no se automutilaba cuando un médico Temern descubrió su existencia. Entonces, ¿qué otro motivo podría haber?

Sacudió la cabeza.

—No se me ocurre ningún otro motivo para que lo hicieran. Al menos, nada que yo sepa.

—¿Y si es un Edal? —desafié.

—Entonces lo habrá cambiado todo él solo. Necesitamos que lo examinen nuestros mejores médicos lo antes posible —dijo en tono imperativo.

—No permitiré que lo conviertan en una especie de rata de laboratorio. Es una persona, no un experimento —dije con severidad.

Soltó una risita y su mirada se suavizó, aunque no pasé por alto el brillo serio que aún acechaba en su interior.

—Antes de seguir especulando, tenemos que averiguar más cosas sobre él —dijo mi abuela en tono objetivo—. Basándose en las grabaciones de seguridad del campus, Colin confirma que las manos y los ojos de Kayog definitivamente brillaban. También registraron una importante oleada de energía cinética. Sea lo que sea, tu amigo es algo nunca visto. La pregunta es si es una amenaza.

—No, no lo es —dije con una firmeza que hizo que mi

abuela enarcase una ceja con un deje de diversión—. Tala dijo que es extremadamente protector con la gente.

Para mi sorpresa, mi abuela asintió.

—Efectivamente, eso es lo que dice su historial. Pero también tenemos razones de peso para creer que es el justiciero que ataca Mazeria, o al menos uno de ellos. En cuyo caso, podría ser un psicópata que canaliza así su necesidad de violencia.

Eso me hizo reflexionar. Aunque mi instinto me gritaba que no era una persona violenta ni una amenaza para la sociedad, sería completamente irresponsable por mi parte no considerar al menos esa posibilidad.

Sintiéndome un poco derrotada, miré a mi abuela con expresión casi suplicante.

—Me gusta, Nana. De verdad… *de verdad* me gusta. Nunca nadie me había hecho sentir lo que él me hace sentir, y cada fibra de mi ser me dice que es un buen hombre, uno que necesita ayuda desesperadamente. Pero tengo miedo, estoy confundida. No quiero tomar malas decisiones guiada solo por las emociones.

Me dedicó una sonrisa afectuosa.

—Nunca fuiste imprudente, querida, y menos de las que se vuelven locas por los chicos. Me preocupa ese hombre, pero tu afecto por él me dice que debe de ser una persona excepcional. Los Enforcers lo están investigando a fondo para determinar si es un peligro o un activo. Haré todo lo que esté en mi mano para protegerle, pero debe someterse a pruebas. Tenemos que saber si el poder que exhibió en ese campus es todo lo que tiene, o si hay mucho más que podría utilizar como arma de destrucción masiva.

—Lo entiendo, pero no permitiré que lo conviertan en una rata de laboratorio —reiteré.

—Cariño, si es un Edal, no tendrá más remedio que ofrecerse voluntario para serlo, si alguna vez queremos encontrar una cura. Pero puede hacerse de forma respetuosa y empática. Lo que puedo prometer es que mientras no sea una amenaza, me encargaré de que se le conceda la misma libertad de elección que a cualquier otro civil en lo que respecta a su atención sanitaria.

Aunque no era la respuesta que esperaba, era honesta y razonable. Asentí con la cabeza.

—Ten cuidado, cariño. Te quiero.

—Yo también te quiero, Nana. Y te prometo que así será.

CAPÍTULO 8
KAYOG

Introduje tres pastillas más de dipramina en el compartimento secreto de mi brazal. Era un antidepresivo tricíclico que hacía tiempo que había dejado de tomarse en la mayoría de los planetas. No era el medicamento ideal. Pero era el único que funcionaba para ralentizar—y a veces incluso detener—el funcionamiento de mi glándula pineal. Cuando hacía efecto, el fármaco ayudaba a adormecer el ruido y los insoportables dolores de cabeza que me volvían loco.

Una afluencia masiva de emociones alegres estaba bien. Por eso, no tenía ningún problema en participar en eventos deportivos o dar un concierto. Me encantaba el dolor físico y la concentración que me proporcionaban los esfuerzos atléticos. Lo mismo podía decirse de estar rodeado de los vítores, la excitación y la emoción de las multitudes que asistían a mis espectáculos o competiciones. Cuando terminaban, todo iba cuesta abajo.

Una vez que se asentaba la polvareda, la gente volvía a sus emociones menos agradables, como la ira, los celos, la tristeza y el odio, todas las cuales se sentían individualmente como apuñaladas por un puñal. Y una vez que todas se mezclaron en un caótico torbellino, me sometieron a una agonía absoluta. Muchas veces me debatía entre arrancarme los ojos o destruir la fuente del dolor: las personas que transmitían esas asquerosas emociones. Y eso convertía a las multitudes en una auténtica pesadilla. Aun así, hoy podría volver a ver a mi amor. Mis entrañas se retorcían dolorosamente cada vez que contemplaba la posibilidad de que viera miedo y asco en sus ojos. Lo único que me daba esperanzas era que Isobel me dijera que Linsea seguía esperando esa cena que le debía.

El enojo que sentí inicialmente porque la sacerdotisa se acercara a Linsea en mi nombre se desvaneció rápidamente. Más allá de que lo había hecho por genuino amor hacia mí, también había sido el empujón que necesitaba para dejar de ser tan patético a la hora de ser sincero con mi alma gemela. Si no podía ser sincero conmigo mismo, no estábamos hechos el uno para el otro. Al hablar con mi paloma, Isobel la hizo más receptiva a las revelaciones que tenía que hacerle.

Con el pulso acelerado por la inquietud y la expectación, volé al campus y comencé mi entrenamiento en canoa. Mi decepción por no ver aparecer a Linsea se convirtió en tristeza cuando terminé y entré en el hangar para lavar y luego guardar mi canoa. Me tomé el doble de tiempo para completar esa tarea con la esperanza de que se hubiera quedado dormida o se hubiera entretenido de alguna otra forma. Con el corazón destrozado cuando siguió sin aparecer, me metí en la ducha, tratando de encontrar alguna razón racional para explicar su ausencia. Por los comentarios de Isobel, creía que Linsea vendría a mi entrenamiento. Sin embargo, en retrospectiva, mi amiga nunca afirmó que mi compañera había confirmado que lo haría.

Y entonces la sentí.

El corazón me dio un salto en el pecho, y casi me resbalo y me rompo el cuello en mi prisa por terminar de lavarme y enjuagarme por miedo a que se marchara, pensando que ya me había ido. Otros Temerns simplemente bajaban sus muros psíquicos lo suficiente como para permitir que su contraparte percibiera sus emociones y confirmara así su presencia. Yo no podía hacer eso sin causar una angustia significativa a mi compañera.

Me obligué a salir tranquilamente de las duchas. Joder, ¡era preciosa! De pie junto a mi canoa, pasaba suavemente los dedos por el borde. Los celos más irracionales me invadieron cuando deseé que me acariciara *a mí* de esa manera.

Ella movió la cabeza en mi dirección y, al ver la expresión de mi cara, esbozó una sonrisa tímida y algo vacilante. Solo cuando se giró para mirarme de frente me di cuenta de que llevaba dos bolsas en la mano. Resoplé y negué con la cabeza mientras acortaba la distancia que nos separaba.

—¡Oye! Creía que *yo* te debía una cena —dije con falsa indignación.

Miró la bolsa que llevaba en la mano izquierda antes de volver a mirarme con expresión pícara.

—¡Uy! Tienes razón —dijo con fingida consternación antes de encogerse de hombros—. Supongo que eso significa que ahora me debes *dos* cenas.

Me reí e incliné la cabeza en señal de concesión, con el corazón henchido de alegría. Mi desdichada mente había imaginado mil millones de pesadillas diferentes para nuestro próximo encuentro. Pero, así como así, mi paloma lo había hecho tan fácil e indoloro. Era realmente mi alma gemela.

—Trato hecho —dije con una sonrisa.

—¿Cómo estás? —Linsea preguntó suavemente, la genuina preocupación que sentía por mí se filtraba en su voz.

Eso, también, hizo que un agradable calor se extendiera por mi pecho.

—Estoy bien. Mucho mejor, gracias —dije en tono amable.

Aunque tenía intención de entrar en más detalles, no quería hacerlo aquí.

—Me alegra oírlo. Me imaginé que tendrías hambre después

del tipo de entrenamiento intenso que realizas —dijo Linsea tímidamente, mostrándome las bolsas.

—Estoy absolutamente famélico —respondí con sinceridad.

Apenas había comido desde el incidente, me sentía demasiado angustiado para poder digerir nada.

—¿Quieres comer fuera del campus? —Linsea se ofreció.

—Eso sería genial, si no te importa —dije, mi corazón se disparó.

—No me importa. ¿Hay algún lugar concreto en el que te sientas cómodo? —preguntó, y sus emociones me transmitieron a gritos que realmente quería que me sintiera a gusto, y no por un sentido equivocado de la obligación.

Me moví sobre mis garras y elegí cuidadosamente mis palabras antes de hablar.

—A decir verdad, el lugar más cómodo para mí sería mi casa. Pero no quiero que pienses que soy una especie de bicho raro si te invito allí —dije, con tensión audible en mi voz.

Para mi sorpresa, Linsea sonrió, su aura irradiaba algo parecido al alivio, como si hubiera esperado esa misma respuesta... lo cual no tenía sentido.

—Tu casa, entonces —dijo de manera objetiva.

Me quedé boquiabierto, asombrado por la facilidad con la que aceptó.

—¿Estás segura? —pregunté, inseguro.

—Sí, Kayog —dijo Linsea con firmeza—. Confío en que no me harás daño.

Una poderosa emoción casi me ahogó mientras me deleitaba en la luz divina que emanaba de ella.

—Nunca, mi paloma —respondí, conmocionado por ser capaz de formar palabra alguna.

Antes de que pudiera estremecerme interiormente por usar ese término cariñoso, la oleada de placer que emanaba de Linsea me apaciguó y al mismo tiempo hizo que la posesividad que sentía hacia ella se volviera frenética. Me hacía cosquillas que siguiera respondiendo tan positivamente hacia mí, sobre todo después de lo mucho que temía que aquel reencuentro se torciera.

Tras liberarla de las dos maletas, levanté el vuelo, feliz de dejar atrás el doloroso caos del campus que cobraba vida a medida que más y más estudiantes comenzaban su jornada. Había algo mágico en volar junto a mi compañera. Mi mente se arremolinaba con imágenes de nuestro vuelo nupcial, de innumerables aventuras surcando los cielos rodeados de nada más que naturaleza virgen, la caricia del viento, los cálidos rayos del sol y el aura cautivadora de nuestro amor arremolinándose a nuestro alrededor. Lo deseaba tanto que podía saborearlo.

Linsea jadeó cuando nos acercamos a nuestro destino y por fin vio una casa solitaria en medio de una pequeña isla en el río.

—¿Es tu casa? —exclamó, atónita.

—Sí, lo es —respondí con suficiencia.

—¿Eres el dueño de toda una isla?

Me reí entre dientes.

—Técnicamente, esto es demasiado pequeño para llamarlo isla. En realidad es un islote de poco más de sesenta metros cuadrados. Y, por desgracia, no, no soy el dueño. Normalmente, aquí no se puede construir una residencia. Pero el alcalde ha tenido la amabilidad de concederme un permiso especial para instalarme aquí temporalmente mientras dure mi educación — dije mientras iniciábamos el descenso.

A vista de pájaro, la casa tenía forma de cruz con tejados oscuros ligeramente inclinados. Todos tenían paneles solares, lo que me permitía disfrutar de la mayoría de las comodidades habituales sin tener que estar conectado a la red eléctrica de la ciudad.

—Es una casa desplegable, diseñada específicamente para mis necesidades. Así que es perfecta para viajar con ella a cualquier parte —expliqué mientras aterrizábamos.

Aunque no era perfecto, este hogar era mi refugio. A lo largo de los años, había sido lo único que había evitado que me volviera completamente loco. Si pudiera volver atrás en el tiempo, le habría hecho algunos retoques, pero era más que suficiente. Me encantaban los enormes ventanales reflectantes de alrededor, por los que siempre entraba luz a raudales y me proporcionaban la intimidad que ansiaba... No es que nadie pasara nunca por allí.

Abrí la puerta y la invité a pasar antes de entrar detrás de ella. Incluso con la puerta todavía abierta, la quietud protectora de la casa me arrancó casi un suspiro de alivio. Cruzar el umbral de mi hogar siempre me hacía tomar conciencia de cuánto había dolido todo allá afuera. Pensar que la mayoría de la gente recién comenzaba su día me inquietó; me di cuenta de lo desmedidamente sensible que me había vuelto en los últimos tiempos.

Sin embargo, aunque volver a casa me alegraba, enseguida sentí el cambio en Linsea. No lo llamaría incomodidad, pero no la afectó de la manera más positiva. Era de esperarse para alguien no acostumbrado a este tipo de ambiente.

—¡Vaya! —susurró Linsea para sí misma, frunciendo ligeramente el ceño mientras miraba alrededor de la habitación, tratando de averiguar qué era exactamente lo que la inquietaba —. Esto se siente raro.

—Sí, es normal —respondí en tono apaciguador.

Sus ojos se abrieron de repente.

—¡Vaya! Esto parece una cámara anecoica. Es como si no hubiera eco —exclamó.

Mi sonrisa se amplió.

—Es más o menos el mismo principio, pero no es para el sonido normal. Esta casa está diseñada para bloquear las señales psíquicas.

Ella retrocedió ligeramente, la confusión se instaló en su bello rostro.

—¿Psíquicas? —repitió Linsea.

Asentí con la cabeza.

—Hay bastantes cosas que tengo que explicarte. Pero primero, déjame que te dé una vuelta rápida. Luego podemos sentarnos a la mesa y hablar mientras comemos.

—Me parece bien —contestó, y el alivio y la emoción que irradiaba me confirmaron que esperaba que le contara ciertas cosas.

Por mucho que lo hubiera temido—y aún lo temía hasta cierto punto—por fin comprendí que era lo correcto. Isobel había acertado al afirmar que debería poder hablar de cualquier cosa con mi alma gemela. No podía ser una coincidencia que el Destino me la enviara en el preciso momento en que me sentía a punto de tirar la toalla. Linsea me estaba dando una razón para aferrarme a una vida miserable que ya no tenía fuerzas para soportar.

Le di un rápido recorrido por la casa, que contaba con un dormitorio con su baño en suite, el segundo dormitorio que utilizaba como oficina, la sala de estar que también servía como mi sala de meditación, y el comedor cocina contigua con un pequeño armario de agua junto a la entrada.

—Es una casa realmente preciosa —dijo Linsea con sincera admiración—. Me encanta la paleta de colores tierra que has elegido. Por alguna razón, esperaba que tu casa fuera toda negra y gris oscuro, o del típico blanco y marrón que suelen elegir los hombres. Pero me encanta el verde bosque, el azul noche, los naranjas y los rojos intensos que has utilizado. Es cálido, alegre y acogedor, sin ser exagerado ni agresivo. También te agradezco mucho que hayas equilibrado la decoración para que parezca hogareña, pero no abarrotada.

Hinché un poco más el pecho con cada una de sus palabras. Como nunca recibía invitados aparte de Isobel, no tenía ni idea de cómo mi hembra habría percibido mi estética decorativa. Decir que su respuesta me complació sería quedarme muy corto.

—Me alegro de que te guste. Como paso la mayor parte del tiempo aquí, necesito que sea cálido y acogedor.

Aunque pronuncié esas palabras de forma alegre, no pasé por alto la pizca de tristeza que desencadenaron en ella. Como la mayoría de la gente, ella consideraría esta casa una prisión más que un refugio. En más de un sentido, sería una apreciación acertada. Pero para mí, la protección que ofrecía superaba cualquier connotación negativa que viniera con ella.

—Este lugar debe haber costado una fortuna —dijo Linsea pensativa mientras la guiaba a la mesa de comedor lo suficientemente grande para cuatro personas.

—No fue barato —concedí—, pero la liquidación lo cubrió todo y sobró bastante —dije mientras me detenía junto a la mesa.

—¡Es increíble! —dijo con una sonrisa, su mirada recorrió la casa una vez más antes de posarse en mí—. Me encanta tu casa. Es un reflejo de ti.

Ladeé la cabeza y la miré inquisitivamente.

—¿Reflejo de mí? —repetí—. ¿Qué quieres decir?

—Es reconfortante, dulce, colorido, potente y, sin embargo, humilde, con el nivel justo de sobriedad para que resulte acogedor en lugar de sofocante. Aunque el efecto amortiguador es inquietante al principio, enseguida pasa a un segundo plano. Y lo único que quieres es envolverte con el calor de tu hogar —replicó Linsea pensativa, en lugar de responderme como si hablara consigo misma.

Cada una de sus palabras me derretía por dentro. Por instinto, acaricié su mejilla. La suavidad de sus plumas contra mi palma hizo que casi se me doblaran las rodillas. Para mi sorpresa, mi hembra se inclinó hacia mí y me lanzó una oleada de ternura. Incapaz de resistirme, la atraje hacia mí. Linsea se acercó voluntariamente, apretando su esbelto cuerpo contra el mío y hundiendo la cara en el pliegue de mi cuello.

—Mi paloma —susurré, con la garganta entrecortada.

Un violento escalofrío me recorrió y mis terminaciones nerviosas hormiguearon mientras mi piel se calentaba. Nunca había tenido una reacción tan potente ante nadie. No era la lujuria lo que alimentaba esta respuesta, sino una profunda sensación de corrección, de pertenencia, de estar por fin completo.

Le rodeé la cintura con los brazos y la estreché. Ella aplastó las alas contra la espalda y yo la rodeé con las mías. Un profundo y retumbante arrullo vibró en mi pecho y me subió por la garganta. Otro escalofrío me recorrió la espalda cuando Linsea unió su voz a la mía mientras frotaba su cara contra las plumas de plumón que cubrían mi cuello y mi pecho.

En perfecta sincronía, como si una comunicación silenciosa hubiera pasado entre nosotros, dejamos de arrullar. Me solté ligeramente y Linsea levantó la cabeza para mirarme fijamente. Me ahogué en el mar azul cristalino de sus ojos y me invadió una increíble sensación de bienestar y de perfecta comunión. Al cabo de unos segundos, o de incontables minutos, me incliné hacia delante y rocé su pico con un suave beso, que ella correspondió.

Sus uñas rascaron suavemente el plumón que recubre la base de mis alas, cerca de la columna vertebral. En determinadas circunstancias, se consideraría un gesto erótico, ya que ese lugar era bastante erógeno para nosotros—y para los pájaros en general—. Sin embargo, también podía ser un gesto tranquilizador o una muestra de afecto, sobre todo entre compañeros. Que Linsea lo hiciera indicaba que creía que nuestra relación avanzaba hacia algo más serio y exclusivo.

Con mucha reticencia, di un paso atrás, liberándola de mi abrazo. Pero nos tomamos de las manos durante unos instantes, con nuestras miradas fijas. En ese instante, algo se asentó en mi pecho, alimentado aún más por sus emociones arremolinándose a mi alrededor en una suave caricia, y la cautivadora canción de su alma curando las profundas heridas de mi desordenado cerebro. Linsea y yo estábamos hechos el uno para el otro. De algún modo, de alguna manera, lo resolveríamos juntos.

Sin soltar una de sus manos, ayudé a mi compañera a sentarse antes de acomodarme al otro lado de la mesa. Estaba enfrente de la cocina de laboratorio y justo enfrente de las grandes puertas del patio que daban a la parte derecha de la casa, con acceso al río a menos de diez metros. Ofrecía una vista tranquila y asombrosa, sobre todo con el frondoso bosque de la orilla opuesta y los picos de las montañas elevándose a lo lejos.

Cuando empezamos a comer, no pude evitar una risita divertida al darme cuenta de que mi compañera se había traído una ración doble de galletas de cereales. Archivé esa información para poder conseguirle una exclusiva caja de regalo llena de una amplia variedad de sabores y cereales que no estaban disponibles en la cafetería.

Después de unos bocados, respiré hondo y me lancé a revelarle todo sobre mi enfermedad.

—Desde que nací, era obvio que no era un Temern normal. A pesar de un entrenamiento exhaustivo, soy incapaz de cerrarme a la gente como el resto de ustedes. Excepto que no solo siento las emociones de la gente como sensaciones como tú. Para mí, también se traducen como sonidos.

Linsea se quedó paralizada, a medio camino de llevarse una galleta al pico. Me miró con expresión atónita.

—¿Como sonidos? —repitió, confusa.

Asentí con la cabeza.

—Las almas tienen canciones, melodías únicas para cada individuo, más o menos como una huella dactilar psíquica. Pero las emociones tienen sonidos. Por ejemplo, para mí, la ira es un sonido muy chirriante, como el de una puerta que chirría con fuerza. La alegría es como una campanilla de viento muy ligera. La tristeza es aguda y una de las peores que existen. Cuanto más profunda es la pena, más agresiva se vuelve. Se convierte en algo parecido a un chirrido o a uñas sobre cristal —expliqué.

Mi compañera me dirigió una expresión horrorizada.

—¡Por el Creador! Debe de ser horrible.

—Desde luego que lo es —dije en tono abatido—. Los celos y la envidia se manifiestan como un gruñido sostenido. Pero también tienen sensaciones. La ira es como una sensación de arrastrarse. La tristeza se siente como asfixia o ahogo. Los celos son viscosos y hacen que me pique la piel. Mientras que el miedo es más como esa desagradable sensación de pinchazos y agujas después de que una de tus extremidades se haya entumecido y se esté despertando de nuevo.

—¡Vaya! Nunca me lo habría esperado. ¿Y la alegría? ¿Qué se siente?

Sonreí.

—Es cálido y reconfortante, como una suave brisa de verano. Pero el amor es lo mejor. Es la encarnación de la paz, esa sensación de aturdimiento y bienestar que tienes mientras te dan un masaje en el spa.

—¡Es increíble! —dijo Linsea con una pizca de envidia—. Si yo fuera capaz de conseguir eso solo por andar con gente enamorada o que expresara esa emoción, me aferraría a ellos las veinticuatro horas del día.

Solté una risita.

—Estar cerca de esas personas es realmente maravilloso. Por desgracia, no puedo concentrarme en ellas de forma aislada. Siento todo de todos, todo a la vez. Siempre —dije, con la amargura impregnándome en la voz.

Mi compañera se llevó la mano al pecho con expresión de sorpresa.

—¿Qué quieres decir con todos? —preguntó con cuidado.

—Absolutamente todo el mundo. Todo el campus y sus alrededores. Por eso solo puedo estar cerca de las multitudes durante periodos de tiempo muy cortos antes de que me resulte agobiante. Es especialmente difícil cuando la gente siente emociones extremas.

—¿Y dices que no puedes bloquearlas? —insistió Linsea, conmocionada y empática a partes iguales.

—No puedo en absoluto, y no es por falta de ganas —dije con resignación—. Naturalmente, cuanta más gente está presente y despierta, más fuerte se vuelve. Entre sus diversas emociones, los sonidos que producen y las sensaciones que crean, me sumo en un caos mortal que me lleva al borde de la locura.

—¿Por eso me bloqueas sistemáticamente tus emociones? —preguntó en tono cuidadoso.

Moví las alas con inquietud antes de asentir.

—Sería muy doloroso para ti o para otros empáticos sentir mis emociones.

—Muéstramelas —me exigió.

—¡No! Acabo de decirte que...

—Sí, yo sé lo que dijiste —interrumpió Linsea en un tono suave, pero decidido—. Pero quiero comprenderte y conocerte plenamente. Lo que significa vislumbrar también lo que sientes. Un poco de dolor no me asusta. Y estamos en tu casa. ¿Qué mejor lugar que aquí, donde los demás te afectan menos gracias al efecto amortiguador?

Aunque mi hembra tenía razón, mi instinto me gritaba que era una mala idea. Sí, la casa disminuía significativamente el ruido en mi cabeza, pero no lo aplastaba. ¿Y si le hago daño? *¿Y si no lo hago, pero su percepción de mis emociones la apaga?*

Nadie había sentido nunca mis emociones... al menos no desde que yo tenía edad suficiente para descubrir cómo levantar mis muros protectores. La perspectiva de que otra persona me leyera era aterradora. Me sentía vulnerable, expuesto y totalmente cohibido. Al mismo tiempo, negarle a Linsea lo que yo le saqueaba con avidez no solo sería una falta de respeto, sino que también podría interpretarse como una falta de confianza. El objetivo de toda esta conversación era contarle la verdad, no ocultarle más secretos.

—Muy bien —dije con mucha reticencia, tratando de ignorar la vocecilla en la nuca que me gritaba que no accediera—. Pero solo te daré un pequeño vistazo al principio para ver cómo lo manejas. Y si todo va bien, bajaré más mis muros. ¿De acuerdo?

Me preparé para una discusión. Para mi alivio, sonrió y asintió. La gratitud que emanaba de ella me hizo sentir un poco idiota. Aunque al principio Linsea había hecho aquella petición por simple curiosidad, se había convertido en algo más profundo. En ese instante comprendí que no habría insistido si me hubiera negado. Pero quería—tal vez incluso necesitaba—que derribara mis muros, que me abriera a ella de forma voluntaria y confiara en ella.

—De acuerdo —dije, mi preocupación aún audible en mi voz —. Allá vamos.

Con el corazón palpitante, bajé ligeramente mi muro protector.

—¡Aaah! —Linsea gritó casi de inmediato.

Se llevó ambas manos a los lados de la cabeza, sus ojos se cerraron con fuerza, su rostro se contrajo con una expresión de dolor, mientras se presionaba las sienes.

—¡Linsea! —exclamé, cerrando de golpe mis paredes psíquicas mientras corría a su lado—. ¿Te encuentras bien? Lo siento. ¡Lo siento mucho!

Parpadeó y respiró hondo un par de veces antes de volver a mirarme. Le acaricié las mejillas y estudié su rostro para evaluar el alcance de su angustia. Mi compañera apoyó las palmas de las manos en mi pecho. Por un instante, temí que me apartara, pero en lugar de eso se apoyó en mí.

—Estoy... estoy bien —dijo, con la voz un poco temblorosa —. ¡¿Qué demonios ha sido eso?! ¿Es esto lo que sientes?

—Sí. Lo siento mucho. Debería haberlo sabido...

—No te disculpes, macho tonto —dijo ella en tono ligeramente castigador—. Insistí en que lo hicieras. Pero... creía que habías dicho que tu casa amortiguaba los efectos de tus habilidades.

—Así es. Este es el nivel soportable —dije con cuidado, sin dejar de examinarla para asegurarme de que estaba ilesa.

Sus ojos se abrieron de par en par.

—¡¿Eso es lo que llamas soportable?! ¿Quieres decir que normalmente es peor?

Asentí con la cabeza.

—Sí. Normalmente es tres o cuatro veces peor cuando estoy fuera.

Me miró boquiabierta. Una ráfaga de emociones recorrió sus facciones, desde el asombro y la incredulidad hasta la compasión, la tristeza y una sombría determinación mezclada con ira. Era como si hubiera encontrado un nuevo enemigo al que quería derrotar.

—¿Cómo puedes tolerarlo? Es una agonía. ¿Cómo has conseguido no volverte loco? —preguntó, atónita.

—Viviendo en el búnker —dije con una pizca de autodesprecio, acomodándome en la silla ahora que estaba seguro de que no había sufrido ningún daño—. En realidad, fue un descubrimiento accidental. Evelyn, mi madre adoptiva, no podía más. Había estado gritando sin parar por el dolor del constante asalto psíquico de todos los que podía percibir en un radio demasiado amplio fuera de la casa. Había estado llorando de agotamiento por lo que le había hecho pasar y necesitaba desesperadamente un descanso. Así que me puso allí durante una hora para que pudiera reponerse.

—Pobre hembra —dijo mi compañera con simpatía—. No puedo ni empezar a imaginar lo que debe haber sido, sobre todo si no entendían del todo lo que te estaba pasando.

Asentí.

—Fue especialmente duro para ella porque también tenía que vigilarme, ya que yo era bastante fuerte y trataba constantemente de mutilarme para acabar con el dolor. Volvió al búnker, disculpándose profusamente por haberme abandonado allí. Así que puedes imaginarte su conmoción cuando me encontró tranquilo, y sonreí antes de abrazarla. Al principio, pensó que era mi forma de intentar apaciguarla para asegurarme de que nunca más me "castigaría" así. En lugar de eso, le dije que me encantaba estar allí.

—¡¿Qué?! ¡¿Tú fuiste el que pidió vivir allí a largo plazo?! —exclamó Linsea, atónita.

Me reí entre dientes.

—Sí, desde luego que lo hice. Evelyn discutió bastante conmigo para asegurarse de que era realmente lo que yo quería. Pero nunca había estado tan callado durante tanto tiempo, sin gritar ni retorcerme de dolor. Así que claramente, algo en ese búnker estaba de acuerdo conmigo. Así que ella consintió. Junto con su marido, William, mejoraron el lugar para proporcionarme todo el confort que necesitaba.

Mi mujer se apoyó en el respaldo de su asiento, con una mezcla de incredulidad y comprensión recorriendo su hermoso rostro.

—Vaya, había malinterpretado todo el calvario. No me extraña que no presentaran cargos por abusos contra ellos — reflexionó en voz alta.

—Correcto —dije con una sonrisa.

Arrugó el ceño.

—Pero entonces, ¿por qué te dieron una indemnización tan cuantiosa?

—Porque el Estado me falló. Mis padres de acogida suplicaron muchas veces que me ayudaran, pero no les hicieron caso, les dieron largas o los desviaron a diestro y siniestro porque nadie sabía qué hacer o simplemente no se podían molestar — expliqué encogiéndome de hombros—. Al final, me sirvió de algo, ya que el acuerdo me ha permitido comprar esta casa y vivir prácticamente donde quiera sin volverme loco.

Ella asintió lentamente, sus ojos azules se movían de un lado a otro mientras reflexionaba sobre toda la situación. Sin embargo, el principal pensamiento que me dominaba era el hecho de que ni una sola vez había parecido apagada, disgustada o repugnada por mí o por algo que yo le hubiera revelado. Me avergonzaba haber dudado alguna vez de que mi alma gemela fuera capaz de aceptarme con mis defectos, por graves que fueran.

—Esa pastilla que te tomaste el otro día, ¿es para combatir ese ruido? —preguntó con cuidado.

—Sí —respondí sin vacilar—. Se llama dipramina. Ralentiza mi glándula pineal, lo que a su vez bloquea parte de mi capacidad para sentir a la gente. Lamentablemente, no es un bloqueo total.

Linsea se puso rígida y me dirigió una mirada intensa que puso en alerta todos mis sentidos.

—Dijiste tu glándula pineal, ¿correcto?

Asentí con la cabeza.

—Sí.

—¿Funciona mal? —insistió.

—No exactamente. No se formó correctamente.

La respiración agitada de mi compañera me asustó, sobre todo porque sus emociones parecían estar por todas partes.

—¿Qué pasa? —le pregunté.

Ella negó con la cabeza.

—En un minuto te lo diré. Pero contéstame antes a una pregunta. ¿Has probado los disruptores psíquicos para protegerte de los pensamientos y emociones de la gente?

Hice un gesto de desdén.

—Los he probado. Todos los modelos posibles, pero ninguno funciona. Produzco cantidades excesivas de melatonina, pero la mía es... inusual. Es melatonina, y sin embargo no lo es. Los médicos dijeron que era anormal, pero no pudieron explicar cómo. ¿Por qué lo preguntas?

Dio un largo sorbo a su agua aromatizada antes de contestar.

—Le pregunté a mi abuela si tenía alguna idea de por qué un médico Temern podría querer hacerte daño.

Mi espalda se puso rígida de inmediato y una sensación de

terror me invadió. Al notar mi reacción, Linsea se acercó a la mesa para apretarme la mano y tranquilizarme.

—No te preocupes, Kayog. Mi abuela es de confianza. Ella cree que tú podrías ser un Edal.

Parpadeé.

—¿Qué es eso?

Me hizo una descripción detallada de todo lo que su abuela compartía con ella. Aunque había innegables similitudes, las diferencias me parecieron demasiado significativas como para calificarlas.

Sacudí la cabeza.

—Son revelaciones fascinantes. Sin embargo, no puede ser mi caso, aunque solo sea por el hecho de haber llegado a esta edad.

Mi compañera asintió.

—Eso también la dejó desconcertada. Pero hay demasiadas señales que apuntan en esa dirección. Tal vez el tiempo que pasaste en esa cápsula de estasis tuvo algo que ver. O quizá tus padres hicieron algo antes de tomar la decisión de dejarte ir, algo que te ayudó a sobrevivir esos primeros días tan críticos. Hay demasiadas incógnitas para poder determinar con certeza si, de algún modo, recibiste un beneficio que los demás no tuvieron y que te salvó la vida. ¿Aceptarías someterte a un examen médico?

—No —dije en un tono que no admitía discusión.

Aunque había esperado esa respuesta, odié la decepción que emanaba de ella. A pesar de ello, la obstinada determinación que acechaba en el fondo dejaba claro que no estaba dispuesta a rendirse. No sabía muy bien cómo me sentía al respecto. Una parte de mí estaba encantada de que quisiera ayudarme, mientras que la otra temía que intentara obligarme a algo con lo que no me sintiera cómodo.

—Entiendo tus preocupaciones muy válidas basadas en experiencias anteriores —dijo Linsea en un tono razonable—. Pero tiene que haber una cura o una manera de arreglar lo que sea que te esté enfermando. Para ello, necesitamos la ayuda de los mejores profesionales médicos.

—No confío en ellos —dije enérgicamente.

—Es justo, pero podrías sentir si tuvieran malas intenciones —contraatacó ella.

—Cierto, pero para entonces podría ser ya demasiado tarde para mí. Podrían tenerme atrapado e incapaz de escapar de lo que sea que tengan preparado para mí —argumenté, odiando sonar excesivamente paranoico.

Para mi sorpresa, Linsea se levantó de su silla y rodeó la mesa para acercarse a mí. Deslicé mi silla hacia atrás y le di la bienvenida cuando se acomodó en mi regazo. Mi pecho se calentó al instante, y la sensación de paz que siempre sentía en su presencia se intensificó.

—¿Confías en mí, Kayog? —preguntó con voz suave.

—Sí —respondí sin vacilar.

—Entonces necesito que confíes en que nunca dejaré que nadie te haga daño, y mucho menos un médico. Dices que somos almas gemelas. Aunque no puedo percibir las cosas como tú, no puedo negar que entre nosotros existe una fuerte conexión como nunca antes había sentido con nadie. Si eres mío, arrasaré este mundo y cualquier otro antes de dejar que nadie te aleje de mí. Me niego a que sigas viviendo al límite de la vida por culpa de algo que posiblemente podría curarse.

Una poderosa emoción me oprimió la garganta. Tuve que tragar con fuerza un par de veces antes de confiar en mí mismo lo suficiente como para hablar.

—No hay peros que valgan, mi paloma. Yo soy tuyo. Nadie en ningún universo puede completarme como solo tú puedes.

—Entonces déjame ocuparme de lo que es mío. Déjame tomar todas las medidas necesarias para arreglar esto —dijo en un tono ligeramente suplicante.

Años de miedo y desconfianza me gritaban que me mantuviera firme y rechazara su oferta. Pero, más allá del hecho de que realmente confiaba en ella, no podía seguir viviendo esta sombra de una vida llena de dolor. Nos debía intentar todo lo posible para tener una oportunidad en el tipo de futuro que mi hermosa paloma merecía.

—Muy bien, mi Linsea. Confiaré en que harás lo que creas correcto.

La emoción que brotó en su interior en respuesta a mis palabras me destrozó. No estábamos enamorados el uno del otro, pero bien podríamos haberlo estado. Las canciones de nuestras almas se entrelazaron en un crescendo tan hermoso que casi me hizo llorar. Lo que daría por que ella pudiera oír cómo armonizábamos.

Se inclinó hacia delante y frotó su pico contra el mío. Yo le correspondí, mi mano se deslizó en una suave caricia por su espalda y la longitud de su esbelta cintura. Su boca se entreabrió y yo respondí instintivamente con una tímida aproximación de mi lengua antes de conocer la suya. Un rayo de fuego se encendió en la boca de mi estómago cuando profundizamos el beso.

Su placer mezclado con el mío me hizo palpitar rápidamente de una forma que no deseaba... al menos no tan pronto. El hecho de que yo percibiera claramente su propia excitación no ayudaba en mi batalla interior por contenerme. Como era la primera vez que venía a mi casa, no quería dejar que las cosas fueran demasiado lejos para que no se preguntara si la había traído aquí específicamente con la esperanza de aprovecharme de ella.

En lugar de eso, rompí el beso y la empujé hacia arriba. Aunque un poco confusa, obedeció mientras me lanzaba una mirada insegura. Tenía que ser confuso para ella no poder sentir nada de mí, ya que las habilidades empáticas eran una parte intrínseca del sistema sensorial de un Temern. Sería como perder la capacidad de ver u oír para otra persona.

Con una orden vocal, activé una música suave, del tipo que escuchaba a menudo para relajarme. La sonrisa de felicidad que me dedicó Linsea fue toda la confirmación que necesitaba. Volví a abrazarla. Durante la siguiente eternidad, nos balanceamos al ritmo de la música, intercambiando tiernos besos y suaves caricias mientras disfrutábamos de la presencia del otro.

Costara lo que costara, me casaría con mi paloma.

CAPÍTULO 9
LINSEA

De pie en el jardín delantero de la universidad, después de clase con Mares y Tala, luchaba con mi mente que vagaba constantemente de vuelta a Kayog. Quería sentirme culpable por haberme saltado las clases de ayer, ya que acabé pasándomelo casi todo con él. Me perturbaba lo fuerte y rápido que me estaba enamorando de aquel macho. Nos habíamos conocido hacía solo unos días y habíamos hablado muy pocas veces como para conocerlo. Y sin embargo, con una certeza que no podía negar, sabía que me estaba enamorando de él.

No había duda de que algún día me casaría con él.

Pero primero había que curarle. El hecho de que me permitiera tomar las medidas necesarias para conseguir la asistencia médica que necesitaba me conmovió hasta lo más hondo. Por mucho que me frustrara no poder sentir sus emociones, comprendía su reticencia a ser tratado. Su temor al personal médico era casi palpable mientras hablábamos. Estaba dando un enorme salto de fe en mí, y que me condenaran si le defraudaba.

Ya tenía algunas cosas en marcha con la bendita ayuda de mi abuela. Mañana recibiría un escáner especial que nos permitiría obtener el tipo de datos avanzados que los hospitales estándar no podían proporcionar. En la medida de lo posible, proporcionaría a los especialistas las muestras que necesitaran sin exponer a mi compañero a ellas hasta que fuera imprescindible.

Dicho esto, sería una mentira pretender que su estado de salud acaparaba todos mis pensamientos. El recuerdo de sus brazos a mi alrededor, de su cuerpo musculoso apretado contra el mío, la forma suave y respetuosa en que me tocaba y la ternura de sus besos me producían un cosquilleo en todos los lugares adecuados.

Más de una vez deseé que se hubiera atrevido a llevarme a su maravilloso dormitorio, con sus impresionantes vistas de la naturaleza y su enorme cama, que parecía tener el colchón más cómodo del universo. Al mismo tiempo, me encantaba su moderación.

Aunque nuestros machos retraían sus partes traviesas dentro de su cuerpo, podíamos sentir cuando estaban excitados si nos frotábamos contra ellos de la forma adecuada. En algunos casos, incluso se podía ver el bulto de bajo la fina capa de plumas de su entrepierna. Mientras bailábamos, su estado de excitación se había expresado en voz alta. Demasiadas veces para contarlas, me picaban los dedos con ganas de aventurarme hacia el sur y acariciar suavemente aquella parte íntima para engatusarle y que se extruyera.

Quería sentirme avergonzada por los pensamientos lascivos que despertaba en mí. Con cualquier otro macho, probablemente me habría sentido consternada por estar tan ansiosa tan pronto después de conocerlo. Pero con Kayog, todo parecía correcto y predestinado. Aun así, me encantó que me demostrara con palabras y acciones que yo no era una aventura ni otra conquista que añadir a su historial.

—Deja de fantasear con tu hombre y cuéntanos cómo fue tu desayuno con él, por no hablar del resto del día con el Sr. Perfecto —exigió Tala, moviendo las cejas de forma sugerente.

—Ella no ha tenido ningún desayuno conmigo —intervino Mares con una confusión fingida que nos hizo reír a las dos.

—Más le vale que no —replicó mi amiga con falsa severidad —. Por mucho que la quiera, si llega a husmear cerca de ti, tendré que desplumarla.

Me eché a reír.

—Te diría que lo trajeras, pero por mucho que aprecie a tu hombre, ya estoy tomada.

—¡¿Tomada?! —dijo Tala, abriendo mucho los ojos al pronunciar la palabra de una manera cargada de matices lascivos —. ¡Cuéntamelo todo!

—Ya te he dicho que yo no beso y lo cuento —le dije.

—¡Dios mío! ¿Así que besaste?

No lo había dicho con esa intención, pero mis mejillas se encendieron y mi expresión avergonzada por haberme delatado borró cualquier duda que pudiera tener.

—¡Oh, vamos! —exclamó, dando palmas con entusiasmo—. ¡Quiero todos los detalles!

—Tala —dijo Mares en tono de desaprobación.

—¡Pero bebééé! —dijo ella en tono quejumbroso.

—Nada de peros, mi amor. Nosotros no nos metemos en la vida privada de la gente —dijo con voz suavemente reprensiva.

—Bah, ustedes dos no son divertidos —dijo ella con un mohín exagerado que indicaba claramente que solo estaba siendo una mocosa juguetona—. ¿Cuándo volverás a verle?

Arrugué la cara y me encogí de hombros.

—No lo sé —dije tímidamente.

Sus expresiones preocupadas, mezcladas con una pizca de lástima—aunque rápidamente disimulada—me dolieron bastante. No hacía falta ser un genio para saber que se estaban preguntando si me estaban tomando el pelo. Al mismo tiempo, podía sentir su lucha interior al respecto, ya que ambas creían firmemente que iba en serio conmigo, aunque solo fuera porque nunca le habían visto mostrar interés por nadie más.

—Creo que volveremos a vernos hoy o mañana.

Su emoción instantánea me conmovió profundamente. Querían verme feliz.

—Te gusta de verdad —dijo Tala con voz suave y desprovista de su picardía habitual.

—Me gusta —dije con expresión tímida—. Es muy dulce y respetuoso. Pero tiene algunos retos importantes en los que espero poder ayudarle.

—¿Es neurodivergente, como especulábamos? —preguntó Mares.

Le dediqué una sonrisa de disculpa.

—No me corresponde hablar de sus asuntos personales. Pero ayer tuvimos una larga conversación que explicó muchas cosas. Sinceramente, estoy muy sorprendida por él. Las cosas que ha superado, todos los retos a los que se ha enfrentado y no solo ha vencido, sino que se ha convertido en una persona tan buena, es sencillamente impresionante.

—¡Maldita sea, alguien se está enamorando con fuerza! —dijo Mares en tono de broma.

—Yo sí —admití tímidamente.

—Pues no podría haberse buscado mejor compañera que tú —dijo Tala cariñosamente.

—Así es —dijo Mares, hinchando el pecho mientras atraía a Tala hacia sí—. Porque ya tengo la mejor que hay.

—Aww, ¿por qué eres siempre tan dulce? —preguntó Tala, derritiéndose contra él.

Se me encogió el pecho por mis amigos, aunque sentí una pizca de envidia.

—Las dos son increíblemente dulces —dije con una sonrisa.

—Claro que sí —dijo Tala, revolviéndose el pelo como una diva que nos hizo reír a su compañero y a mí.

—Estábamos pensando en dar un paseo en Nordjarimm —dijo Mares, sobrio—. ¿Quieres venir con nosotros?

—Mejor aún, ¿podríamos hacer de esto una cita doble? —sugirió Tala.

Dudé.

—Sabes, los alados solemos preferir volar nosotros antes que montar monturas voladoras.

—Presumida —dijo Tala, haciéndome una mueca.

Me reí entre dientes.

—Me parece justo, pero podrían volar junto a nosotros —contraatacó Mares—. Se supone que su trayectoria de vuelo es absolutamente impresionante.

Asentí.

—Sí, eso he oído. ¿Pero no anunciaron una tormenta en esa zona?

—Hmmm. Voy a ver —respondió Mares.

Soltó a su compañera y caminó unos pasos hacia el árbol ancestral bajo cuya sombra habíamos estado. Apoyó la palma de la mano contra el tronco, y sus *veris* se extrudieron de inmediato. Aquellas lianas corrían justo por debajo o por encima de la piel de los Edocits, tanto en las manos como en los pies, y se entrelazaban con su pelo. Permitían a su especie conectar con cualquier planta, árbol e incluso con el propio suelo. En su mundo natal, los animales, los peces y los pájaros también poseían sus propios *veris*, lo que permitía a los Edocits comunicarse directamente con ellos.

En este caso, Mares se estaba conectando con el árbol, lo que le permitiría transferir su conciencia a través de cualquier flora interconectada, proporcionándole una ventana abierta a la región más remota del planeta. Naturalmente, cuanto más lejos viajaba su conciencia, más tardaba en regresar. Por lo tanto, los Edocits siempre elegían cuidadosamente dónde usaban esa habilidad, ya que sus cuerpos permanecían vulnerables a los ataques durante ese tiempo.

Su rostro se desencajó mientras su *veris* se hundía en los surcos entre la corteza del tronco. A diferencia de su planeta, estos árboles no tenían *veris* propios, lo que hacía que la conexión fuera un poco más débil.

—Vaya, los alienígenas tienen todos esos poderes tan geniales y esa fuerza demencial, mientras que los humanos somos un asco —murmuró Tala.

Aunque lo decía en tono de broma, en realidad había algo de envidia en su interior.

—Los humanos no apestan, y tú menos —dije antes de apretarle suavemente el hombro.

—No intentes tranquilizarme. Eres demasiado genial para necesitar una montura voladora, porque tienes unas alas increíbles. Sabes leer las emociones de la gente y probablemente estés poniendo los ojos en blanco ante los celos mezquinos que transmito. Y podrías lanzar mi culo quejica a medio patio con un movimiento de muñeca.

No pude evitar reírme de la forma tan dramática en que lo había dicho. Luego miró juguetonamente a su compañero, que seguía ajeno a lo que ocurría aquí mientras su conciencia viajaba por el mundo.

—Y podría sobrevivir durante meses alimentándose únicamente por fotosíntesis. Puede utilizar sus lianas y tentáculos *veris* para proyectar su mente a lo largo de todo el planeta. Mares es capaz de comunicarse tanto con la flora como con la fauna de su mundo. Además, puede cultivar en su propio cabello determinadas sustancias recreativas seguras y no adictivas. En cambio, para los humanos, todo y todos resultan una amenaza.

Me invadió una oleada de culpa por haberme reído. Pero Tala tenía la habilidad de hacer que cualquier cosa sonara absolutamente hilarante. Esperaba que, dondequiera que nos llevaran nuestras carreras, pudiéramos seguir en contacto, o al menos asegurarnos de que la distancia no acabara con nuestra amistad. Era un soplo de aire fresco y un rayo de luz que quería conservar para siempre en mi vida.

—Aunque todo lo que has dicho sobre Edocits y Temerns es

técnicamente cierto, los humanos siguen sin apestar —dije en tono indulgente—. Los humanos son sin duda la especie más adaptable de toda la galaxia. Lo que les falta en poderes y habilidades, lo compensan con ingenio. La raza humana ha desarrollado herramientas y tecnologías increíbles que les permiten rivalizar, y en algunos casos incluso superar, a algunas de las razas más poderosas que existen. Por algo son la única especie que forma parte de las dos alianzas galácticas del universo conocido. Todo el mundo los quiere.

Frunció los labios en el mohín más adorable, a pesar de que mis palabras la habían conmovido.

—Bien, pero seguimos siendo débiles.

Las risa cariñosa de Mares llamaron nuestra atención. El escurridizo macho había vuelto a su cuerpo mientras hablábamos.

—No eres débil, mi amor. Lo que sí eres es fabulosa, y me haces feliz —dijo, volviendo a abrazarla antes de besarle la frente.

Ella se acurrucó contra él, su amor brillaba con la fuerza de mil soles. Para mi sorpresa, Mares se volvió hacia mí con un brillo burlón en los ojos.

—Y tu sexy hombre pájaro también está de camino.

El corazón me dio un vuelco.

—¿En serio?

Asintió.

—Lo vi sobrevolando el río de camino al campus. Supongo que no podía esperar más para verte —dijo guiñándome un ojo.

—¡Qué bien! Entonces podré preguntarle directamente, ya que no me das ningún detalle —dijo Tala con una sonrisa descarada.

Negué con la cabeza de una forma que indicaba claramente que creía que no tenía remedio.

—En cuanto al Cañón, ¡está en marcha! —dijo Mares—. Nos

espera un cielo azul despejado y el tiempo perfecto. Sólo tenemos que convencer a tu novio para que nos acompañe.

Casi instintivamente dije que no era mi novio, más por principios que por convicción, pero decidí callarme. A decir verdad, no sabía a qué atenerme. En el fondo, éramos oficialmente novios. Pero como no habíamos hablado explícitamente del asunto, no quería ser demasiado presuntuosa. Sería vergonzoso actuar posesivamente con él y que me pusiera en mi lugar públicamente. Momentos después, lo vi volando a lo lejos. Se me aceleró el pulso cuando se dirigió directamente hacia nosotros, no con esa actitud vacilante que suele tener la gente cuando no sabe adónde ir. Kayog volaba con un propósito, sus poderes extremadamente agudos le permitían localizar mi posición exacta sin esfuerzo.

Odié mi incapacidad para ocultarle mis emociones cuando empezó a descender. Era magnífico, los rayos del sol golpeaban cada músculo definido de su cuerpo en el ángulo justo mientras se deslizaba hasta aterrizar con elegancia unos metros delante de mí. En cuanto nuestras miradas se cruzaron, se desvanecieron todas las preocupaciones de que le divirtiera lo encaprichada que estaba con él. El brillo tierno y posesivo de sus ojos plateados hizo que se me revolviera el estómago y me temblaran las rodillas.

A pesar de ello, no sabía cómo saludarle. Cada célula de mi cuerpo me pedía a gritos que me lanzara a abrazarlo. Pero había docenas—quizá incluso un par de cientos—de estudiantes rodeándonos en grupos de distintos tamaños esparcidos por el césped y el gran camino que conducía a la entrada principal.

Mientras acortaba la distancia que nos separaba, Kayog extendió una mano hacia mí. Me dio un vuelco el estómago y puse inmediatamente la mía sobre la suya. Me atrajo hacia él, y yo lo hice de buena gana, derritiéndome contra su pecho. Me abrazó con una posesividad que me hizo estremecer. Le rodeé la cintura con los brazos y rocé suavemente las plumas de la base de sus alas. Se estremeció contra mí y apenas pude reprimir las ganas de arrullarlo en señal de victoria. Era un punto sensible, pero también uno que solo tocabas en alguien a quien reclamabas como tuyo.

Ayer dijo que era mío.

Y esta demostración pública suya lo hacía oficial. Se inclinó y frotó su pico contra el mío. Para mi sorpresa, en lugar de apartarse, rozó con el lateral de su pico mi mejilla, bajó por mi cuello y me dio un mordisco en el pliegue. Sentí como si me hubiera caído un rayo en la base de la columna vertebral y casi se me doblaron las rodillas. Jadeé y mis dedos se clavaron ligeramente en su espalda. Su risita de suficiencia debería haberme cabreado, pero me hizo palpitar con fuerza. Me rozó el cuello con la cara, aspiró mi aroma y solo entonces me soltó.

Aunque mantuvo sus ojos fijos en los míos mientras me acariciaba la mejilla, de repente se dirigió a mi amiga.

—Deja de quedarte boquiabierta, Tala. O podrías tragarte un bicho.

Lancé una carcajada, inmediatamente reprimida.

—¡Kayog! —exclamé con una mirada de desaprobación.

—¿Qué? —preguntó con un aire de inocencia poco sincera—. Sólo intento ser útil.

—¡Dios mío, Lin! ¡Déjale en paz! ¡En realidad sabe mi nombre! —exclamó Tala, aferrándose a Mares como si sus piernas apenas pudieran sostenerla mientras se abanicaba de forma dramática con la mano.

Hice una mueca mientras Kayog se echaba a reír.

—Claro que lo sé. Conozco a la gente que quiere mi paloma —dijo en tono divertido antes de volver su atención a su compañero—. Hola, Mares.

Para mi consternación, el Edocit se llevó la palma de la mano al pecho como si temiera que le diera un infarto, mientras una expresión excesivamente sorprendida descendía por sus facciones en una actuación que avergonzaría incluso a Tala.

—¡Por los dioses! ¡También sabe mi nombre! Voy a pavonearme por todo el campus, agitando mis lianas como si nada.

—No tienen remedio —dije en tono desanimado entre dos risitas.

Aun así, me encantaba que supiera sus nombres. No le había hablado de ellos. Con su estatus de celebridad en el campus, tenía que saber que este reconocimiento les conmovería. Me encantaba que mostrara esa consideración hacia la gente que me era querida.

—Bueno, ahora que hemos terminado de adularte, ¿podemos convencerte para que nos acompañes en un viaje al Cañón Xilqen? Nos morimos de ganas de hacer la excursión y montar en las monturas voladoras —dijo Mares.

Kayog frunció el ceño.

—¿Monturas voladoras? No te ofendas, pero prefiero usar mis propias alas.

Resoplé e hice una mueca burlona a Mares.

—¡Te lo dije!

—Pero estaría encantado de volar junto a sus monturas si quieres ir —me dijo Kayog.

—¿En serio? —pregunté, sorprendida—. ¿Te sentirías cómodo?

La gratitud con la que sonrió me hizo gracia.

—Sí, mi paloma —respondió de forma tranquilizadora—. El Cañón Xilqen es en realidad muy tranquilo y aislado. Además, es increíblemente hermoso. De hecho, puedo mostrarte una guarida secreta que te dejará boquiabierta en cuanto a las maravillas de este mundo y de sus habitantes originales.

—¡Oh, trato hecho! —dije, mi voz burbujeaba de emoción.

—¿Puedes enseñárnoslo también? —preguntó Mares con voz esperanzada.

Kayog le lanzó una mirada altiva que me hizo resoplar de nuevo.

—No sé. Sus traseros sin alas probablemente deberían ceñirse al sendero.

—¡Oye! Eso no está bien, aguafiestas —dijo Tala—. Sabes que quieres llevarnos. Si no, le daremos un tirón de orejas a tu chica por lo poco queridos y relegados que nos sentimos.

Kayog se rio.

—Vaya, tu desvergüenza impone respeto. Bien, tú ganas. No puedo permitir que los mejores amigos de mi compañera la acosen por mi culpa.

—¡Buen chico! —dijo Tala con suficiencia.

—Mi objetivo es complacer —respondió Kayog con una florida reverencia.

Creador, cómo me gustaba ver este lado relajado y alegre de él. Teniendo en cuenta la cantidad de gente que había cerca—y que fracasaba estrepitosamente en su intento de no espiarnos— temía que se sintiera bastante incómodo.

—Sabes, eres mucho más genial de lo que pensaba —dijo Mares pensativo.

Kayog levantó la ceja, con la misma curiosidad que yo.

—¿Ah, sí? —preguntó.

Mares asintió y le dedicó una sonrisa tímida.

—Esperaba que fueras un poco engreído y algo frío, por no decir al borde de la altanería.

Kayog resopló.

—Las apariencias engañan a menudo, amigo mío.

—Lo sé —concedió el Edocit—. Es solo que eres tan... distante que no esperaba este tipo de humor relajado de tu parte. Pero me agrada mucho. Como puedes ver, Tala y yo somos dos tontos, y tengo que dejar de permitir que me contagie con sus extrañas expresiones humanas.

Nos reímos mientras Tala le daba un codazo juguetón.

—La mayoría de la gente tiene una percepción muy inexacta de quién soy en realidad —dijo Kayog más serio—. Me resulta difícil ser juguetón con gente con auras desagradables o a la que le encanta revolcarse en emociones negativas. Pero los dos son increíbles.

Tanto Tala como Mares se pusieron rígidos por la sorpresa, aunque también se sintieron profundamente conmovidos por el cumplido.

—¿En serio? —preguntó Tala.

—Mmhmm. La emoción más hermosa del mundo es el amor verdadero. La canción de dos almas gemelas reunidas es cautivadora. Es como un torrente de luz divina que brilla sobre ti. Quieres envolverte en ella —dijo Kayog.

Mares frunció el ceño, su confusión reflejaba la que sentía Tala.

—¿Una canción? —repitió Mares.

Kayog asintió.

—Cada alma tiene una canción, una melodía única. Las canciones de dos almas gemelas vibran en perfecta armonía, como la de ustedes. Es absolutamente hermoso y hace que me resulte sumamente placentero deleitarme con su aura.

—¿Estás diciendo que son almas gemelas? —pregunté, con la felicidad llenándome el corazón.

—Sí, lo son —respondió Kayog con convicción.

—¿En serio? —preguntó Tala con voz vacilante.

—Sí, sin duda. Felicidades a los dos por haberse encontrado —dijo mi compañero con una sonrisa.

Mares y Tala intercambiaron una mirada insegura antes de mirarnos a Kayog y a mí a su vez, sus emociones transmitiendo en voz alta su confusión.

—¿Es una broma, o...? —preguntó Mares.

—Nunca bromeo con eso —replicó Kayog en un tono que dejaba claro que no estaba jugando—. Ustedes dos son absolutamente almas gemelas. Pero hace tiempo que lo saben.

Mis amigos intercambiaron otra mirada, pero esta vez dominó el amor mezclado con una pizca de timidez. Se dieron un beso antes de volver a mirar a Kayog.

—Entonces, ¿lo que estás diciendo es que eres capaz de ver cuándo dos personas al azar son almas gemelas? —insistió Mares.

—Esencialmente, sí —dijo Kayog encogiéndose de hombros.

—Joder, amigo. Si puedes emparejar al cien por cien a las personas con sus almas gemelas, deberías crear algún tipo de agencia de emparejamiento. La gente de toda la galaxia está harta de aplicaciones y páginas web de citas de mierda.

Todos nos echamos a reír.

—Kayog, el casamentero —dijo mi compañero con expresión incrédula—. ¿Y dices que soy yo el que tiene sentido del humor?

Mares se encogió de hombros.

—Creo que sería una pasada poder proporcionar a la gente su "felices para siempre". Sería mucho mejor que los innumerables trabajos de mierda que hay por ahí y que nadie quiere.

—Cierto. Pero creo que paso. Aunque es una sugerencia interesante —se burló Kayog.

—Mi objetivo es complacer —replicó Mares, imitando la reverencia que Kayog había hecho antes al pronunciar esas mismas palabras.

Nos reímos.

—Vamos, alienígenas prepotentes y tontos. Pongámonos en marcha. Tengo una montura alada muy genial para montar —dijo Tala.

—Ve delante, mi amor —respondió Mares.

Subimos a la lanzadera personal de Mares para completar el trayecto de treinta minutos hasta el Cañón Xilqen. Era una tierra majestuosa y protegida donde las especies autóctonas de Mazeria prosperaron durante siglos antes de su extinción. Se ofrecían visitas guiadas montados en una montura alada que seguía un sendero específico a través del extenso territorio que habían ocupado los Syllens.

Tala lo comparó con el Gran Cañón de la Tierra, pero con las crestas rocosas agrupadas mucho más cerca unas de otras y con pasos más estrechos entre ellas. Además, el Cañón Xilqen no tenía el color rojo y ocre bruñido de su mundo natal. En cambio, todas las crestas tenían piedras grisáceas cubiertas de musgo o lujuriosas enredaderas y otras plantas.

Fuimos a comprar nuestros billetes, Tala y Mares eligieron cada uno la montura que montarían. Los Nordjarimm eran criaturas magníficas, mitad aves, mitad mamíferos. Las monturas de cuatro patas tenían pezuñas hendidas en las patas traseras y garras de reptil en las delanteras. Según Tala, sus cabezas de ave parecían una mezcla de frailecillo y faisán dorado, ambas criaturas de su mundo natal. El mechón de pelo dorado en la parte superior de sus cabezas y las largas cuerdas en forma de barba que colgaban a cada lado de sus picos les daban un aspecto sabio y anciano. Un suave pelaje marrón cubría sus cuerpos con dos majestuosas alas emplumadas. Aunque eran criaturas pacíficas, su grupa se extendía en un conjunto de colas gemelas muy largas. Estaban rematadas por un apéndice rojizo en forma de hoja con dardos estriados, que podían apuñalar o electrocutar a cualquier depredador que los amenazara.

El humano que atendía el mostrador de alquiler nos dio a cada uno un juego de guías virtuales. Los pequeños dispositivos magnéticos en forma de lágrima se adherían a nuestras sienes con una simple presión. Una vez que alzábamos el vuelo, activaban pantallas holográficas, con audio personal que nos explicaba lo que estábamos viendo, incluidas superposiciones virtuales proyectadas directamente sobre el entorno para mostrarnos una recreación de los indígenas de en su vida cotidiana o durante acontecimientos históricos. Al ser guías individuales, no estorbaban ni se solapaban con lo que veían los demás.

—¿Vas a estar bien usando esto? —le pregunté a Kayog, preocupada, mientras se colocaba la primera vaina en la sien derecha.

Sonrió tranquilizadoramente.

—Sí, mi paloma. No me harán daño. Funcionan en una frecuencia diferente y se dirigen a una sección distinta de mi cerebro.

—Está bien —dije aliviada.

Frotó su pico contra el mío en un suave beso. Aunque no podía leer sus emociones, era obvio que le encantaba que su bienestar me importara.

Tras ayudar a su compañera a subirse a la silla y asegurarse de que los mecanismos de seguridad estaban en su sitio para evitar que algún invitado se cayera de su montura en pleno vuelo, Mares saltó a su propia montura y esperó pacientemente a que el empleado hiciera su propio control de seguridad. Se me encogió el corazón al ver lo protectora y atenta que era siempre Mares con Tala.

Levantamos el vuelo y acompañamos a nuestros amigos por el sendero preestablecido que los Nordjarimms estaban entrenados a seguir. Una alta colina ocultaba la vista del cañón tras ella. Pero en cuanto la sobrevolamos, la hermosa tierra que había más allá me dejó sin aliento. Aunque había visto imágenes de ella, nada podría haberme preparado para la magnificencia que se extendía ante nosotros.

En las paredes rocosas del cañón se habían tallado gigantescas estatuas con la efigie de los Syllens, una especie de dríadas desaparecida hacía mucho tiempo. Alcanzaban fácilmente los veinte metros de altura, y su anchura variaba en función de la pose o el pelo de la estatua. Ahora comprendía en qué se había inspirado Acadia para el diseño del campus, con las esquinas de los edificios vagamente modeladas como rostros de Syllen.

Sus rasgos únicos me hipnotizaron. Siglos atrás, los avanzados Sikarianos—una especie de Merfolk—habían colonizado Mazeria. Aunque habían construido sus propias ciudades a gran distancia de los nativos primitivos, con el tiempo se produjo el mestizaje. Los rasgos Merfolk podían verse ahora en sus rostros, con las orejas en forma de aletas, las branquias en el cuello y las escamas en la frente.

Las poderosas emociones que emanaban de Mares me pusieron la piel de gallina. En cierto modo, los Syllens serían considerados primos lejanos de los Edocits, aunque hubieran evolucionado en una dirección diferente.

La guía virtual explicaba con todo lujo de detalles cómo esta especie primitiva había logrado semejantes proezas arquitectónicas. Aunque los Sikarianos se habían unido a sus tribus, siempre observaron muchas reglas de la Directiva Primaria durante su época de colonización, al no introducir su tecnología más avanzada a su nuevo pueblo. Eso no les impidió alcanzar grandes logros.

Dicho esto, a diferencia de los Sikarianos, los Syllens no convertían sus piernas en colas cuando se metían en el agua. Siempre conservaban las piernas, pero tenían pies y manos palmeados, así como una larga cola en forma de abanico.

¿La guinda del pastel? Al igual que Mares, también poseían *veris*.

Intrincados senderos rodeaban el amplio abismo entre las elevaciones rocosas del cañón. El guía expresó que lamentablemente no disponían de escritos u otros registros de la especie perdida que explicaran por qué construyeron sus aldeas en el cañón y en tales alturas cuando eran híbridos de dríadas y Merfolks. Que se asentaran en un bosque cercano a una gran masa de agua habría tenido más sentido.

Aun así, me fascinó ver cómo integraban su entorno natural con las esculturas. Mi favorita tenía que ser esa cara gigante con la boca abierta de la que caía una cascada hasta sus manos abiertas, creando dos piscinas y mesetas diferentes en las que la gente podía bañarse.

Lamentablemente, como suele ocurrir con las civilizaciones perdidas, la intromisión de los alienígenas desbarató por completo el futuro que habían estado construyendo. Los visitantes intentaron asentarse aquí. Sin embargo, a diferencia de los Sikarianos, llegaron con intenciones hostiles, siendo la principal convertir a los lugareños a su fe. Naturalmente, los Syllens se resistieron. En represalia, los colonos destruyeron sus templos para obligarles a convertirse. Y se produjo un derramamiento de sangre masivo. Los colonos que no fueron masacrados huyeron del planeta. Pero el daño ya estaba hecho. La población local enfermó y murió lentamente. La historia no sabe con certeza cuál fue el origen de la enfermedad que acabó con la población local. Algunos especulan que los colonos trajeron a algún tipo de virus que los Syllens no fueron capaces de combatir. Otros creen que, por despecho, los colonos envenenaron la tierra, sus reservas de alimentos o el agua. Probablemente nunca lo sabremos.

Sin embargo, cuanto más nos adentrábamos en el cañón, más fuerte sentía algo extraño, como si toda la zona estuviera viva. No tenía sentido, ya que solo quedaban piedras y vegetación. Y, sin embargo, había un innegable flujo de emociones, casi como un discreto suspiro de fondo.

Dirigí una mirada preocupada a Kayog, que planeaba a mi lado con sus anchas alas desplegadas mientras surcaba las corrientes de aire. Con su gran sensibilidad, temía que las inexplicables emociones que percibía fueran una dolorosa cacofonía para él. Pero tenía una expresión pacífica, casi soñadora. Al notar mi preocupación, giró la cabeza hacia mí y me dedicó una sonrisa tan alegre que toda la tensión que sentía se desvaneció. Acortó la distancia que nos separaba y me tendió la mano.

Nuestra envergadura nos obligaba a volar con más cuidado para no chocar. Pero con décadas de experiencia volando, nos adaptamos al instante el uno al otro. La suavidad con la que me apretó la mano antes de acariciarme el dorso con el pulgar me derritió por dentro.

Aquel macho se preocupaba de verdad por mí.

En ese instante, por mi mente pasaron pensamientos sobre nuestro vuelo nupcial. Era demasiado pronto para pensar en esos términos. Pero no dudaba de que ese día llegaría. Demasiado pronto, el recorrido llegó a su fin en un gran valle junto a una enorme masa de agua. Varias razas de Syllens celebraban una feria anual en la que las tribus vecinas se reunían para festejar. Verlos bailar y cantar con la superposición virtual me cautivó. Obviamente, solo eran especulaciones derivadas de todos los artefactos que encontraron los arqueólogos e historiadores. Pero no por ello dejaba de ser una visión fascinante de las increíbles personas que habían sido.

El guía virtual nos informó de que el segmento de Syllen de la visita había terminado. Volveríamos al centro de visitantes por un camino ligeramente distinto. Abarcaría temas más generales sobre la flora y la fauna de Mazeria. Kayog me soltó la mano y se apresuró delante de nuestros amigos. Hizo un gesto para que todos le siguiéramos en su lugar, incitando a Tala y Mares a tomar las riendas para redirigir sus monturas fuera del camino preestablecido.

Al principio, temí que rechazaran la orden. Técnicamente, los jinetes tenían cierto control sobre sus monturas, sobre todo si querían volver a visitar un segmento del recorrido o querían acercarse un poco más a las estructuras. También podían aterrizar en varias zonas seguras, siempre y cuando no intentaran salir del Cañón Xilqen con sus Nordjarimm o trataran de entrar en zonas que estuvieran claramente marcadas como prohibidas.

Para nuestra sorpresa colectiva, Kayog nos llevó de vuelta a la estatua de la cascada con las manos abiertas. Voló directamente hacia la mano inferior y luego desapareció tras la cascada. Corrí tras él y, para mi sorpresa, la entrada de lo que parecía ser un templo se reveló tras la cortina de agua.

La hermosa puerta tenía que haber sido tallada y, sin embargo, los intrincados y arremolinados patrones parecían extremadamente orgánicos. Era como si enormes enredaderas de madera, del tamaño de gruesas ramas de árbol, hubieran surgido del suelo y abrazado las piedras grises de forma deliberada pero artística. Sobre ellas brotaban exuberantes hojas y en algunos lugares colgaban pequeñas enredaderas verdes. Sin embargo, fueron las delicadas flores con pistilos brillantes que las adornaban las que me dejaron sin aliento. Para mi disgusto, la guía virtual había enmudecido, privándonos de información adicional sobre este lugar secreto.

Aterricé y me acerqué a Kayog, que se había detenido a pocos metros. El aire de paz de su rostro reflejaba el que yo sentía. Este lugar era sagrado e irradiaba lo divino. Tala y Mares aterrizaron instantes después, mostrando un aire de puro asombro mientras desmontaban sus Nordjarimm. Las criaturas se negaron a seguirlas al interior cuando ambas tiraron de las riendas de sus monturas. No percibí ningún miedo en las criaturas, solo la firme resolución de unas mascotas que habían sido debidamente adiestradas para no hacer ciertas cosas.

—No pasa nada —dijo Kayog en tono tranquilizador—. Los Nordjarimms no pueden entrar en el templo. Pero esperarán pacientemente a que volvamos a salir.

—¿Se nos permite entrar? —preguntó Tala en tono ligeramente receloso, haciéndose eco del pensamiento que Mares y yo compartíamos claramente.

Kayog sonrió.

—El acceso no está prohibido a los visitantes, pero no se anuncia, ya que prefieren limitar quién entra. Dentro de un momento entenderás por qué. Pero para que lo sepas, hay numerosos mecanismos de protección en ocultos a plena vista. Si alguien intenta profanar este lugar, quedará paralizado y los guardias serán alertados.

—Vale, me alegro de oírlo —dijo Mares, con alivio y emoción audibles en su voz—. Esto es hipnotizante. Casi puedo sentir que este lugar me habla.

—No es de extrañar —dijo Kayog con una sonrisa—. Los

Syllens comparten muchas similitudes con tu especie. Se especula fuertemente que tienen una ascendencia común, aunque no se sabe cómo llegó a ser. Ven, querrás ver esto.

Las emociones que emanaban de Mares crecían sin cesar mientras caminábamos por el ancho pasillo hacia lo que parecía ser una enorme cueva. Una hendidura poco profunda en medio del pasillo—de unos 60 centímetros de ancho y 30 centímetros de profundidad—se extendía a lo largo de todo el corredor y permitía que el agua entrara en la cueva.

Me quedé boquiabierta al llegar al final del pasillo. Una enorme cámara nos recibió. La estatua de una mujer Syllen dominaba la sala. Había rodeado con sus brazos los hombros de los dos niños que la flanqueaban—un hombre y una mujer—que la miraban con cariño. Pero mientras sus rostros expresaban confianza y serenidad, el de ella me produjo un escalofrío. No era su expresión, sino el hecho de que un líquido rojo parecido a la sangre manara de sus ojos en chorros constantes que se deslizaban hasta el estanque que ocupaba el centro de la cueva.

A su alrededor, innumerables árboles gigantes entrelazaban sus ramas formando un círculo continuo, casi como un nudo celta. No tenían hojas, solo algunas lianas entrelazadas en sus gruesas ramas, como las que adornaban la entrada de la cueva. Sin embargo, fueron los gigantescos nudos que cubrían sus troncos los que me dejaron sin aliento. Una cúpula dorada, aparentemente de ámbar, cubría la gran abertura de los nudos. Y dentro, personas en posición fetal parecían estar durmiendo.

Syllens momificados...

—Ancestros —exhaló Mares mientras avanzaba casi en trance hacia los árboles.

El horror no había provocado esa reacción, sino la pura maravilla.

—¿Esto es sangre? —pregunté vacilante mientras miraba el agua roja que brotaba de los ojos de la estatua.

—No —dijo Tala con una convicción que me sorprendió—.

Al menos, lo dudo mucho. No hay coagulación en los bordes del estanque, y no hay ese olor característico de la sangre. Creo que es el mismo fenómeno que ocurre en la Tierra en las Cataratas de Sangre. Es una cascada en el Glaciar Taylor en la Antártida. El agua subterránea atrapada bajo ella está excesivamente saturada de hierro. En cuanto sale, el hierro se oxida instantáneamente al contacto con el aire, lo que le da ese color rojo sangre.

—Tienes razón, Tala —dijo Kayog con aprobación—. Según los textos recuperados, una profecía Syllen afirma que el día en que Etreya deje de llorar sangre, los Syllen renacerán.

—¿Asumo que esa estatua es Etreya? —preguntó Tala.

Kayog asintió.

—Es la Gran Madre, la diosa de la tierra, el hogar, la familia, la fertilidad y el amor. Según los arqueólogos, esa leyenda podría ser cierta.

—¡¿Qué?! —exclamó Tala.

—Estudios recientes de las corrientes subterráneas indicaron que los niveles de hierro han ido disminuyendo constantemente —explicó Kayog, con la voz burbujeante de emoción—. Creen que dentro de treinta o cuarenta años habrán disminuido lo suficiente para que en su lugar corra agua clara por su cara.

—¿Pero cómo renacerán? —preguntó Tala.

Su tono expresaba claramente que le costaba aceptar lo que suponía que iba a ser su respuesta. La mirada preocupada que lanzó hacia los árboles pareció confirmarlo.

—Estos Syllens resucitarán —susurró Mares en lugar de Kayog antes de apoyar con cuidado la palma de la mano en el tronco de uno de los árboles, a pocos centímetros de uno de los nudos en cuyo interior yacía un Syllen momificado.

Su *veris* se extruyó y se hundió entre los surcos de la corteza, igual que había hecho con el árbol del exterior del campus. En cuestión de segundos, un aire de pura felicidad se apoderó de su atractivo rostro. Sus labios se entreabrieron y temblaron ligeramente, como si no pudiera decidir si quería sonreír o llorar. Los ojos del Edocit brillaron y las lágrimas empezaron a resbalar por su rostro.

—Mares, ¿estás bien? —preguntó Tala, dando un paso nervioso hacia su compañero.

—Sí, Tala. Está bien —dije en tono tranquilizador.

Aunque no podía ver ni sentir lo que fuera que Mares estuviera experimentando en ese momento, sus emociones gritaban a los cuatro vientos una profunda alegría y un amor infinito.

—Madre… —Mares susurró al fin con voz temblorosa.

Jadeé cuando innumerables flores azules con pistilos brillantes florecieron de repente a lo largo de las lianas que adornaban las ramas entrelazadas de los árboles. Era como un efecto dominó, que comenzaba en el árbol que Mares estaba tocando y se extendía a todos los demás. Casi daba la impresión de que una noche estrellada había aparecido en el interior de la cueva tenuemente iluminada.

En respuesta, las flores del propio pelo de Mares florecieron. Era una reacción instintiva que los Edocits no podía controlar y que expresaba una felicidad extrema.

—Están vivos. Todos estos Syllens están vivos... solo que latentes —dijo Mares con asombro—. Estos árboles son casi como nuestros árboles madre. Pero en lugar de limitarse a dar cobijo a los Syllens durante su gestación como hacen los nuestros, están preservando a sus hijos hasta que llegue el momento de su renacimiento.

—¿En serio? —preguntó Tala en voz baja, estupefacta—. ¿No desapareció su especie hace más de doscientos años?

Kayog asintió.

—Correcto. Pero han estado en este estado de semi-stasis desde entonces. Aparecieron momificados simplemente porque eliminaron toda el agua de sus cuerpos. Esto detiene su metabolismo y les hace extremadamente resistentes a la deshidratación, la radiación y las grandes variaciones de temperatura hasta que su entorno vuelve a ser seguro. Es un estado profundo de hibernación similar al de los tardígrados en la Tierra.

—¡Vaya, es increíble! —dijo asombrada.

—Lo es —coincidí—. Durante todo nuestro vuelo, pude sentir su presencia pero no pude averiguar quién emitía esas suaves emociones. Ni en un millón de años me lo habría esperado.

—¡¿Puedes sentir a los Syllens latentes?! —exclamó Tala, atónita.

—Sí —respondí, mientras Kayog asentía.

—Sí —dijo Mares, con nostalgia—. Sueñan mientras las Madres velan por ellos.

—En serio que dan asco con todos sus poderes tan geniales —dijo Tala con envidia mientras contemplaba los árboles con asombro.

Mares rio entre dientes.

—No estés triste, mi amor. Ven, deja que te presente a Madre —dijo tendiéndole una mano.

Aunque sorprendida por su petición, se acercó a él de buena gana. Le tomó la mano derecha y la apretó contra el tronco del árbol. Tala se lamió los labios con nerviosismo y lanzó una mirada insegura a su compañero. Él le dedicó una suave sonrisa.

—Ahora no puedes sentirla, pero ella sí puede sentirte a ti. Te quiere mucho y me ha hecho prometerle que, cuando estemos apareados, te traeré de vuelta para que puedan presentarse como es debido. Entonces tendrás tu propio *veris*.

—Me gustaría mucho —dijo Tala con la voz entrecortada por la emoción antes de echar un vistazo a la habitación con el ceño fruncido—. Este templo debe ser protegido a toda costa. Por muy agradecida que esté de que nos hayas traído aquí, nadie debería poder entrar en este lugar sagrado. Aunque tengamos buenas intenciones, no podría decirse lo mismo de cualquier otra persona cualquiera.

—Estoy de acuerdo —dije, lanzando una mirada interrogante a Kayog.

—Los Syllens están a salvo —dijo en tono tranquilizador—. Más allá de los sistemas de seguridad que mencioné antes, estos árboles no están indefensos. En caso de que alguien con malas intenciones intente algo, los árboles pueden extrudir algunas púas viciosas que empalarán a los tontos que se atrevieron a intentar algo. Estas bonitas flores también pueden liberar esporas mortales que te destrozarán en segundos e incluso te matarán si te expones durante más de un minuto.

—No te metas con una madre —dijo Tala, impresionada, acariciando por última vez la corteza del árbol antes de soltar la mano.

Kayog asintió.

—Sin embargo, no están tan protegidos como me gustaría. Odio que esta gran nación haya sido destruida por alienígenas. Y ahora, otro grupo codicioso quiere asegurarse de que no vuelvan.

—¡¿Qué?! —exclamé, con mi asombro reflejado en los rostros de mis amigos—. ¿Qué quieres decir?

—Dentro de unos días se celebra una conferencia en el Centro de Convenciones de la capital —explicó Kayog.

—¿Una conferencia sobre qué? —preguntó Mares, con la tensión y la rabia preventiva impregnando su voz.

—Sobre proyectos de construcción y desarrollo turístico en el cañón —respondió Kayog con disgusto y enfado—. El organizador es un hombre llamado Connor Harmond. Representa a varios conglomerados inmobiliarios. Llevan años intentando conseguir permisos de construcción y comprar algunos de los terrenos del cañón y sus alrededores alegando que los Syllens llevan muertos mucho tiempo.

—¡Claro que no están muertos! —exclamó Mares con indignación.

—El conglomerado argumenta que estamos confundiendo que los árboles estén vivos como prueba de vida de los cadáveres disecados que albergan. Afirman que se están desperdiciando recursos de valor incalculable por caprichos y cuentos de viejas —dijo mi compañero con desprecio.

—¿Qué recursos buscan? —preguntó Tala, con voz dura.

—La zona es rica en minerales raros —explicó Kayog—. Las tierras son fértiles y la concentración de hierro en el lecho freático permite que crezcan cultivos únicos. El conglomerado lleva años intentando que se deroguen las leyes de protección. Los defensores de los Syllens están presionando para que se instauren leyes de la Directiva Primaria para la región.

—¿Cómo es posible que eso ocurra? —pregunté frunciendo el ceño—. Por mucho que me gustaría, Mazeria lleva más de cien años colonizada por humanos.

—Sí, pero no pedimos la expulsión de los humanos —dijo Kayog con una sonrisa indulgente—. Simplemente necesitamos devolver esta región y todas las tierras conectadas a ella a su gente y concederles la protección de la Directiva Primaria hasta que vuelvan a despertar.

Chasqueé el pico de forma pensativa y asentí lentamente.

—Si las estimaciones son exactas, entre treinta y cuarenta años es tiempo más que suficiente para preparar su regreso y para que las empresas que construyeron sus negocios en la zona se vayan marchando poco a poco. El museo y el centro de visitantes pueden recrear toda esta experiencia mediante una holosección. No será difícil escanear y reproducir toda la región con un alto nivel de realismo.

—¡Exacto! —dijo Kayog con fervor—. Visitar este lugar mientras terminaba mi anterior máster me incentivó a cursar el actual. Necesitamos una aplicación más estricta de la Directiva Primaria para proteger mundos y especies como éste. Se merecen una oportunidad de prosperar y alcanzar todo su potencial sin ser saqueados por corporaciones codiciosas.

Sonreí, encantada de entender por fin lo que le movía. Sus conversaciones sobre la posibilidad de trabajar para la OPU redactando leyes sobre la Directiva Primaria ahora tenían todo el sentido del mundo.

—¡Guau! —dijo Tala—. Esto te apasiona de verdad.

—Desde luego que sí —dijo Kayog con firmeza antes de adoptar una expresión avergonzada—. Dicho esto, por mucho que quiera evitar que especies avanzadas como la nuestra interfieran en la vida cotidiana y la evolución de especies primitivas como ésta, daría lo que fuera por conocerlas y encontrarme con ellas. Tendré que conformarme con ayudarles a prosperar desde las sombras.

—Y eso es una gran recompensa en sí misma —dijo Mares con voz suave—. Gracias por permitirnos compartir esta increíble experiencia. Si alguna vez necesitas mi ayuda con este proyecto o con cualquier otra cosa, no lo dudes. Este es el mejor regalo que podrías haberme hecho.

—¡Ustedes son testigos! —dijo Kayog burlonamente—. Acuérdate de lo que me ofreciste cuando venga a cobrar descaradamente.

Mares resopló y murmuró algo sobre que su miserable boca siempre le metía en problemas. Tras despedirnos por última vez de los árboles madre y los Syllens latentes, salimos de la cámara secreta, con la paz casi divina del templo aun envolviéndonos mientras completábamos el recorrido de vuelta al centro de visitantes.

CAPÍTULO 10
KAYOG

La semana pasada resultó ser la más feliz que recordaba en toda mi vida. No podía saciarme de mi compañera, de su presencia tranquilizadora, su sonrisa luminosa y el canto cautivador de su alma. Nunca imaginé que podría estar en tan perfecta armonía con alguien. No necesitaba largas explicaciones para entenderme. Nuestras visiones del mundo y los objetivos que queríamos alcanzar no podían estar más alineados, aunque quisiéramos abordarlos desde ángulos ligeramente diferentes.

Estar con ella me hacía feliz.

Pero su don no había terminado ahí. Mi Linsea también había traído a Mares y Tala a mi vida. Después de casi tres décadas aislado, creía que me había acostumbrado a estar solo. Estos últimos días me mostraron lo dolorosamente solo que había estado en realidad. Eran almas hermosas que sistemáticamente te ponían una sonrisa en la cara. Su alegría despertó la que me acechaba en lo más profundo de mi ser, esperando una oportunidad para expresarse. Me encantaba esa parte de mí que nunca había tenido la oportunidad de volar libre.

Ver que mi paloma también había forjado un vínculo tan estrecho con mi hermana elegida, Isobel, me llenó el corazón hasta el borde. La sacerdotisa había sido la única persona a la que de verdad podía llamar amiga, la que me había ayudado a mantener los pies en la tierra durante mi aislamiento. Sin embargo, su vocación clerical siempre nos robaba tiempo juntos: a menudo estaba de peregrinaje, en retiros espirituales o estudiando en comunidades religiosas o cultos apartados, y su ausencia se sentía más de lo que yo quería admitir.

No recordaba haber invitado nunca a nadie a mi casa para una noche de juegos, y menos en una cita doble. Y, sin embargo, allí estábamos, jugando por equipos a un juego de mesa estratégico. Sin entrar en muchos detalles, les había dado una ligera idea de mi enfermedad, que me impedía ir a lugares concurridos. La empatía y el respeto con que recibieron esa información me conmovieron hasta la médula. Me sentí bien al poder ser sincero y ser yo mismo.

También me hizo preguntarme si, en mi miedo a ser visto como un bicho raro y una abominación, no había sido yo el artífice de mi propio dolor al mantenerlo todo tan férreamente guardado. Al mismo tiempo, mis instintos de autoconservación seguían diciéndome que había sido lo más sensato.

De todos modos, había una razón por la que no éramos amigos de todo el mundo. Gravitábamos hacia personas que compartían nuestra energía, pero también cuyas auras nos hacían sentir bien. Las personas tóxicas y negativas repelían de forma natural a los demás. Mientras que la mayoría de las especies a menudo no podían decir específicamente por qué no les gustaba salir con una persona concreta, las especies empáticas percibían con mayor precisión esa energía desagradable.

Mares y Tala irradiaban el tipo de emociones en las que yo quería envolverme. El hecho de que la pareja y mi compañera volvieran a asistir a mi concierto de anoche había hecho que toda la experiencia fuera mucho más agradable. Nuestra nueva relación había creado un vínculo. Y su afecto hacia mí me transmitió niveles elevados de energía positiva mientras actuaba. A su vez, esto ahogó las ondas negativas que me llegaban.

Cuando terminamos la última ronda, que ganamos mi compañera y yo por los pelos, me sentí realmente triste al ver marchar a nuestros amigos. Al mismo tiempo, nunca podría quejarme de los momentos privados con mi alma gemela.

Mientras yo guardaba el juego, Linsea trajo al salón una caja plana con asa. La había colocado en el armario cuando llegó antes. Una sensación de inquietud se instaló en la boca de mi estómago. Sabía exactamente lo que contenía.

Me dedicó una sonrisa comprensiva y me indicó que me sentara en el sofá. Obedecí y ella se sentó en mi regazo, frente a mí, con la caja sobre el cojín.

—¿Confías en mí? —me preguntó en voz baja.

—Por supuesto, mi amor —dije con voz evidente—. Son *ellos* los que me preocupan.

—Entonces ten por seguro que solo daré cualquier cosa que te concierna a gente de confianza —dijo con la misma voz tranquilizadora.

—Lo siento. Todo esto me tiene muy nervioso —dije avergonzada.

—No tienes por qué disculparte. No puedo ni imaginar lo difícil que debe de ser para ti. Sólo te agradezco que estés de acuerdo, a pesar de tus válidas reservas.

—Sólo por ti, mi paloma.

Linsea frotó su pico contra el mío en un suave beso, luego se inclinó a un lado para sacar un disco plateado y hueco de la caja. Lo sostuvo sobre mi cabeza e hizo una pausa, mirándome a los ojos para obtener mi asentimiento final. Sonreí—aunque con cierta rigidez—y asentí para que procediera. Ella me devolvió la sonrisa y activó el dispositivo antes de soltarlo.

Se elevó con un suave zumbido y empezó a brillar. El anillo se dividió en dos medias lunas, una a cada lado de mi cara, y se deslizó lentamente hacia abajo, escaneando mi cabeza hasta las clavículas antes de volver a elevarse para una segunda pasada. Me obligué a permanecer lo más quieto posible y a despejar la cabeza para evitar que las emociones extremas alteraran algunos de los datos. En cuanto las dos mitades volvieron a fusionarse, mi compañera cogió el escáner y tecleó algunas instrucciones en su pequeña interfaz.

Intenté acallar el malestar que amenazaba con aflorar, consciente de que probablemente estaba transfiriendo los datos a su abuela o a algún contacto médico.

—¿Ves? Rápido e indoloro —dijo Linsea con esa dulzura excesiva con la que los médicos se dirigen a los niños quisquillosos a los que no les gusta que les pongan las vacunas.

Fruncí el ceño y ella soltó una risita. Sin embargo, enseguida se serenó y me acarició la cabeza con una expresión muy seria en su impresionante rostro.

—Tu confianza en todo esto significa para mí más de lo que jamás sabrás. Me gustas mucho, Kayog. Y lo digo *en serio*. Sea lo que sea lo que nos espere, o lo que revelen estos resultados, nunca permitiré que nadie te haga daño mientras esté bajo mi protección. No te dejes engañar por mi aparente dulzura: tengo garras y no dudaré en usarlas contra cualquiera que se interponga entre yo y aquellos a quienes quiero.

Mi pecho se calentó con el amor que no había dejado de crecer en mi corazón por mi alma gemela. Quería decir algo profundo y significativo, pero mi estúpida boca decidió tomar la iniciativa.

—Entonces será mejor que me asegure de que me sigues vigilando para siempre —le dije bromeando.

Ella resopló.

—Eres bastante agradable a la vista, así que no te costará mucho convencerme de que lo haga. De todos modos, un pajarito me dijo que éramos almas gemelas. Así que, lo mires por donde lo mires, estamos hechos el uno para el otro.

—Lo somos —dije enérgicamente—. Y en ese sentido, ese pajarito nunca se equivoca.

Sonrió y sus dedos juguetearon con las plumas de mi cabeza y mis sienes de una forma que me dieron ganas de arrullar.

—¿Cómo está tu cabeza? —preguntó Linsea con verdadera preocupación.

Me encogí de hombros con indiferencia.

—Igual que siempre. Pero estar contigo ayuda tremendamente.

Ella frunció el ceño, lejos de apaciguarse.

—¿Seguro que quieres ir a esa conferencia mañana por la noche?

La pregunta me sorprendió.

—Sí. Ya sabes cuánto me apasiona proteger a los Syllens y sus tierras. La conferencia no se retransmitirá en ningún sitio, así que la única forma de obtener un relato exacto de lo que ocurrirá requiere que yo esté físicamente presente.

Ella chasqueó distraídamente su pico de una manera que equivalía a los humanos pellizcando sus labios cuando no estaban satisfechos con algo.

—Es solo que anoche tuviste un concierto, esta noche la pasarás con los tres, y mañana te espera esa conferencia masiva. Todo seguido se siente como demasiado para ti —dijo Linsea con cuidado.

Apreté mi cintura, atrayéndola un poco más contra mi cuerpo. Joder, era increíble que alguien tan maravillosa como ella se preocupara de verdad por mi bienestar.

—El concierto y pasar la noche con todos ustedes estuvo bien. Me encanta la energía positiva de los fans durante una actuación. Y me fui inmediatamente después, antes de que pudiera alterarme por sus otras emociones. Y estar con ustedes tres no es ninguna dificultad, sino todo lo contrario. Ojalá pudieras oír y sentir lo increíble que es estar rodeado de gente que irradia puro amor. Tú y tus amigos no solo me traen paz, en muchos sentidos, incluso me están curando.

—Sabes, si estás tratando de agradarme, lo estás haciendo muy bien —dijo Linsea en tono burlón para ocultar lo conmovida que estaba por mis palabras, y no es que pudiera engañarme.

—No, mi paloma. No intento *gustarte*. Quiero que estés locamente enamorada de mí.

—Si sigues así, podría ocurrir —me contestó.

—No *podría*, sino que *sucederá* —repliqué con un deje de arrogancia.

Se rio y me miró con la cabeza.

—Reto aceptado. Pero eso no hace que me preocupe menos por ti para mañana.

Sus palabras me conmovieron de la manera más maravillosa.

—No tengo intención de quedarme mucho tiempo allí. Sólo quiero tener una idea de hacia dónde se dirigen las cosas, y cuáles son sus planes actuales. Y luego me iré pronto.

Linsea asintió lentamente mientras sopesaba mis palabras.

—¿Quieres que vaya contigo?

Mi corazón dio un salto, y apenas luché contra el impulso de gritar un rotundo sí.

—Sólo si quieres —dije con cuidado.

Me miró sin impresionarse.

—No es eso lo que he preguntado. ¿Quieres que vaya contigo?

Le hice una mueca.

—Ni siquiera deberías hacer esa pregunta. *Siempre* te quiero a mi lado. Así que, si de verdad quieres ir, o al menos no te importa acompañarme, entonces sí, me encantaría tenerte allí conmigo.

—Por alguna extraña razón, parece que a mí también me gusta estar contigo —dijo con un suspiro de sufrimiento que me dio ganas de azotarla.

—Entonces tenemos un trato —dije con una sonrisa descarada.

—Entonces tenemos un trato —repitió ella, clavando sus ojos en los míos.

En ese instante, algo cambió. No sabría decir qué lo provocó. En un momento estábamos hablando. Después, nos estábamos besando. Y, de repente, un volcán estalló entre nosotros. En la última semana, nos habíamos permitido caricias cada vez más fuertes, conteniéndonos justo antes de que nuestra pasión alcanzara niveles abrumadores. Hoy, nuestros grilletes autoimpuestos se derrumbaron y nos entregamos al deseo que no había dejado de crecer entre nosotros.

Las manos de Linsea se deslizaron por mis costados con una posesividad que me produjo un delicioso escalofrío. Mis palmas se posaron en su grupa y acariciaron sus generosas curvas. Las suaves plumas de su cola revolotearon, rozando el dorso de mis manos como si quisieran expresar su aprobación.

Profundizamos el beso, nuestras lenguas se mezclaron en una danza sensual que encendió mis entrañas. La excitación de Linsea era la mayor excitación imaginable. Me pedía a gritos que procediera, que la penetrara y que le hiciera todas las cosas con las que fantaseaba en secreto. Apretó su pecho contra el mío y el calor de su cuerpo se filtró en mí.

Rompí el beso y la incliné suavemente hacia atrás, sujetándola por la nuca con la mano izquierda y agarrándola firmemente por detrás con la otra. Me deleité con su belleza y se me hizo la boca agua al contemplar su zona pélvica apoyada contra la mía. Su vientre se estremeció e involuntariamente me lanzó otra oleada de lujuria que resonó directamente en mis entrañas. Ojalá pudiera compartir con ella las emociones que despertaba en mí. Pero nada arruinaría este momento.

Mis ojos volvieron a clavarse en los suyos. No necesitaba palabras. Con una sonrisa cargada de tensión sexual, Linsea me dio su bendición. Sin decir una palabra, me puse de pie, aun sosteniéndola frente a mí. Mi hembra me rodeó la cintura con las piernas mientras la llevaba a mi dormitorio, con nuestras miradas aún fijas.

Abrió bien las alas cuando la tumbé con cuidado en el colchón. No me uní a ella inmediatamente, sino que me tomé un momento para admirar su belleza. La manta azul oscuro que cubría la cama era el lienzo perfecto para la obra maestra que era mi hembra.

Me arrodillé sobre la cama y rocé suavemente con la punta del pico las diminutas escamas de sus pies justo antes de que dieran paso a las suaves plumas de su pantorrilla. Linsea se estremeció y sus garras se crisparon cuando seguí un camino ascendente, mientras mi mano derecha acariciaba su otra pata.

Joder, ¡era tan increíblemente suave!

Froté mi cara contra su pelvis y mis dedos se entrelazaron con las delicadas plumas que cubrían el interior de sus muslos. Un violento escalofrío la recorrió mientras sacaba parcialmente las garras para rascar suavemente la sensible piel que había bajo ellas.

Se me escapó una risita de suficiencia. Había sido involuntaria, alimentada en parte por una pizca de alivio. Desde el momento en que las cosas empezaron a evolucionar hacia algo más serio entre nosotros, me preocupaba cómo sería nuestra primera vez juntos, suponiendo que llegáramos tan lejos. Debido a mi enfermedad, nunca había tenido una relación con nadie y, por lo tanto, nunca había intimado con una mujer. Aunque intentaba tranquilizarme pensando que las cosas se pondrían en su sitio con mi alma gemela, no podía acallar la molesta vocecita que me insistía en todas las formas en que fracasaría.

Pero no tenía en cuenta mis capacidades empáticas.

Al principio, intenté analizar sus respuestas mientras exploraba la perfección que ella era, pero me di cuenta de que le estaba dando demasiadas vueltas. Mi compañera me decía lo que quería y necesitaba, yo solo tenía que escucharla... y luego añadirle mi propio toque.

Podía sentir su deseo de que mi mano se aventurara hacia su tesoro prohibido. Y joder, yo también lo deseaba. Pero continué provocándola, con mis dedos recorriendo su zona pélvica mientras seguía esponjando las plumas de su abdomen y pecho con mi pico y también salpicando cuidadosos picotazos por el camino.

Linsea susurró mi nombre, el sonido de necesidad hizo que la sangre se me agolpara en la ingle. Mi polla se tensó dolorosamente contra mi bolsa protectora, suplicándome que la sacara. La silencié y me concentré en la maravillosa sensación de sus manos acariciándome la cabeza y bajando hasta los hombros. Le pellizqué el pliegue del cuello, cerca de la nuca, en ese punto que siempre provocaba una fuerte reacción en ella. Justo a tiempo, se estremeció y soltó un gemido de lo más sensual.

Levanté la cabeza para mirarla. Joder, era preciosa, con el pico ligeramente entreabierto y los ojos azules oscurecidos por el deseo cuando me miró fijamente. Sosteniendo su mirada inquebrantablemente, finalmente deslicé la mano que se burlaba de su área pélvica entre sus muslos. La respiración de Linsea se entrecortó. Froté las palmas de las manos sobre su sexo, aún oculto a la vista.

—Ábrete para tu compañero —susurré, con voz baja, pero autoritaria.

Otro escalofrío recorrió a mi hembra. No era sumisa, y esa orden aumentó su excitación. Durante una mínima fracción de segundo, creí que se había planteado desafiarme, aunque solo fuera para ver cómo reaccionaba. Pero su necesidad de ser tocada era mayor que su deseo de ponerme a prueba. En el futuro, no dudé ni un segundo de que nos batiríamos en los más sensuales intercambios de poder.

Su solapa protectora se abrió, revelando la costura ya reluciente. El embriagador aroma de su almizcle llegó hasta mí, haciendo que mi polla palpitara de impaciencia. Quería que su calor envolviera mi cuerpo, apretándolo por todos lados mientras la penetraba una y otra vez. Pero eso también lo silencié. Vería a mi hembra desmoronarse para mí antes de saciar mi hambre rabiosa.

Linsea inhaló bruscamente cuando hundí un dedo en su interior, y luego un segundo. Me concentré en las crestas que recubrían sus paredes internas como anillos. Cada uno de ellos actuaba como un punto G en las hembras Temern y eran imposibles de pasar por alto, proporcionándoles un intenso placer tanto mientras sus parejas entraban como salían. Un grito estrangulado escapó de mi hembra cuando froté suavemente los dos primeros anillos que pude alcanzar. Ella levantó la pelvis, como para ayudarme a penetrarla más profundamente. Empecé a mover mis dedos dentro de ella, acelerando gradualmente el movimiento.

Pronto, el sonido de sus gemidos llenó mis oídos mientras ella giraba en contrapunto a mis movimientos, persiguiendo el clímax que se vislumbraba en el horizonte. Reclamé su boca, tragando el sonido de su placer al tiempo que dejaba que infundiera cada célula de mi cuerpo a través de mis habilidades empáticas. Joder, podría alcanzar mi propio clímax con solo alimentarme de su placer. Linsea rastrilló sus uñas por mi espalda antes de hundirlas casi salvajemente en el punto altamente erógeno de la base de mis alas.

No creí que hubiera planeado hacerlo con tanta fuerza. Como sabía cómo me excitaba cuando hacía eso, Linsea probablemente solo había querido corresponder al placer que yo le estaba dando. Pero su orgasmo la golpeó en ese mismo momento.

Los dos gritamos al mismo tiempo. El éxtasis se apoderó de ella, mientras sus garras en mi espalda me golpeaban con la más insana mezcla de placer y dolor que hizo que mi polla casi perforara mi bolsa protectora al salir con voluntad propia. Mis entrañas ardían y mi estómago se contraía espasmódicamente mientras mi semilla se agitaba con la necesidad de entrar en erupción.

Envolví la base de mi pene con la mano, apretándola brutalmente para contener el flujo antes de que pudiera salir. Con la cara enterrada en el cuello de mi hembra, la mordisqueé con suaves besos, mientras mis dedos seguían haciéndole el amor. Concentrarme en su estado de felicidad y en mantenerla volando alto me ayudó a recuperar parte de mi descontrol.

Cuando Linsea empezó a asentarse de nuevo, reanudé mi exploración de ella, limando cada una de sus zonas sensibles como pellizcar el pliegue de su codo derecho, arañar suavemente la piel justo en la base de su columna, donde empezaba su cola, y lamer su ombligo, por nombrar algunas.

Cuando mi cara volvió a su región inferior, Linsea se tensó con una extraña mezcla de expectación y desaprobación. Me desconcertó por un momento, antes de darme cuenta de que le disgustaba que, una vez más, me concentrara en su placer en lugar de dejar que ella se ocupara de mí. Como no podía sentir mis emociones, no podía saber hasta qué punto atenderla a ella también me hacía volar alto. Y a decir verdad, yo seguía siendo demasiado codicioso al querer descubrirlo todo sobre ella.

Antes de que pudiera protestar o negarme el manjar que me hacía la boca agua, me zambullí entre sus piernas como un macho hambriento. Tras una larga lamida de su raja, hundí mi lengua en ella. Mi compañera gritó y sus manos se aferraron a mi cabeza con algo parecido a la desesperación.

¡Te tengo!

Sus gemidos voluptuosos fluían sin cesar mientras la devoraba. Nunca me cansaría de su sabor ácido y de la maravillosa sensación de sus crestas internas rozándome con la lengua mientras la metía y la sacaba de ella. Volvía a sentir su cresta. Aceleré mis ministraciones, moviendo la lengua dentro de ella para aumentar la fricción en sus crestas. Cuando mi compañera levantó la zona pélvica mientras se preparaba para caer de nuevo, la rodeé por la grupa y rastrillé con mis garras el punto sensible de la base de su cola.

Linsea se derrumbó al instante. El potente orgasmo que se abalanzó sobre ella también me golpeó como una roca. Echando la cabeza hacia atrás, solté un fuerte grito mientras mis dedos se clavaban en el colchón. Unas gotas de mi semilla se derramaron y rechiné el pico mientras un gruñido casi bestial vibraba en mi pecho. Me sentía mareado, con el cuerpo tenso y las alas rígidas mientras luchaba contra el clímax que intentaba engullirme. Mi hembra me martilleaba con oleadas y oleadas de dicha que lo hacían casi imposible.

Todavía medio aturdida, Linsea se aferró a mis hombros con ambas manos y me atrajo hacia ella. Abrió bien las piernas y me miró con expresión lasciva. Sus pupilas estaban tan dilatadas que casi se tragaban sus iris. Me acomodé sobre ella, con la polla palpitando ruidosamente al compás de mi pulso. Mi hembra apoyó las palmas de las manos en mi trasero, apretando cada mejilla con fuerza.

Froté mi pico contra el suyo antes de besarla profundamente. Las tiernas emociones que irradiaba me estaban destrozando.

—¿Me aceptas, Linsea? —dije, con la voz casi dolorida por el deseo reprimido.

—Sí —susurró con voz entrecortada.

—¿Eres mía? —insistí por una razón que no podía explicar.

—Sí —volvió a exhalar.

—Mi compañera —dije como una plegaria, lleno de amor y devoción mientras empezaba a penetrarla.

Apenas había avanzado un par de centímetros cuando tuve que detenerme. Con los ojos cerrados y la mandíbula apretada, luché una vez más contra las ganas de correrme. El calor abrasador de sus paredes internas presionando mis erógenos *ganacs* me tenía a punto de derramarme. Su apretada funda estrujaba las sensibles protuberancias de la cabeza de mi polla, haciendo que por mis venas corrieran descargas eléctricas de puro placer.

Teniendo en cuenta mi grosor, debería haber sido yo quien la ayudara a superar la incomodidad de mi penetración. En cambio, Linsea era la que me arrullaba, acariciaba y besaba de forma tranquilizadora y alentadora mientras yo luchaba por no perder el control. Centímetro a centímetro, fui introduciéndome poco a poco en el dichoso remanso de mi hembra. Una vez enfundado por completo, casi me derrumbo encima de mi compañera, con el cuerpo tembloroso por el esfuerzo y las sensaciones abrumadoras que hacían arder mi sangre.

La petulancia que emanaba de ella me cabreaba al mismo tiempo que me divertía. Era justo que me tuviera hecho un charco después de haberle arrancado dos orgasmos mientras le negaba la posibilidad de corresponderme.

Después de lo que me pareció una vergonzosa eternidad, recuperé la compostura lo suficiente como para empezar a moverme. Creador, ¡tómame! Cada brazada me volvía loco de placer. Como si la fricción contra mis *ganacs* no hubiera sido suficiente, las crestas anilladas que recubrían sus paredes internas me acariciaban y apretaban con cada movimiento de vaivén.

Ni siquiera recordaba haber acelerado el ritmo. En un momento estaba apretando la mandíbula para no derramar mi semilla mientras tomaba a mi hembra con embestidas lentas y cuidadosas. Al siguiente, la estaba penetrando con temerario abandono.

Linsea se retorcía debajo de mí, sus manos me recorrían febrilmente mientras suspiraba de placer. Un infierno ardía en mi interior. Me quemaba por dentro, necesitaba más, quería más, incluso cuando mi mente amenazaba con hacerse añicos. Ya no importaba nada más que sentir el suave cuerpo de mi hembra debajo de mí, su apretada funda alrededor de mi polla y sus tiernos brazos envolviéndome en un abrazo posesivo y apasionado. Quería que aquello durara para siempre, perderme en ella y no volver jamás al mundo de los mortales.

El orgasmo de Linsea llegó con la rapidez, la brusquedad y la fuerza devastadora de un maremoto. No traté de resistirme, pues también me arrastró a mí, su inconmensurable placer estrellándose contra mí, agravando el mío. Al unísono, gritamos. Su espalda se arqueó sobre la cama, sus alas se extendieron aún más sobre el colchón, con las puntas rígidas. Me cerré de golpe mientras rugía de éxtasis, con la cabeza echada hacia atrás y la cola levantada. Mi semilla salió disparada en un torrente casi doloroso, cada chorro fue como un relámpago en mi entrepierna.

Me desmayé y la habitación giró a mi alrededor, mientras mi cuerpo se mecía instintivamente dentro y fuera de mi compañera hasta que mi semilla se agotó. Todavía dentro de Linsea, me desplomé sobre ella, con temblores de felicidad que me sacudían de la cabeza a las garras. Medio aturdido, rodé hacia un lado, con cuidado de no aplastar su ala derecha, antes de atraerla sobre mí. Temblaba ligeramente y respiraba con dificultad mientras me rodeaba con los brazos, aferrándose a mí como si temiera que me desvaneciera.

La acuné entre mis brazos, con el cuerpo vibrando de un placer infinito, el corazón henchido hasta reventar y la mente embelesada en la canción divina de nuestras almas, elevándose juntas en un crescendo sin fin. Linsea era mi dueña... mi todo. Fuera lo que fuese lo que nos deparara el futuro... para mí, este momento, aquí y ahora, hacía que toda una vida de miseria hubiera valido la pena.

CAPÍTULO 11
KAYOG

Por billonésima vez, me cuestioné la conveniencia de asistir a la conferencia. Deseaba desesperadamente estar en presencia de aquel hombre y escuchar sus palabras para hacerme una idea más clara de la amenaza que representaba para los Syllens. También necesitaba evaluar quiénes eran sus socios y aliados silenciosos. En los últimos tres años, me había involucrado cada vez más en la protección de los mundos primitivos. Al hacerlo, descubrí las identidades de los titiriteros secretos que movían los hilos en la sombra con solo aparecer en este tipo de eventos.

La gente podía mentir de la forma más convincente y cubrir perfectamente sus huellas. Pero sus emociones no mentían. En más de una ocasión, mis habilidades me permitieron desenmascarar anónimamente a esos ricos manipuladores. La reacción pública fue suficiente para obligarles a retirarse o a cancelar los aspectos más perjudiciales de las políticas que impulsaban o financiaban. Esperaba conseguir algo parecido en este caso.

Y, sin embargo, mi sensación de malestar por todo aquello no dejó de crecer durante todo el día. Incluso ahora, mientras Linsea y yo volábamos hacia el Centro de Convenciones, se me hacía un nudo en el estómago. Podría haberme quedado en casa con mi hembra, disfrutando de su afecto, y tal vez incluso jugando a ser travieso con ella de nuevo. Me avergonzaba seguir tan hambriento de ella, teniendo en cuenta lo voraz que había sido durante toda la noche, y una vez más hacía menos de media hora. Mi compañera me poseía en todos los sentidos. Aún no podía creer que fuera mía voluntariamente a pesar de lo destrozado que estaba.

La presión que ya se acumulaba en mi cabeza cuando aún faltaban diez minutos para el evento me hizo reconsiderarlo seriamente. Las noticias advertían de las numerosas protestas que se sucedían durante todo el día en la capital. Una gran multitud enfurecida marchó por las calles y llegó a su punto de reunión fijado en la entrada del Centro de Convenciones treinta minutos antes de que empezara la reunión.

Saqué una dipramina del compartimento secreto de mi brazal y me la llevé a la boca. Aunque seguía bloqueando la percepción de mis emociones por parte de Linsea, ella captó el gesto y se preocupó de inmediato. Le dediqué una sonrisa tranquilizadora y seguí adelante. Ya que estábamos tan cerca, no tenía sentido dar marcha atrás ahora. En cualquier caso, solo necesitaba un par de minutos dentro para obtener la mayoría de las respuestas que buscaba.

Mientras nos deslizábamos por encima de la insana cantidad de gente ruidosa y enfadada, me felicité interiormente por haber decidido volar en lugar de coger un transbordador. El aparcamiento habría estado a una distancia considerable y nos habría obligado a abrirnos paso entre la multitud. En lugar de eso, volamos descaradamente hasta la entrada y aterrizamos cerca de los guardias. Dos de ellos se dirigieron hacia nosotros con expresión beligerante y las manos demasiado cerca de sus blásteres. Por supuesto, sus armas estaban preparadas para aturdir, pero recibir un disparo no entraba en mis planes para la noche. Antes de que pudieran decir una palabra, mi compañera y yo mostramos nuestros tickets de asistentes. Los guardias se relajaron de inmediato, y la tensión se desvaneció de sus hombros cuando escanearon nuestras entradas y confirmaron su validez. Nos hicieron un gesto con la cabeza para que entráramos. No tuvieron que decírnoslo dos veces. La cabeza ya me latía con fuerza mientras subíamos el tramo medio de escaleras hasta el inmenso edificio. Mezclaba el estilo moderno e industrial que dominaba las ciudades humanas de Mazeria. Irónicamente, al igual que el campus, también incluía algunos elementos de la arquitectura de Syllen, con caras gigantes talladas en algunas de las paredes y grandes columnas que tenían una forma orgánica que recordaba vagamente a un árbol.

Para mi consternación, en cuanto pasamos la puerta, media docena de guardias ralentizaron aún más nuestro avance hacia el interior del recinto con fuertes controles de seguridad, que incluían escáneres, cacheo de personas e incluso miradas en sus carteras o bolsos. Para cuando cruzamos el largo pasillo que conduce a la sala principal, reconocí que haber venido aquí había sido un gran error. Unas feroces agujas se clavaron en el fondo de mis ojos, mientras mi cerebro parecía decidido a salirse de mi cráneo.

Había varias holocartas sobre una gran mesa cerca de la entrada de la sala en forma de diamante. Servían como paquetes de información para los asistentes. Tomé uno y lo metí en la bolsa que llevaba colgada en diagonal sobre el pecho para transportar objetos personales, y luego me volví para mirar a mi compañera. No necesitaba que hablara para saber de qué iba la cosa. Desde el momento en que iniciamos el descenso, su preocupación por mí había aumentado exponencialmente.

—Bueno, esto ha sido una mala idea —dije, con el dolor que sentía filtrándose en mi voz a pesar de mi mejor esfuerzo.

—Vete a casa, Kayog. Puedo quedarme a grabar la conferencia y traértela —se ofreció Linsea.

—No está permitido grabar —argumenté.

Me lanzó una mirada que gritaba "¿Parece que me importa?" antes de acariciarme la mejilla.

—Primero, tienen que descubrirme. Y segundo, si lo hacen y me lo hacen pasar mal, fingiré que no sabía nada. Para entonces, aún habré retransmitido la mayor parte para ti —dijo con expresión malhumorada.

En otras circunstancias, me habría reído y probablemente incluso la habría besado. Pero mi estómago empezaba a revolverse por las náuseas inducidas por el dolor. No sabía qué expresión había visto mi compañera en mi cara, pero esta vez casi parecía asustada por mí.

—Tal vez sea mejor que te acompañe de vuelta —dijo Linsea, deslizando su brazo alrededor del mío, como para apoyarse.

Sonreí y le di unas palmaditas en la mano que me sostenía el brazo.

—No, mi amor. Puedes quedarte. De todos modos, voy a volver corriendo a casa y a desmayarme en la cama o a meditar. Te estaré súper agradecido por cualquier información que puedas reunir aquí.

—¿Estás seguro? —insistió ella, sus ojos parpadeaban entre los míos.

—Sí, mi compañera. Estoy seguro.

Me incliné hacia delante y la besé. Ella correspondió y me vio dar un paso atrás con mucha reticencia. Mientras ella se dirigía hacia la sala de conferencias, yo di media vuelta y retrocedí hacia la entrada. La gente que llegaba en dirección contraria me frenó un poco, lo que no hizo más que hacerme sentir casi como si me asfixiara.

Para mi consternación, apenas a unos metros de mi salvación, un par de guardias me cerraron el paso.

—¡En dirección contraria, señor! —dijo el guardia con voz

severa—. Por favor, no interrumpas la circulación y dirígete al vestíbulo.

—Estoy intentando salir —expliqué.

El hombre sacudió la cabeza y señaló hacia el vestíbulo principal con expresión inflexible.

—La salida está por ahí, en el otro extremo. La entrada ya está abarrotada, y estamos demasiado ocupados garantizando la seguridad de todos como para ocuparnos de la gente que viene por detrás. Por favor, avanza.

Me ardía el puño de ganas de darle un puñetazo en la garganta. Necesitaba salir de este lugar miserable, y él me estaba negando la salida más rápida. Por supuesto, entendí su lógica. En cualquier otro momento, le habría dado las gracias e incluso me habría disculpado por molestarle antes de seguir sus instrucciones. Hoy, aunque cumplí, lo hice mientras murmuraba una serie de improperios muy inapropiados.

Podría haber forzado el paso, y de hecho lo consideré seriamente. Pero a pesar del caos que me destrozaba la cabeza, percibí claramente que él no se echaría atrás y que cualquier intento por mi parte sería respondido con un prejuicio extremo.

Como si se tratara de un intento malintencionado de impedirme una huida rápida, la multitud parecía cerrarse sobre mí. Grupos aleatorios de personas se detenían directamente en mi camino para saludarse o iniciar conversaciones al azar. Otros intentaban cortarme el paso, ralentizando aún más mi avance.

Aunque las personas presentes causaban una parte importante de mi malestar, era la ira exterior, tanto de los manifestantes como de los guardias cada vez más abrumados, lo que realmente me estaba destrozando el cerebro. El sonido sostenido y estridente de su ira se sentía como una hoja de sierra taladrándome la cabeza.

Había sido tan estúpido. Lo sabía, pero la semana casi dichosa que pasé con mi compañera me había vuelto imprudente, convenciéndome de que podía tener algo parecido a una vida normal. ¿Cómo había podido ser tan tonto?

Me asomé al exterior a través de una de las grandes ventanas con barrotes metálicos protectores ingeniosamente diseñados para que parecieran ventanas francesas. Los disturbios frente al edificio estaban alcanzando niveles críticos. Algunos manifestantes habían empezado a empujar a los guardias de seguridad para entrar por la fuerza. Aunque tenía fe en que los guardias serían capaces de controlar la situación, no podía evitar preguntarme si no debería haber insistido en que Linsea se fuera conmigo. A juzgar por las emociones que emanaban de la gente de fuera, lo más probable era que la situación siguiera empeorando hasta ponerse muy fea.

Pero deseché ese pensamiento. El edificio contaba con unas cuantas habitaciones seguras que sería imposible forzar en caso de que las cosas se descontrolaran. De todos modos, no dudaba de que los guardias mantendrían a salvo a los huéspedes en el interior, por no hablar de la ayuda de refuerzo que tenían preparada.

Las náuseas inducidas por el dolor volvieron a revolverme el estómago. Abriéndome paso a empujones entre los huéspedes que se interponían en mi camino, llegué por fin al puesto de guardia que se dirigía a la salida del lado este del edificio. Para mi sorpresa, en cuanto uno de los guardias me vio acercarme, se puso delante de mí.

—Lo siento, señor. No puedes pasar por ahí —dijo el hombre en tono de disculpa.

—Intento marcharme —gruñí, luchando contra el impulso de arrojarlo al otro lado de la habitación y apartarlo de mi camino.

Visiblemente disgustado por mi tono, su rostro se endureció y levantó la barbilla desafiante.

—Por tu propia protección, no puedes salir ahora. Hay manifestantes intentando entrar. No podemos hacernos responsables si te atacan. Por lo tanto, debes esperar.

La rabia feroz que había ido creciendo lentamente en mi interior junto con la agonía que me destrozaba la mente subió otro escalón.

—¡TENGO QUE IRME YA, MALDICIÓN! —grité, con las garras desplegadas y los dedos crispados por la ardiente necesidad de destrozarle la cara.

Esta vez, puso la mano en su pistola y una expresión amenazadora se dibujó en sus facciones. Dos de sus cuatro colegas que vigilaban junto a la puerta dieron unos pasos hacia nosotros, dispuestos a intervenir si la situación se descontrolaba.

—Último aviso, Temern —advirtió el guardia—. Retírate hasta que las cosas se hayan calmado. No nos obligues a...

No llegó a terminar la frase. Una gran explosión sacudió el edificio. En mi último momento de lucidez, me di cuenta vagamente de que la explosión había provenido justo de la puerta de salida. No sabía qué tipo de artefacto había estallado. Pero por la forma en que se hicieron añicos algunas ventanas, había sido algo grave. Si el guardia me hubiera dejado salir cuando yo quería, probablemente la explosión me habría alcanzado de gravedad.

El rostro de Linsea pasó ante mis ojos mientras el miedo por mi hembra se apoderaba de mí. Pero incluso eso se desvaneció en la fracción de segundo en que ambos pensamientos cruzaron mi mente tras la explosión. El dolor más debilitante que jamás había sentido me atravesó el cerebro y me recorrió la columna vertebral. Casi se me doblan las rodillas mientras me retorcía el estómago. A mi alrededor, la gente gritaba, chocando entre sí en su pánico por buscar refugio de la fuente no identificada de la amenaza.

Su terror era como si tantas cuchillas me apuñalaran repetidamente y luego vertieran ácido en el interior de las heridas. Volví a tener arcadas, mientras avanzaba a trompicones, golpeándome las manos contra la pared, momentos antes de que me hubiera desplomado. Sentía el cerebro a punto de estallar mientras una mano demoníaca me arrancaba la columna vertebral del cuerpo.

Necesitaba que se detuvieran, que se callaran solo un segundo, un bendito segundo antes de que me mataran. Pero no se detuvieron. En lugar de eso, alimentándose unos de otros, la multitud se aterrorizó aún más, sobre todo cuando algunas personas empezaron a caer, algunas fueron pisoteadas por los que seguían de pie y trataban frenéticamente de correr para ponerse a cubierto.

Algo se rompió en mi cabeza.

—¡ALTO! —grité con tanta fuerza que me dolían las cuerdas vocales.

Pero nada podía compararse ni remotamente con la agonía de mi cabeza. Al mismo tiempo que gritaba inútilmente esa palabra, intentaba apartar de mi cabeza con todas mis fuerzas el ruido debilitador. No sabría explicar cómo, pero sentí como si una enorme explosión detonara a mi alrededor.

Y entonces, todo quedó en silencio.

No, en silencio no. El ruido seguía asaltándome, pero se había reducido considerablemente, como si la mitad de las personas que me bombardeaban con sus miserables emociones se hubieran esfumado de repente. Apoyado contra la pared, con las tripas todavía retorciéndome horriblemente, intenté a ciegas volver hacia la entrada principal. Al cabo de un par de pasos, estuve a punto de caerme cuando mi pie chocó con algo blando. Por instinto, clavé las garras en la pared y volví a enderezarme.

Parpadeando, con la cabeza martilleándome, traté de encontrarle sentido a lo que mi visión borrosa trataba de mostrarme. Esto no podía estar bien. Y, sin embargo, no podía negarlo. Decenas de cuerpos yacían a mis pies. Todos a mi alrededor, hasta el final del pasillo, estaban desmayados en el suelo. No sabría decir si estaban muertos. Uno parecía respirar, pero no podía jurarlo. De todos modos, aunque hubiera querido ayudar, no estaba en condiciones de hacerlo. El insoportable dolor que me aplastaba el cráneo también me tenía al borde del colapso.

Mientras me abría paso torpemente entre los caídos, el semi-respiro que me habían concedido aquellas personas desmayadas se desvanecía con rapidez. Nuevas voces de pánico y gritos de terror me asaltaron como una bandada rabiosa de banshees chillonas. Me doblé sobre mí mismo y volví a vomitar en seco. Cada músculo de mi cuerpo gritaba, como si me estuvieran golpeando con porras cubiertas de púas.

Un líquido caliente empezó a gotear de mis dos orejas. Una parte de mí sabía lo que era y comprendió que indicaba que mi cuerpo se acercaba a un fallo crítico. No sabía si lograría salir a tiempo. Sólo podía concentrarme en poner un pie delante del otro mientras aún me quedaran fuerzas.

Para mi horror, cuando llegué al vestíbulo principal, pude ver vagamente las siluetas de gente agazapada en el balcón, buscando cobertura, mientras otros intentaban arrastrarse hacia una de las habitaciones donde probablemente esconderse. Las personas que se encontraban en el lado opuesto al mío del pasillo estaban conscientes y aterrorizadas. Mi cerebro no podía comprender por qué estaban en el suelo, la mayoría de rodillas con las manos en alto.

Pero eso tampoco me importaba. El líquido espeso que salía de mis ojos casi me cegaba. Justo cuando abría la boca para gritar a los que estaban arrodillados que se apartaran de mi camino, dos hombres enmascarados irrumpieron en la sala principal desde la entrada.

—¡¿Qué coño está pasando aquí?! ¿Qué ha pasado? —gritó uno de los hombres mientras miraba a todas las personas inconscientes que había detrás de mí—. ¿Por qué te sangran los ojos?

—Silencio —susurré, el sonido de mi propia voz me dolía en los oídos.

—¡¿Qué coño?! —exclamó el hombre, levantando su bláster hacia mí—. Tírate al suelo, monstruo. No des un paso más.

—*¡Silencio!* —Repetí, esta vez más alto, mientras una rabia asesina se apoderaba de mí.

—¡Te lo he pedido, joder!

—¡SILENCIO! —grité, interrumpiéndole.

Con voluntad propia, mis manos se alzaron ante mí. Las palmas me hormiguearon y un intenso calor irradió a su alrededor antes de que se encendiera una luz cegadora. Ambos hombres parecían haber sido golpeados por un ariete, y volaron hacia atrás, estrellándose brutalmente contra la pared antes de deslizarse hasta el suelo, inconscientes.

Al unísono, la gente del otro lado de la habitación empezó a chillar y a luchar por escapar. Sentí como si mil martillos me golpearan el cráneo a la vez. Algo se rompió en mi interior cuando intenté apartarlos. El aire cambió a mi alrededor, como si un potente vacío hubiera succionado el oxígeno de la habitación.

Todo el mundo enmudeció. Pero ya no me importaba. El suelo se precipitó hacia mí y, en el instante en que entré en contacto con él, sentí cómo el bendito olvido me reclamaba antes que nada.

CAPÍTULO 12
LINSEA

Me desperté entre el ulular de las sirenas, gemidos ahogados y voces quebradas por el pánico. Tardé unos segundos en entender dónde estaba. Yacía en el suelo, en el pasillo entre las filas de asientos de la sala de conferencias. La cabeza me palpitaba con un dolor sordo, similar al de una resaca leve. Entonces miré a mi alrededor. Todos estaban en el suelo. Algunos comenzaban a moverse, otros gemían, otros permanecían inmóviles. Un escalofrío lento y helado me recorrió la espalda.

Un simple vistazo a la habitación no mostró ningún daño estructural que pudiera haber causado un terremoto o algo parecido. Eso habría explicado por qué todos nos habíamos caído, algunos nos habíamos golpeado la cabeza, lo que habría justificado mi dolor de cabeza y el hecho de que hubiera estado inconsciente. Pero estaba claro que había ocurrido algo más.

Y entonces recordé el sonido de una explosión. El edificio había sido atacado.

—¡Kayog! —susurré, con la voz llena de miedo.

Levanté el antebrazo izquierdo y di unos golpecitos en el brazal mientras intentaba salir corriendo de la habitación. Para mi consternación, Kayog no respondió a mi llamada. Intenté llamar de nuevo a su comunicador mientras me abría paso a codazos, pero sonó sin respuesta. Preocupada, intenté localizar su comunicador.

Se me heló la sangre cuando me indicó que estaba a pocos metros.

Ya debería haberse ido y estar a medio camino de su casa. ¿Cómo es que seguía aquí? ¿Por qué no contestaba? Mi fértil imaginación empezó a conjurar todo tipo de horribles escenarios, especialmente tras las dos explosiones. Sin embargo, un cuadro más horrible me esperaba cuando finalmente salí al vestíbulo principal.

—¡KAYOG! —Grité, aterrorizada.

Corrí hacia él, con el pecho contraído y el estómago retorciéndose de miedo al encontrarlo tendido en el suelo. Se estaba aplastando el ala derecha, ya que había caído sobre ella en un mal ángulo. Pero la sangre que le corría por la cara desde los ojos y las orejas me destrozó. Espasmos involuntarios sacudían su cuerpo mientras respiraba de forma superficial y silbante.

—¡MÉDICO! —grité mientras le pasaba el brazal por la cabeza.

Sólo poseía las capacidades de escaneo básicas que ofrecían la mayoría de los brazales personales. Pero era lo bastante avanzado como para confirmar una inflamación crítica y una hemorragia cerebral.

—¡MÉDICO! —volví a gritar, luchando contra las lágrimas que me punzaban los ojos.

Para mi alivio, dos guardias vinieron corriendo. Una sola mirada a mi compañero les bastó para comprender que había que llevarlo inmediatamente al hospital. Con la ayuda de un par de guardias más que les despejaron el camino, llevaron a Kayog al exterior, cerca de la lanzadera médica, donde los médicos corrían de un lado a otro atendiendo a los heridos de la multitud.

Mientras corríamos, llamé a mi abuela.

—Cariño, ¿cómo estás...?

—¡Se está muriendo, Nana! —grité, interrumpiéndola—. Kayog se está muriendo. Estamos en la Sala de Conferencias Hemlock.

—¡¿Donde tuvo lugar el ataque?! —exclamó.

—Sí. Kayog se desplomó. Hay sangre saliendo de sus ojos y oídos, y mi escáner confirma que hay una fuerte hemorragia cerebral. Necesitamos ayuda.

—Entendido. Estoy reuniendo un equipo de médicos de inmediato. Avísenme adónde lo llevan y los enviaré allí —dijo Nana Arika con voz decidida.

—Gracias, Nana —dije, con el corazón doliéndome de miedo por mi compañero, mientras me llenaba de gratitud por mi abuela.

Fuera reinaba el caos más absoluto. Si antes los guardias estaban desbordados, ahora se enfrentaban a un caos total. A pesar del desorden provocado por el ataque, algunos idiotas seguían intentando protestar, instigar o alborotar a la multitud, ya de por sí nerviosa. Se podía ver a gente buscando desesperadamente a un amigo o a un ser querido del que se separaron cuando empezó el ataque. Otros buscaban ayuda para sus heridas o prestaban asistencia donde podían.

En cuanto los médicos se dieron cuenta de que los guardias se acercaban con Kayog, dejaron todo lo que estaban haciendo para ocuparse de mi compañero. Cualquiera con ojos podía ver que él era la principal prioridad. Los socorristas empezaron a subirlo a la lanzadera médica. Para mi sorpresa, al acercarme, una de las médicas levantó la palma de la mano en un gesto de arresto.

—Lo siento, señora, pero no puedes entrar —dijo en tono de disculpa.

—¡¿Qué?! —exclamé, indignada.

—No hay sitio. Debemos reservarlo para los demás pacientes. Mucha gente resultó herida en el pánico —explicó la mujer.

—¡Pero yo soy su compañera! —argumenté, tratando de rodearla para entrar.

—Lo siento, señora. No podemos dejarla entrar. Lo llevamos al hospital de Danmere. No dudes en reunirte con nosotros allí —dijo la doctora en un tono que no admitía discusión.

Cuando traté de rebatir su postura, dos guardias intervinieron y me apartaron para poder cargar a dos pacientes más antes de marcharse. Necesité toda mi fuerza de voluntad para no montar en cólera y exigir que me dejaran subir a bordo. Una parte de mí se avergonzaba de mi comportamiento. Obviamente, tenían que dar prioridad a los heridos. Pero ver a Kayog en un estado tan espantoso me estaba privando de cualquier pensamiento racional.

Me adelanté inmediatamente y llamé a mi abuela para informarle de su destino. Para mi alivio, me confirmó que su equipo médico iría allí de inmediato.

Para mi consternación, a pesar de la gran velocidad que podía alcanzar volando, no pude seguir el ritmo del transbordador, que pasó a toda velocidad junto a mí, a la máxima velocidad permitida para los vehículos de emergencia. Sin embargo, el hecho de poder volar era en sí mismo una gran bendición. De haber sido una especie sin alas, quién sabe cómo me las habría arreglado para seguirle.

Mi mente bullía con demasiados pensamientos como para organizarlos de forma racional. La parte principal de mí estaba centrada en Kayog y en los daños que podría haber sufrido por haber sido bombardeado por tantas emociones extremas. La otra necesitaba entender qué había pasado. ¿Qué podía haber noqueado a tanta gente—incluida yo—sin causar daños estructurales apreciables? ¿Qué tipo de ataque se había desatado contra nosotros? ¿Y quién podría haberlo hecho?

Peor aún, ¿había sufrido algún tipo de lesión que estaba agravando volando tan fuerte como podía antes de que me examinara un profesional?

Pegué un grito y el corazón casi se me sale del pecho cuando sonó el comunicador. Con el pulso acelerado, respondí a la llamada y vi el nombre de Isobel en la interfaz.

—Linsea, ¿estás bien? He visto el ataque en todas las noticias, pero no puedo contactar con Kai —dijo Isobel con voz ligeramente aterrada.

—Es grave, Isobel —dije, con la voz temblorosa por la preocupación y la pena—. Voy de camino al hospital de Danmere. Están llevando a Kayog allí. Se desmayó y sangraba por los ojos y los oídos.

—¡No! —exhaló Isobel, horrorizada—. ¡Ya voy para allá!

—Gracias —dije con auténtica gratitud—. Nos vemos allá.

Terminamos la llamada y me esforcé al máximo para llegar a mi destino. Tardé más de doce minutos—una jodida eternidad— en llegar al hospital. Al empezar a descender, contemplé el caos absoluto que también reinaba aquí. Innumerables lanzaderas se disputaban el derecho de paso e intentaban encontrar aparcamiento. Se me oprimió el pecho por Isobel. Tendría que aterrizar bastante lejos, ya que era imposible que encontrara sitio aquí.

Este lugar solía ser de fácil acceso. Sin embargo, esa noche amigos y familiares también se apresuraban a llegar, ansiosos por obtener noticias sobre el estado de sus seres queridos. Lo peor era que muchas de las personas que saturaban el lugar ni siquiera necesitaban estar allí. Como ocurría con demasiada frecuencia, la gente actuaba primero y pensaba después. Al oír que habían trasladado heridos, acudían de inmediato, incluso antes de confirmar si sus seres queridos se encontraban entre ellos. Y aun así, no podía culparlos. En su lugar, si no hubiera logrado localizar a mi compañero, también habría asumido que estaba entre las víctimas llevadas al hospital. Y pueden estar seguros de que yo también habría venido corriendo.

Una vez más, di gracias a todos los poderes del universo por ser una Temern. Aterricé sin esfuerzo cerca de la entrada y entré corriendo. Un caos total me recibió. Para mi disgusto, no eran las víctimas gritando y pidiendo atención, sino las familias discutiendo con las recepcionistas y enfermeras, acusándolas de mentir cuando decían que sus seres queridos no figuraban en su sistema.

Al darme cuenta de que no recibiría mucha ayuda aquí con tantas personas monopolizando al personal ya desbordado, me dirigí hacia la atención urgente situada en la cuarta planta. Aquí también todo el mundo corría. Los que intenté pedir ayuda me ignoraron o movieron la cabeza distraídamente en respuesta a mi pregunta de si Kayog estaba aquí.

Desesperada, finalmente agarré a un enfermero que pasaba corriendo a mi lado para obligarle a detenerse y hablar. Me miró molesto.

—¡Lo siento, pero necesito que alguien me responda! —dije en un tono de enfado que hasta me asustó—. Han traído a mi compañero a este hospital sangrando por los ojos y los oídos.

—No sé dónde está y me necesitan urgentemente en el bloque quirúrgico. Pregunta en recepción por este pasillo y a la izquierda —respondió en tono cortante antes de soltar el brazo y marcharse a toda prisa.

A pesar de mi enfado, no por el enfermero, sino por la sensación de impotencia que sentía, corrí en la dirección que me indicaba. A mitad del ancho pasillo, unos uniformes negros me llamaron la atención. Me detuve en seco al reconocerlos como Enforcers.

Han venido a por Kayog.

No sabría decir por qué ese pensamiento me golpeó con tanta fuerza, pero todo en mí gritaba que era cierto. Sin dudarlo, corrí tras ellos. Giraron hacia otro pasillo. Una camilla suspendida que se cruzaba delante de mí me obligó a aminorar la marcha. Maldije para mis adentros, luchando contra el impulso de empujarlos a ir más rápido para despejar el camino. ¿Y si esos Enforcers entraban en una habitación o en un ascensor antes de que yo pudiera verlos? ¿Y si...?

La sangre se me heló y todas esas preguntas se me fueron

volando de la cabeza cuando por fin llegué a la esquina y eché un vistazo al pasillo. Diez metros más adelante, dos médicos Temern estaban de pie fuera de una habitación, hablando con los Enforcers. Uno tenía plumas de color azul polvoriento con motas negras en el pecho y plumas negras en los bordes de las alas. El otro era verde oscuro con el pecho y la cabeza blancos. Un rápido escaneo empático de los médicos confirmó mis peores temores.

Estaban listos para matar.

Corrí hacia ellos, alzando mis muros psíquicos para impedir que me leyeran. El médico azul advirtió mi aproximación y se tensó de inmediato; su expresión se endureció mientras entrecerraba los ojos al observarme. Sus emociones gritaban sospecha, y su postura defensiva podía transformarse en combativa en cualquier instante.

Había establecido un curso de acción que estaba decidido a seguir a toda costa. Pero, ¿por qué? ¿Por qué el estado de mi compañero desencadenaba impulsos tan violentos en personas dedicadas a salvar y proteger vidas?

—Necesito ver a Kayog —dije en tono imperioso .

—Aquí no se permiten visitas —dijo fríamente el médico azul.

Los Enforcers se volvieron para mirarme, sus rostros ilegibles, aunque sus emociones expresaban una mezcla de reserva y curiosidad. Por ahora, no eran una amenaza. Odiaba no conocer a aquellos en concreto.

—No soy una visitante —dije en tono altivo—. Soy su compañera. ¿Cuál es su estatus?

Los Temerns retrocedieron e intercambiaron una mirada preocupada antes de volver a mirarme con el ceño fruncido.

—He hecho una pregunta —gruñí cuando se quedaron callados, con las ruedas dándoles vueltas mientras sopesaban la respuesta que darían... si es que daban alguna.

—No tiene pareja —replicó el médico verde con algo parecido al desdén que me dio ganas de darle un puñetazo en la cara.

—Todavía no estamos casados —concedí con gesto molesto —, pero lo estaremos pronto.

—Lo siento, pero no hay ninguna indicación de ese tipo en su expediente —dijo el médico azul con un brillo victorioso en sus ojos negros, aunque levantó la barbilla desafiante—. En su expediente tampoco figura ningún otro ser querido o familiar cercano.

—Kayog no tiene a nadie más que a mí para asegurarse de que recibe los cuidados adecuados a sus necesidades específicas —insistí, obligándome a hablar en un tono firme, pero razonable.

—Ya hemos discutido lo que hay que hacer con el señor Voln —dijo el médico verde de un modo que indicaba claramente que su decisión no estaba abierta a discusión, y que yo tenía que quitarme de en medio—. Él es un caso muy especial que debe ser manejado de inmediato antes de que... ocurra una desafortunada escalada.

—¡No voy a dejar que lo matéis! —gruñí, señalándole con un dedo acusador mientras daba un paso amenazador hacia delante.

Los Enforcers se pusieron visiblemente rígidos ante mi afirmación y luego sacudieron la cabeza hacia los médicos para mirarlos con una mezcla de conmoción y sospecha. Aquella respuesta involuntaria me dio esperanzas. No habían sido enviados aquí para ejecutar a Kayog ni para ser testigos de su asesinato.

Entonces, ¿por qué están aquí?

—¡Qué declaración tan escandalosa! ¡Somos sanadores! —exclamó el médico verde.

—No me toméis por idiota —siseé—. Soy una maldita Temern. Sé lo que los "sanadores" le hacéis a los Edals.

Esta vez, los dos se estremecieron, con la espalda rígida mientras me miraban atónitos. El médico azul se recuperó primero. Su rostro se endureció y un destello casi cruel brilló en sus ojos de obsidiana.

—No os preguntaré cómo sabéis de los Edals. Pero eso significa que sabéis que es un peligro para todos los que estamos aquí —dijo con voz áspera—. Según el último recuento, más de 426 personas han sido ingresadas en la última hora por su culpa.

Fue mi turno de retroceder mientras los miraba entre confundida e indignada.

—¿De qué coño estáis hablando? Lo que ha pasado no es culpa suya. Los artefactos explosivos estallaron y...

—Voy a pediros que se retire ahora mismo. Con vuestra intromisión está poniendo en peligro a todo el mundo en este hospital —dijo amenazadoramente el médico verde.

Un escalofrío me recorrió la espalda. Algo había cambiado después de mi último comentario. Cuando mencioné por primera vez que Kayog era un Edal, sus emociones se habían vuelto cautelosas y recelosas, como cuando te das cuenta de que estás en presencia de un depredador potencialmente más grande que tú. Pero algo de lo que dije les convenció de que sabía mucho menos de lo que supusieron al principio, o de que en realidad no era una amenaza para lo que quisieran hacer. ¿De qué me había perdido? ¿Seguramente no podían insinuar que Kayog activó esas bombas?

—¡No me iré! —me quejé.

—¿Hay algún problema? —preguntó la agente, con la mirada fija en los médicos y en mí.

—Oficial, por favor, llevaos a esta mujer —exigió el Temern azul en tono de mando.

—¡Lo matarán! —exclamé en tono suplicante.

La mujer frunció el ceño y parpadeó dos veces rápidamente mientras procesaba lo que estaba ocurriendo. Sus emociones indicaban que había una semilla de sospecha hacia los médicos, pero sobre todo que pensaba que yo estaba siendo irracional. Por suerte, aún se reservaba el juicio y se daba un poco más de tiempo para evaluar la situación.

—Son médicos. Curan a la gente —dijo cuidadosamente con voz suave—. Teniendo en cuenta el grave estado en el que lo trajeron aquí, seguro que queréis que se ocupen de él.

—Soy su compañera —insistí tercamente—. También soy una Temern, así que puedo leer sus emociones. Por muy exagerado que os parezca esto, os prometo que desean hacerle daño. Como su compañera, solicito que se le asigne otro médico.

—No está casado —espetó el médico verde.

Ignorándole, miré fijamente a la Enforcer.

—Soy Linsea Kenna, nieta de Arika Sorek, Consejera Jurídica Superior de la OPU, hija de Karis Kenna, Negociadora Jefe de la OPU, y de Randel Kenna, Abogado Criminalista Jefe de los Enforcers, División Ulthor. Arika Sorek ya ha enviado un equipo especial de médicos para atender a Kayog. Deberían llegar en cualquier momento.

—Ellos no tienen jurisdicción aquí —siseó el médico verde, aunque una pizca de miedo había entrado ahora en su voz.

—¡Y una mierda que no la tienen! —gruñí—. No os acerquéis a él o os quitaré la licencia y echaré abajo todo este maldito hospital. Acabo de terminar unas prácticas con el Embajador Olmek sobre negociación y toma de rehenes. Sé exactamente qué palancas se pueden utilizar para aplastar a una organización e incluso a todo un gobierno. Tengo el tipo de conexiones que os destruirán a vos, a toda vuestra puta estirpe y a todo este lugar. ¡Así que no me pongáis a prueba!

—Acabáis de oírla amenazarnos, ¿verdad? —dijo el Temern azul a los Enforcers, indignado.

Me volví hacia la Enforcer femenina, y su homólogo masculino se puso tenso, listo para entrar en acción si las cosas iban a más.

—Llamad a mi abuela —le dije—. Llamad a Arika Sorek para que confirme mis declaraciones.

Ella entrecerró los ojos.

—¿Por qué no la llamáis tú?

Sonreí de una manera que decía "reto aceptado" era inteligente por su parte y claramente una prueba. Si de verdad era mi abuela, debería tener su línea directa.

—Con mucho gusto —respondí—. Y mientras lo hago, haced venir a Colin Wilson. Me conoce y también está muy interesado en mi compañero.

Sin esperar su respuesta, utilicé el comunicador de mi brazal y lo puse en altavoz en cuanto empezó a sonar. Mi abuela contestó casi de inmediato.

—Linsea, ¿ya llegaron? —preguntó mi abuela en lugar de saludar.

—No, todavía no. Pero aquí hay dos médicos Temern que quieren matar a Kayog —repliqué, con los ojos clavados en ellos.

—Nunca dijimos… —comenzó a argumentar el médico azul antes de que mi abuela lo interrumpiera.

—Debéis manteneros alejado del Sr. Voln —dijo con ese tono gélido que haría que hasta el guerrero más feroz se acobardara de miedo—. Está bajo la protección de la OPU. Se ha enviado confirmación a los directores del hospital. Verificadlo con ellos. Pero retírense inmediatamente.

—¿Cómo sabemos siquiera que sois vos quien dice ser? —desafió el médico verde.

—Una pregunta justa —dijo la mujer Enforcer—. Soy la Agente Tana Murphy.

—Tana Murphy, jefa de equipo del escuadrón Alfa Bravo, recién asignada a Mazeria tras su servicio en Xoccoris —dijo mi abuela—. Hablamos en mi despacho sobre la precaria situación de un nuevo recluta en cuyo potencial creíais.

—Consejera Sorek, gracias por confirmar vuestra identidad —dijo la Agente Murphy, con un tono inmediatamente deferente—. ¿Cuáles son las órdenes de la OPU?

—El Sr. Voln debe ser protegido a toda costa. Estos médicos Temern *no* deben acercarse a él bajo ninguna circunstancia. Nuestros especialistas llegarán en breve para atenderle — respondió con una autoridad que hizo que mi corazón se hinchara de orgullo y gratitud.

—Entendido —respondió el Agente Murphy.

—Linsea, avísame cuando hayan llegado —dijo mi abuela.

—Lo haré. Gracias —respondí cordialmente.

En cuanto terminamos la conversación, hice ademán de entrar en la habitación, pero el desdichado médico verde se interpuso en mi camino, con un enfado casi palpable.

—Seguid sin poder entrar —siseó—. No solo no se permiten visitas en esta ala, sino que solo los familiares pueden obtener un permiso especial bajo condiciones específicas. No hay pruebas de que seáis su pareja.

—Ella *es* su pareja —dijo una voz femenina detrás de nosotros.

Sobresaltados, todos nos giramos y vimos a Isobel marchando hacia nosotros.

—Soy una Sacerdotisa certificada por el Colegio Clerical Galáctico, y estoy aquí en Mazeria para completar mi doctorado —dijo Isobel con aplomo y seguridad—. Linsea y Kayog no están casados, pero están comprometidos. Soy la consejera espiritual de Kayog. Él me ha confirmado personalmente que Linsea es su alma gemela y que tiene intención de casarse con ella este año. Ella también me confirmó directamente su afecto por él. Además, públicamente se les ha visto como pareja.

—Eso no significa que sean...

—Cuidado, doctor, con acusar a una Sacerdotisa de mentir —dijo Isobel con severidad al médico verde—. Sabes que ese tipo de calumnias tienen graves consecuencias. Además, eres un Temern. Puedes sentir que hablo con sinceridad.

Chasqueó el pico de una forma que expresaba una profunda frustración, pero también derrota.

—Ahora, si habéis terminado de hacerme perder el tiempo, voy a ver a mi compañero —dije, empujando a los médicos para entrar en la habitación.

Intentaron detener a Isobel, pero la agarré del brazo y la arrastré detrás de mí. En cuanto se cerró la puerta, corrí al lado de Kayog. La ira bullía en mi interior al verlo en ese estado, con la piel ardiendo, el cuerpo tembloroso y la respiración entrecortada. Al menos, le había limpiado la sangre de la cara, aunque aún podía ver algunas motas adheridas a algunas de sus plumas en el lateral de las mejillas.

—Gracias por ayudarme —le dije distraídamente a Isobel mientras miraba el monitor al que estaba conectado.

—No, Linsea. Gracias por protegerlo —dijo con voz tranquilizadora mientras se acercaba a la cama del lado opuesto al mío.

—Está muy mal —dije con voz dolorida, con la rabia y la frustración burbujeando en lo más profundo de mi ser por el hecho de que el equipo médico no hubiera llegado aún.

Isobel asintió.

—Es un caos total ahí fuera. Con todo el mundo enloquecido, tanto aquí como en los alrededores, todas esas emociones deben de estar destrozándolo.

Mis entrañas se retorcieron de preocupación.

—Ahora mismo está inconsciente, pero no estoy segura de si todavía le está afectando o si sus reacciones actuales se deben a la hinchazón o a la hemorragia. Hay que ponerlo en una sala de aislamiento o en estasis. ¿Puedes ver si eso se puede arreglar hasta que lleguen los médicos?

—Por supuesto, enseguida —dijo Isobel antes de salir a toda prisa de la habitación.

En cuanto la puerta se cerró tras ella, me sentí irracionalmente abandonada. Me invadió una oleada de impotencia mientras miraba a Kayog. Odiaba verlo tan destrozado cuando era tan fuerte. Odiaba a los viles seres que habían instigado tanto caos y violencia como para que Kayog se convirtiera en una espiral.

Pero, sobre todo, me odiaba a mí misma por no haberle acompañado fuera de la sala en cuanto dijo que empezaba a sentirse agobiado. Si hubiera hecho caso a mi instinto antes incluso de aterrizar y le hubiera obligado a dar media vuelta, no estaría herido y potencialmente moribundo.

Mi corazón dio un salto cuando Kayog gimió de repente. Tenía la cara contraída y su cuerpo empezó a temblar de nuevo. El sedante que le habían dado había desaparecido.

—¿Kayog? —le dije, inclinándome sobre él y acariciándole la cabeza con la mano.

Sus ojos se abrieron de golpe e inmediatamente empezó a gritar, sobresaltándome. Antes de que pudiera pronunciar palabra, los médicos Temern irrumpieron en la habitación, seguidos de los Enforcers.

—¡FUERA! —grité a los médicos.

Agitando las alas, volé hacia el otro lado de la cama para impedir que se acercaran.

—Señorita Kenna —dijo la Agente Murphy en tono razonable—, el Sr. Voln necesita ayuda.

—Necesita ser puesto en estasis. Pero no por estos dos. Conseguid a alguien más, ¡ahora!

—¡No entienden lo que están haciendo! —exclamó el médico azul—. ¡Necesita ser sacrificado ahora antes de que nos mate a todos!

Esta vez, los Enforcers se quedaron boquiabiertos al ver que el médico confesaba por fin sus malvadas intenciones.

—¡Apártate de mi camino, estúpida! —gritó el médico, arremetiendo contra mí.

No llegó a alcanzarme, ya que los Enforcers se abalanzaron sobre él. Cada uno de ellos le sujetó un brazo mientras intentaba liberarse, gritando una sarta de palabrotas. Aprovechando la oportunidad que le brindaba el caos, el médico verde se abalanzó sobre Kayog, con unas intenciones asesinas casi palpables. Sin pensarlo, le arranqué la pistola al Enforcer, que no había vuelto a asegurarla después de soltar el pestillo de seguridad.

Jadeó e intentó quitármela, pero volví a batir las alas y volé hacia atrás, hacia el lado opuesto de la cama.

—¡Aléjate de él, joder! —grité, con la pistola apuntando al médico.

Se detuvo en seco, a un par de metros de la cama.

—¡Aléjate o te vuelo la puta cabeza! —grité.

—¡Señorita Kenna! Dadme esa arma —dijo la Agente Murphy, con voz tensa, mientras extendía una mano hacia mí y avanzaba lentamente.

—¡Sacad a los dos de aquí y enviad a una enfermera para que lo ponga en estasis, ahora! —gruñí.

Se me cayó el corazón cuando el médico azul arrancó su brazo de un tirón del Enforcer que todavía lo sujetaba. Con la mano en alto—un tipo de jeringa apretada en el puño—se lanzó contra Kayog. No dudé. Le disparé en el pecho. Los gritos estallaron a nuestro alrededor, y un espasmo violento sacudió el cuerpo de Kayog. Sus alaridos se hicieron más fuertes, atravesándome por completo. El corazón se me hizo pedazos al darme cuenta de que mi intento de protegerlo solo estaba alimentando el caos, un caos que tenía que estar destrozándolo por dentro.

Un par de humanos, un hombre y una mujer, irrumpieron en la habitación alertados por el alboroto y se quedaron paralizados al ver la escena. La mujer corrió hacia el médico azul que estaba en el suelo.

—¡Lleváosla! —gritó el médico verde a los Enforcers mientras me señalaba con un dedo enfadado—. Está loca.

Abrí la boca para contestar, pero Kayog me interrumpió.

—Mátame... Lin... Linsea. Mátame —suplicó.

—¡NO! ¡Kayog, no! —exclamé, con la voz rota por las lágrimas mientras volvía a centrar mi atención en él.

—Libérame. No... no puedo. Haz que pare. Por favor. Mátame.

—¡No! Mi amor, no. Tienes que aguantar. Por mí, por nosotros. Yo lo arreglaré.

—Por favor...

Un movimiento en el borde de mi visión me hizo levantar la cabeza. El Temern verde había cogido la jeringuilla de su compañero caído y se acercaba a la cama.

—¡Suelta eso y aléjate de él! —grité, apuntándole con el bláster.

—¡Ya lo has oído! —dijo el médico verde—. ¡Él lo pidió! No tienes autoridad.

Esquivó justo cuando le disparaba, lanzándose de lado y estrellándose contra una bandeja rodante, que por suerte estaba vacía.

—¡TÚ, PONLO EN ÉXTASIS AHORA MISMO! —le grité al hombre humano que estaba cerca de la puerta.

A juzgar por su uniforme, era enfermero o médico, pero sin duda un profesional de la medicina.

Aunque estaba visiblemente asustado, se acercó apresuradamente, con la mirada fija en mí, en mi pistola y en Kayog, que gritaba de dolor. Tembloroso, el hombre empezó a dar instrucciones en el aparato médico que había junto a la cama. El médico azul empezó a moverse cuando el efecto del disparo de mi bláster empezó a desaparecer.

Sin embargo, fue el auténtico terror que emanaba del médico verde lo que me desconcertó. Estaba aterrorizado por Kayog y realmente creía que si no lo matábamos inmediatamente, algo terrible ocurriría.

—Mi paloma... —dijo Kayog, con la voz quebrada.

Se me llenaron los ojos de lágrimas cuando lo miré. Más allá del atroz dolor que lo destruía, fue la mirada de traición que me lanzó lo que me destrozó.

—Mátame.

—No puedo. No voy a perderte. Has luchado demasiado

tiempo, demasiado duro para rendirte ahora. Por favor, aguanta por mí. Te juro que te curaremos.

Mi sangre se convirtió en hielo cuando sus ojos y sus manos empezaron a brillar. Era una luz blanca, pero parecía roja alrededor de sus ojos cuando la sangre empezó a brotar de ellos de nuevo.

—Vamos a morir todos —susurró el médico verde con voz aterrorizada mientras empezaba a retroceder.

El resplandor se intensificó y, en ese instante, me di cuenta de que lo que le estaba ocurriendo a Kayog era lo que habían intentado evitar desde el principio... lo que creían que nos mataría a todos.

Y entonces Kayog se quedó sin fuerzas, el resplandor desapareció instantáneamente de sus ojos y manos.

—Ya está hecho —dijo el humano con voz temblorosa, antes de alejarse de la cama.

Algo se rompió dentro de mí. Abracé a Kayog inconsciente y lloré.

CAPÍTULO 13
LINSEA

No me resistí cuando alguien me quitó el bláster de la mano. Mis actos tendrían graves consecuencias. Además de robar el arma a un Enforcer, había disparado a alguien delante de varios testigos. El hecho de que supiera que el arma tenía una carga no letal no hacía que mi delito fuera menos grave. Al menos, no me acusarían de intento de asesinato...

...o eso esperaba.

Pero incluso eso tenía poca importancia para mí. Mi corazón se rompía en demasiados pedazos mientras la culpa me destrozaba. La voz de Kayog suplicándome que lo liberara sonaba en bucle en mi mente. A pesar de mi incapacidad para sentir sus emociones, la agonía evidente en su voz, en su cuerpo, en sus ojos mientras suplicaba clemencia me perseguiría el resto de mi vida. Quería creer que no era mi necesidad egoísta de retenerlo lo que me había llevado a negarme a concederle su petición. Afirmar que no había tenido nada que ver sería una mentira evidente. Pero había luchado tanto y durante tanto tiempo que rendirse ahora, cuando los mejores médicos de la galaxia buscarían una solución, no tenía sentido.

¿Pero y si no pueden curarle? ¿Y si solo he prolongado su tortura?

Las lágrimas rodaban libremente por mi rostro mientras me aferraba a su cuerpo inerte, el estasis me privaba de la comodidad de escuchar los latidos de su corazón.

Demasiado perdida en mis oscuros pensamientos y mi tristeza, bloqueé las animadas voces que debatían intensamente a mi alrededor. Hasta que una mano me sacudió el hombro, no levanté la cabeza para volver a concentrarme en lo que me rodeaba.

El enfermero que había puesto a mi compañero en estasis estaba de pie junto a mí, con un escáner portátil en la mano mientras me lanzaba una mirada inquisitiva.

—¿Qué? —pregunté, confundida por lo que quería.

—Necesito que te sientes un momento para poder escanearte —dijo con voz tranquilizadora—. Tengo entendido que te encontrabas entre la gente del Centro de Convenciones cuando se produjo la explosión. Tenemos que asegurarnos de que no estás... afectada.

Por la forma en que vaciló antes de pronunciar esa última palabra, y a juzgar por las emociones que emanaban de él, creía que lo que percibía como mi comportamiento psicótico podría haber sido causado por algún efecto secundario de la explosión que sacudió el centro.

Quise discutir, pero me callé y obedecí. Mientras me pasaba el dispositivo por la cabeza, miré a los dos médicos Temern que seguían manteniendo una intensa conversación con los Enforcers. El médico azul, totalmente recuperado del aturdimiento, parecía aún más enfadado que su colega. Momentos después, la puerta se abrió y me encontré con dos médicos que reconocí que trabajaban para la OPU. Nunca había interactuado directamente con ellos, pero los había visto en algunas ocasiones mientras visitaba a mi Nana.

A pesar de mi inquietud por el hecho de que uno de ellos fuera un Temern, la ausencia de agresividad hacia mi compañero que emanaba de él me tranquilizó al asegurarme de que estaría a salvo... al menos por ahora.

—Tienes una ligera inflamación cerebral por la explosión, pero por lo demás pareces ilesa —dijo el enfermero, reclamando mi atención—. Puedo darte algunos analgésicos si te duele la cabeza, o...

—No, gracias. Estoy bien —dije distraídamente, queriendo concentrarme en lo que hacían los médicos.

Se me cayó el estómago al ver que Colin también entraba en la habitación, con expresión severa, por no decir gélida. Atrás había quedado el semiamigo con el que normalmente disfrutaba de agradables conversaciones. Este hombre era el Director de los Enforcers en una misión. Aunque no emitía emociones amenazadoras en lo que a Kayog se refería, ya no mantenían la calidez y el vivo interés que había expresado antes. Esta vez, se trataba de una amenaza potencial que debía ser evaluada y tratada en consecuencia.

¿Por qué coño le tienen tanto miedo?

—Son tontos por mantener viva a esa maldita cosa —siseó el médico azul—. Pero ahora es su problema. Saquen a esa maldita abominación de este hospital antes de que mate a todo el mundo.

—¡¿Cuál es tu maldito problema?! —exclamé, incrédula.

—Mi problema es...

—Nos vamos —interrumpió Colin, con voz tan fría como la mirada que dirigió al doctor—. Como podéis ver, nuestra gente lo está preparando para el traslado. Nos iremos en los próximos minutos.

—Llévenselo de una vez, es una pérdida de tiempo —replicó con rabia y desprecio en la voz.

Los médicos de la OPU transfirieron a Kayog a una camilla aerodeslizadora y lo trasladaron a su propio dispositivo de estasis antes de asentir a Colin.

—¿Bueno, lo veis? Nos estamos yendo —le dijo al médico con una voz cargada de sarcasmo.

REGINE ABEL

La Agente Murphy y su colega salieron de la sala seguidos por los médicos de la OPU que flanqueaban la camilla de Kayog, uno delante y otro detrás. Me apresuré a seguirlos, pero Colin me agarró del brazo y me detuvo.

—No tan deprisa —dijo en tono duro—. Venís conmigo.

Se me encogió el corazón, aunque ya me lo esperaba. Como resistirme solo empeoraría las cosas, asentí con resignación, aunque lo miré con ojos suplicantes.

—De acuerdo —dije en tono conciliador—. Pero, por favor, dejadme al menos acompañarlo al transbordador.

Se me contrajo aún más el pecho cuando negó con la cabeza, con una expresión que dejaba claro que aquello no estaba abierto a discusión.

—Vuestra amiga sacerdotisa puede despedirlo en vuestro nombre —dijo en tono imperioso, señalando a Isobel con la barbilla.

Sólo entonces me di cuenta de que estaba de pie junto a la entrada, mientras la camilla se deslizaba frente a ella. Al parecer, tras escuchar las palabras del director de los Enforcers, me dedicó una sonrisa tranquilizadora antes de seguir a Kayog y a su escolta.

Chasqueé el pico con fastidio, derrotada.

—Por aquí —dijo Colin, haciéndome un gesto para que le siguiera mientras él también salía de la sala, dejando atrás a los enfadados médicos Temern.

Cumplí en silencio, solo para encontrarme con otros dos Enforcers esperando en el pasillo. Sin mediar palabra, nos siguieron mientras Colin se dirigía a una sección del hospital que yo nunca había visitado.

—Habéis provocado un espectáculo de mierda, Linsea —dijo, con una voz aún desprovista de calidez, aunque ya no tan áspera.

—No tuve elección. Querían matarlo —dije de forma evidente.

192

—¿No se os ha pasado por la cabeza que podrían tener razones muy válidas para ello? —preguntó en tono neutro.

Retrocedí y mis pasos vacilaron. No fue solo por el asombro ante sus palabras, sino sobre todo por las emociones que irradiaba. También creía que matar a Kayog podría haber sido la opción más sensata, una solución que aún estaba considerando.

—¿Por qué le tenéis tanto miedo? —pregunté, atónita—. ¿A dónde se lo llevan?

—Relajaos, Linsea. Kayog está bien. Por ahora, no le pasará nada. Arika tendría nuestras cabezas de lo contrario. Pero vos y yo tenemos que hablar.

—Os escucho —dije, con la espalda rígida por la aprensión de lo que seguiría.

Negó con la cabeza.

—Aquí no. Las paredes tienen oídos.

Para mi sorpresa, me di cuenta de que me había llevado a la zona de aparcamiento de primeros auxilios y fuerzas del orden.

—¿Una lanzadera? —pregunté, con la preocupación impregnando mi voz—. ¿Por qué vamos a subir a un transbordador? Un disruptor o un codificador en cualquier habitación privada de aquí debería bastar, ¿no?

—No, ninguno de los dos bastaría —dijo de forma objetiva sin aminorar la marcha—. Relajaos, Linsea. No os voy a llevar fuera del planeta. Sólo vamos a las oficinas de los Enforcers para tener privacidad.

—¿De verdad es tan malo? —pregunté con un escalofrío—. Quiero decir, si se trata del médico, pagaré gustosamente los daños por dispararle. Pero sabía que estaba preparado para aturdir. Nunca estuvo en verdadero peligro.

Colin se burló.

—Esos médicos son lo que menos os importa.

—¿Qué queréis decir? —pregunté, a pesar de saber cuál sería su respuesta.

—Vuestro hombre es un problema serio. Kayog es una bomba andante.

—¿Qué significa eso? —insistí.

—Un momento —dijo mientras entrábamos en el aparcamiento y nos dirigíamos a una lanzadera negra de tamaño medio con el logotipo de los Enforcers en grandes letras doradas y plateadas.

Mi mente se agitó mientras intentaba adivinar hacia dónde se dirigía la conversación. No dudaba de que Kayog había sido sincero conmigo sobre todas sus habilidades. Entonces, ¿qué más me estaba perdiendo que tenía a todo el mundo en tal pánico?

Entramos en la gran lanzadera y Colin se dirigió a la sala de juntas. A cada paso, mi pulso se aceleraba un poco más. La conversación que se avecinaba sin duda pondría mi mundo patas arriba. No sabía si estaba preparada para ello. Sólo quería estar con Kayog, ver qué pasaba y preocuparme por él.

Me senté a la pequeña mesa, lo bastante grande para seis comensales. La habitación estaba casi vacía, salvo por una gran pantalla de video, un proyector holográfico en 3D y una consola con un replicador de bebidas y comida. Como esta nave de transporte estaba diseñada para vuelos de corto y medio alcance, este espacio podía utilizarse como sala de juntas o comedor. Colin sacó dos botellas de agua del pequeño refrigerador que no había visto bajo el mostrador, me tendió una y se sentó a la mesa frente a mí.

—Arika y vuestros padres están moviendo algunos hilos ahora mismo —dijo Colin, sorprendiéndome.

—¿Sobre qué? —pregunté.

—Sobre el destino de Kayog.

—¿Queréis decir si asesinarlo o no? —pregunté en tono cortante.

Hizo un gesto despectivo con la mano.

—Matar a vuestro hombre quedó descartado en el momento

en que liberó una explosión psiónica en un radio de cien metros, dejando inconscientes a cuatrocientas veintiséis personas.

—¡No fue él! —exclamé, indignada—. Kayog quedó inconsciente por su estado. Lo encontré tirado en el suelo, con sangre goteándole por las orejas, los ojos y la nariz.

Colin sacudió la cabeza con expresión triste.

—No Linsea. Fue él.

Movió la mano por el centro de la mesa para activar la interfaz integrada. En ella tecleó un par de instrucciones que encendieron la pantalla de video. Segundos después, me quedé estupefacta mientras él reproducía la señal de las cámaras de vigilancia del Centro de Conferencias. Se me escapó un suave jadeo cuando se vio claramente una onda borrosa que emanaba de Kayog mientras se apoyaba en la pared cerca de la salida trasera del centro. Inmediatamente, todas las personas visibles en la pantalla se desplomaron, inconscientes.

Se me llenaron los ojos de lágrimas y me llevé una palma de la mano al pecho mientras lo veía tambalearse medio borracho hacia la entrada. Ver el ataque cinético dirigido contra los enmascarados, seguido de la segunda explosión, aún más potente, que dejó inconscientes a todos los demás—incluida yo—justo antes de que él se desmayara, me dejó sin habla.

Me quedé mirando entumecida la pantalla, mucho después de que se hubiera oscurecido, estaba demasiado aturdida para hablar o siquiera formar un pensamiento coherente.

—¿Sabíais que podía hacer eso? —preguntó Colin, con un tono curioso, pero carente de cualquier tono acusador.

Negué con la cabeza.

—No, en absoluto. Es decir, vi sus ojos y sus manos brillar el día del incidente en el campus, pero....

Mi voz se apagó mientras mi cerebro luchaba por encontrarle sentido a todo esto.

—Esto me hace preguntarme qué más os está ocultando —reflexionó Colin en voz alta.

El comentario me erizó la piel.

—A pesar de lo que pueda parecer ahora, estoy convencido de que Kayog no me oculta nada. Creo que ni siquiera sabe que puede hacerlo ni entiende qué habilidades posee.

Colin me dirigió una mirada dudosa.

—¿En serio?

Asentí con firmeza.

—¿No visteis su cara en ese video? A juzgar por la forma en que caminaba, Kayog estaba aturdido, ensangrentado y sufría un dolor insoportable. Después de insistirle mucho, me dio una idea de lo que es sentir emociones como él. Casi me desmayo por el dolor y el caos. Y eso era lo que él consideraba un nivel bajo y soportable para él mientras estaba en el refugio parcial de su casa búnker.

Colin frunció el ceño y los labios mientras sopesaba mis palabras. En ese instante, me di cuenta de que lo que yo dijera durante esta "conversación" podría influir seriamente en el destino de Kayog. Estaba tratando de evaluar hasta qué punto mi compañero era una amenaza y, por lo tanto, cómo debía tratársele.

—El nivel de pánico en el centro de convenciones después de que estallara la explosión habría sido pura agonía para él. Lo que vi en este video fue un macho que había entrado en modo de supervivencia. El caos le estaba matando, literalmente. Sus instintos se activaron para protegerse antes de sufrir daños irreparables. Que yo sepa, nunca ha estado expuesto a una situación tan mala como esta.

Para mi alivio, Colin asintió lentamente.

—Sí, la sacerdotisa Isobel lo dijo. Pero aun así, golpeó a cuatrocientas veintiséis personas, algunas de ellas altos funcionarios forasteros. Quieren un culpable que responda por esto.

Se me revolvió el estómago de miedo. Pero lo contuve. Era el momento de recurrir a mi experiencia y a la formación en negociación de la que me había beneficiado.

—¿Cómo de graves eran sus heridas? —le pregunté.

Retrocedió un poco y me miró confuso.

—¿Y eso qué tiene que ver? No se trata de eso.

—¡Sí que lo es! —exclamé—. ¿Cómo de graves eran sus heridas?

Se encogió de hombros, aún desconcertado, pero me dio el gusto.

—Se recuperarán totalmente.

—Así que no es tan grave —dije triunfante.

Colin me miró indignado.

—¡Aun así hubo heridos!

—Kayog detuvo un atentado terrorista y evitó potencialmente múltiples muertes y lesiones graves —argumenté—. Dudo que los enmascarados que provocaron la explosión llevaran pistolas Taser como armas. Estaban allí para causar daños graves. Podéis inventar fácilmente un cuento que proteja a Kayog.

Entrecerró los ojos y su expresión se endureció ligeramente.

—¿Me estáis pidiendo que culpe falsamente a los atacantes de que todos quedaran inconscientes?

Puse los ojos en blanco y negué con la cabeza.

—Hicieron dos explosiones, no una explosión psíquica. Utilizaran lo que utilizaran, el equipo forense no podrá justificar cómo afectaron a los invitados. Sin embargo, nadie esperaba este tipo de ataque allí. Con suficiente investigación, estoy segura de que los investigadores descubrirán que las explosiones desencadenaron una reacción en cadena con algo en el Centro de Convenciones. El departamento científico de los Enforcers no debería tener problemas para dar una explicación de cómo ciertos productos químicos de las bombas reaccionaron de forma inusual con algunos de los materiales extraños utilizados para construir el centro.

—Os olvidáis de los videos de vigilancia —dijo Colin burlonamente.

Me encogí de hombros.

—Por desgracia, resultaron gravemente dañados por la explosión y las explosiones inesperadas que desencadenaron.

—¿Y todos los testigos?

Agité una mano desdeñosa.

—Las luces intermitentes que vieron frente a Kayog no eran más que una manifestación de la anomalía: un aviso anticipado de la verdadera explosión que vendría a continuación. Por desgracia, mi pobre compañero se encontraba en la misma zona en la que estalló la explosión, lo que explica por qué parecía emanar de él y por qué era la única persona que sangraba por esa zona.

Resopló y sacudió la cabeza.

—Vaya, vaya, Linsea. ¿Quién habría imaginado que bajo ese exterior dulce y pulido se escondía una hembra tan despiadada?

Levanté la barbilla desafiante.

—Como decís los humanos, el infierno no tiene más furia que una mujer despreciada. Nadie está haciendo daño a mi compañero. Esto solo ocurrió porque todos le fallaron. *Yo* no lo haré.

—Las cosas no son tan sencillas, Linsea —dijo Colin, la tensión volviendo a filtrarse en su voz—. Vuestra abuela no lo sabe todo sobre los Edals. Se mantiene en secreto por una razón para evitar que cunda el pánico entre la población o en otros mundos. Los médicos querían eliminarlo para salvar la vida de todos los demás en ese hospital. Esas dos explosiones psiónicas solo causaron contusiones y algunos hematomas cerebrales a los presentes. Quiero creer que, incluso en su estado de "aturdimiento" como afirmaste, Kayog *decidió* no hacer daño a nadie. Pero otros Edals que usaron esa habilidad mataron a cientos de personas.

Retrocedí.

—¿Cómo es posible? Creía que todos los Edal anteriores morían a las pocas horas o días de nacer.

Colin asintió.

—Murieron de un aneurisma cerebral justo después de matar o dañar gravemente a cientos de personas. Veréis, el puñado de Edals que lograron nacer reaccionaron tan violentamente a la avalancha de emociones de todos los que les rodeaban que intentaron eliminar la causa. También emitieron una explosión psiónica, excepto que la suya fue letal. Los disruptores psiónicos no funcionan con ellos. En el momento en que sus ojos empiezan a brillar es cuando están a punto de lanzar su ataque. Por eso esos médicos estaban desesperados por eliminar a Kayog. Literalmente, podría haber aniquilado a todos los pacientes, a todo el personal médico y a todos los visitantes de ese hospital con un solo pensamiento.

Me estremecí y me abracé a mí misma. El miedo que emanaba de aquellos dos médicos Temern había sido innegable. También había visto antes sus ojos brillantes, en el campus, en la cámara del Centro de Convenciones y en el hospital justo antes de que la enfermera lo pusiera en estasis.

¿Podría haber estado realmente a punto de matarnos a todos?

—Entiendo lo que decís —dije con cuidado—. Sin embargo, desató su ataque dos veces en el Centro de Convenciones y no mató a nadie. Se limitó a noquearnos para acallar nuestras emociones.

—Y esa es la única razón por la que sigue vivo mientras hablamos —dijo Colin de forma sombría—. Sois una ingenua si creéis que podemos curarle y enviarle de vuelta para que seáis felices para siempre. Suponiendo que seamos capaces de curarlo, ¿qué creéis que va a pasar con él?

—¿Por qué siento que no me va a gustar vuestra respuesta? —pregunté, con la voz tensa.

—Porque definitivamente no os va a gustar —concedió en tono de disculpa—. Kayog no solo es único, sino que es una anomalía con poderes aterradores. Mientras hablamos, nuestros médicos y científicos echan espuma por la boca ante la perspectiva de estudiarlo.

—¡No es una rata de laboratorio! —espeté, enderezándome en la silla.

—¿Estáis segura? —desafió Colin, levantando una ceja inquisitiva—. Para intentar encontrar una solución a su estado, todos los profesionales tendrán que hurgar en él para entender qué es, por qué es incapaz de ocultar su mente a los demás, el alcance de sus poderes y cómo refrenarlos. Sinceramente, concederle su deseo de morir podría haber sido una misericordia.

—No lo permitiré —siseé—. No vais a convertirlo en una rata de laboratorio o en un experimento estrafalario.

—¿Qué vais a hacer al respecto? —preguntó Colin, con un deje de burla en la voz.

—Parecéis olvidar que sé cómo funciona el sistema. Puedo crear la peor pesadilla de relaciones públicas tanto para la OPU como para los Enforcers —respondí en tono gélido.

—Podemos deteneros —replicó encogiéndose de hombros.

—¿Podéis? —le reté.

—Por supuesto —respondió como si fuera evidente.

Fue mi turno de mirarle con expresión burlona.

—¿Pero después de cuánto daño? Sabéis que una vez que eche a rodar la bola, destrozará muchas cosas que serán casi imposibles de reparar. Ninguno de los dos quiere seguir ese camino, ¿verdad?

—Claro que no —dijo en un tono menos amistoso.

—Entonces no me fuerces —dije con severidad—. La OPU y los Enforcers tienen muchos enemigos que estarían encantados de ayudarme a arrasar.

—¿Nos estáis amenazando? —preguntó Colin, entrecerrando los ojos.

—Yo no hago amenazas, solo promesas. Sabéis que no quiero nada de esto. Lo único que te pido es que protejáis a mi compañero de los planes tan cuestionables que algunas personas tienen para él —dije en un tono razonable.

Yo respetaba mucho a Colin, y enemistarme con él sería un gran error. Pero para que no me comieran viva en esta "negociación", tenía que demostrar que no sería una pusilánime.

—No sabemos lo que es ni lo peligroso que puede llegar a ser —replicó, con la voz cargada de frustración.

—Pues averiguadlo y luego curadlo —repliqué con tono objetivo.

—¿Y arriesgarse a perder sus increíbles poderes?

Hice un gesto despectivo con la mano.

—¿De qué sirven si le destrozan la mente? Puede que no sea médica, pero no hace falta ser un genio para comprender que una hemorragia cerebral repetida dejará cicatrices permanentes.

—¿Y entonces qué? —Colin exigió—. ¿Qué pasa una vez que lo hayamos curado?

—Kayog está dotado de una inteligencia a nivel de un genio. Es un protector natural, posee una moral extremadamente alta, ha demostrado tener unas habilidades atléticas excepcionales y es increíblemente carismático. Mi compañero podría ser una gran baza para desempeñar diversas funciones en los Enforcers o en la OPU —dije con demasiado entusiasmo.

Con sus poderes, tanto si desaparecían tras la cura como si no, ninguna de las dos organizaciones querría dejarlo suelto, ya que sus habilidades podrían volver. Y suponiendo que nunca las perdiera, sería un arma demasiado peligrosa vagando libre por la naturaleza sin supervisión. Peor aún, los enemigos podrían intentar reclutarlo para volverlo contra nosotros. Colin no tenía que entrar en detalles para que yo entendiera que mi compañero nunca sería realmente libre. Pero había formas de que pudiera conseguir algo parecido y vivir bajo sus propias condiciones dentro de la organización.

Y tenía la intención de utilizar todas las herramientas de mi arsenal para asegurarme de ello.

Colin negó con la cabeza.

—Ya le propuse que se uniera a nosotros. Se negó en redondo. Y a juzgar por su tono, no va a convencerme.

Me burlé.

—Claro que se negó. Con su estado actual, le habría sido completamente imposible. Curadlo y volved a preguntar. Apuesto a que os sorprenderá gratamente su respuesta.

Entrecerró los ojos, con un brillo especulativo.

—¿Me estáis prometiendo que lo hará?

Le miré con cara de "No seas estúpido".

—Sabéis que no puedo comprometerme en su nombre. Pero hacedle una oferta que no pueda rechazar y la aceptará.

—Esa es una enorme hipótesis por el que esperáis que vaya a la batalla —argumentó Colin.

Me incliné hacia delante, con la mirada intensa mientras intentaba convencerle.

—Ningún Edal ha vivido más de unas horas o unos días —repliqué—. Vos tenéis uno adulto, capaz de hablar y razonar. ¿Cuántos otros como él han muerto inútilmente porque no podían expresar la causa y el origen de su angustia? Tenéis una oportunidad de oro para aprender sobre gente como él mientras buscáis una cura. Los Temerns son miembros importantes de la OPU. La organización nos debe ayuda para encontrar una cura.

Resopló.

—Vuestra propia gente lo quiere muerto.

Resoplé.

—Por ignorancia. Sólo persiguen una vieja tradición nacida del miedo. La ciencia ha evolucionado desde aquellos primeros casos. No hay ninguna razón por la que no podamos volver a investigarlo ahora con una mente más abierta. Por cierto, ¿no es uno de los propósitos fundamentales de la OPU acabar con este tipo de tragedias y matanzas basadas en creencias primitivas?

Me miró con extrañeza, la comisura de sus labios se torció discretamente con un deje de diversión.

—Los Temerns no son primitivos.

—En esto se comportan como una especie primitiva, pensando que los Edals son demonios simplemente porque no entienden lo que les pasa ni cómo solucionar los problemas — dije encogiéndome de hombros—. ¿No solían los humanos lobotomizar a la gente que sufría problemas mentales porque no sabían cómo ayudarles? Esto no es diferente.

—Os concederé que sus políticas con respecto a los Edals se remontan a muchas generaciones y necesitan ser revisadas —dijo Colin con calma.

—Así es —coincidí con firmeza—. Así que habla con vuestros científicos e inventad un cuento para la explosión psiónica del Centro de Convenciones. Tengo dinero y mi familia proporcionará todo el apoyo necesario para ayudar a investigar una cura. La OPU y los Enforcers solo ganan protegiendo a Kayog. No me cabe duda de que se convertirá en un activo fantástico.

Colin se recostó en su silla, una sonrisa indefinible se dibujó en sus labios mientras me miraba.

—Me agradáis, Linsea Kenna. Sois arrogante, despiadada e impávida con las cosas que os importan. Por cierto, buen desarme de mi guardia. Por desgracia para él, no le van a gustar las medidas disciplinarias que se le avecinan.

Me estremecí, mi corazón se compadeció del pobre agente.

—Por favor, no seáis demasiado duro con él. Con mis credenciales y el aval de mi abuela, no tenía motivos para esperar que yo hiciera algo así. No olvidéis que también tengo entrenamiento en defensa personal y combate, como se exige a los negociadores y aspirantes a embajadores.

—Por muy cierto que sea, aun así se dejó desarmar al no asegurar correctamente su arma después de haberla desenganchado inicialmente —dijo Colin en un tono que no admitía discusión—. Como no murió nadie por su negligencia, no será expulsado, pero no volverá a cometer ese error. Ahora, ¿cuándo vais a uniros a los Enforcers?

Resoplé.

—Nunca.

—¿Ah, sí? —preguntó, pareciendo realmente sorprendido.

—Me uno a la OPU para proteger a gente como mi compañero de que toméis decisiones tontas. Así que no hagáis que mi contratación sea incómoda obligándome primero a avergonzaros públicamente a todos —dije con tono altivo.

Se echó a reír, y yo sonreí a su vez, satisfecho de que mi esfuerzo por rebajar la tensión que se había ido creando funcionara.

—No puedo prometeros nada, Linsea —dijo con cuidado.

—No os pedí una promesa, solo que lo hagáis realidad.

Sonrió.

—Haré lo que pueda. Y encargaos de que se una a nosotros.

~

Q ue Colin lo hiciera realidad pasó de días a semanas y, luego, a demasiados meses. Aquel día en el Centro de Convenciones ocurrió algo que realineó por completo el cerebro de Kayog. La única bendición en medio de todo aquel caos fue que yo le había realizado un escáner cerebral completo antes del incidente. Gracias a ello, médicos y científicos pudieron identificar con precisión qué había cambiado tras ese episodio.

El descubrimiento abrió un abanico de posibilidades y un sinfín de expertos en diversos campos se unieron para estudiar lo que fue aclamado como uno de los mayores descubrimientos de los dos últimos siglos. Con nuestras avanzadas tecnologías, tropezar con una nueva especie desconocida era casi imposible. A pesar de ser un Temern, Kayog era una especie totalmente nueva que fascinaba a la comunidad científica.

Como no encontraban un método para evitar que le asaltaran las emociones ajenas, no pudieron despertarle para probar sus diversas teorías y posibles remedios. En su lugar, recrearon su cerebro virtualmente, hasta el más mínimo detalle. Sólo eso requirió casi tres meses de trabajo con los mejores ingenieros, neurólogos y especialistas psiónicos para construirlo. El simulador tenía un alcance demencial, captaba y traducía a la perfección las emociones en un radio tan vasto como el de mi compañero. Para su consternación, nunca consiguieron que el cerebro virtual recreara la explosión psiónica.

En las semanas siguientes, todos los sistemas de restricción que intentaron aplicar a ese cerebro virtual para bloquear las emociones de otras personas fracasaron estrepitosamente. Finalmente, se dieron cuenta de que era necesario un enfoque diferente. Kayog carecía de algunas de las vías neuronales que poseían los Temern normales, que nos permitían bloquear a las personas cercanas para que sus emociones no nos desbordaran. Por tanto, los científicos decidieron dejar de buscar un dispositivo externo que pudiera regular permanentemente la afluencia de señales que recibía. En su lugar, idearon una herramienta de entrenamiento para redirigir las vías neuronales de su cerebro.

Las simulaciones orgánicas confirmaron la creación de nuevas vías neuronales y la remodelación de la glándula pineal. Una vez seguros de que su método era seguro, lo utilizaron en Kayog, mientras lo mantenían en un estado semicomatoso. Pronto empezó a formar las nuevas conexiones neuronales que tanto necesitaba.

Tras siete meses, dos semanas y cuatro días después del incidente, por fin lo despertaron.

CAPÍTULO 14
KAYOG

Sentía un hormigueo en la piel y un estado de ingravidez en el cuerpo cuando me desperté de lo que parecía el sueño más profundo que jamás había experimentado. Tenía los músculos entumecidos y débiles, como si hubieran perdido toda la fuerza tras un largo periodo de inactividad. Una luz cegadora me clavó los ojos cuando intenté abrirlos. Parpadeé varias veces mientras me adaptaba a la intensa luminosidad que me rodeaba.

Sin embargo, algo estaba terriblemente mal. Tardé un momento en darme cuenta de lo que me estaba afectando tan profundamente, hasta que caí en la cuenta.

Silencio total y absoluto.

¡¿Silencio?!

Sorprendido, me levanté bruscamente del cómodo colchón de la cama en el que estaba tumbado. Una oleada de mareo estuvo a punto de hacerme caer de nuevo. Pero la visión de un Temern y un humano de pie a los pies de mi cama me aterrorizó.

—¡Alejaos! —exclamé, quitándome la manta de las piernas para que no impidiera ningún esfuerzo por escapar en caso de que fuera necesario.

—¡Kayog, no pasa nada! Estás a salvo —dijo una voz muy querida.

Sacudí la cabeza hacia la derecha para ver a mi hermosa Linsea, de pie a unos metros de mi cama, con el rostro lleno de alegría, ternura y algo más que no podía definir.

—Son tus médicos designados por mi abuela —continuó en tono tranquilizador mientras acortaba la distancia que nos separaba—. Te han estado curando.

—¿Curando? —repetí, acercándome a ella para asegurarme de que no era una ilusión.

Asintió y me tomó la mano. Fue como si me cayera un rayo encima y al mismo tiempo me sintiera envuelto en una cálida manta.

—Sí, mi amor. Han estado trabajando en una solución para acabar con el ruido —me explicó.

Se me hizo un nudo en la garganta mientras continuaba el bendito silencio. Era divino, un sueño imposible que aún no podía creer que por fin se hubiera producido. Paz... tanta paz.

—¿Por eso hay silencio? —pregunté con un ligero temblor en la voz.

—Sí —respondió ella con una sonrisa—. Ya no habrá más caos en tu cabeza.

—Se siente tan tranquilo —repetí, con los ojos llenos de lágrimas—. Tan increíblemente tranquilo... Gracias. Gracias.

La abracé y enterré la cara en su pecho antes de llorar de la forma más patética. Sólo pretendía expresar mi gratitud y afecto, pero algo se rompió dentro de mí. Después de toda una vida de miseria, esta nueva paz me abrumó. Cada lágrima que caía llevaba consigo parte del dolor, el caos y la desesperación que habían hecho de cada momento de cada día de mi existencia una pesadilla viviente.

Linsea me acunó en sus brazos y sus alas inmaculadas me envolvieron mientras derramaba todas las lágrimas de mi cuerpo. Su hermosa y cálida voz me envolvió mientras tarareaba una canción relajante. No sabría decir cuánto tiempo lloré. Tardé una eternidad en serenarme, pero nunca antes había experimentado tanta paz. Todo el tiempo, el bendito silencio seguía arremolinándose a nuestro alrededor, realzando la maravillosa melodía que mi compañera cantaba para mí.

Pero faltaba algo aún más perfecto.

—No puedo sentirte —susurré, con la cabeza aún apoyada en su pecho—. No puedo oír tu canción.

—Lo harás, mi amor —dijo Linsea en tono tranquilizador.

Aunque me avergonzaba haber hecho semejante espectáculo, levanté la cabeza para mirarla. Para mi alivio, su rostro no mostraba desdén ni decepción por haberme derrumbado tan patéticamente ante ella y los testigos. Por mucho que me gustara esta nueva paz, había perdido un sentido primordial en el que había confiado toda mi vida. No saber qué emociones animaban a la gente que me rodeaba no solo me desestabilizaba, sino que me hacía sentir vulnerable.

—Los médicos te lo explicarán todo —me dijo mientras me secaba suavemente con los pulgares la humedad persistente en las mejillas.

—Hola, Kayog. Soy el Doctor Arafin Luleth, y esta es mi colega, la Doctora Ellen Schumer. Pero, por favor, llámame Arafin —dijo la Temern en tono amistoso.

—Y llámame solo Ellen —dijo la doctora humana de forma igualmente acogedora.

—Hola —respondí, con voz reservada, mientras miraba a Arafin con un recelo y una desconfianza que no podía sofocar.

Linsea me frotó suavemente la parte posterior del hombro. Eso ayudó un poco.

—Nosotros encabezamos los esfuerzos para encontrar una cura a tu condición —continuó Arafin con entusiasmo—. Pero antes de entrar en detalles sobre lo que hemos hecho y el camino a seguir hasta tu total recuperación, nos gustaría hacerte unas pruebas rápidas para ver cómo te encuentras y asegurarnos de que estás bien.

Reprimí mis ganas instintivas de mandarle a la mierda y asentí con la cabeza.

—Muy bien —dije.

El corazón me dio un vuelco y una oleada de pánico se apoderó de mí cuando Linsea soltó la mano de mi hombro y dio un paso atrás. Mi mano se abalanzó sobre la suya, agarrándola antes de que pudiera alejarse.

—¡Quédate! —exclamé, la preocupación que sentía audible en mi voz.

—Por supuesto, mi amor. No me voy a ninguna parte —dijo con una sonrisa.

Una vez más, me sentí totalmente patético por estar tan necesitado. Todo mi mundo acababa de ponerse patas arriba. Estaba confuso, perdido y totalmente abrumado. Los últimos recuerdos que me venían a la mente eran un dolor insoportable que nunca había sentido y una necesidad desesperada de escapar. Me pareció que solo habían pasado cinco minutos desde aquel incidente. Pero era evidente que había transcurrido mucho más tiempo.

Un billón de preguntas se agolpaban en mi lengua, pero instintivamente sabía que serían respondidas a su debido tiempo. A pesar de mi curiosidad, la presencia de mi compañera me tranquilizó lo suficiente como para permitirme esperar y no insistir.

Los dos doctores me tomaron la tensión rápidamente, me hicieron un escáner similar al anillo que Linsea había utilizado en mi casa—aunque éste era claramente un modelo aún más avanzado—y me hicieron otras pruebas, incluida una extracción de sangre con un lápiz óptico. Ellen se encargó de esta última tarea. Mi instinto me decía que había sido una elección deliberada que utilizara una aguja conmigo en lugar de Arafin. A pesar de su comportamiento no amenazador a mi alrededor, no podía evitar ponerme en tensión sistemáticamente cada vez que se acercaba o me tocaba.

Normalmente, controlaba mejor mis respuestas físicas ante los demás. Pero mi actual incapacidad para leer sus emociones me hacía increíblemente receloso y defensivo. Mis instintos de lucha o huida se disparaban.

—Ya está —dijo Arafin con el mismo tono alegre que los médicos solían emplear con los niños asustados.

Una vez más, me sentí mortificado por mostrarme tan nervioso y débil.

—Todo parece estar bien, aparte de tu presión arterial —dijo el doctor Temern en un tono ligeramente reprobador, como si estuviera castigando suavemente a un niño que se porta mal—. Tu ritmo cardíaco es un poco demasiado alto, lo que significa que necesitas relajarte. Como ha dicho antes tu compañera, aquí estás a salvo. Entiendo por qué tienes reservas en mi presencia. Así que vamos a ocuparnos de eso. En unos minutos, restauraré tus poderes empáticos. Entonces verás que no soy una amenaza para ti.

Mis mejillas ardían de vergüenza. Él no había hecho nada para ganarse mi flagrante sospecha. Que mi compañera respondiera por él subrayaba aún más el hecho de que mi reacción era, de hecho, grosera. Me dedicó una sonrisa tranquilizadora y me señaló la frente.

—Por si no te has dado cuenta, llevas un anillo especial —me explicó Arafin—. Funciona como un amortiguador diseñado específicamente para tu situación. Actualmente es lo que silencia nuestras emociones por ti.

Me llevé la mano a la frente. No sentí nada hasta que mis dedos se deslizaron hacia la sien, momento en el que sentí el delgadísimo dispositivo metálico que rodeaba la parte posterior de mi cabeza para terminar en la otra sien.

¿Cómo coño no lo había sentido antes?

Ahora que era consciente de su presencia, podía sentirla con claridad. No me rodeaba la cabeza con fuerza, pero aun así me sorprendía no haberla notado antes, ni siquiera cuando tenía el rostro apoyado contra mi compañera y ella me acariciaba la cabeza con suavidad.

—¿Tendré que llevar esto siempre? —pregunté, mientras mis dedos seguían recorriendo el discreto dispositivo.

Para mi total alivio, negó con la cabeza con firmeza.

—Esto es solo una muleta para que la uses mientras te entrenamos en cómo bloquear señales externas por ti mismo —respondió Arafin. Tomó un aparato muy pequeño de la bandeja médica que había cerca de mi cama y me lo enseñó—. Este es el controlador de tu anillo. Basta con deslizar el pulgar hacia abajo para reducir su efecto amortiguador y deslizarlo hacia arriba para reforzarlo. Voy a bajarlo gradualmente. Avísame cuando empieces a percibir nuestras emociones.

—Muy bien —respondí, incapaz de ocultar la excitación, por no decir las ansias, en mi voz.

Me sentía como un adicto que necesita desesperadamente una dosis. Me asombraba lo incapacitado que me sentía sin mi capacidad de sentir a los demás. Pero, sobre todo, ardía en deseos de volver a oír la canción de mi compañera. Estar a su lado y no sentirla era como si me arrancaran una parte de mí.

La espalda se me puso rígida y se me escapó un suave jadeo cuando un cosquilleo en la nuca dio paso a las sensaciones familiares de los demás en mi cabeza.

—¿Puedes sentirlo? —preguntó Ellen, con voz y mirada intensas.

—Sí —respondí asintiendo con la cabeza.

—¿Es doloroso o incómodo? —preguntó Arafin, con un deje de preocupación audible en su voz.

—No —respondí sin vacilar—. Sólo es ruidoso, sobre todo ahora después de experimentar lo que se siente en el verdadero silencio.

Abrí la boca para decir algo más, pero me faltaron las palabras. ¿Cómo pedir disculpas a alguien por hacer recaer sobre él las peores sospechas, no por ninguna de sus acciones, sino simplemente por su especie y su profesión? Incluso en el caótico ruido de todas sus emociones mezcladas, la ausencia total de malicia o mala intención por parte de Arafin me avergonzó.

—A pesar del ruido, ¿puedes distinguir qué emoción pertenece a quién? —preguntó Arafin.

—Sí. Percibo claramente tus emociones —dije avergonzado—. Gracias.

Aunque quizá solo tenía diez o quince años más que yo, el Temern me dedicó una sonrisa casi paternal.

—Bien. Me alegro de que esté aclarado. Ahora, me gustaría que te concentraras en las emociones de tu compañera y que nos bloquearas a Ellen y a mí.

Parpadeé, y mis ojos se desviaron a su vez hacia Linsea, Ellen y Arafin.

—Yo... no sé cómo —dije vacilante.

—Como parte de la cura que ideamos para ti, ayudamos a tu cerebro a desarrollar nuevas conexiones neuronales que todos los demás Temern poseen de forma natural y se fortalecen con el tiempo. Deberían permitirte aislar las emociones que quieres percibir mientras bloqueas otras. Voy a enviar una señal débil a esas neuronas específicas para estimularlas y ayudarte a ver qué parte de tu cerebro necesitas activar.

—De acuerdo —dije, mi excitación subió otro escalón.

Desde que bajó el efecto amortiguador, la cautivadora canción del alma de Linsea había estado bañándome en la más deliciosa caricia. Lamentablemente, su belleza se ahogaba en las emociones—bastante placenteras, por cierto—de los dos médicos. Pero la idea de disfrutar por fin de la perfección de la melodía de mi hembra sin ninguna otra interferencia me hacía morir de expectación.

Me estremecí violentamente cuando lo que sentí como una pequeña chispa eléctrica saltó en lo más profundo de mi cerebro.

—¿Estás bien, Kayog? —preguntó Arafin con voz preocupada—. ¿Ha sido demasiado fuerte?

Sacudí la cabeza para tranquilizarme.

—No, no fue demasiado fuerte. Me pilló por sorpresa. Pero sí, ya veo qué parte has estimulado.

—Perfecto —dijo Ellen con entusiasmo—. Intenta reproducirlo por tu cuenta y excluye a todos menos a Linsea.

Asentí e intenté reproducir la chispa que había sentido. Para mi sorpresa, solo me llevó un par de segundos. Sin embargo, en lugar de aislar a mi compañera, resonó un silencio total cuando acabé bloqueando a todo el mundo.

Hicieron falta una docena de intentos hasta que por fin lo conseguí. Se me llenaron los ojos de lágrimas cuando su hipnotizante canción se elevó en su divina pureza por sí sola, impoluta, sin ser molestada por otros ruidos no deseados.

—Eres tan hermosa, mi paloma —susurré, con la garganta entrecortada.

—¿Funcionó? —preguntó Arafin con emoción en la voz.

Quise mandarle a la mierda y que no me distrajera de deleitarme con el hipnotizante canto de mi compañera. Pero reprimí el ingrato pensamiento y me obligué a concentrarme en la tarea que tenía entre manos. Cuanto antes aprendiera a dominar este maravilloso don, antes podría quedarme a solas con mi alma gemela y prestarle toda mi atención.

—Sí. Ahora mismo solo la oigo a ella —confirmé.

—Excelente. Ahora repite lo mismo pero concéntrate solo en mí mientras bloqueas a los otros dos, y luego haz lo mismo con Arafin una vez que hayas tenido éxito conmigo —dijo Ellen.

Obedecí. Para mi consternación, tardé varios intentos en poder aislarlos. Aunque ahora entendía mejor cómo conseguirlo, necesitaría algo de práctica para que me saliera de forma más natural y lo consiguiera a la primera.

Repetimos el proceso una segunda vez, centrándome en cada uno de ellos por turnos, y entonces Arafin redujo aún más el efecto de amortiguación hasta que llegó a un nivel en el que ya no pude aislar a nadie. Volvió a subir el nivel hasta que volví a sentirme cómodo y pude bloquear a los demás con un mínimo de dificultad.

—Vamos a dejar el brazal en este nivel por ahora —dijo Ellen.

—¿Por ahora? —repetí.

Ella asintió.

—Es como un músculo que hay que entrenar. Cuanto más practiques, más control obtendrás sobre esas vías neuronales, además de que probablemente crearás otras nuevas y mejores. Si todo va según lo previsto, y hasta ahora parece que sí, pronto dejarás de necesitar el anillo.

Mi sonrisa de felicidad se desvaneció rápidamente al ver la expresión seria de Arafin.

—Sin embargo, tendrás que quedarte aquí unas semanas, y puede que incluso meses, para entrenar adecuadamente tus habilidades mientras seguimos haciendo pruebas y nos aseguramos de que no haya efectos secundarios negativos.

Aunque me angustiaba la idea de tener que pasar potencialmente unos meses en lo que parecía un centro médico de alta tecnología, acepté aquel comentario con un nivel de serenidad que nunca creí posible. Me habían dado una nueva vida. Ya no era una abominación rota, sino una persona que por fin podría llevar una vida normal.

—Entendido —respondí.

Tras algunas preguntas y comentarios más, los médicos abandonaron la habitación, dejándome por fin a solas con mi paloma.

Inmediatamente atraje a Linsea contra mí, cerrando mis alas a su alrededor mientras dejaba que su hipnotizante canto me envolviera. Resultaba extraño lo delicada y frágil que se sentía entre mis brazos y, sin embargo, era la roca que impedía que me hundiera en el océano de locura que había amenazado con engullirme.

Permanecimos abrazados durante un tiempo indefinido antes de que la soltara de mala gana. Frotó su pico contra el mío y mi corazón se hinchó de amor por esta hembra que había traído luz y esperanza al pozo sin fin de desesperación y oscuridad que había sido mi vida.

—¿Cuánto tiempo estuve inconsciente? —pregunté mientras acariciaba las suaves plumas de su mejilla.

—Algo más de siete meses —dijo Linsea en tono compungido.

Me puse rígido y me quedé boquiabierto mirándola completamente sorprendido.

—¡¿Siete meses?! —exclamé—. ¿Qué coño ha pasado?

Mi compañera me dio un codazo para que me sentara al borde de la cama antes de acurrucarse contra mí. Entonces me contó todo lo que había sucedido desde la explosión en el Centro de Convenciones hasta mi despertar aquí, en las avanzadas instalaciones de investigación médica de los Enforcers.

Me pasé una mano por la cabeza, asombrado y angustiado por todo lo que me había perdido, por la pesada carga que Linsea llevaba para mantenerme a salvo y por la demencial nueva realidad en la que se había convertido mi vida.

—¿Y qué pasó con tus clases? —pregunté.

—No fue fácil, y pedí muchos favores, pero logré graduarme. Tomé una página de tu propio libro y los convencí de que me permitieran asistir a la mayoría de ellas a distancia para poder permanecer a tu lado.

—Gracias, mi paloma —dije con sincera gratitud, con el corazón derritiéndose de afecto por ella—. ¿Alguna consecuencia legal de lo que pasó?

Hizo un gesto desdeñoso con la mano.

—Nosotros nos encargamos. El departamento de relaciones públicas de los Enforcers se aseguró de que tu nombre no se asociara en modo alguno con lo ocurrido en el centro. No tienes de qué preocuparte.

—Quizá no de la justicia, pero ¿y de la OPU y los Enforcers? ¿Soy un prisionero aquí? —pregunté con cautela.

Aunque negó inmediatamente con la cabeza, no pasé por alto la pizca de vacilación y preocupación que intentaba disimular.

—No eres un prisionero, pero Colin querrá hablar contigo —dijo Linsea, eligiendo cuidadosamente sus palabras—. Cuando lo hagas, por favor, escucha lo que tenga que decirte con la mente abierta.

Se me hizo un nudo en el estómago, una sensación de inquietud me invadió.

—Va a intentar reclutarme, ¿verdad? —pregunté, aunque era más bien una afirmación.

—No hay duda de que lo hará. Pero ya se había puesto en contacto contigo mucho antes de este incidente —respondió Linsea sin comprometerse.

Mis ojos parpadearon entre los suyos mientras estudiaba sus facciones para hacerme una mejor idea de lo que pensaba más allá de las emociones reservadas y cautelosas que emanaban de ella.

—¿Quieres que acepte su petición? —pregunté, con la espalda tensa.

Para mi sorpresa y alivio a la vez, mi compañera me sostuvo la mirada inquebrantablemente mientras respondía con una sinceridad que borró cualquier duda que aún pudiera tener sobre sus verdaderos deseos al respecto.

—Quiero que hagas lo que sientas que es correcto para ti, Kayog. Sea cual sea tu decisión, te apoyaré hasta el final.

—¿Pero? —insistí.

—Pero eres extremadamente único —dijo en un tono casi de disculpa—. Eres increíblemente poderoso... o al menos lo eras cuando colapsaste en el centro. Hasta que no te hagan más pruebas, no sabremos con seguridad qué clase de poder y habilidades posees.

CASADA CON KAYOG

—Así que creen que soy un riesgo para la seguridad —dije sombríamente con repentina comprensión.

—Tienen que considerar la posibilidad de que lo seas — corrigió en voz baja.

—Cierto, ya lo veo —concedí a regañadientes.

Ella sonrió y me acarició la cara.

—Si te sirve de consuelo, Colin y yo hemos hablado largo y tendido sobre esto. Realmente quiere que te unas a ellos, así que te hará una oferta que seguramente será atractiva.

Aunque Linsea dijo que apoyaría cualquier decisión que tomara-y aunque no dudaba que lo dijera en serio-mi compañera claramente esperaba que aceptara. Aunque solo fuera porque me había salvado la vida, probablemente lo haría. Pero ya habría tiempo para pensar en ello más tarde.

Eché un vistazo a la habitación con asombro, aun luchando por creer que esta era mi nueva realidad.

—Esto es tan increíblemente tranquilo —susurré con nostalgia antes de volver a mirar a mi hembra con adoración—. Gracias por salvarme, por no dejar que me rindiera cuando estaba en lo más bajo.

Para mi sorpresa, el pico de Linsea se estremeció, y una poderosa emoción mezclada con un intenso alivio se reflejó en su rostro.

—¿Qué pasa, mi paloma? —pregunté, confundido por su reacción.

—Tenía tanto miedo de que me odiaras por obligarte a quedarte cuando me rogaste que te concediera la paz —dijo con voz temblorosa—. No podía dejarte marchar. Fue egoísta por mi parte, pero mientras hubiera esperanza de que pudieras curarte, no podía rendirme.

—Y me alegro de que no lo hicieras —dije enérgicamente—. No te disculpes ni te sientas culpable por lo que hiciste. Era mi dolor el que hablaba en ese momento. Sólo quería que terminara. Pero si nuestros papeles se hubieran invertido, yo también habría luchado con todo lo que tenía para conservarte. Gracias por luchar por mí cuando yo ya no tenía fuerzas para hacerlo.

Se le llenaron los ojos de lágrimas mientras otra oleada de alivio, gratitud y profundo afecto surgía en su interior. Linsea me rodeó el cuello con sus brazos e intercambiamos un profundo y tierno beso. ¡Creador! Me estaba enamorando perdidamente de esta hembra.

Con mucha renuencia, nos detuvimos antes de que la pasión se nos escapara. Aunque dudaba de que nos estuvieran espiando, nuestra intimidad no era algo de lo que los ojos indiscretos pudieran ser testigos o tropezar. Mi compañera se acurrucó contra mí y frotó su cara contra mi cuello. Joder, ¡cómo me gustaba cuando hacía eso!

—Si sirve de algo, Isobel también ayudó mucho —dijo Linsea con nostalgia.

Inmediatamente se me encogió el pecho por mi amiga humana cuando mi compañera me contó cómo había intervenido, utilizando su condición de sacerdotisa para ayudar a Linsea en su esfuerzo por protegerme. El hecho de que Isobel respondiera por mí ante Colin, los Enforcers y la OPU en su conjunto aplacó aún más algunas de sus preocupaciones. De hecho, sus palabras pesaban más que las de Linsea, en la medida en que me conocía desde hacía años. Como mi consejera espiritual y mentora de meditación, pudo proporcionar un amplio historial de todas las formas en que mostré moderación y ninguna propensión a la violencia.

—Es verdaderamente la hermana de mi corazón —le dije cariñosamente—. ¿Dónde está ahora?

—Isobel ha aceptado una asignación temporal en un refugio de refugiados cercano para poder estar aquí para ti. Es una mujer increíble. Fuiste bendecido el día que entró en tu vida —dijo Linsea con cariño.

—Así fue. Igual que cuando *tú* entraste en mi vida —dije con adoración—. Pero, ¿y tú?

Frunció el ceño.

—Trabajo para la OPU. Aunque ése siempre había sido mi objetivo, me alegraré cuando pueda cambiar de puesto.

—¿Ah, sí? —pregunté, preocupado—. ¿Las cosas no están saliendo como esperabas?

Ella negó con la cabeza.

—No es eso —dijo Linsea en tono tranquilizador—. Me conformé con un trabajo de oficina para poder estar cerca de ti, aquí en el centro de investigación. Por ahora, asesoro en varios conflictos.

—¿Y no te gusta? —pregunté con cuidado.

—No me molesta —respondió encogiéndose de hombros—. La verdad es que es una excelente experiencia de aprendizaje. Pero preferiría ser yo quien negociara en lugar de limitarme a leer sobre los conflictos y aportar temas de conversación y posibles soluciones. Trabajar con texto no es lo mismo que interactuar directamente con la gente. Las palabras escritas pueden malinterpretarse con tanta facilidad...

Asentí con simpatía.

—Créeme, mi compañera. Sé exactamente lo que quieres decir.

—Apuesto a que sí —dijo con una sonrisa—. Pero por ahora, tenemos que alimentarte. Llevas demasiado tiempo alimentándote por vía intravenosa. Y luego, lamento decirte que te espera una cantidad muy desagradable de pruebas con Arafin y Ellen, tus dos médicos.

Mis hombros se hundieron. Naturalmente, tenía sentido. De hecho, habría esperado que me arrastraran directamente a ella. Así que este breve respiro con mi paloma significó mucho. También me pareció su forma de decir que, por muy inevitable que fuera que me trataran como a una rata de laboratorio, harían que fuera una experiencia lo más cómoda posible. Odiaba que fuera necesario, pero el inconmensurable regalo de paz que me habían hecho justificaba cualquier prueba a la que quisieran someterme.

El almuerzo pasó demasiado rápido. Al menos, Linsea pudo ponerme al día sobre todos. Mares y Tala se habían graduado y cada una participaba en una pasantía diferente. Para mi regocijo, Mares había asumido el manto de la protección de los Syllens y se había unido a un equipo dedicado a presentar un plan detallado para la lenta eliminación de la presencia alienígena y de las instalaciones turísticas en sus tierras ancestrales. No garantizaba que su plan fuera adoptado, pero involucró sabiamente al gobierno Edocit en todo el proceso. Su evidente parentesco con esta especie primitiva hizo que su gente se mostrara ferviente por mantenerlos a salvo. Tala realizó unas prácticas similares a las que mi compañera acababa de terminar antes de unirse a nosotros en la universidad.

En cuanto a la banda, al principio querían esperar a que volviera, pero Linsea dejó claro que sería poco probable. Los Enforcers se inventaron un cuento sobre por qué nunca volví a la escuela, alegando que sufrí graves lesiones cerebrales tras la explosión. Y aunque me recuperaría por completo, tardaría muchos meses, seguidos de más tiempo de fisioterapia y readaptación.

Al final, contrataron a un nuevo vocalista y acabaron firmando con una discográfica. Aunque me alegré mucho por ellos, me dolió un poco en el ego que me sustituyeran tan rápidamente. Es cierto que tardaron más de cuatro meses, con innumerables rechazos entre los cientos de aspirantes. Sin embargo, enterarme de que rechazaban cualquier solicitud de Temerns me hizo gracia. Según Linsea, Ben declaró que Ecos de Locura solo tenía un Temern, y era yo. Nadie más ostentaría ese título.

¿Eso acarició mi ego? Por supuesto.

Al mismo tiempo, me pareció una sabia decisión. Tener a otro Temern como cantante principal solo haría que lo compararan constantemente conmigo. Al elegir a alguien de otra especie, podría hacer suyo el papel, aportar su propio sabor y estilo sin que la gente tuviera expectativas poco realistas basadas únicamente en la raza.

Una vez terminada la comida, me sometí a una serie interminable de pruebas. Apestaba aún más que Linsea no pudiera quedarse conmigo durante todo. De todos modos, ella tenía trabajo que hacer. Pero mi consternación alcanzó un nuevo nivel cuando me informaron de que pasaría la noche en observación en mi habitación médica. Obviamente, no esperaba que me permitieran volver a casa. Sin embargo, tontamente pensé que podría quedarme con Linsea en el apartamento que le habían asignado temporalmente mientras desempeñaba la función de asesora de la OPU.

Intenté convencerles descaradamente de que la dejaran pasar la noche conmigo, pero el motivo de su negativa no tardó en hacerse evidente. Cuando terminaron de instalarme, había perdido la cuenta del número de cables, parches magnéticos de control, sensores y otros dispositivos conectados a mí de una forma u otra. Menos mal que nunca he sido de los que dan vueltas en la cama o habrían tenido que atarme a ella para evitar que toda esa mierda saliera volando en cuanto intentara moverme.

El segundo día empezó con unas cuantas pruebas más antes de pasar, por suerte, a una mucho más interesante. Arafin me llevó a un piso inferior del edificio y me presentó a un macho de Raitheano llamado Yinric.

Como todos los miembros de su especie, no poseía piernas, sino un conjunto de ocho tentáculos, de los que solo cuatro tenían ventosas. Su torso era musculoso y bien definido, con dos brazos y cinco dedos como yo. Mientras que mi torso estaba cubierto de suaves plumas de plumón, de lejos su pecho podía parecer el de un humano de piel gris oscura. Pero si se miraba más de cerca, se veía que su piel era un poco más parecida a la de un mamífero marino, como un delfín, y discretas escamas se esparcían por sus hombros, brazos y costados.

Me tendió la mano para que se la estrechara en el tradicional saludo humano. Aunque le correspondí, me sorprendió. Ni su especie ni la mía se daban la mano normalmente. Sólo podía especular que las frecuentes interacciones con los humanos habían convertido este gesto en una respuesta instintiva al conocer a extraños.

Sonrió cálidamente, las puntas de los tentáculos más cortos y estrechos que adornaban su cabeza casi como pelo ligeramente curvadas de un modo que expresaba excitación. Debería molestarme que la perspectiva de hacerme pruebas desencadenara esa reacción de emoción. Pero había algo tan inocente y entusiasta en él que hacía que sus respuestas fueran contagiosas.

—Te dejo en las capaces manos de Yinric —dijo Arafin, la diversión en su voz insinuando que él también había percibido el afán del Raithean—. Una vez que hayas terminado, por favor, ve a ver a Ellen para asegurarte de que todo está bien. No dejes que se esfuerce demasiado —añadió Arafin con voz severa mientras miraba a su colega.

Por la expresión tímida que le dirigió Yinric, me di cuenta de que la advertencia iba dirigida en realidad al Raitheano, no a mí. Sospechaba que era de los que se dejaban llevar fácilmente por un proyecto pasional.

Cuando el médico Temern salió de la inmensa sala, Yinric me hizo un gesto para que lo siguiera. Se dirigió a lo que parecía un mostrador de recepción con forma de luna creciente. Un rápido vistazo me indicó que, en realidad, se trataba de una especie de elaborado tablero de control. Sospeché que podía activar diversos aparatos por todo el espacio.

Unos cinco metros por delante de nosotros había una gran mesa con capacidad para ocho personas frente a una pantalla de cine que ocupaba casi la mitad de la pared del fondo. En ese momento, mostraba una animación de un rayo luminoso con brillantes colores pastel que se arrastraba perezosamente por la pantalla.

—Mi función es ayudar a evaluar y entrenar tus capacidades físicas y cinéticas —dijo Yinric con emoción en la voz mientras se detenía junto al panel de control de la zona central—. En primer lugar, vamos a realizarte unos calentamientos básicos y, a continuación, ejercicios cardiovasculares y de fuerza. Los escáneres y las pruebas realizadas por tus médicos indican que no has sufrido ninguna atrofia durante la estasis. Sin embargo, solías ser un atleta de élite y queremos asegurarnos de que vuelves al menos al mismo nivel que tenías antes del incidente y, con un poco de suerte, mejorarlo aún más.

Obedecí encantado. Mis ojos se abrieron de par en par cuando el Raitheano pulsó un botón en la consola de control y el suelo se partió en cuatro puntos distintos de la parte izquierda de la sala, al igual que un par de secciones de la pared que había detrás. El mejor equipo de entrenamiento disponible en toda la galaxia se levantó del suelo.

Con voluntad propia, mis pies me acercaron, pero Yinric me detuvo. Me dirigió a través de una serie específica de ejercicios, que resultaron ser más como pruebas que como una verdadera sesión de calentamiento y entrenamiento. Me hizo correr en la cinta, pero el desgraciado me detuvo justo antes de que pudiera recuperarme.

—Tendrás un entrenamiento de verdad mañana o pasado mañana —dijo el Raitheano con una risita cuando lo fulminé con la mirada—. Hoy nos aseguramos de que todo funcione como es debido. Y, de momento, parece que sí, ¡lo cual es una excelente noticia!

Señaló una gran sala rectangular rodeada por una pared de cristal. Estaba completamente vacía y ocupaba más de un tercio del lado derecho de la sala.

—La segunda mitad del entrenamiento de hoy tendrá lugar en esta holosección —continuó—. Estas paredes de cristal están reforzadas y son lo suficientemente fuertes como para soportar la presión del espacio exterior. Estoy seguro de que podrán resistir lo que les echen.

No pude evitar fruncir el ceño al pensar que debería haber hecho esa última afirmación en serio y no en broma. ¿Hasta qué punto me creía tan poderoso como para tenerme en cuenta?

—Lo principal que queremos evaluar es el alcance de tus poderes cinéticos —dijo Yinric mientras tecleaba algunas instrucciones en el tablero de control.

Una serie de objetivos virtuales aparecieron a lo largo de las paredes del interior de la sala de cristal, a diferentes alturas. Algunos de ellos eran extremadamente pequeños, por lo que se requería una gran precisión para acertar, mientras que en era casi imposible fallar contra otros mucho más grandes. La pantalla gigante de la pared del fondo también cobró vida, y la animación en espiral dio paso a una serie de gráficos y tablas actualmente vacíos de datos.

—Por favor, quédate quieto un momento mientras te coloco esto —dijo el Raitheano.

Cogió un puñado de electrodos inalámbricos y los colocó estratégicamente en mi pecho, sienes, antebrazos y pantorrillas. Para mi sorpresa, me colocó tres más en la espalda: uno en la nuca y los otros dos a lo largo de la columna, entre las alas. Las tablas de la pantalla gigante se llenaron al instante de cifras y los gráficos cobraron vida, indicando mi pulso y otras constantes vitales.

Yinric se deslizó hacia la holosección y me hizo un gesto para que lo siguiera. El movimiento de sus caderas era hipnótico.

Me pregunté vagamente por qué no había enroscado seis de sus tentáculos en piernas improvisadas, como era costumbre en su pueblo. Como las ventosas también permitían a los Rait-heanos saborear, normalmente evitaban deslizarse por el suelo. Al fin y al cabo, nadie quería lamer el suelo. Por supuesto, podían desactivar la capacidad de degustación, pero algunos gránulos o residuos siempre conseguían colarse.

—En primer lugar, te pediré que entres en la sala e intentes convocar el pulso cinético que utilizaste para hacer retroceder a los enmascarados en el centro de convenciones —dijo Yinric mientras me hacía señas para que entrara en cuanto las puertas se abrieron ante nosotros.

Me puse rígido.

—Errr... Me temo que no sé cómo. Sinceramente, ni siquiera sabía que poseía ese poder hasta que Linsea me contó lo sucedido.

Frunció los labios y asintió lentamente.

—¿Recuerdas lo que sentiste ese día, y más específicamente en ese preciso momento?

—Lo único que sentí fue dolor y rabia. Fue como una daga clavándose en el centro de mi cerebro —respondí, con las entrañas retorciéndose al recordar aquella horrenda experiencia.

—Trata de concentrarte en el asiento de ese dolor. Podría ser la sección que activa tu poder. Luego intenta canalizarlo hacia uno de los objetivos de la sala. Empezar por uno más grande puede ser más fácil —dijo Yinric con entusiasmo—. Pero espera a que salga de la habitación.

Me quedé boquiabierto mientras él se escabullía rápidamente. ¿Acaso creía que tenía algún tipo de interruptor que podía encender y apagar para bombardear mi entorno con energía cinética? La puerta se cerró tras él y me quedé allí de pie, sintiéndome perdido y un poco inútil. Se detuvo al otro lado de la pared de cristal e hizo un gesto de impaciencia para que me pusiera en marcha.

Suspiré y traté de seguir sus instrucciones. Concentrarme en el asiento de aquel dolor era mucho más fácil de decir que de hacer. Claro que podía intentar concentrarme en él, pero seguía sin darme nada con lo que trabajar. No sentía ningún tipo de chispa o energía latente que pudiera intentar potenciar y proyectar hacia el exterior. Los segundos se convirtieron en minutos sin que ocurriera nada. Cada momento que pasaba aumentaba mi frustración y su impaciencia a partes iguales. Ni siquiera podía enfadarme con él, ya que su comportamiento exterior era perfectamente tranquilo, sereno e incluso alentador. Pero no se podía engañar a las percepciones empáticas de un Temern.

—Lo siento —dije al fin, empezando a sentirme agraviado e incompetente—. No sé qué hacer, ya que no siento nada en la zona que me había causado dolor. Quizá perdí esa capacidad tras la grave hemorragia cerebral que sufrí aquel día.

Yinric negó con la cabeza. No sabría decir si aquella respuesta estaba motivada por una auténtica convicción de que mis poderes seguían existiendo o si simplemente se negaba a aceptar esa posibilidad.

—Estoy seguro de que aún conservas tus poderes. Teniendo en cuenta que ni siquiera sabías que los poseías, no es de extrañar que te cueste invocarlos conscientemente —respondió el Raitheano en tono tranquilizador—. Sólo tenemos que seguir intentándolo, y no me cabe duda de que llegará.

Para mi consternación, me exigió que siguiera intentándolo. Después de diez, veinte y treinta minutos de tonterías, empezaba a irritarme. No me importaba entrenar para mejorar en algo difícil, pero esto era una pérdida de tiempo. ¿Cómo coño iba a conseguirlo si ni siquiera sabía cómo tenía que hacerlo?

Emití un gruñido de enfado y abrí la boca para decirle a Yinric que ya había terminado con esto y que teníamos que pasar a otra cosa. Sin embargo, su grito victorioso resonando por los altavoces de la holosección me hizo callar.

—¡Ahí! —exclamó, señalando algo en la pantalla gigante—. ¡Sea lo que sea que estés haciendo, hazlo otra vez!

Parpadeé, desconcertado, mientras mi mirada oscilaba entre él y el monitor. Un pico visible indicaba que, efectivamente, había desencadenado o invocado algún tipo de subida de tensión.

Una parte de mí quería alegrarse, pero no tenía ni idea de cómo lo había hecho.

—No sé lo que he hecho —me disculpé.

En lugar de enfadarse conmigo, Yinric levantó el dedo índice para indicarme que esperara un momento.

—Espera. Déjame probar algo —dijo entusiasmado.

El Raitheano se deslizó rápidamente hacia el tablero de control central y empezó a teclear algunas instrucciones en la interfaz.

Segundos después, sentí un desagradable zapping en la cabeza.

—¡Basta! —siseé—. ¡No vuelvas a hacerlo!

Pero Yinric estaba demasiado excitado para preocuparse por mi disgusto.

—¡Ahí está! ¿Lo ves? —preguntó, señalando el pico en el gráfico de mis ondas cerebrales en el monitor gigante—. Siento si te ha dolido, pero éste es efectivamente el punto. Incluso tus ojos brillan. Supongo que es un mecanismo de defensa que se activa cuando te sientes amenazado.

Quise fulminarle con la mirada un poco más, pero su excitación volvía a ser contagiosa. Me molestaba no poder ver mis propios ojos brillar en ese momento. Me miré las manos, pero aún parecían normales.

—Ahora que ves dónde se encuentra, intenta trabajar para estimularlo. No lo fuerces demasiado —añadió rápidamente con cautela—. Podemos esperar a mañana o a los próximos días para que utilices toda la fuerza de tus poderes. De momento, podemos centrarnos en que te sientas cómodo invocando o activando tu habilidad a voluntad.

Entendía su lógica, pero mi lado más curioso quería ir a por todas lo antes posible. Sin embargo, teniendo en cuenta que había pasado los últimos siete meses—casi ocho—en estasis parcial mientras me remendaban el cerebro, ser prudente me parecía un enfoque acertado.

Durante la siguiente media hora, seguí las instrucciones de Yinric. Aunque lento al principio, pronto me sentí cómodo estimulando la parte de mi cerebro que controlaba mis poderes cinéticos. Cuando el Raitheano pidió un descanso, ya era capaz de hacer que mis manos brillaran a voluntad. Aunque seguía sin poder ver mi propio reflejo, ahora podía sentir un sutil cosquilleo en la parte posterior de los ojos que indicaba que estaban brillando. La misma sensación sentí en las palmas de las manos al activar mi poder.

—Eso es todo por hoy —dijo Yinric, tomándome por sorpresa—. Puedes volver con tus médicos para que te hagan otro chequeo antes de dar por terminado el día.

—¿Ya? —pregunté, decepcionado.

Asintió con una sonrisa de complicidad.

—Sí. Aunque comparto tu impaciencia, no quiero arriesgarme a dejarte moratones. Relájate esta noche y vuelve a verme bien descansado, para que podamos darlo todo en la próxima sesión.

—De acuerdo —refunfuñé.

Se rio entre dientes.

—Mientras Arafin te dé el visto bueno, espera que mañana te exija mucho.

—Lo espero con impaciencia —contesté con una mueca antes de salir de la habitación.

Mientras regresaba a la sección médica de las instalaciones, no pude evitar preguntarme por la gran libertad que me estaban concediendo. Teniendo en cuenta lo peligroso que parecían creer que podía llegar a ser, habría esperado que me vigilaran constantemente, por no decir que me espiaran, y que me escoltaran allá donde fuera. Es cierto que tenían cámaras de seguridad por todas partes y diversas medidas de seguridad en todas las instalaciones que podían encerrarme fácilmente en una zona confinada si surgía la necesidad. Pero creía que me estaban dando intencionadamente más margen de maniobra tanto para demostrarme que era de fiar como para demostrarme que unirme a ellos no sería la prisión que temía.

Ver a Ellen esperándome en la sala médica que actualmente llamaba hogar me sorprendió. Arafin había sido claramente el principal médico a cargo de mis cuidados. Por su parte, Ellen parecía más centrada en mis análisis de sangre y mi sistema endocrino. Estaba leyendo algo en el monitor que había junto a mi cama, con un aire de intensa concentración en el rostro.

Levantó la cabeza para mirarme cuando entré en la habitación.

—Ahí estás —dijo en tono amistoso una vez recuperada de la sorpresa—. ¿Cómo te encuentras?

—Genial —dije con toda sinceridad—. Aunque también un poco engañado porque lo haya acortado todo. Hoy quería forzar un poco más mi entrenamiento.

—La paciencia es una virtud —dijo Ellen en tono ligeramente represivo—. Tu terapeuta ha hecho bien en acortar las cosas. Según los datos que nos ha transmitido, se están produciendo algunos hematomas en el interior de tu cerebro. Por lo tanto, vamos a volver a ponerte el anillo a la máxima intensidad para reducir la tensión y dejar que te cures.

Me dedicó una sonrisa comprensiva cuando gemí ruidosamente en cuanto el anillo bloqueó por completo mis capacidades empáticas y cinéticas. Por muy válidas que fueran las razones para hacerlo, me hacía sentir sistemáticamente incapacitado y despojado de una parte esencial de mí mismo.

—Mucho de esto es nuevo para ti —dijo Ellen suavemente —. Así que tenemos que tener mucho cuidado mientras te entrenas y controlas mejor tus nuevas habilidades. Es importante que no te exijas demasiado. Esta noche debes descansar. No entrenes nada, ni siquiera tu capacidad de bloquear a los demás. No reduzcas el efecto amortiguador del anillo, por mucho que te pique hacerlo. Cuanto mejor sigas nuestras instrucciones, antes te librarás de esta muleta temporal. *No* te esfuerces.

Asentí con una expresión ligeramente mohína.

—Sí, tu compañero dijo más o menos lo mismo.

Para mi sorpresa, Ellen retrocedió y me miró como si hubiera dicho algo absurdo.

—¡¿Mi compañero?! —repitió.

—Sí, Yinric —respondí con seguridad.

—¿Quién? —preguntó confundida.

—Yinric Myar, mi entrenador cinético —respondí, ahora también confuso.

Sacudió la cabeza.

—Lo siento, pero ni siquiera lo conozco. Es nuevo aquí. Y Arafin normalmente es quien interactúa con los especialistas de las otras disciplinas implicadas en este proyecto.

—¡Oh, vaya! —susurré, más para mí que para ella.

Ella ladeó la cabeza y me dirigió una mirada inquisitiva ligeramente desconcertada.

—¿Por qué llegaste a la conclusión de que estábamos emparejados?

—Porque son almas gemelas —respondí con naturalidad.

Volvió a retroceder, con un millón de emociones encontradas recorriéndola. Aunque yo ya no podía sentirlas, se reflejaban en su expresivo rostro. La profesional que había en ella se preguntaba si mi cerebro estaba enloquecido. Pero su lado personal parecía a la vez intrigado y conmocionado por lo que percibía como completamente imposible.

—No puede ser. ¿No es un Raitheano? —replicó.

La miré con severidad.

—¿Qué importancia tiene eso? La especie de alguien no define si puede ser tu alma gemela. Y en este caso, no hay duda de que sus almas están en perfecta armonía.

A pesar de la vergüenza que le producía que le llamaran la atención por su estúpido comentario, Ellen estaba demasiado sorprendida para responder. Me miró boquiabierta durante un momento, dándole vueltas a la cabeza.

—¿Así que tus poderes te permiten saber cuándo las personas son almas gemelas?

Asentí con la cabeza.

—Así es.

Se movió sobre sus pies, con una mezcla de excitación y negación en su rostro.

—¿Le dijiste que creías que éramos almas gemelas? —preguntó la doctora con un deje de nerviosismo en la voz.

Me di cuenta entonces de que temía un posible rechazo por parte de aquel hombre y, por lo tanto, quería mantener sus expectativas muy bajas por si me equivocaba. Aunque su duda tenía sentido, no dejaba de herir mi orgullo.

—No, no lo he hecho. No surgió el tema. Simplemente supuse que estaban unidos, ya que los dos son almas gemelas *y* trabajan en el mismo proyecto —respondí encogiéndome de hombros.

Ellen se pasó los dedos nerviosos por su largo pelo castaño oscuro.

—No sé qué decir.

La miré divertido.

—¿A mí? En realidad, nada. Pero deberías ir a ver a Yinric. Quizá puedas invitarle a un café con la excusa de hablar de mi caso. Entonces el resto encajará.

La expresión de su rostro era desternillante, y tuve que hacer un esfuerzo consciente para no reírme. Aun así, lo que terminó atrapándome no fue eso, sino la curiosidad silenciosa que despertó en ella el Raitheano. Me conmovió que, pese a dudar de la veracidad de mis palabras, estuviera dispuesta a ponerlas a prueba. Su entusiasmo, contenido pero genuino, se filtró en mí de una forma inesperada. Me descubrí pensando que quizá podría acostumbrarme "demasiado" a provocar ese tipo de reacciones en los demás.

Después de todo, no hay mejor sensación en el mundo que estar rodeado de almas gemelas reunidas.

—Bueno, si puedo irme ahora, me gustaría pasar un rato con mi propia pareja antes del toque de queda —dije bromeando.

Eso pareció sacar a Ellen de sus pensamientos. Se sonrojó antes de asentir.

—Sólo tengo que extraerte otra muestra de sangre y descargar los datos de tu anillo. Luego llamaré a tu compañera para que te acompañe a sus aposentos.

Me dio un vuelco el corazón.

—¡¿Sus aposentos?! —repetí.

Ella sonrió divertida.

—Estás lo suficientemente estable como para poder volver a un entorno más normal. A nadie le gusta estar encerrado en la enfermería. Mientras sigas las instrucciones médicas que te hemos dado, todo irá sobre ruedas.

Aunque pronunció esas palabras de forma amistosa y desenfadada, el significado subyacente estaba claro. Coopera o pierde tus privilegios.

Sus palabras no cayeron en saco roto.

CAPÍTULO 15
KAYOG

M is ojos iban de un lado a otro mientras mi compañera me acompañaba por el largo pasillo que conectaba el centro de investigación con el edificio residencial reservado al personal y las familias que trabajaban allí. En el vestíbulo principal había una tienda de comestibles, un bar, un restaurante y un gimnasio de alta tecnología. Al menos treinta personas se movían de un lado a otro, ocupándose de sus propios asuntos. Pero mi mente seguía atascada en el hecho de que su presencia no me amenazaba ni me desestabilizaba.

Desde mi despertar de ayer, nunca había estado en presencia de más de tres o cuatro personas a la vez. Que el anillo siguiera protegiéndome por completo del asalto de tantas mentes aleatorias en las inmediaciones era poco menos que un milagro. Por primera vez, podía dedicar tiempo a analizar el comportamiento y las acciones de la gente en el mundo real. Antes, dedicaba la mayor parte de mi tiempo a buscar el lugar más seguro para pasar el rato y a señalar las rutas de escape más rápidas.

Ahora tenía a mi alcance una realidad totalmente nueva. Por mucho que censurara que el anillo me impidiera leer sus emociones, me supuso un nuevo reto que afronté con gusto: aprender a interpretar las emociones de la gente basándome en su lenguaje corporal.

Demasiado pronto llegamos a los ascensores. Por la tierna—aunque ligeramente divertida—sonrisa que Linsea me dirigió mientras caminábamos, había adivinado que la razón por la que había estado paseando tan despacio era para que durara, y amablemente ajustó sus pasos a los míos.

Subimos al ascensor, que nos llevó a la quinta planta, las cinco primeras reservadas a los huéspedes temporales. Pasamos por delante de varias puertas grandes que daban a distintas viviendas y nos dirigimos a la última, al final del pasillo, a la derecha de los ascensores. Mis ojos se abrieron de par en par cuando entramos en un impresionante apartamento con una vista sobrecogedora del paisaje natural del planeta. Un río cristalino corría horizontalmente hasta la zona de estar. Más allá de sus orillas, un frondoso bosque se extendía hasta donde alcanzaba la vista, enmarcado por la majestuosa silueta de las montañas en el horizonte.

No sabría decir si los cómodos muebles de color gris claro habían sido elegidos por mi compañera o si ya estaban incluidos en el alojamiento temporal. Teniendo en cuenta que llevaba aquí meses, tal vez hubiera adaptado el lugar más a su gusto. Se podían apreciar innegables toques personales en forma de pinturas de famosos artistas Temern, así como esculturas de especies que había visitado como parte de sus prácticas de formación en negociación.

Las paredes blanquecinas, los suelos de madera oscura y las enormes ventanas daban al lugar una sensación de luminosidad y amplitud. Como en mi propia casa, Linsea mantuvo la decoración en el nivel justo de parquedad para acomodar todas las necesidades y comodidades sin agobiar ni hacer ruido. Todo estaba decorado en blanco, crema y gris pálido. Pero los toques de color con cojines, cuadros y otros objetos decorativos le daban el equilibrio justo.

Me dio una rápida vuelta por el lugar. Sólo tenía un dormitorio, y la segunda habitación cerrada se utilizaba como despacho. El concepto de planta abierta de la cocina y el comedor combinados indicaba claramente que no era un alojamiento para una familia, sino más bien para una pareja o una persona que viajara sola.

—¿Tienes sed o hambre? —preguntó Linsea cuando volvimos a la sala de estar.

Negué con la cabeza.

—Me han estado alimentando como si temieran que muriera de hambre.

Ella resopló y puso sus manos en mis costados. La abracé más fuerte.

—Puedo ver eso —dijo Linsea, apoyándose contra mí—. Necesitas recuperar algo de masa muscular por haber estado tanto tiempo en estasis. Teniendo en cuenta la intensidad con la que quieren que entrenes en los próximos días, si no semanas, necesitarás alimentar ese delicioso cuerpo que tienes. Hablando de eso, ¿cómo te sientes?

—Bien. El entrenamiento con Yinric ha sido tan estupendo como agravante —dije con un largo suspiro de sufrimiento antes de hacerle un rápido resumen de mi día.

—¡Por el Creador! ¿De verdad has emparejado a Ellen y a Yinric? —exclamó cuando le revelé esa última conversación.

Hinché el pecho con suficiencia.

—¡Sí, desde luego que lo hice!

—¡Vaya! Ahora estoy deseando ver cómo evoluciona esa relación —dijo Linsea con nostalgia.

—Evolucionará hasta su conclusión natural, que es que se enamoren perdidamente el uno del otro —dije con una confianza rayana en la arrogancia—. Pero hablar de eso solo retuerce aún más el cuchillo de que se me niegue lo que más anhelo.

Enarcó una ceja inquisitiva.

—¿Y qué es eso?

—Oír la canción de tu alma. Sentirte —dije con expresión abatida—. Tengo prohibido usar cualquiera de mis poderes psíquicos o cinéticos bajo cualquier circunstancia hasta mañana.

—¡Bien! —exclamó Linsea con un brillo casi maligno en sus ojos azules.

Yo retrocedí.

—¡¿Bien?! ¿Por qué es bueno?

—Porque significa que finalmente podré darte a probar de tu propia medicina.

Parpadeé, totalmente desconcertado.

—¿Qué quieres decir?

—Desde que nos conocimos, has tenido acceso ilimitado a mis emociones, mientras que las tuyas estaban herméticamente selladas tras un muro impenetrable.

—¡Era para protegerte! —exclamé, indignado.

—Aunque sea cierto, me has negado lo que es mío por derecho. Ahora tengo la intención de complacerte —dijo con una voz llena de promesas.

Antes de que se me ocurriera una ocurrencia inteligente, las manos de Linsea en mis costados se deslizaron hasta mi pecho en una suave caricia... y luego me dieron un empujón.

Grité de sorpresa, lanzando una mano detrás de mí para detener mi caída, solo para aterrizar en el suave cojín del sofá detrás de mí. Sus palmas en mis hombros me mantuvieron sentada cuando me enderecé. Cualquier pregunta o comentario que hubiera querido hacer murió en mi lengua cuando mi hembra se inclinó frente a mí.

Frotó su pico contra el mío antes de picotearlo suavemente de una forma que exigía acceso. Inmediatamente accedí, con el estómago revuelto mientras nuestras lenguas se mezclaban. A pesar de tener una disposición más dominante, le permití tomar la iniciativa. Mientras me deleitaba con su dulce sabor y la posesividad con la que me besaba, luché contra el impulso de tomar el control.

Podía hacer conmigo lo que quisiera.

Para mi consternación, se apartó de mí justo cuando me inclinaba más hacia el beso. Con una orden vocal, activó el reproductor de música, y una canción lenta e instrumental resonó por toda la habitación. Con otra orden vocal, Linsea atenuó la luz, creando el ambiente perfecto.

La sangre se me agolpó en la entrepierna, y me enderecé aún más en el sofá para disfrutar mejor del espectáculo que tenía lugar ante mis ávidos ojos. Linsea se movía con gracia, contoneando las caderas a derecha e izquierda, y las largas plumas de su cola acentuaban el movimiento mientras se deslizaba tras ella como una cascada.

Giró lentamente sobre sí misma y sus manos recorrieron su cuerpo de un modo sensual que me calentó la sangre en un santiamén. Volviéndose de espaldas a mí, Linsea se inclinó hacia delante y sacudió el trasero para que la punta de su cola rozara burlonamente mi cara. Quería embestirla, inmovilizarla contra el suelo y clavármela antes de follármela hasta dejarla sin sentido.

El triplemente maldito anillo dejaba mis emociones a merced de mi compañera. Linsea rio con suficiencia, disfrutando de su poder sobre mí. Queriendo subir la apuesta, la desdichada hembra se agachó aún más, levantando la cola y abriendo más las piernas. Mi polla se sacudió con furia, exigiendo ser liberada de los confines de mi bolsa protectora cuando Linsea abrió la solapa, exponiendo su raja en todo su esplendor para que yo babease.

Cabizbaja, mi compañera me miró desde entre sus piernas con una expresión burlona. Se lamió el pico con deliberada lentitud antes de deslizar un dedo por su raja, introduciéndolo y retirándolo un par de veces. Luego se incorporó de golpe, y las plumas de su cola rozaron mi mejilla con una impertinencia que pedía a gritos una reprimenda. Sin embargo, Linsea se volvió para mirarme mientras se llevaba a la boca el dedo con el que acababa de tocarse, de una forma que casi me arrancó un gruñido de frustración.

Mi hembra rio de nuevo mientras se pavoneaba hacia mí con la gracia de un depredador acercándose a una presa paralizada por el miedo. Pero era la lujuria la que me inmovilizaba. Un fuego se encendió en la boca de mi estómago cuando acarició mi cuerpo con creciente audacia. Cuando intenté corresponderle, me dio un manotazo lo bastante fuerte como para que me picara. Ardía en deseos de protestar, de darnos la vuelta y demostrarle quién mandaba. Pero volví a reprimirlo.

Toda mi vida había luchado por adquirir algún tipo de control sobre mi vida cuando ésta parecía entrar constantemente en espiral. Se había convertido en una parte casi intrínseca de mí ser siempre la que llevaba el timón de aquello en lo que realmente podía opinar. Pero esto era diferente.

Aunque dudaba de que Linsea estuviera poniéndome a prueba a mí y a mi capacidad de someterme, sospechaba a un nivel visceral que necesitaba saber que confiaba en ella lo suficiente como para abandonarme en sus manos. Y lo hice. No había nada que no haría por esta hembra.

Un sonido a medio camino entre un ronroneo y un arrullo vibró en mi pecho cuando Linsea sacó parcialmente sus garras y las rastrilló con cuidado entre las plumas de mi cuello, pecho y costados. Un violento escalofrío me recorría cada vez que su minuciosa exploración desencadenaba una fuerte reacción—física o emocional—que revelaba uno de mis puntos sensibles. Al igual que había hecho durante nuestra primera vez juntos, estaba estudiando mis respuestas emocionales a sus caricias para delimitar mis zonas erógenas y lo que me gustaba que me hiciera.

Al igual que ella, me encantaba que me acariciara suavemente la nuca, sobre todo cerca de ella. Por alguna razón inexplicable, siempre resonaba directamente en mi polla. Sus garras en mi pelvis—justo debajo de mi ombligo—también avivaban la llama de mi excitación. Pero lo único que no esperaba que me excitara tanto era que Linsea me rascara cuidadosamente la palma de la mano con el pico mientras trazaba líneas antes de chuparme el dedo índice.

Un rayo de lujuria explotó entre mis muslos. La risita de suficiencia de Linsea mientras su lengua giraba alrededor de mi dedo me cabreó y me excitó a la vez. Fue la forma provocativa en que inclinó la cabeza para mirarme a los ojos mientras seguía chupándome el dedo. Su mano derecha, que me cubría la entrepierna, dejaba claro su significado subyacente. Más fuerte, casi podía sentir su boca en mi polla.

Sus garras acariciaron suavemente la costura de mi entrepierna, incitándome a salir. Por un instante, pensé en resistirme, tanto para provocarla como para ver cómo me "castigaba" por haberme portado mal. Este último pensamiento casi me hizo negarme. Pero me había comprometido en silencio a someterme a su voluntad—esta vez—y, por lo tanto, accedí.

El silbido de alivio que se me escapó me cogió por sorpresa. No me había dado cuenta de lo tensa que estaba mi polla, atrapada en sus confines y cada vez más dura. Sin embargo, mi hembra envolviendo su mano con avidez alrededor de mi longitud hizo que el silbido se convirtiera en un gemido estrangulado.

Linsea lamió lentamente mi dedo de abajo arriba, en perfecta sincronía con su mano acariciándome. Mis músculos abdominales se tensaron y una palpitación sorda recorrió mi polla. Se me cortó la respiración cuando extendió la lengua hasta su máxima longitud, apenas por debajo de los veinte centímetros, y comenzó a lamer el interior de mi palma con una deliberada lentitud.

Mi polla se sacudió en respuesta y, para mi vergüenza, salió una gota de semen. Una sonrisa triunfante se dibujó en el pico de mi compañera. A la velocidad del rayo, abandonó mi mano para lamerme la cabeza y luego se tragó mi polla.

Grité, arqueando la espalda mientras mis alas se agitaban por la necesidad instintiva de abrirme. Linsea apretó la base de mi polla casi con dolor, mientras empezaba a mecerse sobre mí. Podía sentir la cabeza golpear la parte posterior de su garganta con cada movimiento hacia abajo. Me habría maravillado por el hecho de que no pareciera desencadenar su reflejo nauseoso, pero las intensas oleadas de placer me privaron de cualquier pensamiento racional.

Ajustó el ángulo de su cabeza para que cada vez que mi polla golpeara la parte posterior de su garganta, cada uno de mis *ganacs* entrara en contacto con ella. Estas pequeñas protuberancias naturales en mi glande se asemejaban vagamente a implantes subcutáneos. Además de aumentar el placer de nuestras hembras durante la penetración, también eran muy erógenos para nosotros los machos. Cada impacto sobre ellos era como chispas eléctricas de felicidad que se disparaban alrededor de la cabeza de mi polla, se extendían por toda su longitud y enviaban ardientes zarcillos por toda mi zona pélvica.

El calor suave de su lengua, envolviendo y arremolinándose alrededor de la cabeza con cada caricia, me estaba llevando al borde de la locura. Cuando cerró el pico y lo rozó con cuidado contra las crestas en espiral de mi pene, estuve a punto de perder el control por completo.

Grité y mis caderas se agitaron involuntariamente, casi ahogándola. Mis entrañas ardían y me sentía desfallecer por la necesidad de entregarme al éxtasis. Pero me negaba a liberarme antes que mi compañera, sobre todo después de tantos meses separados.

Justo cuando estaba a punto de quitármela de encima, Linsea me dio un último lametón antes de levantarse de su posición arrodillada frente a mí. Se subió a mi regazo, abriéndose la costura para revelar su brillante raja. El delicioso aroma de su almizcle hizo que todo mi cuerpo se estremeciera de necesidad. Mi nublado cerebro tardó un momento en comprender lo que había provocado el gemido casi doloroso de Linsea segundos antes de empalarse en mi polla.

Volví a gritar ante el exquisito ardor y el calor abrasador de su vaina, que me envolvía con fuerza. Por la expresión de su rostro y el temblor de su cuerpo, mi compañera se sentía abrumada tanto por su placer como por el mío. Recordaba demasiado bien la locura que había sido que el placer que me proporcionaba su contacto se multiplicara por mil con el que ella sentía.

Una serie de gruñidos salvajes brotaron de mí cuando mi hembra inició de inmediato un ritmo febril mientras cabalgaba mi polla con salvaje abandono. Mi temor a no poder darle placer sin mi capacidad de sentir sus emociones se desvaneció por completo. Incluso con el anillo bloqueándome, los voluptuosos sonidos que emanaban de mi mujer, su hermoso rostro envuelto en un aire de pura felicidad y la frenética forma en que me tocaba y respondía a mis atenciones dejaban claro que aprobaba con creces mis cuidados.

Habiendo memorizado cada uno de sus puntos sensibles de nuestros anteriores acoplamientos, los estimulé todos y cada uno de ellos, haciéndola gemir y susurrar mi nombre con la necesitada posesividad que yo ansiaba.

Un infierno ardía dentro de mí, quemándome por dentro y por fuera. Las paredes internas de Linsea se cerraban sobre mi polla y amenazaban con hacerme caer al vacío. Necesitando aún más, deslicé las manos bajo su grupa, levantándola ligeramente sin esfuerzo antes de penetrarla desde abajo. Se aferró a mis hombros, con la cabeza echada hacia atrás, mientras le brotaban gemidos interminables. Parecía una diosa con sus enormes alas blancas desplegadas tras ella, que batía suavemente con cada embestida. Su larga y esponjosa cola también acariciaba mis piernas con cada movimiento.

Las piernas de mi compañera empezaron a temblar y sus garras se clavaron en mis hombros mientras su respiración se hacía cada vez más agitada. Presintiendo su inminente clímax, la acerqué más a mí y reclamé su boca. Con la mano izquierda, que seguía sosteniéndola por encima de mí, deslicé la derecha alrededor de su espalda para arañar el plumón de la base de sus alas. Me tragué su grito de éxtasis mientras se deshacía en mis brazos. Tras un par de embestidas más, cedí a mi propio clímax. Mi espina dorsal se agarrotó y mis alas se abrieron de par en par mientras rugía mi liberación. Mi semilla salió disparada dentro de mi compañera en un flujo interminable de la dicha más pura. Por mucho que odiara no ser capaz de percibir su propio placer, seguía deleitándome con la maravillosa sensación del cuerpo febril de mi Linsea, que aún temblaba en la agonía de la pasión entre mis brazos.

Se desplomó contra mí, con el corazón palpitante y la cara hundida en mi cuello. La abracé con más fuerza, con el corazón henchido de amor por mi compañera. La envolví con mis alas mientras se acurrucaba más en mí. Oír a mi compañera arrullar contenta me hizo sonreír.

Pensé fugazmente que esta experiencia me infundía un nuevo respeto por los humanos y otras especies no empáticas. Ser capaces de sentir las emociones de nuestra pareja era en realidad una forma de engaño. No teníamos que centrarnos tanto en ellos o en sus respuestas a nuestras acciones porque nos las transmitían directamente.

—Deja de preocuparte tanto, macho tonto —dijo Linsea con una voz todavía un poco atontada—. Lo hiciste muy bien.

Creador, me tomaría un tiempo acostumbrarme a tener mis emociones totalmente expuestas a los demás.

—Claro que sí —respondí con suficiencia—. Soy Kayog Voln.

Ella soltó una carcajada y levantó la cabeza para mirarme como si yo fuera un caso perdido.

—Para ser justos, tenía una ventaja de nuestras anteriores veces juntos. Pero estoy deseando volver a sentirte —dije avergonzado.

—Y pronto lo harás —dijo ella, frotando su pico contra el mío.

—Pronto —coincidí—. Por ahora, sin embargo, supongo que tendré que seguir practicando la interpretación de tus necesidades y emociones de forma no empática. A ver qué tal me va cuando sea yo el que mande.

Soltó una risita suave mientras me incorporaba, con la polla aún enterrada en su interior. Linsea rodeó mi cintura con las piernas cuando la llevé hacia el dormitorio, y nuestras lenguas se encontraron y se mezclaron en el trayecto, cargadas de una urgencia que no necesitaba palabras.

La semana siguiente fue una serie interminable de sesiones de entrenamiento cada vez más intensas. Ahora pasaba la mayor parte del tiempo con Yinric, con la habitual revisión médica rápida de quince minutos a cargo de Arafin o Ellen. Para mi deleite, ahora podía utilizar el anillo con menos de la mitad de su efecto amortiguador. De hecho, podía funcionar sin él, pero solo durante breves periodos de tiempo antes de que el esfuerzo me agotara. Aun así, no tardaría mucho en dejar de necesitar esa muleta.

Arafin me inyectó una serie de nanobots que aceleraban el proceso de curación cada vez que sufría un hematoma por esforzarme demasiado. También aceleraban la formación de nuevas vías neuronales, lo que a su vez me proporcionaba un mayor control sobre mis poderes.

El hecho de que bloquearan mis capacidades empáticas durante el día seguía molestándome. Aunque afirmaban que era para limitar las magulladuras y reservar mi energía psíquica para mi entrenamiento cinético, sospechaba firmemente que se trataba más bien de mantenerme ajena a lo que pensaran o sintieran en mi presencia. No dudé ni un minuto de que me observaban y evaluaban constantemente muchos más ojos de los que yo podía ver.

Me negué a dejar que me molestara. Había estudiado suficiente política y el funcionamiento de grandes organizaciones como la OPU y los Enforcers para comprender la necesidad de que investigaran a fondo qué tipo de amenaza—o ventaja—podía ser yo. Mi objetivo seguía siendo conseguir el control total de mi cuerpo y mis habilidades, para lo cual me proporcionaron el tipo de apoyo que nunca antes había soñado. Ya me ocuparía de lo que viniera a continuación a su debido tiempo.

De momento, me lo estaba pasando en grande con la nueva simulación a la que Yinric me había trasladado. En mi segundo día con él, logré invocar mi poder cinético específico, al que llamamos pulso cinético. Sentir cómo aquella explosión de energía se acumulaba en el antebrazo, se concentraba en la palma de la mano y salía disparada con una fuerza extraordinaria resultaba intensamente estimulante. Casi se me pone dura.

Su excitación rivalizó con la mía cuando me empujó a usarla en los distintos objetivos de la holosección. Aunque torpe al principio, con una precisión poco impresionante, mejoré rápidamente en los dos días siguientes. Además de apuntar con precisión, aprendí a controlar la fuerza del disparo y a proyectarlo a mayor distancia. Tardé un tiempo en evaluar correctamente la fuerza necesaria en función de la proximidad de mis objetivos. Pero mi lado más competitivo se deleitaba con el reto.

A pesar de tener un amplio entrenamiento de combate—que me ayudó con la concentración y la disciplina a lo largo de los años—nunca me habían gustado mucho los deportes o actividades con armas. Pero esto era algo totalmente distinto: Mi arma no era un bláster ni una espada, sino mi propio cuerpo y la energía que contenía.

Durante los últimos tres días, Yinric empezó a realizar simulaciones en las que luchaba contra enemigos virtuales. Era un escenario virtual inmersivo parecido a una galería de tiro en el que villanos de todo tipo saltaban hacia mí desde detrás de las coberturas. Al principio, solo un pequeño número de ellos irrumpía en la calle para amenazarme con una variedad de armas contundentes o de largo alcance. Luego su número aumentó, el tipo de armas que utilizaban se hizo más letal y con mayor alcance, y entonces empezaron a venir de distintas zonas. Ya no salían de las puertas de los edificios o de detrás de cubiertas previsibles a lo largo de la calle. Ahora, algunos de ellos bajaban volando o emergían del suelo sin apenas avisar.

La variedad de especies—desde personas hasta monstruos—también aumentó la dificultad. No podía golpearlas con la misma intensidad cinética, ya que la explosión sería letal para ciertas especies, pero apenas ralentizaría o aturdiría a otra. Para mi desgracia, tardé un tiempo en comprender mejor cómo escalarlo, sobre todo sobre la marcha, ya que las especies de mis atacantes se alternaban rápidamente, dándome poco tiempo de reacción.

El rastro de cadáveres que dejé a mi paso habría sido asombroso, por no decir devastador, de no haber sido virtual. Aun así, el subidón de adrenalina que me producía me helaba la sangre. Era el videojuego definitivo, lleno de acción, que también me ayudó a desarrollar habilidades increíbles.

No era tan tonto como para no saber por qué Yinric estaba ajustando gradualmente el entrenamiento para que las simulaciones se orientaran cada vez más hacia las misiones de rescate. Incluso ahora, mientras volaba por la holosección, mis ojos se movían de un lado a otro, esquivando los disparos de bláster mientras intentaba derribar a un grupo de francotiradores escondidos en edificios. En la calle de abajo, un coche de huida se alejaba a toda velocidad con un alto cargo como rehén.

Me elevé unos metros en vertical, situándome a una altura en la que cada francotirador se encontraba a no más de tres metros por encima o por debajo de mí. Invoqué mi poder de explosión cinética, no el pulso dirigido, sino el área de efecto. Un potente cosquilleo en la nuca me indicó que la energía se estaba acumulando. Dejé que se intensificara hasta alcanzar el nivel que consideré adecuado para lograr mi objetivo. La empujé hacia el exterior, deseando que se extendiera dentro de un radio específico a mi alrededor, pero no más allá de cierta altura por encima y por debajo de mí. La restricción vertical era la parte más difícil, pero necesaria, ya que no quería golpear a la gente en el suelo, especialmente al conductor del coche de huida. Un accidente podría matar a la víctima secuestrada, lo que echaría por tierra todo el propósito de la operación.

El aire a mi alrededor se difuminó cuando la explosión cinética brotó de mí. Medio segundo después, los francotiradores aparecieron desactivados. Por mucho que odiara no tener acceso a mis poderes empáticos, me encantaba ver lo bien que podía desenvolverme identificando enemigos sin esa herramienta adicional. Aunque los enemigos eran virtuales, las simulaciones holográficas podían enviar señales específicas a especies empáticas como la mía para fingir las emociones de los personajes o criaturas del escenario.

Me lancé hacia el coche, adelantándome a él antes de girar sobre mí mismo. Volando hacia atrás, disparé una serie de impulsos cinéticos para frenarlo. Para mi desgracia, el conductor intentó girar bruscamente y perdió el control. El coche volcó hacia un lado y habría dado varias vueltas de campana si no lo hubiera detenido rápidamente con muchos impulsos.

Bajé volando hasta los restos y abrí de un tirón la puerta delantera, solo para encontrarme con un bláster apuntándome a la cara. A duras penas conseguí echarme a un lado para evitar un disparo letal, aunque en este simulador solo habría recibido un desagradable zapatazo. La ira se apoderó de mí y una extraña sensación se disparó en el centro de mi cabeza. Era diferente del hormigueo que experimentaba normalmente cuando utilizaba mis ráfagas cinéticas de pulsos. Pero algo ocurrió. Cuando volví a colocarme frente a la puerta abierta, listo para golpear al conductor con un pulso cinético, lo encontré desplomado, consciente, pero retorciéndose como si le hubieran dado un brutal codazo.

Aunque confuso, eché un vistazo al asiento trasero, donde la víctima secuestrada me sonreía agradecida. Pero antes de que pudiera ayudarle a salir del vehículo, su rostro adoptó una expresión de horror mientras miraba algo por encima de mi hombro. Volví la cabeza y vi un enjambre de monstruos, tanto terrestres como aéreos, que formaban un muro mientras corrían hacia nosotros desde el otro extremo de la calle.

—Voy a enderezar el coche. Mantente a cubierto en el interior —ordené antes de utilizar un pulso cinético para inclinar el coche sobre sus ruedas.

Volé hacia la multitud e invoqué una poderosa onda de energía cinética antes de lanzarla contra ellos. Muchas de las criaturas más pequeñas se desplomaron de inmediato, pero el resto continuó su avance con la misma determinación, pisoteando a los caídos con total indiferencia.

A pesar de saber que se trataba solo de una simulación, no sentí el miedo normal que uno debería experimentar en una situación similar. Las únicas emociones que me invadían eran la emoción de la caza y una increíble sensación de poder.

Era embriagador.

Los bombardeaba con ráfagas cinéticas mientras esquivaba los ataques a distancia de las criaturas, que podían lanzar dardos e incluso una especie de rayos. Como me encantaba volar, las acrobacias aéreas necesarias para evitar ser alcanzado solo hacían que la experiencia fuera aún más estimulante. En algunas ocasiones, aquella extraña habilidad volvió a manifestarse, un extraño calor en el centro de mi cerebro que buscaba un objetivo. Tardé un momento en darme cuenta de a cuál de mis enemigos había alcanzado. Pero reconocí los espasmos que los sacudían como si hubieran sido electrocutados.

Cuando por fin me deshice de la embestida, casi me sentí engañado. Mi sangre bombeaba adrenalina y quería destruir más abominaciones. La simulación terminó y la ciudad en la que había estado luchando se desvaneció y volvió a convertirse en las paredes de cristal transparente que rodeaban la holosección.

Un ruido de palmas me sobresaltó y me sacó de mi trance sediento de sangre. Al girar la cabeza, vi a Colin junto a Yinric. El corazón me dio un vuelco. Esperaba su visita desde que desperté, hacía ocho días. Podría especular sobre por qué había esperado tanto para visitarme por fin. La parte de mí que se sentía aliviada de que por fin se resolviera el asunto no podía acallar la otra, que temía que la cómoda rutina que había establecido con mi compañera se viera alterada.

Me incliné en señal de gratitud ante sus aplausos mientras aterrizaba con elegancia. Ambos dejaron de aplaudir e Yinric me indicó con un gesto entusiasta que saliera de la holosección. Obedecí, obligándome a poner una expresión neutra, pero amistosa en mi rostro mientras contenía mis emociones.

—Nos volvemos a encontrar —dije con indiferencia—. Me preguntaba cuánto faltaba para que ocurriera.

Sonrió con satisfacción, indicando que comprendía mi desaprobación subyacente por haberme mantenido tanto tiempo en el limbo.

—Créeme, no deseaba otra cosa que venir a verte antes. Sin embargo, me pareció mucho más sensato darte algo de tiempo para que te curaras y te orientaras —dijo con una empatía que no me engañó, incluso con mis poderes para leer sus emociones aún bloqueados.

No me cabía duda de que el retraso no se debía tanto a las razones que había dado como a que quería hacerse una mejor idea de lo poderoso que yo podía llegar a ser.

—Tiene sentido —respondí amablemente.

—Como Yinric tiene una cita con una mujer encantadora, he decidido secuestrarte durante el resto del día —dijo Colin, lanzando una mirada burlona al Raitheano.

—¡¿Una cita?! —repetí, con los ojos abiertos de sorpresa.

No pude evitar reírme cuando las escamas de carbón de Yinric adquirieron un tono aún más oscuro, delatando su vergüenza.

—Voy a salir con Ellen —murmuró tímidamente.

—¡Eso es excelente! —exclamé en tono de aprobación.

Como no quería entrometerme en los asuntos de los demás, no había insistido ni en Ellen ni en él desde la primera vez que le informé de que ella y Yinric eran almas gemelas. Me complacía sobremanera que persiguieran lo que inevitablemente acabaría en su "felices para siempre". Me moría de ganas de estar en su presencia al mismo tiempo para deleitarme con la perfecta armonía de sus almas.

—Es encantadora —dijo Yinric, sonando todavía un poco tímido, en agudo contraste con su comportamiento habitualmente más asertivo y entusiasta—. Gracias por ayudarme a iniciar esa conexión.

—El placer es mío. Todo el mundo merece encontrar la otra mitad de sí mismo —dije con una suave sonrisa antes de volver a centrar mi atención en Colin—. ¿Te parece bien que me duche primero?

—¡Por supuesto! —respondió Colin—. Tómate tu tiempo. De todos modos, tengo un par de cosas que discutir con Yinric.

Por una razón que no podía explicar, aquello me inquietó al instante. Mi reacción no tenía sentido en la medida en que no cabía duda de que Colin estaba al corriente de absolutamente todo lo que me había sucedido durante el entrenamiento y los exámenes médicos. Así que cualquier detalle adicional que pudiera obtener del Raitheano no podía ser más perjudicial que cualquier dato que ya poseyera. Aun así, no pude evitar el recelo que me embargaba.

Me duché rápidamente y me apresuré a volver a la sala de entrenamiento, donde encontré a Colin de pie junto al tablero de control, con mi última simulación reproduciéndose en la pantalla gigante que ocupaba la pared del fondo.

—Impresionante trabajo —dijo Colin mientras yo acortaba la distancia que nos separaba, con los ojos todavía clavados en la pantalla.

—Gracias —dije con voz neutra mientras me detenía cerca de él.

—Parece que te diviertes —continuó antes de mirarme de reojo.

Me encogí de hombros.

—Así es. Siempre me han gustado los deportes de competición. Esto es casi como jugar al Lazgar, pero con combate. Lo único que me falta es una puntuación alta que intentar batir.

Resopló, con un brillo de aprobación en los ojos.

—Vamos a sentarnos —dijo, deteniendo la reproducción de la simulación antes de dirigirse a la mesa de trabajo frente a la pantalla.

Justo cuando tomábamos asiento, un camarero entró en la sala con una bandeja flotante cargada de aperitivos y bebidas. Reprimí una sonrisa al ver las galletas de cereales a las que había hecho adicta a Linsea.

—¿Tienes hambre? —preguntó, sonando como el perfecto anfitrión.

Sacudí la cabeza con una sonrisa.

—No, pero no me importaría tomar algo.

—¡Por supuesto! —dijo, señalando las botellas de agua con sabor.

Cogí una con la intención de beber solo un par de sorbos, pero acabé tragándomela entera. Un poco avergonzado, le sonreí tímidamente mientras volvía a tapar la botella vacía.

—Gracias —murmuré.

—Tómate otra —me dijo empujándome otra de las cinco botellas.

—No me importa —dije, aceptando con avidez el ofrecimiento.

Esta vez me contuve un poco más y solo bebí un tercio.

—Lo siento —dije dejando la botella en el suelo.

Hizo un gesto despectivo.

—¡No lo estés! Es normal estar deshidratado después de una actuación tan increíble.

Le lancé una mirada que dejaba claro que no me estaba engañando.

—¿Así que has venido a reclutarme otra vez?

—Por supuesto —respondió Colin en tono evidente.

Entrecerré los ojos.

—¿Y si digo que no?

—Entonces tenemos un problema —dijo con tono objetivo.

Se me levantó la ceja ante la forma tan brusca y despreocupada en que hizo esa afirmación.

—¿Es así? —pregunté, realmente intrigado por ver hacia dónde se dirigía todo aquello.

No era la primera vez que odiaba no poder leer sus emociones. Estuve a punto de tomar mi anillo para reducir el efecto amortiguador, pero me detuve. Ya había aceptado que no solo respetaría sus reglas, sino que también me uniría a los Enforcers, siempre y cuando sus peticiones no cruzaran la línea de lo inmoral. Más allá de mi deseo de llevar una vida pacífica junto a mi compañera, sabía que, en el fondo, les debía aquella nueva oportunidad que me habían concedido.

—Eres demasiado poderoso, Kayog —dijo Colin en un tono razonable—. Las cosas que eres capaz de hacer superan todo lo que he visto antes. Y aún no has terminado.

Eso me puso rígido.

—¿Qué quieres decir?

—La mayoría de las especies alcanzan la plena madurez a los veinticinco años, ya sea física, mental o psíquicamente. Tú te pusiste a tope cuando llegaste a esa edad. Incluso ahora, sigues creciendo. Sólo Dios sabe cuándo alcanzarás tu plenitud.

—No puedes estar seguro de eso —repliqué, con voz vacilante.

Asintió con firmeza.

—Desde luego que puedo. Tus médicos lo han confirmado. No sabemos hasta qué punto serás fuerte ni qué nuevas habilidades desarrollarás. Eso te hace impredecible.

—¿Y por lo tanto peligroso? —le pregunté.

—Potencialmente —coincidió—. Eso significa que no podemos dejarte sin supervisión. Hoy, una vez más, se registró un pico inusual durante tu simulación. Se activó otra zona de tu cerebro que hasta ahora había permanecido casi inactiva. Yinric analizará los datos en los que el sistema indicó que empleaste una nueva habilidad contra algunos de los objetivos.

Aunque intenté mantener una expresión neutra, algo en mi rostro o en mi lenguaje corporal delataba que había evaluado con precisión lo ocurrido durante la simulación. No sabía qué nuevo poder había utilizado, ni siquiera cómo replicarlo deliberadamente. ¿Cuántas nuevas habilidades descubriría?

—Como miembro de los Enforcers o de la OPU, puedes recibir todo el apoyo que necesites, al tiempo que nosotros nos encargamos de vigilarte. Si evolucionas fuera, tendríamos que gastar demasiados recursos para asegurarnos de que no te conviertes en una amenaza, ya sea por voluntad propia o por coacción de fuerzas hostiles —explicó Colin, con un tono suave y razonable.

—Entonces, ¿no sería más sencillo que me mataran sin más? —pregunté con un deje de atrevimiento en la voz.

Se burló.

—Nadie quiere hacer eso y, por lo que a mí respecta, ni siquiera es una opción que merezca la pena considerar. Así que tenemos que encontrar una solución que los mantenga a salvo a ti y a todos los demás. Tampoco querrás estar solo si tu cerebro sigue desarrollándose de forma inesperada. Nadie más que los amplios recursos de los Enforcers y de la OPU podría haber logrado lo que hemos conseguido para ti.

—¿Así que ahora me consideras en deuda? —le pregunté, entrecerrando los ojos.

Para mi agradable sorpresa, negó inmediatamente con la cabeza.

—En absoluto. Fue decisión nuestra gastar tantos recursos para curarte. Nunca aceptaste nada a cambio de nuestra ayuda, y tu compañera dejó claro que nunca haría promesas ni se comprometería en tu nombre sin tu consentimiento. Lo hicimos porque vimos un gran potencial en ti, beneficios a largo plazo para otros miembros de tu especie nacidos con tu condición, y porque Linsea es una negociadora infernal, especialmente cuando se trata del macho que ama.

Bajé los ojos, conmovido hasta la médula por sus palabras. No tenía muy buena opinión de las megaorganizaciones para las que él trabajaba. Pero la sinceridad de su voz al exponer su postura sobre el asunto resonó con fuerza. Sin embargo, fue su afirmación sobre la implicación de mi paloma lo que me puso patas arriba. No dudaba de que había llegado a todos los extremos para protegerme. Y seguía sin entender cómo me había merecido una hembra tan perfecta.

—No te conozco, Kayog Voln, solo lo que he leído en tus archivos... y más te vale que creas que los he leído hasta la saciedad —dijo Colin en tono serio—. Tienes un historial estelar, y el equipo médico que trabaja contigo es un gran admirador tuyo. No es una hazaña fácil de conseguir, sobre todo en lo que respecta a Arafin. Me agrada Linsea y quiero tenerla contenta. Pero mi deber es lo primero. Si hubieras sido una amenaza, ya nos habríamos ocupado de ti hace mucho tiempo. En cambio, todo el mundo en estas instalaciones está desesperado por asegurarse de que estarás bien y de que no te pasará nada. Así que debemos encontrar una solución sin dejar de cumplir con nuestro deber galáctico.

Mis ojos se cruzaron con los suyos mientras estudiaba sus facciones. Una vez más, sus palabras me conmovieron profundamente. En efecto, había desarrollado una relación más que cordial con mis médicos y entrenadores. Las pocas veces que había sido capaz de leer sus emociones revelaban un auténtico deseo de verme prosperar. El resto del tiempo, cada una de sus acciones y palabras reforzaban mi opinión de que todos eran buenas personas que velaban por mis intereses.

—Puedes desactivar el anillo y leerme para saber que digo la verdad —me ofreció Colin.

Negué con la cabeza.

—No es necesario, lo sé.

Una sutil sonrisa se dibujó en sus labios antes de inclinar la cabeza hacia un lado mientras me lanzaba una mirada evaluadora.

—Eres inteligente, carismático, uno de los luchadores más impresionantes que he visto...

—Basta —le interrumpí en tono imperioso—. No tengo ningún interés en convertirme en soldado. No quiero ser asesino, ni espía, ni formar parte de un equipo de infiltración, ni nada de eso.

—Pero eres lo suficientemente formidable como para destacar en todos esos campos —argumentó Colin, aunque su tono era más factual que intentar ser convincente—. Tus pruebas en la holosección hablan por sí solas. Por no mencionar el hecho de que claramente disfrutas en la batalla.

—En un entorno competitivo, sí —admití—. Pero no soy un asesino ni un depredador. Me gusta ganar, ser el mejor y destacar en todo lo que hago. No deseo causar daño. Si miras con aten-ción mis pruebas, verás que nunca he usado fuerza letal con mis oponentes, ni siquiera con los monstruos de pesadilla que me lanzaste.

Colin frunció los labios y asintió lentamente. Por su mirada, era plenamente consciente de mi enfoque no letal durante todo el entrenamiento. En ese mismo instante, me arrepentí de no haber aceptado su oferta de desactivar mi anillo para saber mejor cómo se sentía al respecto. ¿Me consideraba débil? ¿Se preguntaba si era una estratagema para parecer menos peligroso de lo que realmente era? ¿Suponía que era una limitación de mis poderes que me impedía infligir un daño mayor?

—¿Sabes qué me mantuvo con vida durante el caos que había estado arruinando mi vida? —pregunté de repente.

Sacudió la cabeza y sus ojos brillaron con gran interés.

—La alegría —dije con calma—. Las emociones positivas aliviaban el dolor que sentía. Fue una de las principales razones por las que me uní a la banda. ¿Has ido alguna vez a un concierto o a un acontecimiento deportivo?

Asintió con la cabeza de forma evidente.

—La gente asiste a ellos porque la energía es eléctrica. Quieres estar rodeado de ese entusiasmo colectivo. Es contagioso y hace que la experiencia sea mucho mayor que cuando la ves solo en tu casa. Es casi como una mente de colmena que hace vibrar a todo el mundo con la misma melodía durante todo el evento. Pero el odio, la ira y el miedo son extremadamente dañinos para mí. Son viscosas y me apuñalan el cerebro. Odio cómo se sienten esas emociones, por no hablar del dolor que me infligen.

—Cierto —dijo Colin pensativo—. Arafin me explicó que percibes las emociones de los demás tanto como manifestaciones físicas como sensoriales.

—Así es. Por lo tanto, nunca consentiría en realizar un trabajo que me sometiera a esas emociones o me impulsara a infligirlas a los demás. Quiero proteger a la gente y proporcionarles alegría. Los sentimientos más maravillosos son la esperanza, la felicidad, el amor y, sobre todo, estar en presencia de almas gemelas.

Para mi sorpresa, Colin sonrió con expresión cómplice.

—Sabía que dirías algo así.

—¿Ah, sí? —dije, picándome la curiosidad.

—Aunque tus evaluaciones psiquiátricas afirman que tienes

unos instintos cazadores y depredadores muy fuertes, eres domi-
nantemente un protector y un criador —dijo Colin con una
expresión ligeramente abatida—. Es una pena, la verdad. Podrías
haber sido uno de nuestros mejores líderes de escuadrón. Pero tu
lado ofensivo solo se activa si te sientes amenazado y, sobre
todo, si ves a alguien vulnerable en peligro. No prosperarías en
el tipo de funciones que yo hubiera querido para ti. Eso nos deja
con la pregunta de qué hacemos contigo.

Una pregunta justa que yo mismo había estado meditando
desde el momento en que Linsea me advirtió de que el director
de Enforcer intentaría reclutarme de nuevo.

—Quizá debería convertirme en casamentero alienígena —
dije bromeando.

Para mi sorpresa, Colin no sonrió ni se rio de mi broma, sino
que me dirigió una mirada de evaluación.

—Era una broma —dije en tono evidente cuando pareció
sopesar el mérito de aquella afirmación.

Ladeó la cabeza y me miró con extrañeza.

—¿Lo era?

—¡Por supuesto! —exclamé enérgicamente—. Sólo estaba
repitiendo un comentario al azar que hizo un amigo hace un
tiempo para aligerar el ambiente. Y de todas formas, ¿para qué
coño querrían los Enforcers o la OPU a un casamentero?

—Te apasionan las especies primitivas, ¿no? —preguntó
Colin, ignorando mi pregunta.

—Absolutamente —respondí en tono imperioso—. Hay que
defenderlas a toda costa frente a conglomerados codiciosos y
personas cuestionables que buscan aprovecharse de especies más
vulnerables. Cada mundo debe tener derecho a evolucionar a su
propio ritmo y según sus propios términos.

—Exacto —dijo con expresión satisfecha—. Y tú podrías
ayudar a que eso ocurriera emparejándolos.

Se me congeló el cerebro y me quedé mirándole con total
confusión. ¿Qué coño significaba eso? ¿Cómo podía ayudar

emparejar a una pareja a conseguir la protección de las especies primitivas?

Me dedicó una sonrisa indulgente.

—A lo largo de la historia, el matrimonio se ha utilizado para crear alianzas sólidas entre los pueblos. Las especies primitivas suelen ser cerradas e inaccesibles para el pueblo llano. Tú podrías ayudar a abrir esas puertas.

Mi rostro se endureció.

—¿Me estás pidiendo que ayude a infiltrarme en ellos?

Resopló y negó con la cabeza.

—No, quiero que nos ayudes a establecer vínculos con ellos. La mejor manera de conocer la cultura de alguien es viviendo con ellos. Una visita temporal de un par de días no te muestra la imagen real. A través de sus compañeros, podemos aprender mucho sobre ellos, además de proporcionarles orientación y protección.

Entrecerré los ojos.

—Lo que dices sigue sonando mucho a infiltración.

Sonrió.

—Hay una delgada línea entre infiltración, asimilación y colaboración. Alguien como tú, con el poder de saber cuándo dos personas son almas gemelas, ayudará a crear el tipo de emparejamientos que garantizarán la protección de los pueblos primitivos. Quiero decir que tu alma gemela siempre querrá lo mejor para ti, ¿verdad?

Asentí, aunque aún estaba lejos de convencerme.

—Aunque eso sea cierto, ¿sabes cuáles son las probabilidades de que alguna vez encuentre la otra mitad de un alienígena primitivo? Hay miles de millones de personas en toda la galaxia. Sería como intentar contar cuántas gotas de agua hay en el océano.

La sonrisa de Colin se ensanchó.

—¿Qué más da? Podrás conocer a esos alienígenas, hablar con ellos y aprender sobre sus culturas. Siempre quisiste conocer especies primitivas. ¿Qué trato más perfecto se puede pedir?

Me dio un vuelco el corazón. Tenía razón. Incluso ahora, mi mente zumbaba con todas las especies con las que me hubiera gustado interactuar directamente o pasar unas semanas entre ellas. A pesar de la emoción que bullía en mi interior, me obligué a contener mi entusiasmo. El plan tenía demasiadas lagunas. Odiaba el fracaso. No me importaba trabajar duro, pero embarcarme en un proyecto condenado al fracaso incluso antes de empezar no figuraba en mi lista de cosas por hacer.

—Está bien —respondí con cautela—. Pero, ¿y si no consigo ningún resultado positivo? ¿Y si nunca coincido con nadie o solo de vez en cuando?

Se encogió de hombros.

—Eso no me preocupa. El resultado llegará lenta, pero inexorablemente. Basta con que te expongas al mayor número posible de personas. Lo que tienes que entender es que la gente acudirá a ti. En todo el universo, el amor es uno de los mayores negocios de cualquier sociedad. Las industrias que prosperan continuamente son las relacionadas con ayudar a la gente a encontrar un compañero de vida. ¿Sabes cuántas agencias de búsqueda de pareja existen en la galaxia conocida?

—¡Toneladas! —exclamé—. ¡Eso es exactamente lo que quiero decir! Cuando la gente piensa en encontrar pareja, ¡no piensa en los Enforcers ni en la OPU!

Colin soltó una risita.

—Por eso no serás empleado oficial de ninguno de los dos. Simplemente tendrás a la OPU como afiliada y principal patrocinadora. La gente está harta de tirar el dinero en agencias que les fallan y de perder el tiempo saliendo con parejas que, desde el principio, tenían prácticamente garantizada la incompatibilidad. Contigo, la pareja perfecta está garantizada. Se pelearán entre ellos por tus servicios.

—¡Suponiendo que consiga encontrarles a su alma gemela! —repetí, desconcertado porque no me entendía.

Me dedicó una sonrisa indulgente.

—Te preocupas demasiado. La gente compra lotería sabiendo que las posibilidades de ganar son mínimas. Pero esa posibilidad existe. Y la recompensa merece la pena. Puedes ofrecerles gratis el premio final.

El último comentario me llamó la atención.

—La OPU te pagará el sueldo y cubrirá todos tus gastos de funcionamiento. La búsqueda de pareja no es más que tu tapadera, con la ventaja añadida de que te permite hacer todo lo que más te gusta, que es proteger a las especies primitivas, alegrar a los demás y rodearte de almas gemelas. Todos salimos ganando.

—Realmente has pensado en esto —dije, atónito.

Al principio, pensé que mi broma sobre convertirme en casamentero había plantado esa semilla en su mente. Pero ahora tenía claro que ya había estado estudiando esa posibilidad.

Me lanzó una mirada misteriosa.

—Nunca actúo por capricho —replicó como si hubiera leído el pensamiento que pasaba fugazmente por mi mente—. He estado sopesando los pros y los contras de ese enfoque desde que emparejaste a Yinric y Ellen.

Retrocedí.

—¿Qué?

—Ellen *nunca* habría considerado a un Raitheano como posible pareja, y tampoco Yinric habría mirado siquiera a una humana con mentalidad romántica. No se debía a ninguna percepción negativa de la otra especie. Simplemente no era algo en lo que pensaran. Ambos asumían que acabarían con alguien de su propia raza.

—Hasta que me metí en sus asuntos —dije divertido.

—Hasta que les ofreciste la felicidad eterna en bandeja de plata —replicó Colin con un brillo casi triunfal en los ojos—. Por mucho que les sorprendiera, no lo cuestionaron porque confían en ti. Kayog, no pareces darte cuenta de lo carismático y simpático que eres. Haces que la gente se sienta segura. La forma en que miras a las personas y les hablas les da la impresión de que acaparan toda tu atención, como si fueran el centro de tu universo durante el breve tiempo que interactúan contigo.

Me removí incómodo en la silla, inseguro de cómo manejar aquellos cumplidos.

—Como he dicho, no te preocupes tanto por las cuotas. Aunque solo consigas uno o dos encuentros al año, cada uno de ellos reforzará tu estatus y credibilidad —dijo Colin con firmeza —. Mientras tanto, podrás visitar todos esos mundos protegidos, hablar con sus gentes, comprender sus dificultades y documentar las formas en que podríamos ayudarles.

Entrecerré los ojos, buscando cualquier señal de engaño.

—¿Maneras de ayudarles o de *explotarles*? —le pregunté.

La expresión más extraña se dibujó en sus rasgos robustos y apuestos.

—¿Me estás haciendo *a mí*, Colin Wilson, esta pregunta? ¿O se la estás haciendo al representante de los Enforcers y de la OPU?

Algo en la forma en que pronunció esas palabras me impactó. En ese instante, me di cuenta de que se estaba quitando la máscara y poniéndolo todo sobre la mesa.

—Ambas —dije en tono serio.

—Como cualquier organización importante, la OPU y los Enforcers siempre querrán cualquier cosa que pueda beneficiar a sus miembros, aumentar su influencia o darles algo que puedan aprovechar más adelante. Estas organizaciones no son santas, pero por debajo de toda la política y el poder, su misión sigue siendo algo con lo que estoy orgulloso de asociarme. Así que sí, les encantaría recibir cualquier chisme jugoso que pueda servir a sus propósitos —dijo Colin con tono objetivo.

—Me parece justo —dije, apreciando su franqueza—. ¿Y qué hay de ti?

—Estoy formando un equipo de personas que, como yo, quieren servir al verdadero propósito de estas dos organizaciones. Aquí has conocido a nuestros médicos y formadores. Incluso con tus habilidades empáticas bloqueadas, puedes ver lo profesionales, dedicados y buenas personas que son. Tú y tu compañera son exactamente el tipo de personalidades que estamos buscando para añadir a nuestras filas. Ambos están altamente cualificados en sus respectivos campos, realmente dedicados a proteger a las personas para las que se crearon nuestras organizaciones y poseen unos valores morales extraordinarios. Aquí no nos importa la política. Nos importa hacer lo correcto por los más vulnerables.

La forma apasionada en que hablaba gritaba una vez más sinceridad. Tampoco pude discutir su descripción del equipo con el que tuve el placer de interactuar aquí. Si el resto del personal bajo su supervisión estaba a la altura de éste, me veía a mí mismo queriendo formar parte de él.

—La Directiva Primaria es pisoteada a cada paso —continuó Colin con el ceño fruncido—. Muchas de estas especies primitivas son acogidas por los que violan las normas o desarrollan resentimiento hacia los alienígenas en general. Tú podrías ayudar a restablecer el equilibrio. En muchos sentidos, actuarías como un embajador informal y ayudarías a establecer relaciones más positivas con esas especies. Contigo llevando la felicidad a sus gentes, con el respaldo de la OPU, puedes ayudar a que nos vean como amigos mientras ellos crecen con sus propios poderes. Es un juego a largo plazo. ¿Y quién mejor que tú para dar recomendaciones sobre cómo podemos ayudar o dar la voz de alarma sobre las amenazas actuales o las normas existentes que deben revisarse?

Decir que me había entusiasmado sería quedarse corto. Pero aun así, tenía innumerables reservas. De todos los caminos que podría haber tomado esta conversación, ni en un millón de años habría esperado este.

—Me has dado mucho que pensar. Pero, ¿un casamentero? —dije, con una vacilación claramente audible en mi voz. Se rió y me miró con una suficiencia que me irritó. En su mente, ya me había conquistado. Y saber que probablemente tenía razón solo hacía que resultara aún más molesto.

—Tómate los próximos dos días para pensarlo y luego elabora un plan para tu agencia de emparejamiento —dijo Colin en tono autoritario.

—¿Dos días? —repetí, confundido por lo que parecía un plazo aleatorio.

—Sí. Mi primogénito nacerá mañana. Mi mujer me despellejará vivo si no estoy allí, y no pienso perderme el nacimiento de mi pequeño Tedrick por nada del mundo. Habla con tu pareja y vuelve a mí con un plan que detalle todo lo que quieres. Desmárcate todo lo que consideres necesario. En estos asuntos, siempre es mejor pedir de más para conseguir lo que quieres que pedir poco y terminar perjudicándote.

Me quedé boquiabierto cuando se puso en pie, me hizo un gesto casi burlón con la cabeza y salió de la habitación con aire despreocupado.

CAPÍTULO 16
LINSEA

Sentada en el sofá, con las piernas dobladas hacia un lado, no podía dejar de reírme de la expresión consternada de mi pobre compañero. Atrapada en mi propio trabajo, había regresado a casa un poco más tarde de lo habitual para encontrarlo paseándose de un lado a otro en la sala de estar, con las emociones a flor de piel.

—En serio, Lin, ¿un casamentero? —repitió por enésima vez—. En los próximos dos años, te convertirás en una embajadora importante de la OPU. ¿Y yo? ¿Te imaginas hablar con algunas de las personas más influyentes de la galaxia y luego presentarles a tu marido casamentero?

—¡Oye! ¡No seas elitista! —dije frunciendo el ceño.

Dejó de pasearse y se volvió para mirarme con expresión ligeramente ofendida.

—No estoy siendo elitista. ¿Pero qué pasa con tu imagen? Ya sabes cómo se pone la gente de estos círculos altos cuando consideran a alguien inferior.

—En primer lugar, yo tampoco soy elitista. Y la gente prejuiciosa puede irse a la mierda —dije en un tono que no admitía discusión—. Da igual la carrera que acabes haciendo. La gente mezquina siempre encontrará algo por lo que intimidar a los demás. Durante mis prácticas, he visto cómo algunos se volvían desagradables por pura maldad. La verdadera pregunta es si esto es algo que te gustaría hacer.

—¿Emparejar almas gemelas mientras te juntas con innumerables especies primitivas bajo estrictas directrices de la Directiva Primaria? Joder, sí, ¡me encantaría! Pero las probabilidades de que consiga emparejar con éxito son casi nulas —dijo, encorvando sus anchos hombros.

—Las probabilidades pueden ser escasas, pero no imposibles —repliqué suavemente antes de tenderle una mano.

Se acercó al sofá y me tomó de la mano, permitiéndome que tirara de él para acercarlo. Kayog se acomodó a mi lado y yo me acurruqué contra él. Creador, nunca me cansaría del maravilloso tacto de su cuerpo contra el mío, de la posesividad con la que me rodeaba con su brazo, y sobre todo de las increíbles emociones que siempre emanaban de él hacia mí. Kayog me adoraba literalmente. Nunca imaginé que alguien pudiera ser tan feliz solo con estar en mi presencia y hacerme sentir pasivamente adorada como él lo hacía.

—No importa cuántos o pocos consigas hacer, cada emparejamiento es una bendición. Al fin y al cabo, no es más que una tapadera muy divertida para tu verdadero objetivo, que es ayudar a definir las directrices de la Directiva Primaria y las políticas intergalácticas relativas a las especies primitivas —le dije en tono tranquilizador.

Hizo un adorable mohín que me hizo reír de nuevo y frotar mi sien contra la suya.

—Pero me gusta sobresalir en todo lo que hago —dijo con voz ligeramente quejumbrosa—. Conformarme con hacer unos pocos partidos no está a mi altura.

—Macho tonto. Deja de preocuparte tanto. No me cabe duda de que, contra todo pronóstico, tú también destacarás en esto.

Gruñó de forma indistinta, todavía con mala cara y poco convencido. Kayog era insoportablemente tierno.

—Sabes —dije, sobria—. Colin está dando un gran salto de fe en ti. La OPU es extremadamente exigente cuando se trata de quién interactúa con especies primitivas. Te han investigado a fondo durante los siete meses que has estado en estasis. Arafin no tiene más que elogios para ti, lo que contribuyó considerablemente a inclinar la balanza.

—Colin dijo lo mismo —reflexionó Kayog en voz alta con el ceño ligeramente fruncido—. Pero me parece un acto de fe demasiado grande. Después de todo, mis emociones mientras me examinan solo revelan una cantidad limitada de información sobre quién soy realmente como persona.

Vacilé, lo que inmediatamente despertó su curiosidad.

—¿Qué pasa?

—Arafin no solo te evaluó durante tus exámenes. La razón por la que habilitaron tu anillo durante el día fue para que él y otros profesionales Temern pudieran evaluarte en diversas circunstancias. Tus emociones durante las simulaciones de batalla fueron de gran interés. Te deleitabas con el poder que ahora ostentas, pero ni una sola vez mostraste tendencias maliciosas o psicopáticas.

La conmoción y la oleada de traición que surgieron en su interior me golpearon con fuerza.

—¿Estuvieron espiando mis emociones todo este tiempo, y tú lo sabías? —exclamó, indignado.

—Sí —respondí con calma y levanté ligeramente la barbilla en señal de desafío—. Pero no fue de forma oficial. Sospeché lo que ocurría en cuanto me dijiste que habían bloqueado tus capacidades empáticas durante el día. Un poco de investigación lo confirmó.

Aunque Kayog no se separó de mí, la forma en que su cuerpo se endureció contra el mío y cómo se aflojó el brazo que me rodeaba me dolió mucho. Nuestros poderes empáticos podían ser tanto una bendición como una maldición.

—¿Por qué no me lo dijiste? —preguntó.

—Porque no era necesario —dije convencida—. De hecho, avisarte habría jugado en tu contra. Los Enforcers estaban probando tus reacciones. La pantalla gigante de la sala es un espejo bidireccional que permite a los demás observar tu entrenamiento y comportamiento. Arafin asistió a algunas de las simulaciones para confirmar que realmente eras un protector. Este es un procedimiento estándar para cualquiera que sea considerado para un puesto de alto rango.

—Pero eso sigue sin explicar por qué no me lo dijiste — insistió.

—Porque tenías que triunfar por méritos propios —dije de forma evidente—. Ya sabía que aprobarías con nota. Sin embargo, decírtelo podría haber empañado tus reacciones. Cuando supieras que te estaban observando, era muy probable que alteraras tus reacciones normales para ajustarte a lo que creías que querían ver. Y ellos también sentirían que no estabas siendo tú mismo. Ahora pueden ver tu verdadero yo, sin ensayar. Y como era de esperar, les encantaste.

Arrugó la cara mientras sopesaba mis palabras, la tensión, afortunadamente, desapareciendo de él.

—Vale —refunfuñó antes de mirarme con inseguridad—. ¿De verdad crees que debería hacerlo?

—Sí —respondí con convicción y sin vacilar—. Sinceramente, destacas en todo lo que haces, y no me cabe duda de que aquí también superarás todas las expectativas. Y lo que es más importante, podrás vivir tu sueño de interactuar con especies primitivas, ayudar a la gente a encontrar la felicidad y, sobre todo, hacerlo bajo tus propias condiciones. Qué más se puede pedir.

Esta vez, sentí que soltaba su última pizca de resistencia. Una parte de mí creía que la mayor parte de su reticencia no provenía de sus argumentos sobre el miedo a no conseguir suficientes partidos. Kayog era un superdotado al que le encantaban los retos. Por algo se había dedicado a las carreras de canoas cuando poseer alas le añadía un increíble nivel de dificultad extra. Y aun así se las arregló para estar entre los mejores atletas de esa disciplina. Su papel de casamentero se tambaleaba. Tenía miedo de no estar a la altura de lo que él creía estúpidamente que era el nivel adecuado para ser la pareja de alguien con mis ambiciones políticas.

A pesar de toda su arrogancia, a mi compañero le faltaba a veces mucha confianza en sí mismo. Todos los días le recordaba lo perfecto e increíble que era para mí.

—Así que ahora tienes que trabajar en tu plan para la agencia de emparejamientos de tus sueños —reflexioné en voz alta—. Es decir, las normas a aplicar, las reglas a seguir una vez emparejadas las personas, qué recursos debe proporcionarte la OPU para que funcione tu negocio, desde el transporte hasta el alojamiento y el marketing.

—Uf —dijo Kayog, con expresión cabizbaja—. Eso va a ser mucho.

Me encogí de hombros y le dediqué una sonrisa burlona.

—No pasa nada. Tienes tiempo. Y me tienes a mí. Revisaré encantada las reglas que se te ocurran e incluso te ayudaré con la lluvia de ideas si quieres.

—Eso sería fantástico —dijo mi compañero, sonriéndome—. ¿De verdad vamos a hacerlo?

—Por supuesto que sí —dije con una sonrisa emocionada.

Kayog resopló, y sus ojos adoptaron una expresión lejana mientras recordaba algo antes de volver a centrarse en mí.

—Mares se partirá de risa cuando se entere —dijo Kayog.

Me eché a reír.

—Desde luego que sí, y con razón.

CAPÍTULO 17
KAYOG

Los dos días siguientes se convirtieron en cuatro semanas de intenso trabajo. Mis másteres en xenobiología y especies primitivas me ayudaron enormemente mientras intentaba definir las reglas de la agencia. El número de casos extremos y escenarios a tener en cuenta era asombroso. Mi compañera incluso reclutó a su Nana Arika para que me ayudara con algunos de los elementos legales a tener en cuenta.

A pesar de que nuestras interacciones se limitaban a videollamadas, Arika me caía realmente bien. Podía ver en ella a mi compañera, una mujer eficiente y sensata que podía ser aterradora si era necesario, pero que, por lo demás, era la persona más dulce, cariñosa y comprensiva que se podía esperar.

Tras aquella primera conversación con Colin, se levantaron todas las restricciones de movimiento que me habían impuesto. Ninguna zona estaba prohibida, podía ir y venir libremente fuera de las instalaciones y ya no me obligaban a usar el anillo, excepto en las contadas ocasiones en que los moratones se hacían patentes. Mi compañera no había exagerado al decir que estaba dando un enorme salto de fe en mí. Y eso me hizo querer demostrarle que había hecho bien en confiar aún más en mí.

Por lo tanto, entre el entrenamiento y el trabajo en el proyecto, pude pasar el tiempo más maravilloso con mi Linsea. Me llevó encantada a todos los lugares con los que soñaba, pero a los que nunca me atrevía a aventurarme porque el resultado habría sido catastrófico. La feria local resultó ser sin duda uno de mis lugares favoritos. Entre las locas atracciones, los juegos de habilidad, los animadores callejeros y la propia multitud diversa, pude disfrutar sin dolor de la más maravillosa sobrecarga sensorial.

A veces temía que mi compañera se molestara o se sintiera desatendida mientras yo asimilaba todo y a todos los que me rodeaban. Era como un adicto que se atiborra tras un largo periodo de abstinencia. Leía las emociones de todas las personas que me rodeaban, me deleitaba con su emoción colectiva o simplemente observaba su comportamiento en un entorno público muy concurrido. Toda mi vida me había visto obligado a moverme rápidamente por esos espacios para ponerme a salvo, sin tener nunca el tiempo ni la posibilidad de apreciar realmente el mundo que me rodeaba y a quienes lo ocupaban.

Pero nunca mostraba impaciencia ni angustia por ello. De hecho, mi Linsea era la que me llevaba a zonas aún más pobladas o a lugares donde la gente que buscaba emociones fuertes podía saciarse de adrenalina. Cuando la interrogaba al respecto, se limitaba a decir que era maravilloso experimentar el mundo a través de mis nuevos ojos. Había empezado a dar por sentadas muchas cosas. A través de mí, estaba redescubriendo la belleza del mundo en que vivíamos y todo lo que podía ofrecerle.

Resulta que a mi compañera también le encantaba bailar y lo hacía bastante bien. Decir que arrasábamos en los clubes locales sería quedarse corto. Como antiguo artista de escenario, puede que tuviera cierta tendencia a presumir. Eso tampoco molestaba a mi compañera. De hecho, su orgullo posesivo cada vez que la gente expresaba admiración por mí me hacía cosquillas en todos los lugares adecuados.

Me encantaba pertenecer a esta hembra en todos los sentidos. Todas las noches hacíamos algo diferente: íbamos al cine, a restaurantes, a centros comerciales e incluso a casinos. Por primera vez, experimenté de verdad lo que era ser normal. Se acabaron los tiempos de buscar escapadas rápidas o refugios seguros. Se acabó llevar la cuenta de cuánta gente entraba en un espacio determinado por miedo a que sus emociones me desbordaran.

Por fin empezaba a vivir.

Para mi disgusto, tres semanas después de mi conversación con Colin, Linsea tuvo que partir a una misión. Sólo duraría una semana, pero la sola idea de separarme de ella aunque solo fuera un día me parecía una eternidad. Por supuesto, resultó ser una buena prueba para nuestras respectivas carreras futuras. Eso no lo hacía menos difícil. Pero al menos nos comunicábamos todos los días. Cada vez, mis dedos se agitaban para atravesar la pantalla y tocar su hermoso rostro. Peor aún, no poder oír el canto de su alma resultó ser la parte más dolorosa de esta separación. Para mi sorpresa, más de una vez me sorprendí tarareándola. No podía sustituir a la de verdad, pero me tranquilizaba.

Puede que diera un poco el espectáculo a su regreso. En primer lugar, llegué demasiado pronto para esperar a que su lanzadera aterrizara en el hangar del centro de investigación. En segundo lugar, me paseé y murmuré impacientemente para mis adentros hasta tal punto que los guardias de seguridad me advirtieron en broma de que me multarían por los costes de reparación de mi desgaste del suelo. Incluso me ofrecieron un banco y agua, cosa que rechacé.

Sí, era patético, pero echaba mucho de menos a mi otra mitad.

Cuando el transbordador entró en el hangar, estuve a punto de ser aplastado en mi carrera hacia él antes de que terminara de aterrizar. Por suerte, Linsea fue la primera en desembarcar. De lo contrario, podría haberme abalanzado sobre los demás pasajeros para llegar hasta ella. No podía decidir entre la justificada necesidad de reprenderme y el impulso de alegrarse de nuestro reencuentro y abrazarme. Le quité esa opción.

La besé como un macho hambriento y luego la abracé tan fuerte y durante tanto tiempo que un listillo preguntó si necesitábamos una palanca para despegarnos. Lo fulminé con la mirada mientras él se alejaba pavoneándose con expresión petulante, y los demás pasajeros se reían a carcajadas mientras salían también del hangar. Me picaba la palma de la mano con ganas de soltarle un pulso cinético estratégicamente colocado en el culo. Un inofensivo plantón en la cara le bajaría los humos un par de veces.

Cuando las garras de mi compañera se clavaron en el punto sensible de la base de mis alas, emití un extraño sonido, a medio camino entre un aullido y un gemido, mientras sacudía la cabeza hacia ella.

—Compórtate, chico travieso —dijo Linsea con severidad, a pesar de la diversión subyacente en su voz—. No hagas daño a gente inocente por llamarte la atención por tu excesivo entusiasmo.

—Comportarme es lo más alejado de mi mente en este momento —gruñí con una voz llena de promesas.

No había querido decir nada con ello, o al menos nada subido de tono en el momento en que pronuncié esas palabras. Simplemente quería decir que, cuando se trataba de mi compañera, no me importaba lo que la gente pensara sobre mi forma de actuar. Durante demasiado tiempo, se me había negado el placer básico de permitirme sentir algo. Ahora tenía la intención de permitirme todo lo posible y vivir al máximo, sin importarme la opinión de los demás.

Sin embargo, la excitación instantánea de mi paloma hizo que la sangre se me agolpara en la entrepierna. Y ahora, definitivamente quería... *portarme mal.*

—¿Ah, sí? —preguntó con voz sensual.

—Desde luego que sí —respondí en un profundo susurro lleno de promesas.

El aumento de su excitación me puso los pelos de punta. Todos los pensamientos sobre la reunión romántica que había planeado se desvanecieron. Fue su turno de gritar cuando la levanté, pecho contra pecho, y empecé a volar hacia la salida. Se rio, aunque la mezcla más encantadora de vergüenza, lujuria y diversión irradiaba de ella mientras me rodeaba la cintura con las piernas.

Aunque los altos techos me permitieron volar con mi hembra por encima de los demás pasajeros hasta la salida del hangar, me vi tristemente obligado a aterrizar para recorrer los largos pasillos de vuelta a los ascensores que llevaban a las plantas residenciales. Eso no me impidió seguir llevando a mi compañera para diversión de la gente que nos veía.

Pero, sinceramente, ya no me importaba una mierda lo que pensaran los demás.

Llevé a Linsea directamente a nuestro dormitorio y pasé las horas siguientes demostrándole lo mucho que la había echado de menos. Por otra parte, ella me correspondió de la manera más traviesa.

Después de una larga ducha, en la que volvieron a pasearse algunas manos, volvimos a la cocina, donde recalenté la comida que le había preparado. Comimos en un ambiente relajado. Como habíamos hablado todos los días, no le quedaba mucho que contarme sobre su viaje. Por lo tanto, rápidamente se metió de lleno en el tema que me había puesto nervioso.

—¿Has terminado tu plan para la agencia? —preguntó entre dos bocados.

Moví las alas y jugueteé con la comida del plato mientras recapacitaba.

—De muchas de las cosas administrativas, como mi oficina, el sitio de información, los viajes y el asistente, se encargará sobre todo el departamento de logística de la OPU. Ya he hablado de muchos de esos aspectos con ellos y con Colin. Lo que principalmente necesitaba ultimar eran las directrices de funcionamiento de la agencia. Y estoy bastante satisfecho con lo que he conseguido. Espera.

Corrí al despacho—que ahora compartíamos—y cogí mi tableta. Linsea me observó acercarme con una emoción que me conmovió profundamente. No comprendía cuánto me daban fuerzas su apoyo y su fe en mí. Con ella a mi lado, nada parecía demasiado desalentador o imposible. A pesar de ello, seguía sintiendo un gran nerviosismo cuando volví a sentarme a su lado.

Aparté el plato, coloqué la tableta entre nosotros y activé la pantalla holográfica para que ambos pudiéramos mirarla cómodamente.

—Aquí he esbozado los puntos principales del plan — expliqué—. Cada uno de estos puntos se describe con más detalle más adelante en el documento, pero esta es la visión general.

Asintió con una sonrisa alentadora. Respiré hondo y fui al grano.

—En primer lugar, quiero centrarme en emparejar a compañeras humanas con los alienígenas primitivos con los que trabajaré.

Justo a tiempo, Linsea se puso rígida y me miró con sorpresa.

—¿Por qué humanas? ¿Y si dos almas gemelas son de especies diferentes? —preguntó.

Yo sonreí.

—No excluiré a otras especies. Si encuentro una coincidencia que no implique a una humana, obviamente emparejaré a esas personas. Pero los humanos son la especie más adaptable de la galaxia. Son compatibles con el mayor número de otras razas, o en general bastante flexibles a la hora de adoptar nuevas culturas, y pueden prosperar en una gran variedad de entornos, si se les dan las herramientas adecuadas. Me resulta más fácil

REGINE ABEL

centrarme en un grupo de candidatos, al menos al principio, y luego ampliarlo.

—Me parece justo —concedió Linsea—. Siempre y cuando los demás también tengan una oportunidad, tu lógica tiene sentido.

Volví a sonreír, aliviado por su reacción.

—El segundo punto es que la pareja debe casarse siguiendo las costumbres de ambas culturas para que sea plenamente vinculante para todas las partes. El Registro Galáctico solo exige un certificado de matrimonio para considerar válida una unión. Sin embargo, algunas especies no reconocerán un contrato forastero, lo que dejaría a la pareja sin protección en ese nuevo mundo si las cosas se tuercen.

—¡Muy buena observación! Estoy impresionada —dijo mi compañera con orgullo.

La miré con cara de vergüenza.

—Lamentablemente, no puedo atribuirme todo el mérito. Hablando con Isobel, le dije que podría acompañarme en las ceremonias de boda de las parejas ocasionales, ya que también le fascinan las especies primitivas. Ella fue la que señaló que podría haber problemas legales con algunos de ellos. Y tu abuela me lo confirmó.

—Pero sigues siendo el que ideó la norma final teniendo en cuenta los comentarios de la gente maravillosa de la que te rodeaste. Eso te convierte en un gestor de proyectos competente en lugar de en un tonto narcisista que cree tener todas las respuestas. Nadie tiene éxito por sí solo cuando se trata de proyectos de esta envergadura. Es bueno que reconozcas el mérito de los demás, pero tampoco te subestimes.

—Tomo nota, mi amor —dije antes de frotar mi pico contra el suyo.

Joder, ¡cómo me gustaba esta hembra!

Antes de que siquiera llegara a leer el tercer punto, la fuerte reacción de Linsea reveló que ya le había echado un vistazo y estaba estupefacta, como yo esperaba que ella y todos los demás lo estarían ante esa petición.

—¡¿Sexo en la primera noche?! —exclamó Linsea, atónita.

Asentí y le sostuve la mirada inquebrantablemente.

—Sí. Lo he pensado detenidamente y he llegado a la firme conclusión de que es el mejor enfoque. Acercará a la pareja mucho más rápido y eliminará una gran cantidad de estrés. Decidir cuándo dar el siguiente paso en una relación siempre es un quebradero de cabeza: no quieres parecer demasiado impaciente, ni demasiado accesible, ni excesivamente distante. Al imponerlo, esa barrera desaparece de inmediato y pueden centrarse en enamorarse, en lugar de andar con cautela alrededor de algo que, en el fondo, es inevitable.

—Entiendo lo que dices —dijo mi compañera con cuidado —. Sin embargo, la situación de cada persona es diferente. Pueden tener traumas u otras circunstancias que podrían hacer de ese requisito una experiencia perjudicial para ellos.

Para su sorpresa, sonreí en señal de acuerdo.

—Así es. Pero esa regla servirá realmente a estas parejas, incluso a aquellas con circunstancias especiales que harían que no fuera buena idea dormir juntos de inmediato —mi sonrisa se amplió ante su expresión de confusión—. No es una norma aplicable hasta el punto de que no vamos a hacer análisis de sangre para asegurarnos de que copularon. Tampoco vamos a poner cámaras ni a espiarles durante su noche de bodas. En realidad, espero que al menos entre el diez y el veinte por ciento de las parejas no sigan esa norma.

—Entonces, ¿para qué instaurarla, para empezar? —preguntó Linsea, desconcertada.

—Porque forzará esa conversación incómoda y la sacará del camino inmediatamente. A su vez, ayudará a crear confianza entre ellos y demostrará el respeto que se tienen mutuamente. Estas personas serán almas gemelas. Sean cuales sean las circunstancias que les lleven a estar emparejados, querrán proteger a su pareja de forma natural. Y si eso significa esperar un poco más hasta que estén preparados para ello, se habrá hablado y acordado.

—Es una forma interesante de verlo —dijo mi compañera, asintiendo lentamente—. Me imagino a mí misma estresada por no saber cómo abordar el tema si me encontrara en una situación así. Serían unos primeros días muy tensos si tuviéramos que darle vueltas al asunto. Dicho esto, sigo teniendo curiosidad por ver cómo funciona. Pero puedo entender el concepto.

Sonreí y le acaricié la mejilla. Ella se inclinó hacia mí, lo que hizo que me derritiera por dentro. Era tan condenadamente perfecta. Aparté la mirada de su belleza y volví a mirar la pantalla holográfica que proyectaba mi tableta.

—El siguiente punto será que la OPU me conceda un presupuesto discrecional para todas las parejas emparejadas —continué—. El traslado a planetas primitivos podría ser bastante caro. No quiero que esto sea un obstáculo. De acuerdo, he añadido algunas disposiciones para que la gente no abuse sin más, pero como verdaderas almas gemelas, no me preocupa demasiado que los candidatos intenten utilizar esto como medio para conseguir un viaje gratis a un lugar exótico.

—Otro buen punto. Es probable que intenten ponerte límites en cuanto a las cantidades que aceptarán. Pero mientras haya justificaciones razonables, no debería ser demasiado problema.

—El traslado es lo último de lo que se quejarán. Son los regalos de inicio que quiero que se incluyan lo que probablemente les pondrá nerviosos —dije en tono pícaro.

—¿Regalo de inicio? Me intriga.

—Con toda probabilidad, la compañera humana será la que se traslade al planeta del alienígena primitivo. Lo contrario no beneficiaría a la OPU, cuyo objetivo es crear lazos más fuertes con esas especies, lo que solo puede ocurrir si tenemos presencia física en su mundo natal. Pero son primitivos, lo que significa que probablemente carecerán de ciertas cosas esenciales para el

CASADA CON KAYOG

bienestar de un humano. Por ejemplo, atención médica, equipamiento básico adecuado para ayudarles a sobrevivir en entornos potencialmente más duros, y otras cosas por el estilo.

—Otro punto excelente. Sin embargo, ¿por qué tengo la sensación de que hay algo más que no estás diciendo? —preguntó, con un brillo sospechoso en sus hermosos ojos azules.

Me reí entre dientes, impresionado por su intuición.

—Porque lo hay. No quiero encajonarme tanto que no tenga margen de maniobra. Basándome en mis estudios sobre las especies primitivas y en las innumerables violaciones de la Directiva Primaria, puedo imaginarme escenarios en los que un regalo de boda, aunque yo los etiqueto como dotes, podría ayudar indirectamente a reparar parte del daño causado a esa especie. Hay muchas formas de ayudar a alguien sin cruzar la línea.

—Sabes, tal vez deberías ser tú el que se convirtiera en embajador —dijo Linsea, solo medio en broma.

—Técnicamente, eso es lo que Colin dijo que sería, pero haciéndolo de incógnito —respondí con una sonrisa—. En realidad, el siguiente punto sería añadir un periodo de prueba. No es solo para tranquilizar a cada miembro de la pareja, especialmente al que se traslada, de que no se quedará atrapado en un matrimonio sin amor o abusivo, suponiendo que yo hubiera cometido un error. Obviamente, no lo haré. Pero a la gente siempre le gusta saber que hay una salida si es necesario.

—Obviamente, no lo harás —repitió burlona, mientras me sacudía la cabeza como si yo fuera un caso perdido.

—Así es —respondí con suficiencia—. Dicho esto, el período de prueba también me concederá tiempo adicional para ver si es necesario aumentar o modificar esa dote para atender las necesidades específicas de esa pareja o especie.

—Vaya, realmente estás pensando en esto casi más en términos de ayudar a las especies primitivas —dijo Linsea, sorprendida.

—Este proyecto me está dando el poder de hacer todo lo que

pensé que nunca podría. No podré reescribir la historia ni evitar guerras. Pero podré mitigar los daños, evitar que algunos lleguen a producirse o reparar lo que se ha hecho —dije en tono serio.

—Estoy impaciente por ver lo que harás con esta agencia. Sabía que serías increíble, pero estoy empezando a pensar que dejarás a todos boquiabiertos con lo que realmente lograrás — dijo Linsea con asombro.

—Esperemos que tu predicción sea acertada. Lo único contra lo que temo que se oponga la OPU es contra el hecho de que quiero mantener estos beneficios exclusivamente para emparejamientos que impliquen a una especie primitiva. Si emparejo a una pareja en la que ambos pertenecen a una especie avanzada, la reubicación y todo lo demás correrá por su cuenta.

—¿Por qué? Si la OPU financia esto, ¿por qué privar a algunas parejas de esos beneficios?

—Porque quiero ahorrar tantos recursos como sea posible para que la OPU proporcione incentivos y beneficios a las personas dispuestas a aparearse con alienígenas primitivos. Los miembros de las especies avanzadas tendrán los medios para juntarse o tendrán acceso a programas para personas con pocos recursos que les ayuden a conseguir sus objetivos. Tampoco quiero que la AP se convierta en una agencia de emparejamiento para la élite. Las personas que acudan a mí sabrán desde el principio que serán emparejadas con alguien de un planeta en desarrollo.

—Estoy de acuerdo. Pero has dicho dos veces AP. ¿Es ése el nombre de tu agencia?

Se me calentó la cara y asentí con expresión avergonzada.

—Sí. Después de reflexionar mucho, decidí llamarla Agencia Primaria. Es un poco precipitado, pero emparejaré a personas con compañeros según la Directiva Primaria.

—Me parece estupendo —dijo Linsea con auténtico entusiasmo—. Vas a tener una locura de gente llamando a tu puerta.

—Lo espero y lo temo a la vez —dije con una risa nerviosa

—. Al principio, haré que la gente presente su solicitud por Internet, pero con la condición de que sea necesaria una reunión en persona para que pueda escuchar el canto de sus almas.

—Hmmm, estoy de acuerdo con la solicitud online para que la gente reserve su plaza. Pero creo que debería hacerse con un enfoque más justo. Tú anuncias que estarás en un lugar concreto, en una fecha determinada, entre una franja horaria definida. La gente puede reservar un hueco para encontrarse contigo.

—Eso funcionaría eventualmente. Pero no creo que al principio haya gente suficiente para soportarlo —dije en tono indulgente.

Linsea se rio y sacudió la cabeza como si yo no tuviera ni idea.

—Cariño, no tienes ni idea de la máquina de marketing que la OPU y los Enforcers van a desatar en tu favor. No te puedes ni imaginar lo que van a invertir en tu éxito. La forma más eficaz que se me ocurre para ti será ir por regiones. Igual que en una gira musical, anuncias qué región vas a recorrer y las fechas, y la gente reservará sus asientos para verte.

—Pero entonces, ¿qué significará eso para ti y para mí? —pregunté, con el pecho oprimido ante la idea de pasar largos periodos separados de ella.

—Tendremos que coordinar nuestras misiones para que tengan lugar en la misma zona. Tendré menos flexibilidad en ese aspecto, ya que cualquier conflicto que se produzca dictará dónde tengo que ir. Pero tú serás tu propio jefe.

—Entonces me aseguraré de *recorrer* la zona en la que estás —dije, aliviado—. Dicho esto, tengo que asegurarme de que la OPU y los Enforcers no van a intentar dictar los emparejamientos que se me ocurran. Sólo emparejaré a almas gemelas de verdad.

Mi corazón se hundió cuando Linsea puso una expresión neutral en su rostro. Que ella también tratara de bloquear parte de sus emociones me caló hondo. Ahora que ya no llevaba el anillo, había recuperado todos mis poderes empáticos, menos el caos que solía volverme loco. Nadie podía impedirme leer sus emociones si así lo deseaba.

—No te cierres a mí —dije, el dolor se sentía audible en mi voz.

La oleada de culpa que surgió en su interior me golpeó.

—Lo siento —dijo Linsea con sinceridad—. No fue intencional, solo un reflejo profesional cuando se trata de asuntos delicados.

—¿Por qué el hecho de que no quiera hacer falsos emparejamientos es un asunto delicado? —pregunté, con la espalda rígida por la tensión.

—Por razones políticas, podrían pedirte que ayudaras a facilitar...

—No quiero emparejar a gente que no está hecha el uno para el otro —dije enérgicamente, interrumpiéndola—. ¿Por qué iba a condenarles a una posible vida de miseria? Sería un grave abuso de mi don.

Me acarició la mejilla de forma apaciguadora mientras me dedicaba una sonrisa comprensiva.

—Comprendo muy bien cómo te sientes. Sin embargo, tu ayuda en este asunto podría evitar a la pareja esa misma vida de miseria. Los matrimonios concertados entre familias adineradas, nobles y líderes políticos siempre han existido y seguirán existiendo. Podrías ayudar a elegir a la pareja más compatible o más próxima de entre un grupo muy estricto de candidatos. No serían almas gemelas, pero serían la mejor opción.

Fruncí el ceño y estudié sus facciones mientras la sospecha florecía en mi interior.

—Eso suena bastante específico —desafié.

—Porque lo es —respondió Linsea de manera impenitente—. Tengo que partir de nuevo en una misión dentro de tres semanas. Un ejecutivo muy influyente quiere aliarse con una empresa rival

casando a su hija. Tenemos serias dudas sobre ese emparejamiento. Si me acompañas, quizá puedas evaluar la amenaza.
Aquello me dejó sin habla. En ese instante, me di cuenta de
que las cosas nunca serían como las había imaginado. Mi deseo
visceral de negarme a involucrarme fue inmediatamente aplastado por mi instinto protector. Ni siquiera conocía a la hija en
cuestión, pero siempre he tenido problemas con la idea de
utilizar a un hijo como un activo o un objeto de comercio, ignorando sus propios deseos y aspiraciones.

Viajar con mi compañera y estar a su lado mientras hacía
magia era una oportunidad demasiado buena para dejarla pasar.

—Bien. Evaluaré a los candidatos, pero no me comprometeré
a ningún emparejamiento. Dejaré ese lío al resto de ustedes —
murmuré.

Linsea soltó una risita y se levantó de su silla para acomo-
darse en mi regazo.

—Sabes algo, eres realmente sexy cuando estás malhumorado —dijo mi compañera burlonamente.

—Siempre soy sexy, y punto —dije en tono altanero.

Ella resopló y frotó su pico contra el mío.

—Sexy, y todo mío.

—Todo tuyo, ahora y siempre.

CAPÍTULO 18
KAYOG

La presentación de mi plan a Colin resultó sorprendentemente sencilla. Estábamos sentados en la sala de entrenamiento, en la misma mesa de trabajo junto a la pantalla gigante que habíamos usado en nuestro primer encuentro tras mi despertar. No puso ninguna de las objeciones que yo esperaba, aunque sí cuestionó en profundidad algunas partes del plan, en especial las relacionadas con las dotes. Sin embargo, no lo hizo de forma desafiante, sino con la intención de comprender mejor mis objetivos y motivaciones. Para mi sorpresa, aprobó sin reservas mi decisión de excluir a las especies avanzadas del acceso a los mismos beneficios que concedería a los emparejamientos en los que participara al menos un alienígena primitivo.

—Esto es excelente —dijo Colin con aprobación—. Tu historial y tu perfil psicológico decían que eras perfeccionista. Me complace ver hasta qué punto has dado un paso al frente y te lo has tomado en serio. Aunque los superiores se opondrán a algunas de tus peticiones, son razonables. Además, me has dado suficientes argumentos para que se callen.

—Gracias —dije, incapaz de ocultar mi creciente entusiasmo por este proyecto.

—Mientras lo ponemos todo en marcha, te recomiendo encarecidamente que socialices todo lo posible. Tienes que cultivar una imagen de estrella del rock erudita, pero centrada en la búsqueda de pareja. La gente tiene que verte como el dios de la búsqueda de pareja. De la misma manera que el público se abanicaba cuando actuabas con Ecos de Locura, y cómo se encaprichaban en silencio cada vez que te veían pasar, necesitamos que la población en general reaccione de manera similar cuando se trata de encontrar el amor.

—¿Cómo se supone exactamente que voy a hacer eso? —pregunté vacilante.

—Sé arrogante —le contestó Colin—. Sé arrogante y asertivo sobre tu certeza de que tu talento nunca se equivoca, pero no de forma odiosa. Si tienes un sentido del humor agradable, déjalo traslucir. Nuestro equipo de marketing se encargará del resto. Sólo necesitamos que se muestre encantador. Los que se beneficien de tus servicios se sentirán como en un club exclusivo.

—No quiero ser exclusivo —argumenté frunciendo el ceño.

—No lo serás —respondió Colin con una sonrisa indulgente—. La gente simplemente debe sentir que es así. Pero date cuenta de que te inundarán con muchas más peticiones de las que puedas imaginar. Sé que no te lo crees. Y me gusta ese lado humilde que tienes. Nunca lo pierdas, pero sigue siendo engreído.

Me reí entre dientes.

—Eso no es contradictorio en absoluto.

—En absoluto —dijo bromeando antes de volver a adoptar una expresión seria—. Tu compañera tiene una serie de eventos importantes en los que participará en las próximas semanas. Queremos que la acompañes y que establezcas tantos contactos y relaciones como puedas. Muchas de estas personas serán elitistas. No dejes que te desestabilicen sus maneras de ser. En comparación, la mitad de ellos ni siquiera podrían presumir de un tercio de tu pedigrí. Demuéstrales por qué puedes ser una fuerza a tener en cuenta y un gran aliado a tener de su lado.

—¿Y cómo se supone exactamente que voy a hacer eso? —pregunté, desconcertado.

—Aunque eso lo tienes que averiguar tú, te diré que tienes amplios conocimientos sobre muchas de las especies con las que te vas a encontrar. Aprovéchalo, sobre todo de forma que pueda beneficiarles.

Me removí incómodo en mi asiento, empezando a sentirme un poco fuera de lugar. A pesar de no poseer ninguna capacidad empática, Colin parecía adivinar de inmediato qué pensamientos pasaban por mi mente.

—Relájate, Kayog. Nadie espera que hagas un milagro en tus primeras salidas. Se trata simplemente de forjar relaciones y dar a conocer tu nombre. No te preocupes. Estaremos aquí para apoyarte en cada paso del camino. Si tienes dudas, pregunta. Si necesitas más recursos, pregunta. Si no estás seguro de lo que puedes o no puedes hacer....

—Déjame adivinar... Pregunta —dije burlonamente.

Sus ojos grises brillaron con picardía.

—En realidad, iba a decir que siguieras tu instinto y tu buen juicio. Y si sigues teniendo dudas, pregunta.

Me eché a reír. Aquel humano me estaba gustando mucho.

Seguimos repasando detalles más prácticos, como mi sueldo, mi cuenta de gastos, mi horario y otras molestas formalidades. Luego me dirigí a nuestro apartamento, con el estómago revuelto por los nervios.

Los padres y la abuela de Linsea habían llegado hacía una hora, tres horas antes de lo previsto. Tenía la intención de estar allí para recibirlos en el hangar de la nave, pero terminé atascado en medio de una sesión de entrenamiento. Como Colin salía de misión por la mañana, no podíamos posponerlo.

Decir que estaba hecho un manojo de nervios sería el eufemismo del milenio. Los sentí mucho antes de llegar a la puerta. A medida que me acercaba, luchaba contra el impulso de apagar mis emociones. No me resultó difícil bloquearlas por completo. Aunque eso me haría sentir mucho más cómodo, parecería que estaba siendo engañoso, desconfiado y bastante grosero.

Obviamente, nadie esperaría que uno de nosotros se abriera de par en par a que otros saquearan nuestros sentimientos. Sin embargo, era una muestra de cortesía—y de buena voluntad y ausencia de malas intenciones—permitir que los demás accedieran a nuestras emociones superficiales. Teniendo en cuenta que ellos sabían perfectamente que yo podía leerlos a pesar del muro psíquico que pudieran levantar, cerrarme a ellos sería aún más irrespetuoso.

Me recordé a mí mismo que, aunque no me conocían, los padres y la abuela de Linsea aprovecharon toda su influencia y pidieron todos los favores posibles para ayudar a protegerme. Aunque no hubiera sido por mí personalmente, su deseo de hacer feliz a su hija desempeñaba un papel muy importante en que yo estuviera aquí hoy. Querían que yo fuera el hombre adecuado para ella.

Mi mano tembló ligeramente al abrir la puerta principal. No se habían dado cuenta de que me acercaba hasta ese momento. Me invadió una mezcla de alivio y nerviosismo exacerbado cuando sus emociones relajadas se transformaron de repente en excitación, impaciencia y un sorprendente nivel de nerviosismo. Me sorprendió darme cuenta en ese instante de que ellos también esperaban causar una buena primera impresión.

—¡Ahí está! —exclamó Linsea en cuanto entré en el apartamento.

El orgullo y la alegría de sus ojos me destrozaron. No entendía cómo una mujer tan perfecta podía preocuparse tanto por mí. Se acercó a mí y me rodeó la cintura con los brazos antes de levantar la cara hacia la mía para recibir mi beso. Una voz tonta en el fondo de mi cabeza quería que fuera cohibido y apartarme para que sus padres no se sintieran ofendidos por esta muestra de afecto. Pero la aplasté.

Amaba a mi compañera. Dejar aflorar mis sentimientos naturales hacia ella sería la mejor prueba para sus padres de mi devoción por mi palomita. Como era nuestra costumbre, nos abrazamos, Linsea aplanó sus alas contra su espalda para que yo pudiera cerrar las mías alrededor de los dos. Me encantaba cómo respondía a aquel gesto. Cada vez que lo hacía, ella emitía en voz alta una sensación de seguridad, bienestar y pertenencia. Me hacía sentir el mayor protector del universo.

Me arrulló la cara en el pliegue del cuello antes de darme un pequeño pellizco como a mí me gustaba. Luego, con mucha reticencia, se separó de mí. Acaricié su mejilla con infinita ternura antes de mirar a las tres personas que se encontraban al final del corto pasillo que separaba la entrada de la sala de estar.

Mis ojos se fijaron inmediatamente en su Nana Arika. Era magnífica y majestuosa. Un aura de autoridad, confianza y fuerza irradiaba de la mujer mayor. A simple vista, parecía tener más de ochenta años. Dado que nuestro pueblo tiene una esperanza de vida media de ciento cincuenta años, la mayoría de las demás especies la considerarían en la flor de la vida. Era el reflejo opuesto de mi alma gemela, con plumas completamente negras y manchas blancas en el pecho, pero con los mismos ojos azules. Nos observaba con una aprobación que me hacía gracia.

Sus padres nos miraban con la misma calidez. Su madre, Karis, tenía plumas gris plateado con toques negros y unos ojos verdes preciosos. Era sorprendentemente menuda en comparación con su hija. Por su parte, el padre de mi compañera se había parecido mucho a su madre Arika, con todas las plumas negras y los ojos azules a juego. Sin embargo, no tenía las motas blancas en el pecho ni en las alas.

—Kayog, por favor conoce a mis padres. Mi madre Karis, y

mi padre Randel. Ya has conocido a mi Nana Arika durante las videollamadas —dijo Linsea con voz llena de emoción mientras señalaba a cada uno de ellos por turno—. Mamá, papá, Nana, les presento a mi Kayog.

La posesividad y el orgullo con que me presentó me pusieron seriamente patas arriba. Por la forma en que aumentaron su aprobación, percibieron claramente cómo me afectaban sus palabras.

—Hola, Hijo —dijo Karis con voz dulce, mientras se acercaba a mí—. Mi Linny no ha tenido más que elogios para ti. Bienvenido a la familia.

Se me hizo un nudo en la garganta cuando me estrechó entre sus brazos para darme el abrazo maternal más dulce. Teniendo en cuenta su baja estatura, me sentí extraño al adoptar el papel sumiso en aquel abrazo, en el que yo aplané mis alas para que ella pudiera doblar las suyas a mi alrededor. Fue breve, pero inolvidable. Se apartó para que su marido pudiera saludarme. Para mi sorpresa, él también me abrazó con sus alas. Éramos de estatura comparable, pero él tenía la constitución más esbelta y delgada de nuestra gente, mientras que mi obsesión por el deporte y el entrenamiento me había dado una estructura más musculosa.

Me soltó solo para sujetarme los hombros con ambas manos, con sus ojos azules clavados en los míos.

—Hasta ti, creía que nadie encontraría la gracia en sus ojos. Pero por ti, mi nena estaba dispuesta a enfrentarse a la mismísima OPU e ir a la guerra con los Enforcers. Debes de ser un hombre increíble.

—Es Linsea la que es increíble —dije, aliviado de que no me temblara la voz—. Ella me salvó la vida cuando me había rendido y me bendijo con una vida que jamás creí posible. Linsea es mi ángel —añadí, mirando a mi compañera que estaba a mi lado.

Ella se derritió contra mi costado. Su padre soltó mis

hombros, y yo coloqué un brazo posesivo alrededor de mi hembra.

—No dejes que esa cara bonita y ese comportamiento dulce te engañen, Hijo —intervino Arika en tono burlón mientras se acercaba a mí—. Es una dragona con las garras más letales cuando se enfada.

Karis resopló.

—Tú sabrías un par de cosas sobre eso, ya que ha heredado esos rasgos de ti.

—¡Es un hecho! —dijo Randel con una risita, mirando a su madre con expresión traviesa mientras Linsea soltaba una risita.

Arika agitó una mano desdeñosa.

—Le he pasado a mi nieta lo mejor que esta familia tiene para ofrecer. Todos pueden agradecérmelo más tarde.

Arika apartó sin miramientos a Linsea de mí para poder darme también un abrazo maternal.

—Bienvenida a la familia, Kayog —dijo, haciéndose eco de las palabras de su nuera—. Y gracias por ser tan increíblemente *rudo*, como les gusta decir a los humanos. En la OPU se habla mucho del semidiós cinético de mi familia.

—Y también los Enforcers —se rio Randel—. La gente me mira asombrada, como si yo tuviera algún mérito en este asunto.

—Lo tuviste —dije, divertido—. Ayudaste a mantenerme con vida.

—¡Vaya, tienes razón! Ahora sí que voy a presumir —exclamó Randel con juguetona excitación.

Todos nos reímos y luego pasamos a la sala de estar para compartir bebidas y conversación. Naturalmente, la familia de Linsea disfrutó mucho avergonzándola con divertidas anécdotas sobre su juventud. Pero también compartieron un montón de historias fascinantes sobre su trabajo en la OPU y los Enforcers, y me dieron un tesoro de consejos para mi futuro en la organización. Aunque nunca se entrometieron, yo correspondí a su franqueza con anécdotas sobre mi propia juventud, tanto agradables como desafiantes.

Cuando la velada llegó a su fin, ya había experimentado lo que se siente al pertenecer de verdad a una familia. Otro regalo inconmensurable de mi amada...

CAPÍTULO 19
LINSEA

Me sentía eufórica al ver a mi familia abrazar a Kayog con tanta calidez. Aunque confiaba en que congeniarían, una leve aprensión seguía rondándome ante la posibilidad de que algo saliera mal. No sabía si reírme o poner los ojos en blanco cuando mi madre no dejaba de comentar lo guapo y dulce que era. Incluso mi abuela negaba con la cabeza, divertida.

Teniendo en cuenta lo quisquillosa que siempre había sido con mis posibles parejas, su entusiasmo tenía sentido. Hacía tiempo que Mamá temía que me quedara soltera para siempre. Eso siempre me pareció una tontería, ya que solo tenía veintiséis años. Pero no importaba. Había encontrado al amor de mi vida.

Verle enzarzado en una animada conversación con mi padre sobre algunos de los casos que había litigado en nombre de los Enforcers me produjo una sensación cálida y confusa. Una vez que mi padre se ponía a hablar de leyes, era difícil conseguir que dejara de hacerlo. Por supuesto, sus historias sobre algunas de las violaciones de la Directiva Primaria con las que se encontraba eran fascinantes. Muchas veces tenía que ser creativo para encontrar soluciones que permitieran a los Enforcers intervenir localmente a pesar de las estrictas normas que prohibían el acceso al planeta. Siempre resultaba delicado que, para atrapar a los intrusos, tuvieras que infringir la misma ley por la que intentabas detenerlos.

Dejé que mi madre charlara con mi abuela mientras me acercaba a mi compañero para ver si necesitaba que lo rescataran de mi verborreico padre. Rasqué suavemente las plumas de la nuca de Kayog, que me rodeó con un brazo posesivo mientras me apoyaba en él.

—¿Cómo están ustedes dos? —le pregunté—. Espero que Papá no te esté volviendo loco.

Mi padre resopló y me lanzó una mirada juguetonamente indignada.

—No, claro que no —dijo Kayog, divertido—. Sus historias son realmente apasionantes y bastante educativas.

—¡Oh, oh! Has caído en su trampa. Puede que no haya forma de salvarte —dije con una expresión cabizbaja demasiado dramática.

Mi padre resopló.

—No soy yo quien debería tenderle una trampa. La pregunta es más bien cuándo vas a ponerle los grilletes oficialmente.

Me quedé boquiabierta y un silencio ensordecedor se apoderó de la habitación.

—¡Papá! —exclamé—. ¡Esa no es una pregunta adecuada!

—¿Por qué no? —replicó, con cara de auténtica sorpresa—. Más allá del hecho de que Kayog puede ver cuando dos personas son almas gemelas, lo que él afirmó que son, cualquier persona con ojos puede ver lo perfectos que son el uno para el otro.

Me removí incómoda y le lancé una mirada nerviosa a Kayog. Lo único que evitaba que entrara en pánico eran las emociones pacíficas y divertidas que irradiaba.

—Sea como fuere, no debería sentirse presionado para sentar la cabeza conmigo —murmuré.

Kayog me estrechó la cintura y me atrajo hacia su regazo.

—Eso es algo en lo que nadie tendrá que presionarme jamás.

Eres mi corazón y mi alma. Me casaría contigo en este mismo instante si estuvieras preparada. Nunca habrá otra para mí. Sin embargo, el día en que nos comprometamos oficialmente el uno con el otro será en el plazo que *te* resulte más cómodo. Que sea dentro de una semana, de un mes o de una década me da igual, siempre y cuando estés en mi vida —me dijo con dulzura.

Con cada una de estas palabras, me derretía un poco más contra él.

—Tampoco puede haber otro para mí —dije, rodeando su cuello con mis brazos—. Estaré lista cuando tú lo estés.

—Pues ya está aquí la familia —chistó Mamá con entusiasmo.

Una parte de mí quería decirles a mis padres que se retiraran, pero otra estaba demasiado ocupada disfrutando del amor de mi compañero. La expresión esperanzada de Kayog me hizo sentir algo extraño.

—Tienes razón —dije pensativo—. Sin embargo, Tala amenaza constantemente con desplumarme. Si se entera de que me he casado sin su presencia, se pondrá como una fiera conmigo.

Toda mi familia estalló en carcajadas, junto con Kayog, que asintió con un brillo travieso en los ojos.

—Oye, eso te ahorraría el largo y desagradable proceso de tu próxima muda. Pero dudo que sea un look apropiado para tu próxima misión —dijo bromeando.

—Definitivamente no es apropiado para la moda —respondí con una expresión demasiado dramática antes de recuperar la sobriedad—. Tala y Mares no están muy lejos. Podríamos traerlos una noche.

Kayog asintió.

—También me encantaría que asistiera Isobel.

—Entonces hagámoslo realidad —dijo Nana Arika en tono imperioso.

Y así de rápido hicimos los preparativos, y nuestros amigos

estaban encantados con la inesperada invitación. Como las bodas Temern son siempre un acontecimiento pequeño e íntimo, solo tuvimos que organizar el transporte, el alojamiento y un sencillo bufé para el reducido grupo de asistentes. Normalmente, solo estaban presentes los padres, los abuelos y los hermanos, aunque ocasionalmente se incluía a otros parientes muy cercanos o a amigos muy queridos. Aun así, en la ceremonia rara vez participaban más de ocho o diez personas, la pareja incluida.

Tradicionalmente, la boda se celebraba en el jardín o el patio trasero del domicilio conyugal. Como aún vivíamos temporalmente en el apartamento anexo al centro de investigación de la OPU, solo disponíamos de un balcón. Y el patio común no nos parecía apropiado para el evento.

Gracias a su magia, Isobel consiguió que nos permitieran utilizar el impresionante jardín del santuario religioso anexo al refugio de refugiados en el que trabajó como voluntaria durante el tiempo que Kayog permaneció en estasis. No tenía nada que envidiar a los jardines botánicos más elegantes, con exquisitos arreglos florales en tonos pastel. Según nuestras costumbres, celebramos la ceremonia justo al anochecer. Como muchas de las flores exóticas brillaban de forma natural en la oscuridad, bañaron el jardín con un halo de ensueño de colores suaves. Piedras incandescentes estratégicamente colocadas marcaban los caminos y proporcionaban luz adicional a través de las diversas estatuas y esculturas en las que se habían incrustado a la perfección.

Isobel nos condujo a la zona abierta frente a una enorme fuente de intrincada escultura que sobresalía del muro del extremo oriental del jardín. Alrededor de los bordes de la pila ovalada que recibía el agua de la fuente, podían verse símbolos religiosos representativos de múltiples credos iluminados desde dentro.

Kayog y yo estábamos frente a frente, tomados de la mano. Isobel presidió la ceremonia, un honor normalmente reservado a la matriarca de más edad en el linaje de la pareja, que habría sido mi abuela mayor o la suya. Como Kayog no conocía a su familia, automáticamente le correspondió a la mía. Como mi abuela materna falleció hace unos años, debería haber sido Nana Arika. Pero ella cedió amablemente el honor a Isobel. En más de un sentido, la sacerdotisa ayudó a mantener vivo a mi compañero todos esos años antes de que yo llegara a su vida. Ya no era simplemente su mejor amiga, era mi hermana, y un apreciado miembro de nuestra familia.

Mis padres, Tala, Mares y Nana Arika estaban de pie formando un círculo a nuestro alrededor. Se dejó un espacio más amplio entre Papá y Mamá para que Isobel se uniera a ellos. Una vez terminada la primera parte de la ceremonia, ella cerraba el círculo mientras todos se tomaban de la mano, mis amigos intercalados entre un miembro de mi familia.

—Estamos aquí reunidos para ser testigos de la unión de dos almas, de dos personas maravillosas que han superado retos increíbles y han salido de ellos más fuertes y unidas que nunca. Es para mí un tremendo honor presidir la unión de mi queridísimo hermano y mi amada hermana.

Ambos miramos a Isobel, el mismo amor que yo sentía por la sacerdotisa humana emanaba de mi compañero. A diferencia de muchas religiones humanas, las parejas Temern no intercambiaban votos ni seguían rituales complejos. Todo lo que había que decir se comunicaba a través de nuestras habilidades empáticas. Esa conexión se haría aún más fuerte—y de hecho irrompible—una vez que completáramos el vínculo.

Aun así, Kayog y yo decidimos intercambiar unas palabras. Ella nos indicó con la cabeza que prosiguiéramos.

—Kayog, entraste en mi vida como un torbellino. No buscaba amor ni pareja. Pero en cuanto te vi, lo supe. Tontamente intenté resistirme, pero hay cosas que no se pueden negar. El destino nos unió. Te elegí entonces, ahora y siempre. Por ti, lucharé contra los mismos dioses, si es necesario. Nadie me ha dado nunca tanta felicidad ni me ha hecho sentir tan completa como tú. Me haces reír y redescubrir las maravillas de nuestros mundos con nuevos ojos. En me siento segura, respetada, incluso adorada. Cada momento a tu lado es una bendición. Juro amarte hasta mi último aliento. Nos depare lo que nos depare el futuro, ya sea la tormenta o un cielo azul despejado, nada podrá separarnos jamás. Eres mi corazón y mi alma. Y yo soy tuya para siempre —le dije, con la voz entrecortada por la emoción.

La adoración que se reflejaba en sus ojos y que irradiaba de él me destrozó. Sus manos se estrecharon en torno a las mías.

—En mi hora más oscura, derramaste una luz divina que me guio hacia el tipo de paz, alegría y felicidad que ni siquiera imaginaba posible. Luchaste por mí, me protegiste y me amaste cuando estaba destrozado. Me diste una nueva oportunidad en la vida, una familia maravillosa a la que pertenecer y un futuro que no puedo esperar a explorar contigo, independientemente de sus altibajos. Prometo ser tu compañero, tu mejor amigo y tu más leal apoyo. Prometo apreciarte y honrarte, amarte incondicionalmente sean cuales sean los retos que se presenten, y ser tu refugio seguro, al igual que tú eres el mío. Mi corazón, mi cuerpo, mi alma, todo lo que soy es y será siempre tuyo. Te amo, Linsea.

Mis ojos se llenaron de lágrimas. Mis párpados se agitaron en un intento de contenerlas. Nuestras miradas se cruzaron y dejé que me atrajera contra su cuerpo firme. Nos soltamos las manos para que pudiera sujetarme la cintura. Justo cuando apoyaba las palmas en su pecho musculoso, un brillo travieso brilló en sus hermosos ojos plateados.

—Y te prometo que siempre te dejaré la última galleta de cereal, aunque me apetezca mucho —dijo Kayog en tono inexpresivo.

Me quedé boquiabierta antes de estallar en carcajadas con el resto de mi familia. Isobel resopló y luego se rio mientras negaba con la cabeza ante mi compañero. Debería haberle dado una patada en el trasero, pero lo único que quería era abrazarlo y besarlo. Creador, era tan perfecto.

Y ahora quería una galleta de cereales...

Le di un golpecito juguetón en el pecho y él me abrazó con más fuerza, con un rostro que irradiaba amor y diversión. Frotó su mejilla contra la mía y sentí que me derretía por dentro. Kayog aflojó el abrazo y me miró, con el pico alineado con el mío.

El estómago se me revolvió de emoción y expectación ante lo que vendría después. Isobel sostenía un horac entre nuestros picos. Era una fruta especial, con el mismo tamaño y exterior rugoso que un lichi, pero con la suave piel de un melocotón. Su interior parecía una manzana estrellada blanca, aparte del néctar blanco cremoso del centro que brillaba. El horac poseía propiedades psicotrópicas. En nuestro caso, abría aún más nuestro tercer ojo, permitiendo a una pareja formar un vínculo psíquico permanente. Con él, Kayog y yo seríamos capaces de percibir las emociones del otro a un nivel aún más profundo, anticipándonos a veces a las necesidades del otro cuando surgían.

Sujetamos el horac entre nuestros picos y esperamos a que Isobel diera un paso atrás y completara el círculo. Sólo entonces Kayog y yo mordimos la fruta, tragando ambos la mitad. Una sensación de hormigueo eclipsó rápidamente la deliciosa dulzura de la fruta. Empezó en mi lengua, se deslizó hasta mi garganta y luego se extendió por todo mi cuerpo. Kayog y yo apretamos la frente y cerramos los ojos mientras el horac nos llenaba.

Las melodiosas voces de mi familia se elevaron a nuestro alrededor. Un violento escalofrío me recorrió en respuesta a la frecuencia y los tonos específicos destinados a estimular nuestro tercer ojo. Segundos después, mi familia batió las alas para emitir un suave sonido de traqueteo, no exactamente un tamborileo. El rápido movimiento de sus alas y de sus plumas primarias especializadas potenció aún más el efecto del horac.

Kayog y yo abrimos de par en par nuestros yoes psíquicos

mientras nos concentrábamos el uno en el otro. Instantes después, una luz brillante estalló ante el ojo de mi mente. El mundo desapareció a nuestro alrededor. No existía nada más que mi compañero, dentro y alrededor de mí. Me sentí impregnada de su presencia, de su amor por mí y de todo lo que él era, como si nos hubiéramos convertido en un solo ser. Entramos literalmente en trance, sin principio ni fin, solo un alma reunida por fin.

Y entonces lo oí.

Era una melodía inquietante. Tenue al principio, resonó en mi interior, hinchándose hasta alcanzar un crescendo hipnotizador. Quería envolverme en ella, ahogarme en ella y disfrutar para siempre de su cautivadora canción. Nunca antes había experimentado algo así, ni había oído que le ocurriera a ninguna otra pareja Temern. Entonces comprendí que era la canción de nuestras almas tocando en perfecta armonía.

Ahora entendía por qué le gustaba tanto.

Algo se asentó en mi interior mientras nuestro vínculo se afianzaba. El hormigueo se fue desvaneciendo poco a poco junto con nuestro aturdido trance a medida que la realidad volvía. Pero la lánguida sensación de bienestar persistía en mientras abría lentamente los ojos. Miré fijamente a mi alma gemela, y las lágrimas amenazaron de nuevo con brotar. Nadie debería ser capaz de amar como él. Y él *me* amaba a mí... Linsea.

Sus alas me envolvieron, protegiéndonos de miradas indiscretas mientras profundizaba el beso. Los cantos y los aplausos de las alas cesaron, seguidos por los vítores de nuestros amigos y familiares.

Rompimos el beso con mucha reticencia y disfrutamos del abrazo del otro una última vez antes de volvernos hacia nuestros invitados. Yo me reía como una adolescente tonta mientras todos nos abrazaban y nos felicitaban uno tras otro. Luego disfrutamos de los aperitivos y las bebidas dispuestas en una mesa a la izquierda de la fuente, con una impresionante estatua

de la Diosa Syllen, Etreya, mirándonos con expresión bene-
volente.

—Mares y yo también nos uniremos dentro de dos semanas,
después de que termine mi misión actual —dijo Tala en tono de
conspiración antes de tomar otro sorbo de vino—. Y luego nos
casaremos un mes después, una vez que haya tenido mis *veris*
para hacer todo el asunto del entrelazamiento de las vides.

Aunque lo dijo como dando a entender que era raro, su excitación y anticipación brillaban. Estaba tan locamente enamorada
de su compañero como yo del mío.

—¡Felicidades! —exclamé—. Ya era hora de que hiciera de
ti una mujer hecha y derecha.

Como era de esperar, ella resopló ante aquel dicho humano.

—Hará falta mucho más que eso para hacer de mí algo hecho
y derecho. Travesura y alboroto son mis segundos nombres. Y
también parte de mi irresistible encanto.

—Y no detecto ninguna mentira —dije con una risita.

—Aunque tendré que encontrar la manera de superarte. Este
lugar es impresionante y la ceremonia ha sido preciosa —dijo
Tala pensativa.

Resoplé.

—No tendrás problemas para conseguirlo. Los matrimonios
Edocit son hermosos, con todas las vides entrelazadas y el
círculo de la vida. Debe de ser maravilloso no solo casarte con el
amor de tu vida, sino también con la propia tierra que te acoge
—dije con nostalgia.

Su rostro se suavizó y adquirió un aire de asombro y vulnera-
bilidad que rara vez mostraba.

—Estoy impaciente. He conocido a su madre árbol y he visitado la tierra muchas veces. Estoy deseando ser una con ellos.
Pero este día se trata de tu felicidad. Y ahora mismo, creo que es
hora de que vayas a hacer travesuras.

—¡Tala! —exclamé, con las mejillas encendidas por la
vergüenza, lo que la hizo reír de la manera más impenitente.

—Sólo digo la verdad. Es la hora de las travesuras para los dos —dijo moviendo las cejas de forma lasciva. Para mi consternación, sus palabras me excitaron de inmediato. Y nuestro vínculo alertó al instante a Kayog de mis necesidades. Sacudió la cabeza en nuestra dirección y el encuentro de nuestras miradas fue como un golpe físico. Se me curvaron las garras y se me revolvió el estómago.

Sonrió y me tendió una mano.

—Diviértete —susurró Tala mientras caminaba hacia mi compañero.

Tomé su mano y nuestros amigos y familiares nos dieron un último abrazo de despedida, sin necesidad de palabras.

Tomados de la mano, Kayog y yo alzamos el vuelo. Él se elevó con gracia, sus plumas granates acariciadas por el suave resplandor de la luz de la luna.

Surcamos el cielo, girando en espiral en un ballet aéreo no ensayado. Bailábamos al compás de la melodía de nuestras almas y del ritmo de nuestros corazones, que latían en perfecta armonía. Siempre me pregunté cómo sería mi vuelo nupcial. Nunca hubiera imaginado estar tan completamente sincronizada con nadie.

Perdida en mi compañero, no me di cuenta de lo lejos que nos había llevado, lejos de miradas indiscretas. Debajo de nosotros, un frondoso bosque daba paso a una gran masa de agua. La luz de la luna en su superficie la hacía brillar como un océano de gemas preciosas. Pero el hecho de que Kayog me estrechara contra su cuerpo borró cualquier pensamiento sobre lo que nos rodeaba.

Instintivamente ajusté el batir de mis alas al suyo mientras él reclamaba mi boca en un beso apasionado. Sus manos me recorrían con creciente urgencia, acariciándome y explorándome con una posesividad que me hacía palpitar de necesidad. Se separó de mí y me recorrió el cuerpo con la cara. Agité las alas lo suficiente para quedarme inmóvil. Su mano tanteó la costura cerrada entre mis muslos y me incitó a abrirla. Mi compañero hundió dos dedos en mi raja, arrancándome un grito ahogado.

Me desestabilizó durante una fracción de segundo, pero rápidamente reajusté mis movimientos para permanecer semiestacionaria. El vuelo nupcial podía suponer un reto, pero también ayudaba a cimentar el nuevo vínculo, obligándonos a compenetrarnos realmente el uno con el otro. Y la emoción y la insinuación de peligro que conllevaba era lo que más me excitaba.

Un rayo de lujuria estalló en la boca de mi estómago cuando Kayog se dejó caer lo suficiente como para quedar frente a mi zona pélvica. Grité cuando me levantó la pierna derecha por encima del hombro, sin dejar de tocarme con la otra mano. Era un movimiento arriesgado, ya que mi pie podría haber golpeado su ala. Su boca sustituyó a sus dedos, haciéndome gritar mientras acomodaba hábilmente mi otra pierna sobre su hombro derecho. Me aferré a su cabeza, un infierno ardía en mi interior mientras su lengua hurgaba con avidez en mi interior.

Kayog nos mantuvo en el aire con lentos, controlados y poderosos aletazos de sus alas. Yo apenas utilizaba las mías, excepto para ajustar nuestra posición vertical mientras él seguía devorándome. El placer crecía rápidamente, potenciado por las emociones que fluían libremente a través de nuestra conexión. Su excitación era como si fuera la mía. También podía sentir la ardiente necesidad en sus entrañas de bajarme a su polla y follarme hasta dejarme sin sentido.

No sabría decir si ese pensamiento o su respuesta a mis propias reflexiones me afectaron, pero me pusieron al borde del abismo. Grité y eché la cabeza hacia atrás cuando el clímax se apoderó de mí. El repentino movimiento me hizo caer. Debería haberme asustado, pero las emociones de suficiencia y victoria que emanaban de Kayog me mantuvieron en vilo.

Me tomó de un salto y tiró de mí mientras el viento silbaba a nuestro alrededor. El mundo giraba a nuestro alrededor mientras él reanudaba su danza aérea, corazón contra corazón, y las plumas de su cola acariciaban mis piernas con cada voltereta. Justo cuando volvía a orientarme, le sentí salirse. No tuvo que hablarme ni empujarme para que le rodeara la cintura con las piernas. Nos miramos a los ojos y una comunicación silenciosa pasó entre nosotros. Sujetándome a su hombro con el brazo izquierdo, deslicé mi mano libre entre nosotros y le di un par de caricias en la polla. Creador, su placer estalló en mí con tal fuerza que casi me deshago de nuevo. Me encantó cómo sus ojos plateados se oscurecían de lujuria y su intensidad me producía un delicioso escalofrío.

Alineé su polla con mi abertura y bajé sobre ella mientras él empujaba hacia arriba. ¡Joder! La sentía aún más gruesa que de costumbre, a pesar de lo mojada y relajada que me había puesto. Kayog se tragó mis gemidos en un beso voraz mientras empezaba a bombear dentro de mí. Cada golpe me volvía loca de placer. Las crestas arremolinadas de su pene siempre me proporcionaban las sensaciones más deliciosas. Pero eran sus *ganacs*, las perversas protuberancias de la cabeza de su verga, las que más me excitaban.

Estaban diseñados para estimular las terminaciones nerviosas erógenas de las paredes internas de las hembras Temern. Sin embargo, también eran extremadamente sensibles para los machos. Y ahora mismo, cada vez que me rozaban, enviaban chispas eléctricas de éxtasis a través de Kayog, y directamente a mí a través de nuestro vínculo. La sobrecarga sensorial me hizo gritar en un santiamén mientras otro brutal orgasmo me arrasaba.

El mundo desapareció cuando nos convertimos físicamente en uno, elevándonos por el océano estrellado del cielo nocturno. Todo mi cuerpo temblaba, ardía por dentro mientras oleadas y oleadas de placer se abatían sobre mí. Me sentía al borde de la combustión, pero el viento que nos azotaba impedía que estallara en llamas.

En medio de su propio éxtasis, Kayog me penetraba sin

descanso, arrancándome un orgasmo tras otro hasta que me sentí al borde del colapso. Más de una vez, Kayog estuvo a punto de unir su voz a la mía, pero con un nivel de autocontrol casi divino, consiguió apartarse del borde para seguir destrozándome. Y por fin, después de alcanzar mi quinto o sexto clímax— había perdido la cuenta—Kayog se rindió a su propia liberación. Su placer me golpeó con tal violencia que una luz brillante me cegó y mi cerebro se congeló. El tiempo se detuvo. Por un momento me pregunté si me había sacado del cuerpo, hasta que la piel empezó a hormiguearme. Su semilla estalló dentro de mí, bañando mis maltrechas entrañas mientras él seguía bombeando dentro y fuera de mí hasta que se agotó por completo.

Reclamó mi boca, nuestras lenguas se mezclaron en una respiración compartida mientras chispas de éxtasis saltaban por cada una de mis terminaciones nerviosas. Fue dulce y tierno, despojado de la pasión casi rabiosa que había encendido tan intensamente entre nosotros. Era una promesa, un juramento, un sello para el inquebrantable vínculo que nos unía. Envueltos en un capullo de amor y devoción, unidos en cuerpo y alma, nos deslizamos hacia el horizonte, hacia un futuro de infinitas posibilidades.

CAPÍTULO 20

KAYOG

Entré en la gran sala de reuniones donde se celebraba el Simposio de Comercio Galáctico. Personas importantes, políticos de alto rango, empresarios, comerciantes, grupos de presión y todo tipo de personas relacionadas con cualquier forma de comercio se arremolinaban en la sala y en la galería de arte contigua. Como parte del evento, se había invitado a artistas plásticos de los planetas asistentes a exponer sus mejores obras en esta exclusiva muestra de arte.

No hay palabras para describir hasta qué punto me sentía fuera de lugar. No es que no tuviera los conocimientos y la competencia necesarios para conversar con aquella gente. Simplemente me costaba justificar mi presencia y cómo beneficiaría a alguien. Por supuesto, entendía que Colin quisiera que me relacionara con el mayor número posible de personas que tuvieran algún tipo de influencia sobre los gobiernos y los órganos rectores de las distintas especies. Pero, como casamentero, ¿cómo podía siquiera entablar esa conversación inicial?

Si no hubiera tenido a mi lado a mi bella esposa—joder, cómo me gustaba llamarla así—probablemente me habría dirigido a una de las mesas repletas de elegantes aperitivos y copas de vino precargadas. No tenía hambre ni sed. De hecho, solía evitar comer en esos eventos, ya que siempre ofrecían comidas de mundos diferentes. A menos que supieras exactamente quién los había preparado y cómo, era prudente no atreverse demasiado, a menos que estuvieras dispuesto a pasarte el resto de la velada sintiendo que el estómago intentaba abrirse paso fuera de tu vientre. Pero comer y beber me daría algo que hacer, o más bien una excusa para evitar hablar con la gente.

Al sentir mi inquietud, Linsea me apretó la mano de forma tranquilizadora. La oleada de amor que canalizó a través de nuestro vínculo me apaciguó de un modo indescriptible. Le devolví el apretón, con el corazón lleno de gratitud. Me molestaba que estuviera tan necesitado e inseguro cuando, en lugar de eso, debería hacer todo lo posible por hacerla brillar y ayudar a la gente a darse cuenta de la fabulosa embajadora en la que pronto se convertiría.

En lugar de ir a relacionarse con la gente que conocía o con la que se esperaba que estableciera contacto, Linsea me llevó a la galería. Comprendí perfectamente que lo había hecho para darme una oportunidad de relajarme más antes de lanzarme a socializar. Creador, cómo me gustaba esta hembra. Acostumbrado al público, no dudaba de mi capacidad para adaptarme rápidamente. Pero aun así agradecí este respiro extra, que también me permitió hacer un escáner superficial de las emociones de los asistentes. Fue una herramienta inconmensurable que me ayudó a ajustar la forma en que me acercaría a cada individuo en función de la energía que proyectaban.

A pesar de todo, disfruté de verdad con la diversidad de obras expuestas. Algunas eran mucho más difíciles de relacionar, ya que estaban tan fuera de la definición convencional de arte que uno no sabía muy bien cómo responder a ellas. Otras solo podían apreciarse plenamente si uno poseía habilidades específicas inherentes a su especie que permitían al espectador percibir otras dimensiones del arte que lo completaban. En algunos casos, se

disponía de una ayuda visual especial junto a la exposición para que la gente pudiera compensar sus limitaciones anatómicas.
—Una pieza preciosa, ¿verdad? —dijo de repente una voz masculina detrás de nosotros mientras admirábamos una magnífica escultura de un caballo alado abrazado por una hembra humana.

Nos giramos y vimos a Taylor Darby y a su hermano Lucas. Era el jefe de un poderoso conglomerado que "invertía" en muchas empresas de otros mundos, normalmente entre especies menos avanzadas. Aunque legales, las prácticas de Taylor podían considerarse moralmente grises. A menudo compraba o adquiría participaciones mayoritarias en empresas en dificultades, optimizándolas para aumentar los beneficios, lo que normalmente implicaba despidos masivos, automatización y un grave alejamiento de la autenticidad cultural de los productos fabricados. Al final, rara vez beneficiaba a la población local.

Aun así, sin sus inversiones, muchas de esas empresas habrían cerrado por completo, lo que habría sido aún más perjudicial para esas comunidades. Pero eso no le convertía en un santo ni en un hombre altruista.

—Muy bonito —dijo Linsea—. Me encantan las criaturas fantásticas. Y la mitología humana ciertamente tiene una asombrosa variedad de ellas.

—La tenemos. Y siempre me ha sorprendido que, después de visitar cientos de otros mundos, nunca hayamos encontrado una montura voladora que se ajuste plenamente a nuestro Pegaso — dijo pensativo—. Pero disculpadme por ser descortés y no presentarme.

—Taylor y Lucas Darby —dijo mi compañera preventivamente con una sonrisa encantadora—. Sería escandaloso para mí no saber quiénes sois.

—Nos halagáis y nos avergonzáis... —añadió tímidamente.

A pesar de su postura compungida, el brillo calculador de sus ojos negros correspondía plenamente a las frías emociones que

emanaban de él. Era un depredador evaluando una presa potencial cercana. Sin nuestras habilidades empáticas, probablemente
habríamos caído rendidos ante su encantador comportamiento.
Alto, delgado, elegantemente vestido con traje negro y camisa
blanca con corbata azul oscuro, era la encarnación del hombre de
negocios pulido. Su rostro robusto y apuesto, enmarcado por un
pelo castaño oscuro pulcramente recortado, hacía que muchas
mujeres se abanicaran en su presencia.

Su hermano pequeño, con quien compartía madre, pero no
padre, desprendía la misma energía de tiburón. Sus ojos verdes
rebosaban inteligencia. Independientemente de lo que yo sintiera
hacia ellos, aquellos hombres irradiaban una lealtad inquebrantable el uno hacia el otro, algo verdaderamente encomiable.

—No hay que avergonzarse por no conocerme —dijo Linsea
de forma amistosa—. Me llamo Linsea Voln, y soy una recién
contratada de la OPU. Mi presencia aquí es específicamente para
establecer nuevas conexiones y hacerme una idea de algunos de
los retos que no están tan ampliamente cubiertos pero que asolan
a nuestros miembros. Por lo tanto, esperadme verme a menudo
en el futuro.

—¿Linsea? He oído muchas alabanzas sobre una Temern
llamada Linsea. Pero creo que se llamaba Linsea Kenna —dijo
Taylor con sorpresa, aunque sospeché que ya sabía la respuesta.

—Esa soy yo. Este es mi maravilloso marido, Kayog Voln.
Como dicen los humanos, nos lanzamos al agua hace apenas dos
semanas.

—Encantado de conoceros —dijo Taylor con entusiasmo
antes de tenderme la mano.

Todavía me desconcertaba que los humanos siguieran
haciendo eso instintivamente, sobre todo porque incomodaba a
ciertas especies. En algunas culturas, nunca tocabas a otra
persona a menos que fuera un pariente consanguíneo, tu pareja o
un criminal al que había que llevar a la cárcel o ejecutar. Sin
embargo, como no entraba en conflicto con mi propia cultura, le

CASADA CON KAYOG

estreché la mano con gusto antes de hacer lo mismo con su hermano.

—¿A qué os dedicáis, si me permitís el atrevimiento? —Taylor me preguntó—. ¿Sois negociador o embajador como vuestra compañera?

Una vez más, tuve la fuerte sensación de que sabía exactamente quién y qué era yo. De repente caí en la cuenta de que no había venido hasta aquí por casualidad y había entablado aquella conversación sobre algún arte humano del que se sintiera orgulloso. Este hombre disponía de un enorme equipo para realizar comprobaciones exhaustivas de los antecedentes de las empresas que podría verse tentado a adquirir, así como de las personas que las dirigían. No dudaba de que había realizado una investigación similar sobre muchos de los asistentes, si no todos, antes de este evento. La información era la mejor herramienta y la mejor baza en los negocios.

—En absoluto —dije entusiasmado mientras pisoteaba mis temores de avergonzar a Linsea, que intentaban asomar de nuevo sus feas cabezas—. Soy un casamentero de alienígenas primitivos.

La forma en que fingió su sorpresa borró cualquier duda que aún pudiera tener sobre el montaje de toda esta conversación. Sus emociones apestaban a burla mezclada con una pizca de desdén.

—¡¿Un casamentero?! Bueno, eso fue inesperado. ¿Pero para alienígenas primitivos? —dijo Taylor con cara de confusión, su hermano asintió con la cabeza de una manera que implicaba que él también estaba desconcertado por esa parte—. ¿Por qué alguien recurriría a alienígenas primitivos? ¿Realmente la gente está tan desesperada por el amor que se conformaría de esa manera?

Me costó hasta el último gramo de fuerza de voluntad mantener una expresión neutra en el rostro mientras escupía sus tonterías irrespetuosas. Una parte de mí creía que estaba tratando

deliberadamente de sacarme de quicio o simplemente avergon-
zarme como haría cualquier buen matón.

—La gente no *retrocede* ni *se asienta* en alienígenas primitivos —dijo Linsea en un tono calmado, pero ligeramente castigador—. Los avances tecnológicos de la especie de uno no
definen su valor como individuo. Al amor no le importa si habéis
alcanzado la velocidad warp o no.

—Me parece justo —concedió Taylor.

—¿Pero por qué centrarse en alienígenas primitivos? —
preguntó Lucas, esta vez con auténtica curiosidad, aunque su
desdén por un grupo que consideraba inferior seguía irradiando
de él y de su hermano.

—Porque los entiendo a ellos y a sus necesidades mejor que
nadie ahí fuera —dije de forma despreocupada, pero segura.

Justo a tiempo, los dos hermanos levantaron las cejas con
gesto de duda.

—¿Ah, sí? —preguntó Taylor—. ¿En qué os basáis para
afirmar eso?

—Tengo un máster en xenobiología, otro en historia galáctica
centrado en las especies primitivas, y actualmente estoy escri-
biendo mi tercera tesis de máster sobre la Directiva Primaria —
dije con tono objetivo—. Así que sí, muy pocas personas podrían
presumir de tener un mejor conocimiento de esas comunidades.
Ya existen mil millones de agencias de búsqueda de pareja. Pero
ninguna de ellas atiende a este grupo, en gran parte porque no
saben cómo hacerlo.

—Lo que Kayog no ha añadido es el hecho de que sus emparejamientos son 100% exactos, a diferencia de la completa
apuesta que ofrecen otras agencias. Tiene un talento único por el
que la competencia se moriría —dijo Linsea con orgullo.

Oírla defenderme así me causó la mayor gracia. Obviamente,
no esperaba menos de ella. Pero fueron las emociones que
emanaban de ella mientras lo hacía lo que realmente aumentó mi
confianza. Si una mujer tan maravillosa podía estar tan orgullosa

de mí tal y como era, ¿por qué coño me estaba minando a mí mismo con estúpidas dudas?

Taylor abrió la boca para decir algo más—supuse que para cuestionar mi exactitud—pero un macho Estorniano lo interrumpió con un saludo.

—¡Vaya, vaya, mirad a quién tenemos aquí! —exclamó el macho Estorniano con el más falso aire de sorpresa—. ¡Taylor y Lucas Darby! ¡Nos encontramos de nuevo!

Típico de su especie, el Estorniano era un macho imponente. Su piel color carbón, sus anchos hombros y las púas que cubrían su calva cabeza intimidarían a la mayoría de la gente. Su cuerpo estaba cubierto de escamas oscuras, algunas de ellas mucho más largas y ligeramente salientes. Estas últimas eran el mismo tipo de cuernos que adornaban su cabeza. En caso de peligro, las "escamas" oscuras se erguían como feroces púas que infligían graves heridas a cualquier enemigo que intentara tocarle.

A pesar de sus orejas puntiagudas, normalmente asociadas a los elfos, la gente solía pensar erróneamente que su especie tenía lazos dracónicos, sobre todo si se tenía en cuenta su larga cola, parecida a la de un lagarto. Pero los patrones oscuros en forma de relámpago de ciertas zonas de su piel contaban otra historia. Los humanos solían comparar a los Estornianos con elementales de piedra o gólems.

Una joven compañera le acompañaba en silencio. Parecía tener poco más de veinte años. Aunque era menuda en comparación con él—como solían ser las hembras Estornianas—compartían rasgos innegables que la señalaban como su hija o como una hermana mucho más joven. Definitivamente me inclinaba por lo primero.

—Kateros Granger —dijo Taylor con voz educada, el nivel justo de bienvenida sin llegar a ser cálida—. No esperaba veros aquí.

Me estremecí ante la indirecta poco sutil. Aunque el recién llegado no parecía darse cuenta, Darby había dado a entender que sus asuntos no eran lo bastante importantes como para justificar su presencia en aquel simposio. Kateros había venido con una misión, y ésta parecía implicar en gran medida a los dos hermanos.

—Por favor, conozcan a nuestros nuevos amigos, Linsea y Kayog Voln —dijo Taylor, señalando a su vez a mi compañera y a mí.

Reprimí una sonrisa cuando el Estorniano apenas nos dedicó una mirada.

—Kateros Granger. Encantado de conoceros —respondió el Estorniano, que nos saludó a cada uno con una inclinación de cabeza casi desdeñosa antes de volver a centrarse en Taylor.

—No me perdería este evento por nada del mundo. Pero, ¿conocéis a mi hermosa hija, Shaya? —preguntó Kateros, poniéndole la mano en la espalda para que se acercara.

Al instante, una oleada de ira se apoderó de mí. Gracias a mis estudios, sabía muy bien lo comunes que eran los matrimonios concertados dentro de ciertas especies. En este caso, Kateros ni siquiera intentaba ser sutil al querer comerciar con su hija a cambio de un acuerdo comercial beneficioso. Lo triste era que, para él, era normal, y en absoluto altamente ofensivo e irrespetuoso con su hija. Es más, podía sentir un afecto genuino de su parte hacia ella.

Si de verdad conseguía una propuesta de matrimonio de uno de los hermanos, se consideraría que había hecho un trabajo espectacular por su hija. Para los habitantes de Storn, el matrimonio no tenía que ver con el amor, sino con asegurar el bienestar y el futuro del linaje. Se trataba de reforzar el propio estatus.

La resignación que emanaba de Shaya era desgarradora. Cumpliría cualquier acuerdo que su padre consiguiera porque era su deber como hija suya. Al menos, estas uniones no eran misóginas en ningún sentido. Hijos e hijas se intercambiaban por igual en cualquier trato que el padre considerara beneficioso.

—Tuve ese placer hace unos años —concedió Taylor, mientras su mirada recorría a la joven de forma apreciativa—. Entonces no erais más que una niña. Pero os habéis convertido en una mujer hermosa.

—Me halagáis —respondió Shaya con el nivel perfecto de recato y cortesía.

Aunque me molestó percibir las emociones codiciosas que emanaban tanto de Taylor como de su hermano, al menos me sentí aliviado de que ninguno de los dos la hubiera mirado de forma escabrosa o irrespetuosa. No había nada malo en que un hombre se sintiera excitado por una mujer atractiva, y Shaya reunía las condiciones para ello. Pero ambos le doblaban la edad y no tenían ningún interés en sentar la cabeza con ella. ¿Por qué iban a hacerlo si algunas de las mujeres más ricas y mejor conectadas de la galaxia se les echaban encima? Sólo podía esperar que su interés por acostarse con ella se quedara en eso: la atracción sexual natural entre adultos compatibles, y no en algo por lo que actuaran. Sin embargo, fue otra cosa lo que retuvo mi atención.

Su canción me resultaba familiar.

—Ella es mi orgullo y mi alegría —dijo Kateros, inflando su ancho pecho—. Shaya es mi mayor tesoro, mi compañía queda en un pálido segundo lugar.

—¿Y qué compañía es esa? —preguntó mi compañera.

—Corporación Minera Granger, el mayor proveedor de azonita y otros metales raros de Khelesar, nuestro mundo natal —alardeó Kateros, antes de lanzar una mirada poco sutil a Taylor para evaluar su reacción ante su afirmación.

—¡Ah, sí! La azonita es un pilar de la economía Estorniana —dijo Linsea.

Estaba reflexionando furiosamente sobre algo relacionado con esto. En este instante, deseaba poder leer su mente.

—Absolutamente. Es un metal muy codiciado en toda la galaxia. Nuestra cartera de pedidos está desbordada —replicó

Kateros, esta vez mirando directamente a Taylor—. Francamente, hemos llegado a un punto en el que abastecer la demanda será casi imposible a menos que nos expandamos.

Percibí el momento en que Taylor pasaba de mantener una conversación informal al modo de negocios. Y estaba claro que no iba a ser un buen augurio para la Estorniana.

—Sí, la azonita es un metal fantástico. Es una lástima que su extracción genere residuos tan peligrosos —dijo Taylor en un tono educado que también transmitía a gritos el hecho de que no le interesaba—. Si no fuera por eso, estoy seguro de que los inversores estarían llamando a vuestras puertas para ayudaros en esta empresa.

La luz de la esperanza se desvaneció al instante en los ojos de Kateros, aunque intentó aferrarse con una última súplica.

—Los residuos son obviamente un problema en el que hemos estado trabajando diligentemente. Pero con los inversores adecuados, seríamos capaces de darle la vuelta a la situación rápidamente, con enormes beneficios garantizados para todos los implicados —respondió el Estorniano con entusiasmo.

—Se tardarían años, si no décadas, en recuperar esa inversión inicial —replicó Taylor en un tono ligeramente más frío—. Otras empresas mineras más pequeñas ya han optimizado sus equipos y metodologías para que se ajusten a las directrices prescritas. La OPU está tomando medidas enérgicas contra las infracciones medioambientales. Nadie quiere caerles mal por eso.

—Como dijo mi padre, hemos estado trabajando diligentemente para mejorar nuestras infraestructuras, instalaciones y metodologías, de modo que sigamos cumpliendo la ordenanza —intervino Shaya con una seguridad que me tomó por sorpresa.

Al principio me había parecido sumisa y reservada. Pero ahora podía ver la fuerza y el fuego que se escondían bajo aquella fachada recatada. Tenía sentido, teniendo en cuenta lo que ahora me resultaba obvio.

—¿Estáis involucrada en la empresa de vuestro padre? —

pregunté, queriendo confirmar mis sospechas.

Ella asintió.

—De hecho, formo parte del equipo científico y de investigación y dirijo el grupo de trabajo medioambiental. Hemos reducido significativamente los residuos tóxicos producidos por nuestras operaciones, y seguimos esforzándonos por hacer aún más mejoras.

—Parecéis muy joven para desempeñar ese cargo —intervino Taylor en un tono ligeramente condescendiente que me dio ganas de abofetearle.

—Supongo que algunos de nosotros somos prodigios —replicó con una pizca de sarcasmo que hizo que su padre se echara a llorar mientras yo me moría de ganas de aplaudir.

Nada me gustaba más que ver cómo ponían en su sitio a un engreído odioso. El pobre padre de ella seguía esperando que de algún modo pudiera arreglar un matrimonio entre ellos para salvar su negocio. Sin embargo, incluso sin recurrir a mis habilidades empáticas, era evidente que nunca serían compatibles. Ella tenía firmeza; él esperaba sumisión.

De todos modos, ella pertenecía a otro.

—Algunas personas sin duda lo son —dije con una sonrisa de aprobación—. Pero si me permitís el atrevimiento, ¿puedo preguntaros si estáis emparejada? Vuestra especie tiende a casarse bastante joven.

—¡Mi hija está completamente soltera! —exclamó Kateros, sonando casi indignado ante la insinuación de que podría no ser libre—. Pero está en la edad perfecta para encontrar pareja, según las costumbres de nuestro pueblo —añadió, mirando a Taylor.

Sentí vergüenza ajena ante la casi desesperación con la que intentaba hacer realidad lo imposible.

—¡Me alegra mucho oírlo! —dije con un entusiasmo ligeramente excesivo que sabía que atraería todas las miradas hacia mí.

—¿Y eso por qué? —preguntó Shaya, sorprendida.

—Porque resulta que conozco a vuestra alma gemela —dije con suficiencia.

Todos se quedaron boquiabiertos, incluida mi bella compañera. Cualquiera diría que acababa de estallar una bomba entre nosotros.

—¡¿Qué?! —preguntó por fin Shaya, recuperándose primero.

—Conozco a vuestra alma gemela —repetí con seguridad—. Fui a la universidad con él.

—¡¿Es un Temern?! —exclamó.

Negué con la cabeza.

—No. Es un Daigano.

Taylor y Lucas resoplaron al unísono y me miraron con incredulidad. Su desdén por mi profesión—que se había desvanecido temporalmente mientras discutíamos con Kateros— volvió con fuerza. Excepto que, esta vez, ahora me creían un charlatán.

No importaba. En unos minutos, estarían comiéndose sus corazones.

—¡¿Un Sátiro?! —repitió Lucas, atónito.

Le dediqué una sonrisa indulgente.

—Basándonos en el folclore humano, sería una comparación justa, ya que comparten muchas similitudes con ellos. Se llama Straef Dharam. Es un joven fantástico. Carismático, ambicioso, innovador y extremadamente inteligente. Straef es también un prodigio. Se licenció tres años antes que la media en su disciplina. También me ha dado una seria lección de humildad al derrotarme sistemáticamente en Cinco Reyes.

—¡Me encantan los Cinco Reyes! —exclamó Shaya, animándose—. Nadie puede vencerme en ese juego.

Me reí entre dientes.

—¿Estáis segura? Straef sigue invicto. Creo que puede haber encontrado a su rival... en más de un sentido.

—Absolutamente no. Efectivamente él *ha* encontrado a su

rival. Con mucho gusto le enseñaré cómo se hace —dijo ella, levantando la barbilla con el más adorable aire de desafío.

—Suponiendo que alguna vez lo conozcáis —replicó su padre con voz severa antes de fulminarme con la mirada—. No deberíais darle ideas tan descabelladas. Un Daigano y una Estorniana juntos no tiene ningún sentido.

—En realidad, tiene todo el sentido del mundo —dije con suficiencia—. Vuestras especies son muy compatibles.

Retrocedió y me miró como si mi cerebro no funcionara correctamente.

—¿Qué os haría pensar semejante locura? —preguntó, y la mirada de ambos hermanos se hizo eco de su sentimiento.

—No estabais presentes cuando informé a nuestros amigos de que tengo un máster en xenobiología. Y puedo aseguraros que vuestras especies son totalmente compatibles. Además, acabáis de hacerme ver que este emparejamiento es lo mejor que podría ocurrirle a vos, a vuestro negocio, a vuestra gente y a Straef.

—¿Mi negocio? —repitió Kateros, esta vez con la curiosidad atenuando parte de la agresividad de su voz—. ¿Cómo beneficiaría a mi negocio una unión con un Daigano? Por lo que sé, su gente no comercia con metales ni minerales. Principalmente comercian con productos de madera, agricultura y cría de animales.

—Correcto, pero como he mencionado, Straef es un visionario y siempre está ampliando los límites de la innovación —dije con entusiasmo—. El año pasado se graduó con una tesis sobre un insecto nativo de su mundo y que puede criarse en condiciones muy precisas para alargar su vida, que de otro modo sería muy corta. Resulta que el lumoth puede comer sin peligro residuos radiactivos y tóxicos y convertirlos en energía.

—¡¿Qué?! Nunca había oído hablar de algo así —exclamó Kateros, sin saber si emocionarse ante aquella perspectiva o enfadarse ante la posibilidad de que le estuviera tomando por tonto.

—Porque se encuentra en las fases finales del desarrollo de granjas de cría sostenible, así como de la tecnología necesaria para convertirlo en una industria a gran escala. Posee la patente de sus descubrimientos y su objetivo es utilizar estas criaturas de forma masiva para sanear zonas afectadas por desastres. Un diálogo entre ustedes dos podría resolver, o al menos reducir de manera significativa, los problemas a los que se enfrentan actualmente.

—Eso... eso sí que sería motivo de reflexión —dijo Kateros antes de intercambiar una mirada con su hija.

Ella también estaba entusiasmada. Aunque Shaya no parecía especialmente interesada en conocer a Straef en un plano romántico, estaba muy ansiosa por discutir formas de salvar el negocio de su familia, y definitivamente por enfrentarse a un digno oponente en una partida de Cinco Reyes. No tenía motivos para pensar que yo pudiera saber efectivamente cuándo dos personas eran almas gemelas. Pero eso solo sería la ventaja añadida.

Sin embargo, fueron las emociones emocionadas que emanaban de mi compañera las que reclamaron mi atención.

—No estaba al tanto de estos lumoths —dijo Linsea pensativamente—. Pero si entráis en una colaboración de este tipo, la OPU tiene muchos programas de apoyo que atienden a cualquier esfuerzo hacia la protección del medio ambiente y especialmente la reducción de residuos tóxicos.

—¿En serio? —dijo Kateros, animándose incluso cuando los dos hermanos se tensaron—. ¿Cómo cuáles?

—Existe ayuda financiera potencial si el proyecto se considera beneficioso y sostenible —explica Linsea—. Pero también hay otras formas de ayuda que se pueden ofrecer, como logística, algunos equipos e incluso los servicios de expertos altamente cualificados durante un breve periodo de tiempo sin coste alguno para vos. La OPU se dedica a la protección del medio ambiente tanto de los planetas en desarrollo como de los planetas miembros. Como parece que este proyecto está entrando en las primeras fases de despliegue, cualquiera que participe en el ensayo podría beneficiarse de un apoyo mayor de lo habitual. Os recomiendo encarecidamente que lo estudiéis. Y no dudéis en poneros en contacto conmigo si necesitáis orientación o ayuda durante el proceso.

—Definitivamente, estoy interesado en investigar el asunto —dijo Kateros con entusiasmo—. Supongo que podré hablar con tu Daigano cuando empiece a cortejar a mi hija.

Reprimí el impulso de reír, agravado por la consternación de los dos hermanos. Una vez que este proyecto despegara, Kateros y Straef obtendrían unos beneficios demenciales. Haberse asociado primero con Kateros habría permitido a los hermanos acceder a la riqueza que podría derivarse de ello.

—Enseguida haré las presentaciones —dije con una sonrisa —. No te preocupéis, mi querida Shaya. Cuando lo conozcáis, me lo agradeceréis. Cuando se trata de emparejar almas gemelas, nunca me equivoco.

—Pronto lo sabremos —respondió ella amablemente, aunque con una pizca de esperanza.

—Investigaremos también a ese tal Straef y su innovadora empresa —intervino Taylor—. Si esta información es correcta, quizá deberíamos volver a considerar posibles colaboraciones.

—Tal vez —respondió Kateros cortésmente.

Pero yo ya sabía que en cuanto tuviera la confirmación de que todas mis afirmaciones eran ciertas, Kateros ya no querría tener nada que ver con Taylor. Uno no hacía negocios con gente como él a menos que estuviera desesperado.

Este momento marcó un cambio radical en mi forma de entender mi papel y el impacto que podía tener. Concedido, tales partidos beneficiosos probablemente serían pocos y distantes entre sí. Pero cada uno de ellos sería una gran victoria. Y aunque solo fuera por el orgullo y la alegría que emanaban de mi compañera en ese instante, todo merecería la pena.

CAPÍTULO 21
LINSEA

E staba en un momento inmejorable, disfrutando de la vida junto al hombre más increíble. Tres meses después del simposio, todavía no podía evitar burlarme de lo equivocado que había estado al pensar que la gente lo rechazaría. Claro que aparecían de vez en cuando algunos individuos como Taylor y su hermano, con actitudes altivas y condescendientes. Pero la mayoría de los miembros de las especies menos avanzadas—sin llegar a considerarse primitivas—se mostraron genuinamente entusiasmados ante la existencia de un servicio que atendía a algo más que a la *élite*.

Y lo que es más importante, se quedaron asombrados por su personalidad. Mi marido era inteligente, culto, perspicaz, carismático y realmente apasionado por mejorar la vida de los demás, sobre todo de los que consideraban raros o estrafalarios. Eso no se puede fingir.

Colin había sido muy inteligente al solicitar toda esta socialización temprana para Kayog. Su reputación creció rápidamente, en gran parte debido al afortunado emparejamiento entre el Daigano y la Estorniana. La asombrosa información que compartió sobre los lumoths benefició mi propia carrera.

Me convertí en la principal negociadora entre la OPU y Straef en lo relativo a todas las formas de financiación de su investigación. Ni que decir tiene que Kateros se alegró muchísimo cuando recibió la subvención que les ayudé a conseguir para el ensayo del programa. Muchas otras personas llamaron a nuestras puertas con la esperanza de obtener el mismo tipo de ganancia inesperada. Evidentemente, no teníamos ningún truco de magia para ofrecer resultados tan beneficiosos a las masas. Aun así, nos abrió muchas puertas.

Al mismo tiempo, Colin no había estado jugando al decir que nuestro departamento de relaciones públicas y marketing lo daría todo para el lanzamiento oficial de la Agencia Primaria. Tenían los anuncios más geniales y salvajes sonando en bucle con una cuenta atrás para la apertura del sitio de registro.

Y el día que lo hizo, el sitio se colapsó en menos de diez minutos por el exceso de solicitudes de inscripción simultáneas. No debería haber sido sorprendente, ya que los ingeniosos anuncios de la OPU garantizaban que cualquier pareja sería perfecta. Eso caló entre los desesperados por encontrar el amor.

Debido al desmesurado número de candidatos, Kayog pasó directamente a un formato justo. Los candidatos de una región determinada eran elegidos por sorteo entre el conjunto de aspirantes para acudir a la feria de tres días en su sector. Cada candidato solo tenía una reunión individual de diez minutos con mi compañero. Un asistente registraba esas reuniones e introducía toda la información así recopilada en una base de datos.

Pero Kayog no la necesitaba.

Aunque no poseía la tradicional memoria eidética, mi compañero nunca olvidaba el nombre o la cara de una persona. Estaban literalmente grabados en su memoria. A pesar del poco tiempo que le dedicaba a cada encuentro, la gente le adoraba. Kayog te hacía sentir que nadie más que tú importaba cuando estaban juntos. Toda su atención se centraba en ti. Te hacía sentir comprendido, respetado y como si de verdad le importara ayudarte a encontrar la felicidad.

Y así era.

Aunque ya no formaba parte de una banda, a menudo me sentía como si estuviera casada con una estrella del rock siempre de gira. Para los candidatos, eso era exactamente lo que él representaba. Y esa sensación se intensificó cuando empezó a hacer emparejamientos.

Al principio, fue un goteo constante. Cada vez, me enviaba un mensaje en cuanto el candidato salía de su despacho y perdía por completo la compostura. Daba saltos de alegría y bailaba como un loco, desbordado de emoción. Para él, cada emparejamiento era como ganar la lotería.

En poco tiempo, el número de emparejamientos se convirtió casi en un tsunami. Viajó tanto y conoció a tanta gente que le resultó más fácil con la enorme base de datos almacenada orgánicamente en su portentosa mente. Sólo deploraba los casos que se quedaban inactivos en la estantería de su cerebro al no encontrarles pareja. Le molestaba recibir mensajes al cabo de unos meses de candidatos que había conocido y que estaban angustiados porque seguía encontrando pareja para otros, pero no para ellos.

Algunos de ellos le rompieron el corazón, pero otros eran francamente exasperantes. Los mensajes pretenciosos exigiéndole que moviera el culo y les buscara pareja fueron demasiados. Los peores eran los que se volvían desagradables, le insultaban y le llamaban de todo por "no hacer su trabajo", y luego estaban los idiotas que difundían rumores de que mentía al decir que esos emparejamientos eran verdaderas almas gemelas. A los candidatos les habían lavado el cerebro haciéndoles creer que estaban realmente enamorados de su pareja, pero que todo era una ilusión, un engaño que acabaría derrumbándose y dejándoles destrozados.

Yo quería hacerles pedazos, pero Kayog siempre me

calmaba, realmente divertido por sus tonterías. Me recordaba sabiamente que no tenía sentido discutir con tontos, pues el tiempo le daría la razón.

Algunos de esos "tontos" resultaron ser agencias *rivales* de búsqueda de pareja, molestas porque muchos de sus candidatos acudían a la AP. Algunos incluso intentaron demandar a mi compañero por prácticas desleales debido a que sus servicios eran gratuitos. Los incentivos de la OPU en forma de traslado gratuito y dotes constituían además ventajas desleales a sus ojos. Esas demandas no prosperaron porque se basaban en la falsa premisa de que eran competidores. Kayog atendía a un grupo muy concreto al que esas agencias siempre desairaron. No era culpa suya que los demás candidatos acudieran a él.

De todos modos, mi marido era demasiado orgulloso y honesto para ese tipo de comportamiento turbio. Descubrí que Kayog catalogaba constantemente el alma de cada persona que encontraba, incluso de las que estaban casadas. Era casi obsesivo en su necesidad de escuchar las canciones de la gente. Para mi sorpresa, me confió que había definido una carta personal basada en esas melodías. Al parecer, el ritmo, la tonalidad, la amplitud y la complejidad de la canción de una persona revelaban rasgos comunes específicos sobre ella.

Por ejemplo, solo con eso ya podía acotar ciertas cosas sobre las personas, lo que a su vez le ayudaba a identificar la especie o el tipo de candidato que podría ser un buen partido. Todavía me asombraba cómo era capaz de reconocer a dos personas entre un montón de posibles parejas. Pero lo consiguió.

Por encima de todo, consiguió vivir su sueño de visitar e interactuar directamente con innumerables especies primitivas bajo diferentes niveles de restricciones de la Directiva Primaria. Se tomaba muy en serio la redacción de enmiendas y reformas a las directivas específicas de los distintos planetas. Lo que más me gustaba de él era el hecho de que no se limitaba a imponer sus ideas y opiniones personales al respecto. Utilizaba sus increíbles habilidades empáticas para evaluar discretamente los sentimientos de la población local ante sus "inocentes" comentarios sobre problemas específicos de esa especie. Cada vez que se modificaban las leyes para reflejar sus sugerencias era una gran victoria.

Sin embargo, todo ello dificultó la coordinación de nuestras respectivas misiones. Nos separábamos a menudo, aunque afortunadamente por periodos bastante cortos. Pero nuestros tórridos reencuentros lo compensaban con creces.

Acabábamos de salir a celebrar su 250º emparejamiento oficial cuando de repente me sentí desfallecer. Antes incluso de llegar a nuestra mesa, sufrí tres mareos seguidos. Como no quería correr riesgos, Kayog insistió en que fuéramos al médico inmediatamente. A mí no me entusiasmaba demasiado, ya que había un vuelo de cuarenta y cinco minutos de vuelta al centro de investigación donde aún vivíamos. Pero la genuina preocupación de mi compañero me convenció.

Simplemente pensé que la causa había sido una bajada de azúcar por no haber comido bien en todo el día. En cambio, el veredicto que debería haber visto venir me tomó por sorpresa.

Estábamos embarazados.

Mi chillido de emoción —por no llamarlo directamente grito — se apagó de golpe en mi garganta cuando Kayog permaneció imperturbable. Una oleada de inquietud me recorrió al no percibir de él nada más que una tensión contenida, densa. ¿Por qué una reacción tan fría, tan reservada? Habíamos hablado de tener hijos, y mi compañero siempre había expresado su deseo de tener muchos, muchísimos. Deslicé entonces mi atención hacia Arafin. Descubrir que había levantado un bloqueo emocional— algo que jamás había hecho antes—me heló la sangre.

De todas las personas, Arafin sabía que no podía ocultar sus emociones a Kayog. Así que, o lo había hecho inconscientemente, o intentaba ocultarme *algo* deliberadamente. Abrí la boca para preguntar qué coño estaba pasando, pero Kayog habló primero.

—Algo va mal, ¿verdad? —preguntó Kayog, con una voz tan carente de emoción como su rostro.

Contuve la respiración, con el miedo queriendo arraigarse en la boca de mi estómago mientras el médico bajaba los ojos por un momento, con un aire de tristeza y culpa fugaz en sus facciones antes de serenarse.

—Actualmente, no podemos ver ninguna anomalía en el feto —dijo Arafin con cuidado—. Sin embargo, los análisis de sangre de Linsea confirmaron algo que temíamos.

—¡¿Algo que temían?! —Exclamé, dividida entre el miedo y la indignación de que pudiera haberme ocultado alguna información vital—. ¿Qué está pasando?

Me dirigió una mirada de disculpa antes de volverse hacia Kayog.

—Para ser francos, pensábamos que serías estéril. Tus discrepancias hormonales afectan a muchos de tus órganos, lo que a su vez te otorga esos increíbles poderes —dijo el médico en lugar de responder a mis preguntas.

—Está claro que no soy estéril —replicó Kayog en tono cortante—. Entonces, ¿qué ocurre?

—Según las muestras de sangre tomadas a Linsea, tu hijo le está provocando el mismo desequilibrio hormonal, pero en menor grado —explicó.

Al unísono, Kayog y yo retrocedimos completamente conmocionados.

—¿Linsea se está convirtiendo en una Edal? —exclamó, tomándome la mano, con el miedo disparándose en su interior—. ¿Va a sufrir como yo?

Arafin levantó la palma de forma apaciguadora mientras negaba con la cabeza.

—No, no va a sufrir —dijo antes de volverse hacia mí—. Su

glándula pineal es normal, por lo que no puede convertirse en una Edal.

—¿Entonces nuestro bebé lo es? —pregunté, con la mano apretada en el agarre de mi marido en busca de consuelo.

El médico vaciló.

—Sí y no.

—¿Qué coño se supone que significa eso? —espetó Kayog—. Si lo es, ¿seguro que puedes utilizar todas las pruebas e investigaciones que me has hecho para protegerlo?

—El bebé no es un Edal propiamente dicho, aunque creo que en un principio iba a serlo —replicó Arafin, escogiendo con sumo cuidado cada palabra—. En todos los casos en los que se produjo este tipo de anomalía hormonal durante el embarazo, el feto no fue viable.

Sus palabras me golpearon como una roca en el pecho. Mi compañero cerró sus emociones, cerrándose a mí. Pero no lo hizo lo suficientemente rápido como para que yo no percibiera el agudo dolor que laceraba su corazón ante esta horrible noticia. La parte egoísta de mí que necesitaba su apoyo quería decirle que no me excluyera. Pero la parte aún racional de mí comprendió que lo hacía para protegerme, no para excluirme.

—¿Va a morir? —preguntó Kayog, con un dolor audible en la voz a pesar de su esfuerzo por mantenerla neutra.

—Normalmente, en casos como éste, el feto muere al principio del embarazo o llega a término, pero muere en veinticuatro horas —dijo el médico en tono amable—. El periodo de supervivencia más largo registrado fue de cuatro días.

—¿Pero de qué muere el bebé? Y como dijo Kayog, ¿no puede la investigación que realizaron con él ayudar a proteger a nuestro hijo? —pregunté, aferrándome a la esperanza.

—No es un caso de Edal tradicional —dijo Arafin con pesar—. Con esta afección específica, las hormonas anormales impiden que los órganos del bebé se formen por completo. El feto depende de su madre para sobrevivir. Después del nacimiento, suponiendo que lleguen hasta allí, se colapsan rápidamente al no tener ya el apoyo necesario.

—¿Y dices que ése es el caso de nuestro bebé? —pregunté con un nudo en la garganta.

—Es demasiado pronto para saberlo. Tus discrepancias hormonales actuales son simplemente las señales de advertencia de lo que tiene una alta probabilidad de suceder —dijo el médico con cautela—. Pero ambos deben prepararse mentalmente para este desenlace. Si el feto sobrevive más allá del periodo de tres meses, está prácticamente garantizado que llegarán a término. Ahora solo está de siete semanas.

—¿Estás diciendo que deberíamos interrumpir el embarazo? —pregunté, con la rabia por lo injusto de todo aquello filtrándose en mi voz.

—Sólo ustedes dos pueden tomar esa decisión —se apresuró a decir Arafin.

—¿Cómo se puede tomar esa decisión? Estás diciendo que está casi garantizado que nuestro bebé nazca sin los órganos esenciales para mantener la vida. ¿Por qué querríamos traerlos al mundo solo para que sufran durante el corto periodo de tiempo que estarán aquí hasta que mueran? —gruñó Kayog.

—¡Oh, no! —replicó Arafin—. El bebé no sufrirá. La buena noticia de esta tragedia, si puedo usar ese término, es que estos bebés no sienten dolor. Nacen con Insensibilidad Congénita al Dolor o Analgesia Congénita.

—¿Cómo funciona eso exactamente? —pregunté, con la mente en blanco.

—Básicamente, el sistema nervioso no envía señales de dolor al cerebro. Por lo tanto, por muy lesionadas que estén, las personas con esa afección no sienten ninguna molestia. Así que sería una experiencia indolora para el niño hasta que sufriera suficientes fallos catastróficos como para fallecer.

Me abracé a mí misma, con los ojos llenos de lágrimas mientras mi cerebro luchaba por asimilar la noticia. La alegría que

REGINE ABEL

sentí al enterarme de que estábamos embarazados y que segundos después se desplomara de esta manera era devastadora.

—Tómense su tiempo para decidir lo que quieren hacer —me dijo Arafin con voz tranquilizadora—. No hay prisa ahora. Los dos son Temerns. Pueden percibir lo que siente el bebé. Así sabrán con certeza que no siente ningún dolor. Y tengan en cuenta que aún no estamos seguros de que su hijo vaya a desarrollar esa condición. Son solo los resultados hormonales los que nos obligan a contemplar la posibilidad muy real de un desenlace menos agradable.

—¿Por qué no nos avisaste? —preguntó Kayog con enfado—. Está claro que sabías que esa probabilidad existía desde el principio. ¿Hiciste esto para poder hacer más putos experimentos con el engendro Edal?

Mi deseo instintivo de calmarle y reprenderle suavemente por una acusación tan cruel se desvaneció casi al instante. Por mucho que me agradara Arafin, la pregunta de Kayog era tristemente justa. Que nos hubieran permitido quedarnos embarazados solo como parte de algún retorcido experimento me destrozaría por completo.

—¡No, en absoluto! —exclamó Arafin, con una indignación genuina que actuó como un potente bálsamo en mi corazón herido—. No les avisamos porque no teníamos la certeza de que esto pudiera ocurrir. Ellen y yo mantuvimos extensos debates al respecto. Al final, decidimos que ya habían sufrido bastante como para que les creáramos más estrés y ansiedad basados en puras especulaciones. De nuevo, pensábamos que eras estéril. Y si se producía un embarazo, nos ocuparíamos de cualquier complicación que pudiera surgir. Si fue una decisión equivocada, acepten mis más sinceras disculpas. Intentábamos protegerlos e hicimos lo que creímos correcto.

Una vez más, la honestidad que irradiaba de él acalló aún más la ira que quería dirigirle. Si nuestros papeles se hubieran invertido, yo también habría luchado por decidir cómo manejar esta situación. Eso no facilitaba las cosas.

—Bien —dijo Kayog, su voz seguía siendo fría aunque su postura ya no tenía el mismo nivel de agresividad hacia el médico—. ¿Pero qué significa eso para Linsea? ¿En qué riesgo la pone este embarazo?

Mi corazón se derritió por mi compañero que rápidamente cambió su enfoque en mi bienestar.

—Ninguno en absoluto —dijo Arafin con firmeza.

Eso me sorprendió. A juzgar por la expresión de Kayog, él también estaba aturdido por esa respuesta inequívoca.

—¿En serio? —pregunté, con tono dubitativo.

El médico asintió convencido.

—Absolutamente. En casos anteriores, la madre nunca ha sufrido efectos secundarios negativos.

—Pero, ¿y las hormonas anormales? —argumentó Kayog.

—Sus niveles son demasiado bajos para tener un impacto en Linsea —explicó Arafin—. Su glándula pineal también es normal. Así que no hay absolutamente ningún riesgo para ella, solo para el feto.

Mi compañero asintió lentamente, y un pesado silencio se apoderó de la sala mientras digeríamos sus palabras. Entonces, en perfecta sincronía, Kayog y yo nos miramos a los ojos y una comunicación sin palabras pasó entre nosotros.

—Gracias por esta información —dijo Kayog con voz controlada al doctor—. Mi compañera y yo iremos a reflexionar sobre el asunto y te mantendremos informado.

—Por supuesto. Tómense todo el tiempo que necesiten —dijo Arafin.

Mi marido me ayudó a levantarme y me sacó de la consulta, rodeándome los hombros con su brazo protector.

En cuanto entramos en nuestro apartamento y Kayog cerró la puerta tras nosotros, me volví para mirarle.

—No te cierres a mí —le dije en tono suplicante.

Se estremeció, y esa mirada de desesperación que no había visto desde nuestros primeros días en el campus revoloteó por su rostro antes de ocultarse rápidamente.

—No tienes por qué sentir mi dolor y mi vergüenza además de tu propia pena —dijo en tono abatido.

Me puse rígida y lo miré con incredulidad.

—¿Por qué vergüenza? —le pregunté—. No has hecho nada malo.

Kayog resopló y marchó junto a mí hasta la sala de estar, donde se colocó frente al enorme ventanal con vistas al impresionante paisaje exterior.

—Todo en mí está mal —siseó con odio a sí mismo—. Ni siquiera puedo ser un buen compañero para ti.

—¡¿Qué mierda de tontería es esta?! —exclamé antes de correr a su lado. Le agarré del brazo y le obligué a girarse para mirarme—. ¡Que seas un buen compañero no equivale a que seas donante de esperma! Hay montones de gente ahí fuera que no puede tener hijos o tiene múltiples embarazos fallidos. Eso no les hace menos personas. Eso no les convierte en malas parejas. Tú no eres menos ni un fracaso.

Intentó apartarse de mí, pero apreté con más fuerza su brazo y agarré el segundo para obligarle a permanecer frente a mí.

—Kayog, mírame —le ordené—. Por mucho que me hubiera gustado saber desde el principio el riesgo potencial de un embarazo, ahora mismo solo quiero centrarme en el hecho de que nuestro bebé está bien. ¿Quién sabe lo que nos deparará el futuro? Quizá todo salga bien.

—¿Pero y si no? —desafió, el dolor en su voz y en sus ojos desgarrándome.

—Entonces será la voluntad del Destino —dije con tono objetivo.

Sus hombros se encorvaron y miró al suelo con una expresión perdida que me desgarró el corazón.

—¿Quieres que aborte? —le pregunté con voz suave.

Levantó la cabeza para mirarme, con una mirada intensa, aunque intentaba ocultar la conmoción que mis palabras habían provocado en él.

—¿Es eso lo que quieres? —preguntó con voz tensa.

—Primero te he hecho una pregunta —repliqué en tono de suave reproche.

—No es *mi* decisión, mi amor —dijo Kayog con una voz llena de pena—. No intento eludir ninguna responsabilidad en esto. Pero es *tu* cuerpo.

—Lleva a *nuestro* hijo —repliqué—. Tienes voz y voto en esto.

—Sigue siendo *tu* cuerpo y, por tanto, debería ser *tu* elección —insistió—. La conexión que compartirán no es algo que yo haga. Lo soportarás todo y experimentarás algo que yo ni siquiera puedo empezar a imaginar. Por lo tanto, no puedo imponerte nada de esto.

Asentí lentamente.

—Pero si fuera tu decisión, ¿cuál sería? Y, por favor, dame una respuesta sincera, Kayog. Siempre hemos sido sinceros el uno con el otro, y eso no debe cambiar nunca, sobre todo en tiempos de crisis. Por favor, ábrete a mí como yo me abro a ti —le supliqué.

Vaciló, visiblemente desgarrado por emociones contradictorias, aunque la tristeza dominaba en sus facciones.

—Si su afirmación de que este embarazo no te causará ningún daño es cierta, y si el bebé realmente no sentirá ningún dolor, entonces sí, querría quedármelo —dijo Kayog al fin, la pena que sentía audible en su voz—. Pero esto solo debe ser *si* realmente lo *deseas*, y no porque te sientas obligada de algún modo.

Me tomó la cara con las dos manos, y el amor de sus ojos se impuso al profundo disgusto que no podía ocultar. Mi marido me miró fijamente y una sensación de paz se apoderó de mí.

—Lo digo en serio, mi amor. Sea cual sea tu decisión, estaré a tu lado y no albergaré ningún resentimiento. Mi corazón está roto, y es la única razón por la que me cierro en banda. No es por mala voluntad ni por un retorcido sentido de la vergüenza. Simplemente no quiero aumentar tu carga.

—No lo hagas, Kayog —dije con voz suave—. Somos almas gemelas, juntos en lo bueno y en lo malo. Como tú, quiero quedarme con nuestro bebé mientras no sienta dolor. No sabemos si lo conseguirá. Pero decida lo que decida el Destino, lo afrontaremos codo con codo. Luchamos para salvarte y conseguimos lo imposible. Lucharemos también para salvar a nuestro bebé.

Una poderosa emoción cruzó su atractivo rostro. Me abrazó y me derretí contra él.

—Te amo, Linsea —susurró con voz entrecortada—. Te amo con todo lo que soy, ahora y siempre.

Cuando cerró sus alas en torno a mí, abrió de par en par los muros que me habían mantenido fuera. La profundidad de su dolor me golpeó con fuerza. Pero no la aparté. La dejé entrar, pero me centré en las otras emociones que necesitaba alimentar. Bajo el dolor, el amor infinito, la esperanza y la gratitud intentaron abrirse paso. Me aferré a ellas y las alimenté con las mías.

CAPÍTULO 22

KAYOG

Los cuatro meses siguientes se convirtieron en una brutal montaña rusa emocional. Durante las primeras semanas, la vergüenza, la culpa y la rabia por lo injusto de todo aquello me carcomían. ¿Por qué siempre estaba roto? ¿Por qué siempre había algo malo en mí que me impedía tener la vida sencilla que tenían los demás? ¿No había sufrido lo suficiente? Excepto que ahora, mis defectos también estaban causando dolor y angustia a dos personas que no se lo merecían en absoluto: mi hermosa compañera y mi inocente hijo.

Y, sin embargo, la oscuridad que me engullía se desvanecía poco a poco gracias a esas mismas dos maravillosas personas. Ver a Linsea resplandecer, su vientre crecer y estar rodeado de la alegría y el amor infinito que irradiaba la mente floreciente de nuestro bebé desafiaba cualquier descripción.

Era pura felicidad.

A nuestra pequeña —que resultó ser una hembra— le encantaba oírme cantar y reaccionaba cada vez que le hacía cosquillas a su mamá. Día tras día, su canción se volvía más fuerte y más inquietante. Armonizaba cada vez mejor con la nuestra, hasta el punto de ponerme la piel de gallina. Aún no había visto a mi princesita, pero ya la adoraba con todo mi ser. Linsea se quejaba constantemente de lo mal padre de niña que iba a ser. Y tenía razón. Iba a malcriar a mi angelito sin el menor remordimiento. Las citas médicas se convirtieron en la pesadilla de mi existencia. Cada vez que Linsea tenía que someterse a una exploración, me preparaba para la devastadora noticia de que algo había ido mal. Pero a medida que pasaban las semanas y luego los meses, la esperanza crecía en mi corazón. Nuestro bebé iba a estar bien. Iba a salir adelante.

Y entonces, a mediados del quinto mes, todo nuestro mundo se vino abajo.

Los primeros signos de anomalías fetales empezaron a aparecer en las ecografías. En las semanas siguientes, se hicieron cada vez más notables hasta que llegó el veredicto que tanto temíamos: nuestro bebé no sería viable.

No hay palabras para describir la devastación que sentimos. Durante un tiempo, nos convencimos realmente de que las cosas funcionarían. Si los científicos habían conseguido salvarme a mí, seguro que también podrían salvar a nuestro ángel, ¿no?

Nunca nos planteamos si interrumpiríamos el embarazo. Para nosotros, ni siquiera era una opción. No era por egoísmo, sino porque Arafin había acertado en sus predicciones. Nuestra hija no sentía ningún dolor. De hecho, era ella quien nos animaba cuando llorábamos.

Nuestra pequeña Thea—como decidimos llamarla—irradiaba un amor infinito. Los gráficos demostraban que poseía casi las mismas potentes capacidades empáticas que yo, con la diferencia de que había formado las vías neuronales adecuadas para no dejarse asaltar por los sentimientos de los demás. Incluso en esta fase temprana de desarrollo, podía percibir y responder a las emociones circundantes de forma deliberada. Cuando percibía tristeza en nosotros, nos lanzaba una oleada de amor hasta que empezábamos a sonreír. Y entonces sus propias emociones se transformaban en el amor más puro y brillante.

Esto nos daba fuerzas para desechar nuestra tristeza. Redoblamos el afecto que proyectábamos hacia ella, decididos a saborear cada momento que la vida nos concediera con ella. Durante ese tiempo, prácticamente interrumpimos cualquier actividad relacionada con el trabajo. Thea se convirtió en el centro de nuestro universo.

Justo una semana antes del octavo mes—periodo de gestación habitual en nuestra especie—nuestra hija vino al mundo por parto natural. En toda mi vida, nunca había visto nada tan fascinante como nuestro bebé. Thea era la mezcla perfecta de las plumas blancas de su madre y mi color granate. Tenía una piel beige, que adquirió un tinte ligeramente más oscuro con un toque de rojo en sus plumas y alas. Mientras que yo tenía el pecho y la cabeza dorados, Thea tenía las plumas blancas de su madre con motas oscuras en el pecho. Pero nos miraba con mis ojos plateados.

Era impresionante.

Una sola mirada a su rostro y a la hermosa sonrisa que nos regaló borró toda pena. Los médicos actuaron con rapidez y le pusieron un implante que liberaría el nivel adecuado de nutrientes para mantenerla durante su corta estancia entre nosotros. Según sus cálculos, le quedarían dos o tres días como mucho. Pero, afortunadamente, serían indoloros para ella. Y nos aseguramos de hacerlos lo más felices que pudimos.

Como le encantaba que cantáramos, compuse una canción especialmente para ella, como había hecho para su madre. Sólo que ésta le daba las gracias por bendecirnos con su presencia, por breve que fuera. Esta vez, escribí la letra en Khelese—la lengua materna de los Temern—en lugar de en universal. Obviamente, aún no podía hablar, pero eso no le impidió intentar imitar la línea principal del estribillo. Ni siquiera parecía un lenguaje de bebé, sino un arrullo de lo más tierno, lo bastante reconocible como para que entendiéramos que se hacía eco de nuestras palabras.

Linsea y yo armonizábamos y la pequeña Thea saltaba al estribillo para decir *"coo lee coo"* era más que adorable. Naturalmente, no tenía ni idea de lo que significaban esas palabras. Pero se traducirían como "Siempre te querré".

Arafin nos permitió traerla a casa para que no pasara su corta vida en un centro médico. Instalamos cámaras para grabar cada momento de nuestro precioso tiempo con ella. Como Thea no podía usar las alas, yo la sostenía en alto, dando vueltas por la habitación mientras la movía arriba y abajo para crear la ilusión de que volaba. Linsea saltaba y jugaba a perseguirnos o fingía huir para luego dejarse atrapar.

El sonido de la risa de Thea llenaba el espacio y disipaba la oscuridad. Cada vez que volvía a asomar la cabeza, nuestro ángel simplemente decía *coo lee coo* para que nos derritiéramos por ella al instante. Inmediatamente sonreía en respuesta, habiendo logrado su objetivo de alegrarnos.

Sin embargo, verla desvanecerse un poco más con cada hora era desgarrador. No dormimos durante las sesenta y ocho horas de su paso por este mundo. Una parte de nosotros creía que ella comprendía que pronto nos dejaría. También creía que intentaba decirnos que estaba bien, y que no estuviéramos tristes porque ella no lo estaba... porque la hacíamos feliz.

Durante la última hora de su vida, Linsea y yo le cantamos su canción. Cada vez que parábamos, decía *coo lee coo* y nos tocaba el pico varias veces para decirnos que volviéramos a cantarla. En cuanto lo hacíamos, sonreía y movía sus pequeñas garras y manos como para marcar el compás.

Cuando terminamos de cantarla por última vez, Thea agarró el pico de su madre con ambas manos y acercó la cara de Linsea para poder frotarle el pico con un suave beso. Luego se volvió hacia mí y repitió el gesto. En ese instante, me di cuenta de que se estaba despidiendo.

—Nos volveremos a ver, mi angelito —le dije con el corazón roto—. En este mundo o en el otro, te prometo que volveremos a vernos. Y cuidaré de ti como no he podido hacerlo esta vez. Tu madre y yo te queremos, siempre. *Coo lee coo* mi bebé.

—*Coo lee coo*, mi angelito —repitió Linsea, con voz temblorosa.

—*oo lee oo* —susurró Thea, con su pequeño pico estirado en una sonrisa.

Cuando la luz se desvaneció de sus ojos plateados, sus párpados aletearon antes de cerrarse. Luego, su hermoso rostro se aflojó. Levanté el frágil cuerpo de Thea y la acuné en mis brazos antes de atraer a Linsea hacia mí.

No sabría decir cuánto tiempo estuvimos abrazados a nuestro bebé mientras las lágrimas rodaban libremente por nuestras mejillas. A pesar de mi ardiente deseo de encerrarme en mí mismo, permití que Linsea me sintiera sin restricciones. Sí, había mucho dolor, pero también mucho amor. Percibir las mismas emociones de mi compañera me reconfortó en aquel difícil momento. Y concederle a ella lo mismo también pareció apaciguarla.

Lavamos a nuestra hija y la colocamos en la delicada cámara de estasis que nos habían proporcionado los médicos. Parecía tan tranquila, como si estuviera durmiendo. Apoyé la palma de la mano sobre la tapa de cristal, con el corazón encogido mientras miraba a mi compañera.

—Lo siento —dije al fin.

—¿Por qué? —preguntó Linsea, con un poco de desafío en su voz—. Y no te atrevas a decir más tonterías sobre fracasar como compañero o padre. Gracias a ti, pude experimentar el embarazo con una pareja maravillosa. Aunque fue muy breve, también pude ser madre de un ángel dulcísimo.

—Pero no pude salvarla —dije con voz entrecortada.

—*Nadie* podría. El Destino tenía otros planes para nuestra bebé. No te centres en nuestra pérdida, sino en el don que se nos concedió —dijo Linsea con fuerza—. ¡Escuché su canción, Kayog! A través de ti, a través de nuestro vínculo, escuché la canción de nuestra hija. Nada puede compararse a eso. El amor que ella trajo a nuestra vida permanecerá para siempre conmigo, contigo, con nosotros. Sabiendo lo que sé ahora, si me dieran a elegir si hacer esto de nuevo, diría que sí sin dudarlo. No puedo soportar la idea de que Thea nunca hubiera estado en nuestras vidas.

Esas palabras me golpearon duramente, pero también cambiaron por completo mi visión de la situación. No me quitaron el dolor, pero me ayudaron a sobrellevarlo de una forma que antes no creía haber podido. Sí, no podía imaginar un mundo en el que nunca hubiera conocido a mi bebé.

Thea estaría siempre conmigo, en mi corazón.

Durante los días siguientes, tuvimos muchas conversaciones sobre nuestro futuro y sobre volver a intentar formar una familia. Al final, acordamos que me haría una vasectomía. También decidimos no buscar la adopción por el momento, aunque yo sospechaba que nunca lo haríamos. No es que no nos gustara la idea de ser padres, pero no queríamos sustituir a Thea. Un niño adoptado merecía ser amado plenamente, sin reservas ni vacilaciones. En nuestro actual estado de ánimo, temíamos estar resentidos con el inocente niño que adoptáramos por no compartir con nosotros la misma conexión perfecta que teníamos con nuestro bebé.

No se jugaba con la vida de otra persona, y menos con la de un joven que buscaba un hogar para siempre y un lugar al que pertenecer.

Lamentablemente, pasé por una fase un tanto oscura en la que no reanudé inmediatamente la búsqueda de pareja, sino que asumí el tipo de misiones para los Enforcers que siempre dije que no quería realizar. Aunque a Linsea le molestaba, lo comprendió y me apoyó dentro de lo razonable, al tiempo que me recordaba que no debía perderme por la pena. Pero llevar a cabo misiones de rescate, sobre todo si había rehenes o tiroteos masivos en los que había innumerables vidas en juego, me ayudó mucho a superar mi sentimiento de culpa.

Aunque sabía que no debía hacerlo, no podía evitar sentir que le había fallado a mi hija al no encontrar una cura. Estas acciones tangibles que me permitieron salvar numerosas vidas aliviaron mi sentimiento de incapacidad. Había gente que vivía gracias a cosas concretas que yo había hecho.

Con el tiempo y una buena dosis de terapia, finalmente encontré el camino de vuelta a la luz. En cierto modo, cada mujer que emparejaba se convertía en una hija para mí. A menudo me imaginaba que esas mujeres eran en realidad mi Thea en una situación similar. Eso me impulsó a esforzarme aún más por hacer lo correcto por ellas y concederles la felicidad que merecían.

Los meses dieron paso a los años. Y tres décadas después, Linsea y yo estábamos viviendo las carreras de ensueño a las que aspirábamos en la universidad. A medida que aumentaba el número de aciertos, también lo hacía mi influencia. Con mi compañera convertida en una de las embajadoras más respetadas de la OPU, éramos una fuerza a tener en cuenta.

Mi Linsea resultó ser una genio al indicarme varios programas que podía aprovechar para ayudar a las parejas con las que emparejaba. En otros casos, ella era el cerebro que movía los hilos en la sombra para lanzar programas que no existían, pero que cambiaron por completo las difíciles circunstancias de ciertas especies.

Uno de esos éxitos asombrosos había sido ayudar a hacer realidad el programa Hijas de Meterion. A pesar de mis anteriores intromisiones en otros emparejamientos, al principio la OPU intentó hacerme pasar un mal rato por algunas de las dotes que quería enviar.

Para entonces, Colin había pasado a esferas aún más altas de los Enforcers. Por suerte, su hijo Tedrick asumió su anterior papel, que evolucionó ligeramente con los años. Había sido extraño pasar de ser su Tío Kai a tenerlo ahora en una posición superior a la mía, aunque eso no era oficial, ya que técnicamente yo no era miembro ni de la OPU ni de los Enforcers.

Aun así, Tedrick me llenaba de orgullo. Al contrario de lo que decían los envidiosos, no había heredado su puesto. Se había dejado la piel y se había ganado todos los elogios y ascensos que había recibido. Compartía la misma visión de las dos organizaciones que su padre. Pero había sido aún más tenaz a la hora de crear su equipo básico de colaboradores y agentes de confianza.

Acababa de encontrar pareja para Susan, una joven encanta-dora criada en Meterion—una colonia agrícola—y condenada a una vida de penurias por el simple hecho de ser la tercera hija y, por tanto, considerada una carga. Le había preocupado mucho que la emparejaran con un Andturiano llamado Olix, una especie de lagarto que había pasado por tiempos difíciles.

Cuando presenté la lista de la dote de Susan, la OPU empezó a poner objeciones. Me dirigía a Xecania, el mundo Andturiano, cuando recibí una solicitud de vidcom de Tedrick. Ya me estaba riendo incluso cuando acepté la llamada.

—Kayog, ¿haciendo travesuras otra vez? —preguntó Tedrick en un tono falsamente severo, en lugar de saludar.

—¿Cuándo no? —contesté con tono inexpresivo.

Resopló, y su apuesto rostro—tan parecido al de su padre—se suavizó. Se pasó una mano por el pelo negro y corto y me miró con sus ojos grises.

—La OPU está encima de mí por tus últimas peticiones —dijo Tedrick en un tono más serio—. Sé que te gusta sobrepasar los límites por el bien de tus clientes, pero sabes los grandes riesgos que conlleva introducir nuevas plantas o animales en un ecosistema extraño. Son muchas semillas las que quieres enviar a Xecania. Esas semillas producen plantas que no son autóctonas de ese entorno.

—Por supuesto, y como sin duda adivinaste, no lo hice a la ligera —dije en tono tranquilizador—. Nuestro departamento científico revisó todas las semillas que propuse para asegurarse de que ninguna de ellas supondría una amenaza para ese planeta.

—Ya lo sospechaba. Así que gracias por confirmarlo. Sin embargo, me cuesta mucho más justificar que incluyas semillas de baya reezia en el pedido —dijo Tedrick—. No es una fruta que consuman normalmente ni los humanos ni los Andturianos.

—No —concedí—. Tampoco es para ellos.

Se puso rígido y enseguida entrecerró los ojos.

—Entonces, ¿por qué la incluyes?

—Porque los refugiados Bozengis estarían muy interesados en ellas —dije encogiéndome de hombros.

—No podemos entrometernos en los asuntos de la población local. Ya lo sabes —dijo Tedrick, endureciendo la voz.

—Yo tampoco —repliqué con la cara de inocencia más deshonesta—. Estoy proporcionando una variedad de semillas seguras para que un agricultor dotado las cultive en ese mundo. De Susan depende que lo haga o no. Pero si ella es sabia, podría utilizarlas de una manera que podría ayudar significativamente a su nuevo pueblo. La decisión será enteramente suya y de los Andturianos. Por lo tanto, no se ha roto ninguna regla.

—Estás jugando a un juego peligroso, Kayog —dijo, con cara de preocupación.

—Xecania tiene el potencial de convertirse en la despensa de alimentos de la galaxia al tiempo que devuelve a su gente el control de su propio planeta. Los Andturianos están al borde de la inanición mientras se encuentran en algunas de las tierras agrícolas más fértiles de todo el sector. Sólo les estoy dando las herramientas para que se encaminen en esa dirección y luchen contra los conglomerados que intentan apropiarse de sus tierras, si así lo desean. ¿No estamos aquí para eso?

—Lo es, pero no podemos ser percibidos como que interferimos o influimos en los lugareños para nuestros propios fines.

—Y no lo hacemos —bromeé con voz cantarina—. Como he dicho, simplemente estoy añadiendo una semilla diferente al resto del lote. Lo que Susan haga con ella depende enteramente de ella y de su gente. Se respetan todas las normas.

—¡Bien! —Tedrick refunfuñó—. Ya encontraré la forma de quitármelos de encima. Pero, por favor, intenta no hacerme la vida innecesariamente difícil.

—¡¿Dónde estaría la diversión en eso?!

Murmuró algo en voz baja, lo que me hizo estallar en carcajadas.

Susan no solo comprendió el encargo insinuado, sino que la inteligente mujer lo llevó a otro nivel que yo no habría podido soñar. Al final, ayudó a su nuevo pueblo a frustrar los nefastos planes del codicioso conglomerado que pretendía aplastarlos, proporcionó a esa especie primitiva los medios para lograr la independencia económica e incluso ofreció a otras terceras hijas de Meterion nuevas perspectivas y oportunidades para una vida mejor.

Fue la idea de Susan la que dio origen al programa Hijas de Meterion, que mi Linsea ayudó mucho a poner en marcha.

Poder utilizar mi capacidad de casamentera para salvar literalmente la vida de mujeres increíbles en situaciones desesperadas, especialmente debido a acusaciones injustas, fueron otros de los momentos culminantes de mi carrera. Serena y su compañero Ordosiano, Szaro, me vienen a la cabeza. Es cierto que ella había infringido las normas al invadir sus tierras sagradas, pero había sido por una buena causa: salvar a una madre y a su hijo de ser devorados por monstruos sedientos de sangre. Aquella exitosa unión nos permitió estrechar los frágiles lazos con esta especie parecida a los Naga, normalmente muy reacia a abrirse a los forasteros.

¿Y cómo olvidar a la traviesa Rihanna? La pequeña contrabandista había sido incriminada por su antiguo socio para que cargase con la culpa de un crimen que no había cometido. De no ser por mi intervención, la habrían enviado a Molvi, el planeta prisión más mortífero de la galaxia. Su insólito emparejamiento con Zatruk, el gran jefe de los Yurus, una especie similar a los orcos y minotauros, cambió por completo el destino de las tres especies principales que compartían ese planeta. Aportó esperanza, prosperidad y paz a los Yurus, que antes habían estado al borde de la autodestrucción.

Pero desde un punto de vista egoísta—y más ampliamente en beneficio de los Enforcers y la OPU—no podría estar más agradecido por haber contribuido a emparejar a Kaida y Cedros. En realidad, se encontraron por su cuenta durante una misión, pero yo ayudé a convencer a Kaida de que lo intentara. Como agente superior de los Enforcers, Kaida no me era desconocida. Aquel día, había entrado en un centro de investigación como parte del equipo de Tedrick para investigar un misterioso portal que se había abierto en el interior de su núcleo de energía, y de donde había salido un gigantesco dragón de las sombras para luchar contra diabólicas criaturas sombrías.

Ese dragón resultó ser Cedros, el Señor de las Sombras más dulce que necesitaba desesperadamente los abrazos de su Ejaya, la única hembra del universo que podía evitar que sucumbiera a la locura que, de otro modo, asolaba a seres como él. Y esa Ejaya no había sido otra que Kaida.

¿Quién iba a pensar que este emparejamiento nos proporcionaría un suministro constante de piedras de sombra? Nos permitían abrir portales a cualquier destino preasignado, en cualquier lugar de la galaxia. Esto significaba no más viajes espaciales de una semana a varios mundos. En segundos, podía entrar y salir, y volver con mi compañera. Obviamente, no podíamos abusar de una herramienta tan grande, no solo porque las piedras de sombra eran raras, sino también porque, si caían en las manos equivocadas, podían causar daños incalculables, especialmente si se utilizaban para lanzar un ataque sorpresa contra un mundo desprevenido.

Sin embargo, ni en un millón de años habría pensado que un emparejamiento que yo realizara podría dar lugar a una gran ola de injusticia. Cuando recibí un mensaje urgente de Torgal sobre una joven llamada Malaya a punto de ser enviada a Molvi, una oleada de ira surgió en mi interior. No tenía reparos en que se encarcelara allí a verdaderos criminales. Pero Torgal, el abogado Temern que representaba su caso, declaró inequívocamente que era inocente y que el juez que supervisaba su caso era corrupto.

Debería haber sido imposible, ya que su pueblo, los Obosianos, era conocido por su rabiosa obsesión por hacer cumplir la ley y acatar las normas. Por algo operaban Molvi. A petición de Malaya, el abogado esperaba que pudiera concertarle un matrimonio como había hecho con Rihanna. Lamentablemente, las reglas habían cambiado en represalia por haber salvado a Rihanna mediante un emparejamiento. El mismo juez corrupto, Wuras, había presidido su caso y se sintió personalmente menospreciado porque yo hubiera librado a la joven de los horribles abusos y la muerte que le habrían aguardado en Molvi.

Por ello, ayudó a aprobar nuevas leyes que impedían a los condenados eludir sus penas al ser emparejados. En caso de encontrar a su alma gemela, esa persona tendría que unirse al recluso en el planeta prisión mientras durara su condena, o vivir separada hasta que fuera liberada.

La única esperanza de salvar a Malaya era encontrar un Señor del Infierno, un guardia o un empleado en Molvi con el que pudiera emparejarla. Era una solución relativamente débil, pero cumpliría el requisito básico de que los condenados cumplieran su condena en Molvi. En realidad no especificaba que tuvieran que estar en uno de los cuadrantes de detención. Pero para esto, necesitaba conocerla para hacerme una idea de su canción antes de explorar el planeta en busca de un posible compañero.

Por lo tanto, Linsea y yo fuimos a las celdas donde estaba retenida mientras esperaba su traslado al planeta| prisión. Normalmente, mi compañera no se involucraba directamente en la entrevista inicial para un emparejamiento. Pero esta situación era diferente. Nos enfrentábamos a un juez Obosiano renegado. Los Enforcers y la OPU querían involucrarse para poner fin a esto. Pero las consecuencias políticas y legales podrían tener repercusiones catastróficas. Todo este lío debía ser manejado con mucho cuidado. Linsea se encargaría de los aspectos diplomáticos y legales mientras yo intentaba hacer mi magia.

Por mucho que odiara la perspectiva de romper mi racha perfecta de emparejar solo a almas gemelas verdaderas, salvar la vida de una joven inocente era mucho más importante para mí. Si hubiera sido mi hija, habría querido que alguien en una posición de poder interviniera en su favor.

Dos guardias Obosianos nos condujeron a través de un largo pasillo en cuyas paredes se alineaban innumerables celdas. Todos y cada uno de los que estaban allí eran sin duda culpables. Algunos rezumaban una malicia que me hizo sentir un escalofrío. Si no fuera por mi bendita habilidad para bloquear a los demás, ahora mismo estaría retorciéndome en el suelo de pura agonía. Al final del pasillo, bajamos a las entrañas del centro de detención, donde se encontraban las celdas de aislamiento.

Mi ira subió otro escalón. Basándome en los comentarios de Torgal sobre la joven y en mi propio examen de su expediente, nada justificaba semejante aislamiento. Por una fracción de segundo, me pregunté si la habían trasladado aquí, lejos de miradas indiscretas, para poder eliminarla. Sin embargo, teniendo en cuenta el gran número de cámaras de seguridad que cubren esta zona, sería casi imposible salirse con la suya.

Pero todos esos pensamientos errantes se esfumaron de mi mente cuando nos acercamos a la celda donde estaba detenida Malaya. Me invadió una oleada de miedo, lo cual era de esperar dadas las circunstancias. Pero fue algo más lo que hizo que casi se me doblaran las rodillas.

—Imposible —exhalé, completamente conmocionado.

CAPÍTULO 23

LINSEA

L a poderosa emoción que atravesó mi vínculo con Kayog casi me hizo perder el equilibrio. Lo miré confundida, preguntándome qué podría haber provocado una reacción tan fuerte en él. Iba más allá de la mera conmoción. Había percibido algo devastador. Para mi consternación, momentos después de que susurrara su incredulidad, mi compañero cerró de golpe sus muros psíquicos, dejándome fuera. Aquello me dejó aún más atónita. No recordaba la última vez que lo había hecho.

Normalmente, Kayog solo se cerraba a mí por su necesidad de protegerme. ¿Pero de qué podría necesitar protección? Si no fuera por los dos guardias Obosianos increíblemente engreídos que nos escoltaban hasta la celda de Malaya, lo habría interrogado. Pero ahora no era el momento. Aunque seguía visiblemente agitado, mi compañero me agarró la mano y me dio un suave apretón tranquilizador. A pesar de lo perturbada que seguía sintiéndome, eso me tranquilizó. En su momento, me lo contaría todo.

Podía sentir el miedo que emanaba de una habitación cercana. Mis instintos protectores se encendieron de inmediato con la necesidad de apaciguarlos. Había algo en aquella aura que me resultaba familiar. No podía explicarlo del todo, ya que sabía a ciencia cierta que nunca había conocido a la joven.

El odioso guardia abrió la puerta a un espacio estrecho y rectangular que no debía medir más de tres metros de ancho por cinco de largo. Malaya estaba sentada en la superficie plana con un fino cojín que se atrevían a calificar de cama. Un retrete y un diminuto lavabo completaban el lúgubre espacio en el que la pobre mujer había estado encerrada los últimos días a la espera de ser trasladada.

Malaya emitió un sonido ahogado al vernos. La esperanza y la alegría que se agitaron inmediatamente en su interior al reconocernos me golpearon con increíble violencia. Me dejó confusa y mareada. Una vez más, la ardiente sensación de que la conocía me corroía.

Miré a mi marido. Su rostro ocultaba por completo las emociones que le embargaban. A cualquier otra persona le parecería que estaba relajado, cálido y amable como siempre. Pero la forma en que sostenía las alas delataba una tensión insana. Si no fuera porque llevo casada con él treinta y siete años, me habría engañado.

—Tienes visita —le dijo el guardia a Malaya en un tono cortante que me hizo desear sacarle los ojos a picotazos.

Yo no era violenta, pero ver cómo maltrataban a un inocente me molestaba sobremanera. El segundo guardia colocó un par de taburetes frente a la cama donde estaba sentada Malaya. Kayog le dio las gracias cortésmente y luego, con su infinita ternura habitual, mi compañero me hizo un gesto para que me sentara primero antes de tomar el segundo taburete. Ambos Obosianos salieron de la habitación y cerraron la puerta tras de sí. La luz de la cerradura se volvió roja.

—¡Dios mío! —exclamó Malaya con voz temblorosa—. Podría abrazarlos a los dos ahora mismo. Creía que se habían olvidado de mí.

—No, querida. No nos olvidamos de ti —dije mientras

sacaba una pequeña esfera de la bolsa que colgaba del discreto cinturón que llevaba en la cintura.

En cuanto la activé, la esfera planeó un metro sobre nuestras cabezas y un haz de luz nos rodeó, formando un cono de silencio.

—¿Un codificador? —preguntó Malaya, atónita.

—Para asegurarnos de que nadie está escuchando a escondidas —dije, endureciendo la voz—. Te has ganado un poderoso enemigo al que no le gusta nada que nos involucremos.

—Pero se *están* involucrando —repitió Malaya, con voz esperanzada—. Su presencia aquí significa buenas noticias, ¿verdad? ¿Han encontrado una solución?

Dudé antes de responder.

—No exactamente. Como Torgal te informó, no hay forma de evitar que vayas a Molvi. Nuestra única esperanza es emparejarte con alguien de ese planeta.

Retrocedió y me miró a mí y luego a Kayog, horrorizada.

—¿Emparejada con un prisionero? ¿Cómo demonios va a ayudarme eso?

—No es un prisionero —corrigió Kayog con un tono suave, casi paternal, que me sorprendió—. El objetivo es emparejarte con un Obosiano o uno de los empleados de Molvi. Pero lo ideal sería con un Obosiano.

Como era de esperar, Malaya se rebeló ante aquella perspectiva. Al fin y al cabo, intentaban enviarla a una muerte segura, aun sabiendo que era inocente. Pero una vez que le explicamos cómo una unión con un Señor del Infierno podría proporcionarle los medios necesarios para demostrar su inocencia, aceptó la idea a regañadientes.

—Vale. Entiendo lo que quieren decir. ¿Significa eso que ya tienen a alguien en mente? —preguntó Malaya, sintiéndose a la vez esperanzada y abatida.

Miré a Kayog, que negó con la cabeza.

—He hablado con algunos candidatos potenciales para

evaluar su disposición a considerar un emparejamiento tan inusual —dijo Kayog con cuidado—. No he encontrado a tu alma gemela, aunque tengo una pequeña corazonada. Mi presencia aquí no era más que para evaluar tu personalidad y tener una mejor idea de quién podría ser un buen emparejamiento para ti.

Malaya hizo un gesto despectivo con la mano.

—No tiene por qué ser un alma gemela. Después de seis meses, podemos divorciarnos y seré libre.

Kayog y yo negamos con la cabeza.

—Tienes cadena perpetua —le recordé en tono suave, pero firme—. Lo único que puede anular tu sentencia y devolverte la libertad es la desaparición de Wuras.

—Esto también significa que es imperativo que encuentres la manera de complacer a quienquiera que esté emparejado contigo —le advirtió Kayog.

—¿Qué significa eso? —preguntó ella, con la preocupación filtrándose de nuevo en su voz.

Una vez más, la poderosa necesidad de protegerla y consolarla surgió dentro de mí con una violencia que me dejó tambaleándome. ¿Por qué suscitaba en mí reacciones tan fuertes? Malaya no era la primera persona desesperada a la que había ayudado. Ninguna me había afectado tan profundamente.

—Significa que tu compañero es el único que puede poner fin a su unión después de los seis meses de prueba, si está disgustado contigo —explicó Kayog—. Si eso ocurriera, serías enviada a uno de los Sectores penitenciarios de abajo para cumplir el resto de tu condena. Por lo tanto, mi prioridad es encontrar a tu alma gemela. Pero en su defecto, quiero a alguien con quien puedas tener una buena vida a largo plazo.

Nos miró estupefacta. Obviamente, no era lo que esperaba oír de nosotros. Pero Malaya necesitaba comprender la realidad de su precaria situación y estar preparada para la dura batalla que le esperaba.

—¿Crees que fracasaré en mis esfuerzos por encontrar una prueba? —susurró Malaya, cabizbaja.

Kayog sacudió la cabeza con mucha más confianza de la que sentía.

—Creemos que acabar con Wuras será difícil y llevará mucho tiempo. Lo más probable es que nos lleve más de esos seis meses. Por esta razón, preferiría que pasaras este largo tiempo con alguien que te haga feliz y que no se divorcie de ti en cuanto termine el periodo de prueba.

—Sólo necesitamos que sigas teniendo fe —añadí en tono tranquilizador—. Estamos luchando por ti. El día de tu traslado, te prometemos que será para que conozcas a tu pareja elegida.

Cuando nos levantamos para salir de la habitación, apenas me contuve de estrecharla en un abrazo reconfortante. Además de que era un comportamiento extraño por mi parte, también haría que los guardias Obosianos se abalanzaran sobre nosotros con furia. Había directrices estrictas en lo que respecta a nuestras interacciones con los prisioneros. Y nada de tocamientos ocupaba un lugar destacado en esa lista. Ya nos estaban mostrando un nivel de cortesía extremadamente alto al dejarnos a solas en la habitación con Malaya.

Con el pecho oprimido, vi cómo Kayog llamaba a la puerta para que los guardias nos dejaran salir. La rapidez con la que abrieron dio a entender que habían abusado de nuestra hospitalidad. Mientras salíamos del centro de detención conectado al tribunal Obosiano, no dejaba de mirar a mi marido. Seguía bloqueándome. A pesar de ello, había notado la tensión que bullía en su interior durante toda la entrevista, aunque hizo un trabajo fantástico para ocultarla.

Caminó a paso ligero de vuelta a nuestra lanzadera. Para mi sorpresa, en cuanto embarcamos y las puertas se cerraron tras nosotros, Kayog abandonó bruscamente su máscara de estoicismo. Se apoyó en la pared como si temiera derrumbarse sin ese apoyo. Sus alas se hundieron y su rostro adoptó una expresión

CASADA CON KAYOG

que no sabría definir. Conmoción, angustia, pena y, curiosamente, también alegría luchaban por dominar sus facciones.

—¡Kayog! ¿Te encuentras bien? ¿Qué te pasa? —exclamé, corriendo a su lado y acariciándole la espalda con un movimiento tranquilizador.

Por la forma en que me miraba, con sus ojos plateados llenos de lágrimas, casi me entra el pánico. Pero entonces sus palabras me rompieron el cerebro.

—Es ella —dijo Kayog con voz temblorosa—. Es ella. Nuestra bebé... Es Thea.

—¡¿Qué?! —exclamé, apartando la mano de él como si su contacto me quemara, y di un paso atrás—. Eso es imposible.

—¡ES ELLA! —exclamó con fuerza, antes de pasarse una mano temblorosa por el plumón de la parte superior de la cabeza —. Nunca podré olvidar esa canción. Malaya es nuestra bebé renacida. El Destino nos está dando una segunda oportunidad de salvar a nuestra pequeña como no pudimos la primera vez.

Mi mente daba vueltas. Abrí la boca para argumentar que aquello no tenía sentido, pero Kayog dejó caer sus muros e hizo que se me doblaran las rodillas. Sus emociones se abatieron sobre mí como un tsunami. A la velocidad del rayo, me agarró por los brazos y me atrajo hacia él. De no ser por eso, me habría derrumbado.

Aunque mi cerebro seguía diciéndome que aquello era imposible, las emociones que emanaban de Kayog gritaban a los cuatro vientos que creía en sus afirmaciones más allá de toda duda. En nuestros treinta y ocho años juntos, mi compañero nunca se había equivocado a la hora de reconocer un alma. ¿Por qué iba a empezar ahora? Si hubiera hecho una afirmación tan escandalosa días, semanas o meses después del fallecimiento de nuestra bebé, lo habría atribuido a una respuesta traumática o a un mecanismo de afrontamiento. Pero Thea nos dejó hace treinta y siete años.

Me quedé helada cuando me asaltó un pensamiento repentino. Malaya tenía treinta y seis años. Había nacido de una pareja filipina en el primer aniversario de la muerte de Thea. Aunque me había dado cuenta de ese hecho al revisar su expediente, no había pensado mucho en ello entonces. Pero ahora...

Los Temerns creían en la reencarnación. Sin embargo, las probabilidades de encontrarnos con un conocido o un ser querido renacido eran mínimas. Y sin embargo, mientras repasaba el encuentro en mi mente, no podía evitar reconocer que mis reacciones ante Malaya desafiaban la lógica... o más bien habían parecido ilógicas en el contexto original. Me habían entrado unas ganas terribles de abrazarla y consolarla. La descortesía de los guardias hacia ella había desatado mis instintos protectores. La necesidad de salvarla había superado todo lo que había experimentado antes en otros casos.

Mi alma conocía la suya.

Rompí a llorar. Y Kayog me abrazó con fuerza, cediendo a las emociones que nos embargaban. No eran lágrimas de tristeza, sino una mezcla indescriptible de alegría, alivio, esperanza y gratitud.

El Destino nos daba una segunda oportunidad. Y esta vez, estábamos mucho mejor equipados para estar a la altura de las circunstancias. Ese corrupto Juez Wuras iba a caer, y nuestra bebé andaría libre.

Nos dirigimos directamente a Molvi para que Kayog pudiera conocer al mayor número posible de posibles parejas. Odiábamos que nuestra hija pudiera acabar con alguien que no era su alma gemela, pero era un sacrificio necesario para mantenerla a salvo hasta que se retiraran todos los cargos y se anulara su sentencia.

En nuestro viaje hasta allí, llamamos a Tedrick para ponerle al día de la situación. Por la rapidez con la que respondió a nuestra solicitud, probablemente había puesto todo lo demás en espera específicamente para estar disponible para hablar con nosotros. Este caso era enorme con consecuencias potencialmente devastadoras.

—¿Cómo ha ido? —Tedrick preguntó tan pronto como se estableció la conexión.

Por el aspecto del fondo, estaba sentado en su despacho, apoyado en el alto respaldo de su silla de cuero negro.

—Como declaró Torgal, ella es inocente —dijo Kayog, con voz tensa y decidida—. Debemos utilizar cualquier medio necesario para salvarla y acabar con ese juez corrupto.

Tedrick entrecerró los ojos hacia mi compañero. Incluso sin poder percibir sus emociones a través de la pantalla, lo conocía lo suficiente como para comprender que la fuerte reacción de Kayog estaba levantando banderas rojas para Tedrick.

—Como bien sabes, no hay nada que podamos hacer con respecto a su sentencia —afirmó Tedrick en tono cuidadoso—. Obviamente, esperamos que puedas hacer algo a través del emparejamiento para mantenerla a salvo un tiempo más. Pero tenemos las manos atadas. Sólo podemos esperar reunir suficientes pruebas, especialmente con su ayuda como periodista de investigación. Nos enfrentamos a la justicia Obosiana. Será casi imposible.

—¡Me importa una mierda! —Kayog siseó, haciendo retroceder a Tedrick—. Si tengo que quemar todo ese planeta y liberarla, lo haré.

Parpadeó y se quedó mirando a mi compañero con expresión atónita.

—Kai, ¿qué pasa? Sabes que no podemos hacerlo. Las repercusiones...

—¡A la mierda las repercusiones! No dejaré que mi hija muera en este asqueroso lugar —Kayog gritó—. Ella es inocente. No me importa lo que haya que hacer para demostrarlo, pero lo haremos. Y si tú no puedes ayudar, yo me encargaré. Sabes que puedo.

Le puse una mano tranquilizadora en el antebrazo. Aquello

REGINE ABEL

pareció sacarle de la rabia que llevaba dentro. Me miró de reojo y luego bajó los hombros al darse cuenta de que se estaba dejando llevar por sus emociones. En la pantalla, la expresión de Tedrick había pasado de la conmoción a un atisbo de lástima, antes de estabilizarse en algo más neutro y profesional.

En ese instante, me di cuenta de que creía que Kayog estaba sufriendo un colapso mental.

—No está loco —dije en un tono tranquilo, pero objetivo.

Tedrick se estremeció. Había sido sutil, pero inconfundible. Le miré fijamente a los ojos, levantando la barbilla en señal de desafío mientras le sostenía la mirada.

—Es justo que hagas esa suposición dadas las circunstancias. Pero mi compañero tiene razón. Malaya es nuestra hija renacida. Durante treinta y siete años, Kayog ha servido lealmente tanto a los Enforcers como a la OPU. Ni una sola vez se ha equivocado sobre la canción del alma de una persona. ¿De verdad crees que podría equivocarse con la de nuestra propia hija? —pregunté en tono severo.

Tedrick frunció el ceño, un aire de incertidumbre se apoderó de sus facciones mientras sopesaba mis palabras.

—Yo estaba allí, en la habitación. Aunque no puedo oír las almas como Kayog, todo en mí la reclamaba y quería protegerla. No tengo ninguna duda de que es nuestra hija —continué con calma—. Pero que tú o cualquier otra persona lo crea es completamente irrelevante. Ten en cuenta que no nos detendremos ante nada para salvarla. Dicho esto, tenemos un gran problema con ese juez. Hay algo mucho más grande y sucio sucediendo aquí. Hay que abordarlo antes de que el efecto dominó conduzca a un desenlace mucho más catastrófico.

La ola de gratitud que emanó de Kayog se deslizó sobre mí como una cálida brisa de verano. Tomó mi mano entre las suyas y la acarició suavemente con el pulgar. Le miré y sonreí, solo para que él me devolviera la sonrisa con un amor infinito.

Después de treinta y ocho años y contando, seguía enamorándome más y más de este macho.

—No hay duda de que algo asqueroso está sucediendo —dijo Tedrick con cuidado, reclamando nuestra atención—. Pero como dije, nuestras manos están atadas. Todas las pruebas son increíblemente incriminatorias contra Malaya. No dudo de su inocencia, pero necesitamos pruebas o al menos algún tipo de pista. No tenemos nada de eso.

—Danos a Maeve —dijo Kayog enérgicamente—. Es la mejor hacker del Enforcer. Con su actual estatus de "agente libre", podrá indagar en lugares aún más restringidos sin llamar la atención de tu organización o de la OPU. Haz que suceda, Tedrick. Nunca he hecho demandas o amenazas. Y esto tampoco es una amenaza. Sólo te estoy dando el aviso justo de que si no se puede hacer nada en el frente legal, entonces tomaré el asunto en mis propias manos.

—No actúes imprudentemente, Kayog —advirtió Tedrick—. Estamos en el mismo equipo. Haz lo que puedas por tu parte para conseguirnos el mayor tiempo posible. Haremos lo que podamos por nuestra parte.

—Gracias. Es todo lo que pido —dijo Kayog, con algo de tensión en sus hombros.

—Sí, gracias —repetí.

Tedrick nos dedicó una sonrisa triste. Seguía sin creer que Malaya pudiera ser nuestra hija reencarnada. Sin embargo, nos conocía desde hacía suficiente tiempo como para darse cuenta de que no éramos propensos a las fantasías. Por lo tanto, reconoció la posibilidad real de que nuestras afirmaciones pudieran ser ciertas.

Terminamos la comunicación y completamos el largo viaje hasta Molvi. Nuestros respectivos ayudantes hicieron un trabajo fantástico programando una serie de reuniones con los diversos Señores del Infierno que dirigían el planeta prisión. Los nobles Obosianos que allí ejercían de guardianes habían sido bautizados como tales por los humanos debido a su aspecto, que recordaba a los demonios de la mitología terrestre.

Eran altos, con enormes cuernos, pelo blanco plateado, alas de murciélago coriáceas y una larga cola. A diferencia de los demonios de la tradición humana, los Obosianos tenían una piel gris oscura, ojos luminosos de color blanco plateado o azulado rodeados de esclerótica negra y una mancha de escamas oscuras en la frente, los brazos y las piernas. Al ser Molvi la prisión más salvaje e implacable de la galaxia, se ajustaba perfectamente a la descripción humana del Infierno, lo que convertía a sus guardianes en Señores del Infierno.

El problema era lo rabiosos que eran los Obosianos con la defensa de la ley. A sus ojos, los delincuentes eran el tipo más repugnante de individuos. Por lo tanto, la mayoría de los candidatos potenciales que conocimos se negaron inmediatamente a considerar siquiera una unión con un asesino convicto. Insinuar que uno de sus jueces podía haber condenado erróneamente a un inocente era semejante a una blasfemia. Esperábamos resistencia, pero no tan feroz e implacable. Sin un compañero que mantuviera a Malaya fuera de la zona de detención real de los presos, nuestra hija nunca sobreviviría lo suficiente para que la verdadera justicia siguiera su curso.

No fue hasta que nos reunimos con Lord Amreth que por fin volvió la esperanza. A pesar de ser tan estirado cuando se trataba de hacer cumplir la ley, Amreth era un hombre realmente excepcional, con un corazón bondadoso y una mente aguda. Fue testigo de sucesos que le llevaron a creer que, efectivamente, había corrupción, por increíble que pareciera. Por lo tanto, si no encontrábamos el alma gemela de Malaya entre los demás candidatos con los que nos reuniríamos, Amreth accedió a tomarla como compañera para mantenerla a salvo hasta que concluyera la investigación.

Casi lloro de alivio. La misma gratitud irradiaba con fuerza Kayog. Con el corazón mucho más ligero, seguimos adelante con dos reuniones más, sintiéndonos totalmente imperturbables por el esperado rechazo de estos posibles compañeros ahora que teníamos un plan alternativo asegurado.

Y entonces conocimos a Lord Kronos.

Mientras que las otras parejas potenciales se habían limitado a expresar curiosidad por lo que nos había traído hasta ellos, Kronos irradiaba agravio desde el momento en que aterrizamos. Conocí a Kronos tras ser rescatado por Maeve y Helio, otra pareja que mi compañera había emparejado. Había sido hecho prisionero por una asquerosa hembra Nazhral llamada Saydi, que había estado secuestrando a jóvenes Edocits para cosechar las hojas de plumón en las enredaderas que adornaban sus cabellos, que era la droga recreativa más potente—pero más segura—de la galaxia.

Estaba de pie, con la espalda y las alas rígidas, mirándonos con ojos entrecerrados por la sospecha mientras desembarcábamos. La pista de aterrizaje estaba situada en una meseta elevada con vistas a una de las muchas e impresionantes terrazas de su mansión.

—Si habéis venido a pedirme que libere a un preso para uno de vuestros emparejamientos, la respuesta es no —dijo Kronos preventivamente en tono imperativo en lugar de saludar—. Quien quiera emparejarse con uno de mis reclusos tendrá que venir a instalarse en Molvi con su pareja.

—¡Ese es exactamente el objetivo! —dijo Kayog con el exceso de entusiasmo que siempre desestabilizaba a los candidatos gruñones como éste.

Reprimí una sonrisa de satisfacción mientras acortábamos distancias con el impresionante macho. Mi compañero podía ser todo un imbécil irreverente cuando quería. En particular, destacaba por poner a la gente en su sitio con una sonrisa y una palabra amable, lo que hacía que doliera aún más.

A pesar de nuestra respetable estatura, Kronos sobresalía por encima de nosotras. Las mujeres humanas—y las de muchas otras especies—se abanicaban sistemáticamente en presencia de los Obosianos. Eran, sin duda, una especie hermosa. Al igual que Amreth, Kronos era extremadamente agradable a la vista, y sus numerosos piercings—considerados trofeos y signos de estatus por su pueblo—no hacían sino aumentar su peligroso encanto.

—Y saludos, Lord Aramon —dijo mi compañero con una voz demasiado dulce—. Como al parecer habéis adivinado, soy Kayog Voln, aunque preferiría que me llamaráis simplemente Kayog. Y esta es mi encantadora esposa, Linsea Voln, a quien tengo entendido que ya conocéis.

Arrugó la cara, avergonzado de que le llamaran la atención por su descortesía al no saludarnos a nuestra llegada.

—Así es. Bienvenidos a Molvi, Linsea, Kayog —dijo a regañadientes, asintiendo a cada uno de nosotros a su vez, antes de mirar fijamente a Kayog—. Puedes llamarme Kronos.

Mis interacciones con él en el momento de su rescate habían sido cordiales. Pero los Obosianos tendían a ser un poco distantes. Algunos percibían su actitud como altanera. Sin embargo, mis frecuentes interacciones con ellos en mi línea de trabajo me habían hecho darme cuenta de que era simplemente su tradición de mantenerse en forma y decoro lo que daba la impresión engañosa de que eran esnobs y se creían superiores a los demás.

—¡Excelente! —dijo Kayog con el mismo entusiasmo que a Kronos—. Tenemos mucho que discutir. Asuntos serios.

—Entonces vamos a mi despacho. Por aquí —dijo Kronos en tono malhumorado.

Quería abreviar. Aquel macho era tan guapo como odioso. Y, francamente, me estaba hartando de hacer el mismo discurso de venta sin sentido a tontos santurrones demasiado estúpidos para darse cuenta de que, en realidad, eran ellos los que no merecían a mi hija.

Sin embargo, algo cambió en la actitud de Kayog cuando el Señor del Infierno nos condujo al despacho de su espectacular mansión. La conmoción, la excitación y el triunfo se apoderaron de él.

¡¿De ninguna puta manera?!

Lancé una mirada de preocupación a mi compañero, que me hizo un sutil gesto de asentimiento con una sonrisa tan amplia como le permitía su pico. Mi mente daba vueltas ante este resultado tan improbable. Una parte de mí quería alegrarse al pensar que habíamos encontrado el alma gemela de nuestra hija. Lord Kronos pertenecía a una de las casas nobles más ricas e influyentes de Vargos, el mundo natal de los Obosianos. Tendrían los recursos y la determinación para luchar con uñas y dientes para que un miembro de su familia fuera absuelto de cualquier delito. Sin embargo, ese mismo estatus de élite les haría aún menos propensos a considerar cualquier tipo de asociación con una criminal convicta.

Les esperaba una dura batalla.

Mi mirada recorrió la magnífica propiedad mientras nos dirigíamos a las gigantescas puertas del patio, del suelo al techo, que conducían a la entrada de la mansión. Cada Señor del Infierno construía su residencia personal en lo alto de la montaña que bordeaba los confines de sus Sectores. Eran extensas viviendas con balcones de varios niveles, cascadas naturales e impresionantes vistas del paisaje del planeta. Innumerables trampas mortales disfrazadas de plantas exóticas o ríos mantenían su hogar a salvo de cualquier intruso en caso de que los reclusos fueran lo bastante insensatos como para intentar escapar.

Le seguimos hasta su despacho, tan elegantemente decorado como el resto de su mansión. Me imaginaba a mi bebé viviendo en un lugar así: tranquilo, con clase y elegante.

—Tomen asiento —dijo Kronos, señalando un cómodo conjunto de sofás en la zona de asientos junto a la puerta del patio que daba a una de las muchas terrazas de sus dominios.

—Gracias —dije con una sonrisa de agradecimiento.

Kayog y yo nos acomodamos en el gran sofá frente a la silla

a la que él se dirigía. Para deleite de ambos, el respaldo estaba colocado a una altura lo bastante cómoda como para acomodar nuestras alas. Era una de las ventajas de visitar a otras especies aladas.

Tras rechazar amablemente su oferta de refrescos, nos sumergimos de inmediato en el motivo de nuestra visita.

—Estamos aquí en una misión para detener actividades criminales importantes y proteger a inocentes que han sido gravemente agraviados —dije.

Sonreí cuando se animó al instante al oír esas palabras. Cuando se trataba de defender la ley, los Obosianos eran ridículamente predecibles.

—Tienes mi atención —dijo Kronos.

—Lo que estamos a punto de compartir contigo será impactante. Por favor, escúchanos con la mente abierta —dije, preparándome para lo que vendría a continuación—. Un miembro muy importante de tu sociedad, el Juez Wuras, se ha corrompido y debe ser detenido.

Kronos se puso en pie de un salto, con su *lumiak* brotando de las puntas de sus dedos y los zarcillos eléctricos arrastrándose por sus manos mientras nos miraba indignado. Los guerreros de su especie podían invocar esta energía a voluntad. A un nivel más bajo, podía hacer que alguien obedeciera como una pistola eléctrica. Pero a su máxima potencia, podía reducirte literalmente a cenizas.

—¿Cómo se atreven? —Kronos exclamó.

—Paz, Kronos —dijo Kayog con voz tranquilizadora, levantando la palma de la mano en un gesto apaciguador.

—Puedes ver almas. ¿Ves algún engaño en la nuestra? —pregunté en un tono similar, antes de señalar su silla—. Por favor, siéntate.

Con los dientes apretados, apagó la *lumiak* y se sentó de mala gana.

La siguiente media hora se convirtió en la experiencia más

exasperante de mi vida. El macho, estúpidamente testarudo, rechazaba sistemáticamente la idea de que alguien como él pudiera estar emparejado con una convicta. No importaba cuántas veces le explicáramos que Malaya había sido incriminada, no podía aceptar que uno de sus jueces más importantes y respetados pudiera ser corrupto.

Más de una vez tuve que evitar que Kayog le diera una patada. Pero también quería arrancarle los ojos de un picotazo, arrancarle los piercings y metérselos por el culo para que le hicieran compañía al palo de santurrón que se había metido ahí dentro.

¿Cómo es posible que ese imbécil prejuicioso sea el alma gemela de mi hija?

—Bien. Si no puedes molestarte en salvar la vida de tu alma gemela o ayudar a corregir los terribles errores cometidos contra inocentes, otro mostrará más valor —dijo por fin Kayog en un tono gélido que incluso me hizo ponerme rígida.

—¿Cómo dices? —dijo Kronos con la misma frialdad.

—Puede que te parezca bien dejar que un inocente sea arrojado junto a los criminales más repugnantes de la galaxia, pero no vamos a dejar que Malaya muera. Por suerte, Lord Amreth se la llevará —dijo Kayog en tono desdeñoso.

Kronos retrocedió y miró a mi compañero con expresión atónita.

—¡¿Amreth?! ¿Amreth ha consentido tal unión?

—Nos pusimos en contacto con él y con algunos otros que sabíamos que podrían ser potencialmente más... flexibles antes de reunirnos con Malaya —dije, invocando cada gramo de mi fuerza de voluntad para mantener la diplomacia—. Queríamos estar seguros de que podíamos ofrecerle algunas opciones. Pero una vez que la conocimos, mi marido tuvo la corazonada de que era tuya. Así que, naturalmente, acudimos a ti primero después de aquella discusión.

No era del todo exacto, pero casi.

—Pero como no se te puede molestar... —añadió Kayog.

—No me pongas a prueba, Temern —gruñó Kronos.

—No te estoy poniendo a prueba, Obosiano —replicó Kayog en un tono igual de severo—. No tenemos tiempo para que resuelvas tus conflictos internos. Dentro de dos días, Malaya será enviada al patio de Dakon. Sabes perfectamente que no sobrevivirá allí ni una semana. Así que, si *tú* no lo haces, *yo* la salvaré.

Esta vez, Kronos se estremeció al oír el Sector al que sería enviada. Dakon solo aceptaba a los malhechores más viles. La esperanza de vida de sus prisioneros rara vez superaba unos pocos días, o unas pocas semanas. Enviar allí a Malaya era una sentencia de muerte.

—¿Qué sentido tiene entregársela a Amreth si no son almas gemelas? —desafió Kronos—. Creía que solo realizabas uniones perfectas.

—Hasta ahora, sí. Pero si romper mi racha perfecta es el precio para salvar a esta dulce mujer, entonces lo pagaré con gusto —dijo Kayog, levantando el pico desafiante—. Puede que Malaya y Amreth no sean almas gemelas, pero sus personalidades están bien alineadas y son compatibles. Tendrán una vida bastante feliz juntos. Comparado con los demás, él es la mejor pareja alternativa.

—Que Tharmok te lleve a ti y a tus amenazas —gruñó Kronos.

En ese momento, me di cuenta de que habíamos ganado. Sólo necesitaba un empujón extra para cruzar la línea de meta.

—No son amenazas, Lord Kronos —dije con voz suave mientras cogía la mano de Kayog y se la apretaba suavemente—. Esta es nuestra única otra opción para salvar a Malaya. ¿Ayudaría si te dijera que todas las uniones de la Agencia Primaria vienen con un periodo de prueba de seis meses?

Eso captó su interés. Después de un par de idas y venidas más, finalmente cedió, arrugando la cara como si hubiera mordido algo asqueroso.

—Bien. Tiene seis meses para demostrar que tienen razón. Pero que los dioses la protejan si demuestra que es falsa. —refunfuñó.

—No lo hará —dijo Kayog con triunfante confianza.

—Ya veremos —replicó Kronos.

Me sentía mareada caminando entre interminables filas de vestidos de novia con Tala tirando de mí en todas direcciones. Como Temern, nunca había llevado ropa, así que ir de compras no me resultaba especialmente familiar. La cantidad de opciones, estilos, tallas y nivel de recato o picardía me abrumaba. Y, sin embargo, estaba decidida a que mi hija tuviera una boda lo más perfecta posible dadas las circunstancias.

Como teníamos que apresurar todo el proceso antes de que la enviaran al Sector de Dakon, su familia no podría asistir. En realidad, Kronos aún podía echarse atrás en este acuerdo si percibía que su alma era engañosa el día de su llegada.

Me destrozó no poder asistir a la ceremonia. Había surgido una misión urgente que me obligaba a ocuparme de ella. Pero si no podía estar allí, haría todo lo que una madre desearía para el día especial de su hija. Como ella llegaría a Molvi vistiendo nada más que su mono de prisionera, me negué a que intercambiara votos con un atuendo tan aborrecible.

Después de volverme literalmente loca tratando de orientarme en el mar de opciones, de repente caí en la cuenta de que debía reducir mi búsqueda a algo que fuera significativo para Malaya. Su expediente revelaba que era de ascendencia filipina y que había recibido bastante formación en sus bailes tradicionales. Eso me llevó a suponer que querría un vestido tradicional de su cultura.

Tala me arrastró hasta la sección adecuada. Como tenía una altura y un tipo de cuerpo similares a los de mi hija, se ofreció voluntaria como modelo. Aunque Tala tenía la tez más oscura que mi hija, me dio una buena idea de cómo quedarían los vestidos con la piel morena clara de Malaya.

Me quedé boquiabierta cuando Tala salió del vestuario con un impresionante y moderno vestido de baro't saya. El baro't—que era la parte superior del vestido—lucía un precioso encaje floral bordado sobre la tela de piña más lujosa. Formaba un corpiño bastante sexy que no le cubría el ombligo. El mismo dentelle floreado adornaba los bordes de los grandes hombros de mariposa del baro't.

La falda de cuerpo entero—la saya—estaba adornada con los mismos encajes en lugares estratégicos, y una abertura demencial llegaba hasta la mitad del muslo. Era escandalosamente sexy e increíblemente favorecedor. Podía imaginarme lo impresionante que estaría Malaya con él puesto.

Tala hizo un par de poses coquetas que me hicieron reír.

—La expresión de tu cara refleja lo que siento por dentro. Es el elegido —dijo Tala con convicción.

Chasqueé el pico con vacilación. En efecto, era un vestido impresionante.

—¿Es demasiado sugerente con el vientre al descubierto? —pregunté con recelo.

—¡Pfff! ¿Estás de broma? Por si no te habías dado cuenta, el cuerpo de Malaya está casi tan bueno como el mío, ¡y tiene un piercing en la barriga! —exclamó Tala como si fuera evidente.

Solté una carcajada ante aquel alarde juguetón mientras movía las caderas de una forma que recordaba a las bailarinas de la danza del vientre.

—A ese amigo suyo Obosiano se le caerá la baba cuando lo vea. Ya sabes lo locos que son con los piercings. Nuestra chica tiene que alardear de ello.

—Cierto —dije, arrugando la cara—. Ese piercing solo puede subrayar aún más el hecho de que están perfectamente alineados, incluso en esto. Aun así, una madre no necesariamente quiere oír hablar de cómo los machos babean por su hija.

Tala resopló.

—Chica, ¿has olvidado que tu futuro yerno es un maldito íncubo? ¿Qué crees que le va a hacer? Sabes que sus lenguas se extienden hasta treinta centímetros, ¿verdad?

—¡Creador! ¡Tala! —Exclamé, tapándome los oídos con las manos—. No necesito oír esto.

Mi amiga se rio, sus ojos rebosaban de un brillo impenitente.

—Es justo. ¿Crees que no me asusté también cuando mis dos hijos crecieron lo suficiente como para empezar a retozar? —se miró a sí misma y se pasó ambas manos por la tela de encaje de la falda—. El pobre Kayog se va a volver loco cuando la vea en la boda. Los padres pueden ser tan celosos.

Me reí entre dientes.

—Puede que sí. Pero también puede que simplemente se sienta aliviado. En cualquier caso, prefiero que sea un padre celoso y posesivo a que cometa un asesinato porque Kronos es un idiota testarudo.

—¡Amén a eso!

Con el vestido asegurado, pasamos el siguiente par de horas buscando los zapatos perfectos, joyas y toda la ropa interior sexy, lencería y camisones que Malaya pudiera necesitar para seducir a su engreída amiga del alma. De ninguna manera iba a enviarle las horribles cosas que había encontrado en sus cajones cuando fui a recoger unas cuantas maletas con artículos de primera necesidad para ella. Tala las había llamado "bragas de abuela" y yo no podía estar más de acuerdo.

Mi hija se casaría y viviría con estilo.

CAPÍTULO 24
KAYOG

De pie en la pista de aterrizaje, junto a Kronos e Isobel, mientras se acercaba el transbordador que transportaba a Malaya, hice acopio de toda mi fuerza de voluntad para no hacer papilla a aquel desgraciado. No era la primera vez desde que conocí a aquel pomposo imbécil que deseaba haberme equivocado al decir que era el alma gemela de mi hija.

Incluso ahora que el transbordador terminaba de acercarse, el desprecio y la repugnancia irradiaban ruidosamente de él. Como faltar a la palabra dada era una increíble fuente de deshonor, aquel Señor del Infierno se sentía obligado a seguir adelante con esto mientras resentía cada minuto de ello. Sin embargo, estaba claro que esperaba que fracasara al escrutar su aura.

Los Obosianos tenían el poder de leer las auras y verlas incluso a través del escudo de ocultación más poderoso. Esto los convertía en los mejores guardianes, ya que ningún recluso—ni ningún otro ser vivo—podía usar ningún poder o tecnología para escapar.

Bueno, ningún ser vivo excepto yo...

El último poder, que se había manifestado por primera vez durante mi formación inicial en el centro de investigación, se desarrolló plenamente durante los dos años siguientes. A baja intensidad, se comportaba como un disruptor psíquico que impedía que los objetivos a los que apuntaba utilizaran sus habilidades psiónicas. A intensidad media, podía perturbar la mente de alguien lo suficiente como para que su cerebro quedara atrapado en un bucle, sin ver ni oír lo que ocurría a su alrededor. Era como si el tiempo se detuviera temporalmente para ellos. A alta intensidad, podía dejarlos inconscientes. Y a máxima potencia, podía freírles el cerebro.

Por suerte, nunca había necesitado usar esta última, salvo en simulaciones. Pero había usado todos los demás niveles en misiones encubiertas para los Enforcers, especialmente durante los tiempos oscuros que siguieron a la muerte de Thea.

Y ahora mismo, deseaba poder usar todo el espectro de mis poderes con ese idiota. En lugar de eso, me concentré en impedir que percibiera mis verdaderas emociones. Los Obosianos podían percibir la agresión. Lo último que necesitaba era empeorar las cosas haciéndole sentir amenazado o haciéndole creer que podría atacarle.

Una oleada de emociones me invadió cuando mi ángel desembarcó de la lanzadera. A pesar de la rabia que me produjo verla encadenada y vestida de presidiaria, me deleité en la perfección del canto de su alma. Desde que la dejé en la celda de aislamiento, no dejaba de preguntarme si no me había imaginado que era mi bebé. Quizá estaba sufriendo un episodio psicótico y escuchaba cosas porque nunca había superado su pérdida. Pero cuando el guardia le quitó los grilletes, algo se asentó en mi corazón. Realmente era mi hija.

Y entonces el imbécil de mi futuro yerno tuvo que arruinar el momento con sus asquerosas emociones.

—¡Mi querida Malaya, por fin estás aquí! —exclamé en tono cálido y entusiasta, en cuanto terminó el guardia y le hice un gesto para que se acercara—. Espero que hayas tenido un buen viaje.

—El viaje a Molvi fue tranquilo. Pero el del puerto espacial hasta aquí fue muy cómodo y las vistas, impresionantes —dijo Malaya antes de dedicar una sonrisa de agradecimiento a Kronos, sin duda como agradecimiento por el lujoso transbordador que había enviado a buscarla.

Aquel imbécil no respondió ni reaccionó de ningún otro modo, se limitó a mirarla con frialdad. Madre mía, qué ganas tenía de reventarle el culo con el pulso cinético más feroz que pudiera reunir.

—Me alegra oírlo —dije, ignorando aún el comportamiento bastante grosero de Kronos—. Malaya, te presento a la Sacerdotisa Isobel Biondi, que oficiará hoy tu unión.

Siempre intentaba que mi mejor amiga me acompañara a oficiar mis matrimonios concertados cuando su agenda se lo permitía. Esta vez, sin embargo, Linsea había insistido en que Isobel estuviera allí para evitar que perdiera los estribos y causara un daño irreparable a las posibilidades de Kronos y Malaya de sobrevivir a toda esta odisea.

Las dos mujeres intercambiaron una sonrisa cortés. Luego me volví hacia el imbécil.

—Y este es Kronos Aramon, tu prometido. Kronos, te presento a Malaya Velasco, tu novia.

—Hola, Kronos —dijo Malaya de forma amistosa, aunque se le notaba el nerviosismo—. Es un honor conocerte.

Cuando Kronos no correspondió, contentándose con examinarla de la cabeza a los pies con expresión altiva, estuve a punto de perder los nervios. La misma ira brillaba en el interior de Malaya. Pero el estoicismo que mostraba me avergonzaba. Si ella podía mostrar tal autocontrol en una situación desesperada, yo debería ser capaz de hacerlo mejor.

Como no quería que las cosas siguieran empeorando, cambié de tema y me volví para recoger la caja grande y adornada que había estado colocada en un pequeño aerodeslizador detrás de mí. Mis alas la habían ocultado de Malaya.

—Mi amada Linsea te envía sus saludos, así como este pequeño regalo de bodas —dije, mostrándole la lujosa caja—. Dadas las circunstancias, pensó que te gustaría llevar algo un poco más apropiado para la ceremonia.

La alegría y la gratitud que brotaron de ella me pusieron patas arriba. Qué no habría dado por que Linsea también lo disfrutara.

Y entonces la cara de mierda arruinó el momento otra vez.

—¿Para qué? —refunfuñó Kronos, con la voz cargada de indignación.

Le dirigí una mirada severa.

—¿No querrás que tu novia vaya vestida de presidiaria en tu boda, no?

Kronos se encogió de hombros, con un aire de puro fastidio dibujándose en sus facciones.

—¿Qué más da? Es una mera formalidad de cinco minutos para que el acuerdo sea vinculante. No hacen falta vestidos ni tonterías por el estilo.

El fuerte regaño que estaba a punto de propinarle murió en mi lengua cuando Malaya intervino.

—Está bien —dijo Malaya con una sonrisa rígida—. Tiene razón. Aunque me conmueve profundamente el gesto, un vestido no es importante dadas las circunstancias. No me importa casarme así.

Para nuestra sorpresa colectiva, Kronos dio un paso amenazador hacia Malaya, enseñando los colmillos y con sus ojos azules como el hielo brillando. Asustada, Malaya retrocedió un paso y se llevó la mano al pecho. Si no fuera porque sus emociones le transmitieron en voz alta que no tenía intención de hacerle daño, habría intervenido.

—¿Llevas aquí menos de cinco minutos y ya mientes? —siseó.

—No es mentir. Se llama ser diplomática y considerada —replicó ella—. Has dejado muy claro que mi presencia aquí te incomoda. Intento disminuir la carga que te impongo, y me puse de parte de tu argumento para que no fueras tú el malo en esta situación.

—Asumes que me importa que la gente me considere el "malo de la película" o que no sé manejar las contradicciones —replicó él, con voz igual de severa.

—No estoy suponiendo nada. Sólo intento ser amable —dijo Malaya, negándose a dejarse intimidar.

—No necesito que seas amable. Necesito que seas *sincera*. ¿Puedes ser sincera, pequeña humana? —preguntó Kronos en tono condescendiente.

—Ninguna mujer quiere casarse vestida como una criminal, sobre todo cuando es inocente y le han tendido una trampa —dijo Malaya con voz controlada—. Kayog no necesita decirme que eres reacio a tenerme como esposa. La frialdad de tu "bienvenida" ha dejado muy claros tus sentimientos. Pero que me quieras o no, no cambia el hecho de que casarme contigo es mi única oportunidad de sobrevivir a este lío y, con un poco de suerte, obtener justicia. Así que si eso significa que tengo que hacer todo lo posible para que mi presencia sea tolerable para ti, lo haré. Y eso incluye dejar de lado mi sueño infantil de casarme con el traje tradicional de mi pueblo.

Mi corazón se hinchó de orgullo por el hecho de que mi niña se defendiera. Kronos estudió sus facciones durante unos segundos antes de sonreír de nuevo.

—Bueno, no ha sido tan difícil, ¿verdad? —preguntó con voz burlona.

—En realidad sí, lo fue —gruñó Malaya, con lágrimas de rabia brotando de sus ojos—. Fue extremadamente duro, y es jodidamente humillante. Puede que no sea una santa, pero no soy una maldita criminal. Sin embargo, aquí estoy, teniendo que elegir entre ser masacrada por criminales reales dentro del Sector Dakon, o casarme con un hombre que claramente no tiene nada más que desprecio por mí. Y no tengo más remedio que aguantar el abuso con una puta sonrisa si quiero vivir. Todo esto porque un Juez Obosiano corrupto está facultado para seguir con su vida de crimen con toda impunidad. ¿Es esa una respuesta lo bastante honesta para ti? Y fue entonces cuando se produjo el cambio que pensé que nunca ocurriría.

Kronos retrocedió y miró a Malaya con expresión atónita durante toda su diatriba. Estudió su rostro, y luego su mirada se desenfocó ligeramente al observar su alma. La conmoción que le recorrió fue como un terremoto. Su creencia genuina de que no era más que una criminal despreciable que intentaba eludir su responsabilidad se vino abajo. Toda su visión del mundo, según la cual su propia gente era incapaz de cometer crímenes, ardió en llamas.

En esos pocos segundos, el Señor del Infierno pasó por las cuatro primeras fases del duelo, antes de mirarme con expresión atónita. Se diría que esperaba que le tranquilizara diciéndole que se había equivocado, que ella era en realidad la criminal que él necesitaba que fuera.

Pero yo, encantador y diplomático, levanté la barbilla con la expresión de suficiencia más odiosa que pude reunir. Fue casi orgásmico ver a Kronos fruncir el ceño mientras se atragantaba con el trozo de tarta de humildad más asqueroso del universo.

A pesar de todo, me invadió una profunda sensación de paz y alivio cuando hizo un gesto al guardia—que aún esperaba dentro de la lanzadera—para que se marchara. Malaya irradió el mismo alivio al darse cuenta de que Kronos le había confirmado que se quedaría con ella en lugar de enviarla al Sector de Dakon.

El Señor del Infierno cogió la caja y le hizo un gesto a Malaya para que le siguiera.

—Por aquí, entonces —dijo Kronos en tono malhumorado.

Ella se quedó boquiabierta al verle retroceder antes de lanzarme una mirada confusa. Una inconmensurable cantidad de orgullo paternal se hinchó dentro de mí. Podía ver tanta fuerza de

Linsea en ella. Mil millones de palabras me quemaron la lengua, pero me las tragué. En lugar de eso, aplaudí en silencio e incliné la cabeza hacia Kronos para decirle que se fuera. Eso sacó a Malaya de su aturdimiento y se apresuró a seguirlo.

Isobel me acarició suavemente el hombro en un gesto de consuelo cuando ambos desaparecieron dentro de la casa. Le sonreí y le di un suave apretón en señal de gratitud. En los minutos que siguieron, sentí el cambio gradual de Kronos, que poco a poco iba aceptando que Malaya era realmente su compañera y una víctima inocente que merecía su protección.

Queriendo el lugar perfecto para celebrar la ceremonia especial que Isobel me había ayudado a preparar para mi hija, bajamos por la rampa hasta la terraza principal y elegimos un sitio junto a la impresionante piscina que se extendía a lo largo del inmenso balcón, que daba al frondoso bosque del Sector de Kronos.

La repentina oleada de lujuria que emanó de él poco antes de que ambos salieran de casa me golpeó con fuerza. El padre posesivo y protector que hay en mí quería abofetearle por ello. Pero el casamentero racional que había en mí comprendió que aquello era genial. Con cualquier otra pareja, siempre sonreía cuando se encendía la primera chispa de atracción entre ellos. Verla caminar hacia nosotros, impresionante con el vestido elegido por su madre, lo explicaba todo.

La emoción se apoderó de mí ante la oleada de alegría que Malaya proyectó en el momento en que Isobel recogió el velo y el cordón que se utilizan como parte de una boda tradicional filipina. Yo no podía estar aquí oficialmente como padre de la novia, pero en su lugar desempeñé con orgullo el papel de Ninong, el padrino de la boda de la pareja.

A lo largo de la ceremonia, Kronos se fue ablandando un poco más para Malaya a medida que se impregnaba de sus emociones y de la belleza de su alma. Cuando terminamos, había hecho las paces con ella y la había aceptado como esposa. A pesar de mi persistente enfado por el hecho de que se resistiera tanto a ver la luz, la hermosa armonía de sus almas llenó mi corazón de alegría. Él cuidaría de mi bebé y la protegería.

—Has pasado por momentos verdaderamente difíciles y aterradores. Pero esas penurias tenían un propósito, y era traerte aquí a este macho —le dije—. No hay absolutamente ninguna duda en mi mente de que ustedes dos son almas gemelas. Él es un buen macho. Y juntos, lograrán grandes cosas, y salvarán a muchos inocentes.

—Gracias. Gracias por todo —dijo Malaya, con la voz llena de emoción.

Para mi sorpresa, Malaya se arrojó a mis brazos. Mi sorpresa dio paso a un tsunami de amor que casi me hizo deshacerme. Cómo había deseado volver a abrazar a mi bebé. Le devolví el abrazo, envolviéndola con mis alas antes de frotarle la sien con el lateral del pico. Quería abrazarla para siempre, cantarle y decirle cuánto la quería su papá. Pero me obligué a soltarla antes de traicionar el secreto que nunca podría compartir con ella sin parecer un loco.

Mientras realizábamos los últimos trámites, la esperanza llenó mi corazón. Aunque aún quedaba un camino difícil por recorrer, esta vez prevaleceríamos.

Naturalmente, las cosas no fueron tan fáciles o sencillas como deberían. Descubrir que Malaya estuvo a punto de morir pocos días después de su boda estuvo a punto de provocarme un ataque asesino. De todas las cosas que podría haber temido, un intento de asesinato nunca apareció en la lista.

Verme obligado a permanecer al margen mientras la vida de mi hija se desmoronaba me estaba volviendo loco. Con el plazo que se acercaba rápidamente para que ella y Kronos presentaran pruebas del juego sucio del Juez Wuras y sin pistas que seguir, empecé a planear sacarla de Molvi antes de que fuera demasiado tarde.

Y entonces el avance que habíamos empezado a perder la esperanza de que ocurriera alguna vez nos llegó de la fuente más improbable. Todo estaba allí, los culpables, el negocio y pruebas suficientes para encerrar a toda la banda implicada en esta red masiva de corrupción dirigida por el padre del Juez Wuras. Salvo que no podíamos acceder a los elementos clave que asegurarían que no pudieran salirse con la suya.

Me paseé furiosamente por mi sala de estar mientras Linsea fruncía el ceño en la pantalla de video donde Maeve y Tedrick se habían unido a nuestra videollamada desde varios lugares.

—Lo siento, Kayog —dijo Maeve con expresión desinflada—. Los datos que necesitamos están ahí mismo, pero no puedo acceder a sus servidores sin que me descubran. La única forma de acceder requiere un dispositivo de codificación colocado directamente en uno de sus servidores físicos u ordenadores. Sus protocolos de seguridad son demasiado altos para hackearlos a distancia.

—¿Sabes dónde se encuentran esos servidores? —pregunté, deteniéndome a mitad de camino para mirarla en la pantalla gigante.

—Están en un lugar de alta seguridad. Nadie puede entrar. Tendría que ser un trabajo desde dentro, y no tenemos ningún agente doble allí, al menos que yo sepa —dijo Maeve con cuidado.

—Entendido. Pero, ¿conoces su ubicación exacta? —insistí, ligeramente irritado.

—Sí, pero...

—Entonces envíame las coordenadas y el dispositivo que necesitas instalar. Yo me encargo —dije interrumpiéndola.

Parpadeó y me miró como si me hubiera vuelto loco.

—Kayog... —dijo Tedrick en tono razonable.

—No sigas —respondí con severidad—. Conocías mi postura

desde el principio sobre lo que haría si no conseguíamos mantener Malaya a salvo. Esa prueba está al alcance de la mano. Puedo hacer que suceda, y lo sabes.

—Kayog, no puedes infiltrarte en el cuartel general de Komoro —dijo Maeve, desconcertada—. Ningún dispositivo de camuflaje puede engañar a sus sistemas.

—No te preocupes por eso, Maeve. Mi marido puede entrar y salir sin ser descubierto. Sólo necesitamos saber dónde se encuentran esos servidores y qué pasos debe seguir para colocar su dispositivo —dijo Linsea en tono suave, pero firme.

Mi corazón se encogió por mi compañera. Habían pasado años desde la última vez que participé en una misión de infiltración. En aquel entonces, me ayudó a sobrellevar la pérdida de nuestra hija. Que intentar salvarla ahora me llevara de nuevo por ese camino me pareció adecuado, aunque solo fuera por última vez.

Maeve miró a Tedrick en la pantalla de video. Tenía los labios fruncidos y la mirada baja mientras evaluaba la situación. Aunque él conocía mi capacidad de disrupción psiónica, muy pocas personas lo sabían. Aunque Maeve pertenecía al círculo interno de alto rango que Tedrick había estado construyendo, no estaba al tanto de todo el espectro de mis poderes. Completar esta misión lo requeriría.

No tuve ningún reparo. No solo confiaba en ella con mi vida, sino que además tenía el honor de emparejarla con su compañero Edocit, Helio.

—Aunque quisiéramos dejar que te encargaras, tu presencia levantaría sospechas —argumentó Tedrick.

—No, si resulta que está acompañando convenientemente a su esposa embajadora en uno de sus viajes de negocios —contraatacó Linsea—. Llevamos tiempo siguiendo de cerca el proyecto Damira. Uno de sus principales inversores tiene sus oficinas en ese edificio. No sería la primera vez que Kayog lo acompaña durante alguno de sus ratos libres entre las ferias de entrevistas a candidatos. Nadie cuestionará su presencia allí.

—Es justo —concedió Tedrick—. Pero la OPU no tiene ningún interés en participar en ese proyecto.

Linsea se encogió de hombros.

—No todas las negociaciones terminan en un acuerdo. A menudo tengo reuniones de seguimiento para ver si los socios potenciales han cambiado sus posiciones de una manera que sea más favorable para nosotros.

Tedrick resopló.

—¿Te he dicho que me gusta lo despiadada que puedes ser detrás de ese exterior dulce y amable?

—Lo uno no excluye lo otro —dije, mirando cariñosamente a mi compañera—. Ella es exactamente todo lo que necesita ser siempre que se la necesita. Por eso mi Linsea es la mejor embajadora que tienes.

Ella infló el pecho y me guiñó un ojo.

—¿Por qué de alguna manera me siento como si acabara de entrar en los secretos de los dioses? —preguntó Maeve, con la mirada entre nosotros.

—Porque lo has hecho —respondí con una sonrisa misteriosa.

Dos días después, entramos en la segura sede de Komoro, la principal empresa que Wuras utilizaba como tapadera para sus turbios negocios. Nadie cuestionó nuestra presencia. De hecho, bastantes decidieron entablar conversación conmigo, bien con la esperanza de que pudiera dar un empujón a su vida amorosa, bien para hablarme de algún conocido que pudiera necesitar mis servicios.

Decir que estaba inquieto hubiera sido quedarse corto. Tras muchas idas y venidas, finalmente decidí completar mi tarea justo antes de la cena, cuando era menos probable que el personal estuviera deambulando por los pasillos mientras disfrutaba de su limitado descanso. Que me pillaran deambulando por las secciones seguras de las instalaciones a altas horas de la noche sería más difícil de justificar.

Invocando mis habilidades empáticas, extendí mis sentidos a lo largo y ancho, catalogando a cada persona cuya conciencia podía tocar dentro del edificio. Y pensar que, antes de que Linsea entrara en mi vida y la cambiara por completo, esto habría sido imposible de hacer con una precisión tan calculada. Simplemente estar aquí me habría hecho retorcerme en el suelo de agonía. En lugar de eso, caminó despreocupadamente hacia el ascensor del personal, apuntando a cada persona que probablemente se cruzaría en mi camino con un flujo medio y constante de disrupción psiónica.

Entré en el ascensor y coloqué el dispositivo que Maeve me había enviado en el panel de control. Aunque podía recibir instrucciones por el auricular y comunicarme con ella, acordamos mantener las comunicaciones al mínimo para que nadie pudiera interceptarlas.

En cuanto activé el dispositivo, una luz roja parpadeó hasta volverse azul. La cabina empezó a moverse inmediatamente hacia la planta más baja, donde se encontraba la sala de control de seguridad. Antes de que se abrieran las puertas, volví a evaluar a las personas que podía detectar cerca en esa planta y detuve mi interrupción en las que ya no era probable que se toparan conmigo.

Por suerte, solo pude percibir a tres personas, una de ellas con las ondas cerebrales atenuadas de una forma que indicaba que nos separaba un muro sólido. Como no quería correr riesgos, les envié una pequeña dosis con las ondas psiónicas suficientes para que entraran en un estado en el que soñaban despiertos o lo parecían. Una vez que los liberara, reanudarían lo que hubieran estado haciendo antes de la interrupción.

Retiré el dispositivo del panel de control segundos antes de salir del ascensor. Respiré aliviado cuando la puerta se abrió en un pasillo vacío. Las dos personas a las que iba a recoger caminaban por un pasillo a mi derecha. Por suerte, mi destino estaba justo enfrente. Caminé despreocupadamente por el inmaculado pasillo blanco con solo un puñado de puertas dispersas a lo largo, aparte de otro pasillo de conexión a mitad de camino. Dos cámaras en el techo aseguraban que nadie pudiera entrar y salir sin ser detectado.

El hecho de que la alarma no hubiera saltado confirmaba que Maeve había accedido a su señal a través del dispositivo. Aquella mujer era una auténtica maga en lo que a tecnología se refería. No sabía cuánto tiempo podría engañarlos, pero pensaba irme en los próximos cinco minutos.

Aunque me lo esperaba, se me cayó el estómago cuando cerré la tercera puerta a la izquierda del pasillo principal, donde se encontraba la sala de control de seguridad. Había tres personas dentro, dos de ellas bastante cerca de la puerta y la tercera más atrás. No habría forma de entrar sin cruzarme en su camino.

Como si hubiera leído los pensamientos que cruzaban mi mente, Maeve me habló al auricular.

—*Dos guardias, tres metros adentro, frente a la puerta. Un tercer guardia en la trastienda situada a las nueve en punto. Sin línea de visión. Servidores a las tres en punto.*

No necesitó entrar en más detalles, limitándose a lo estrictamente necesario para limitar la duración de nuestras comunicaciones.

Golpeé a los dos guardias con una onda disruptiva lo suficientemente fuerte como para que se quedaran literalmente congelados, y entré rápidamente en la sala. A pesar de saber que los guardias estaban sentados en su escritorio, a solo tres metros de la puerta, encontrarlos mirándose a ciegas, con los ojos vacíos, seguía asustándome. Había algo extraño en respirar a personas congeladas en estatuas de cera.

Ignorando el nudo que me retorcía las entrañas, me dirigí hacia las altas estanterías de maquinaria con luces parpadeantes que se alineaban en la pared lateral. Me agazapé detrás de uno de los enormes servidores y liberé a los dos guardias humanos de mi esclavitud. Aunque me habría resultado más seguro mantenerlos en ese estado de congelación mientras terminaba mi tarea, cuanto más durara la interrupción, más posibilidades habría de que se dieran cuenta de que había ocurrido algo anormal. Tampoco quería arriesgarme a que el tercer guardia entrara en la sala y encontrara a sus compañeros en ese estado.

Los dos guardias reanudaron la charla como si nada. Mientras conectaba el dispositivo de codificación en una de las ranuras correspondientes de uno de los servidores, les escuchaba distraídamente en busca de señales de que pudieran estar tras de mí. Pero uno de los hombres estaba hablando de una inversión financiera en la que estaba pensando aventurarse.

Con el corazón palpitante, observé las cinco luces rojas del dispositivo. La primera parpadeó, indicando que empezaba a funcionar. Al cabo de quince segundos—que me parecieron veinte años—la primera luz se volvió azul y la segunda roja empezó a parpadear.

Me dio un vuelco el corazón cuando el tercer hombre salió de la trastienda y se acercó a la mesa donde charlaban sus dos colegas.

—Voy a tomar algo —dijo una de las voces, que supuse que pertenecía al recién llegado—. ¿Quieren algo?

Ambos declinaron y el hombre empezó a alejarse antes de que uno de los otros dos cambiara repentinamente de opinión y pidiera una chocolatina. El tercer guardia accedió con un gruñido y salió de la habitación.

Volví a echar un vistazo al dispositivo y mi corazón se aceleró al ver cuatro luces azules fijas con la última luz roja parpadeando. Segundos después, pasó a ser azul, y luego las cinco luces parpadearon antes de volverse verdes y apagarse.

—*Ya está* —dijo Maeve en mi auricular con tono triunfal—. *Puedes retirar el dispositivo. Agárrate fuerte. Hay un grupo de seis personas junto al ascensor en la planta principal. Si no se mueven rápido, crearé una distracción.*

Mientras desconectaba el codificador, luché contra el impulso de decirle a Maeve que una distracción no era necesaria. A pesar de estar informada de mis poderes, ella no entendía del todo su alcance. Pero quizá veía algo a través de las cámaras que yo no podía ver. De todos modos, discutir no era una opción con los dos guardias sentados dentro de la habitación. Quería limitar el uso de mi perturbación solo cuando fuera necesario.

—*¡Vete!* —Maeve dijo de repente.

No tuvo que repetirlo. Congelé a los dos guardias y me apresuré a salir de la habitación, antes de soltarlos inmediatamente. Me obligué a cruzar el pasillo de vuelta al ascensor a un paso lo bastante rápido como para no levantar sospechas. No era la gente lo que me preocupaba, sino los detectores de movimiento que podían activar una alarma si captaban una actividad anormal, como gente corriendo en las zonas protegidas.

En cuanto entré en la cabina, hice ademán de colocar el dispositivo en el panel de control, pero la puerta se cerró al instante y la cabina voló hasta el vestíbulo. Al principio, temí que alguien de otra planta hubiera llamado al ascensor, pero no pude sentir a nadie lo bastante cerca como para haberlo hecho. Entonces me di cuenta de que Maeve había trabajado tan condenadamente rápido que ya no necesitaba al soplón para controlar los ascensores.

Salí de la cabina y encontré el lugar desierto. Al acercarme al final del pasillo que conducía a las dependencias del personal, me fijé en un grupo de gente que se congregaba alrededor de una mesa de refrescos. Asegurándome de no llamar la atención al entrar en el vestíbulo principal, adopté la típica expresión de espectador curioso mientras estiraba el cuello para ver qué ocurría. El agua se estaba acumulando a los pies de la mesa mientras el personal de mantenimiento limpiaba frenéticamente el desorden.

Por la forma en que un par de ellos se rascaban la cabeza, estaban desconcertados en cuanto a lo que había causado el problema. Y entonces vi la mancha quemada contra la pared, donde al parecer se había producido una sobrecarga eléctrica que había frito la toma de corriente y el distribuidor de bebidas frías. No tuve que preguntar de quién era la causa.

—¡Ahí estás! —exclamó Linsea, detrás de mí.

Me di la vuelta y la vi pavonearse hacia mí con su habitual paso grácil. Un humano que no conocía la acompañaba.

—Aquí estoy —dije cálidamente, transmitiendo en voz alta el exitoso resultado de nuestra misión a través de nuestro vínculo.

Su sonrisa se ensanchó y enganchó su brazo alrededor del mío, apoyando la otra mano en la parte superior de mi brazo. Para un observador cualquiera, el suave apretón que le dio solo sería un gesto cariñoso de una hembra a su marido. Pero era mi compañera felicitándome por un trabajo bien hecho.

Le devolví la sonrisa.

EPÍLOGO
LINSEA

Dos días después de nuestra pequeña escapada entrometida, todo el imperio Wuras se vino abajo. Ver las imágenes que Maeve y Tedrick compartieron generosamente con nosotros de las redadas masivas contra las empresas tapadera, los viñedos y las casas de los jueces fue más que orgásmico. La exoneración total de mi hija, el levantamiento de la amenaza que pesaba sobre la familia de su marido y la sentencia ejemplar dictada contra el juez corrupto y su padre fueron la guinda del proverbial pastel.

En las semanas y meses siguientes, tuve la suerte de interactuar con Malaya con cierta frecuencia. Obviamente, ella no sabía nada de nuestro vínculo. Sin embargo, como se había convertido en periodista de investigación oficial tanto de los Enforcers como del Cónclave Obosiano, pudimos colaborar en bastantes ocasiones. Es cierto que podría haber trabajado con otros periodistas para cubrir algunos de los proyectos y misiones que me asignaban. Pero, ¿por qué privarme de momentos tan preciados?

Para ella, Kayog y yo éramos los héroes que la ayudaron a salvarse de una muerte segura emparejándola con el amor de su vida. Por mucho que hubiera querido agarrar a Kronos por los cuernos para aplastar repetidamente su odiosa cara contra una pared, ahora solo quería abrazarlo.

Había dado un giro completo en lo que a Malaya se refería. El amor—por no decir adoración—que le prodigaba siempre me derretía por dentro. Mi niña era feliz, realmente feliz. Y hoy celebraba el bautizo de su primogénito.

Cuando nos pidió a Kayog y a mí que fuéramos los padrinos de la pequeña Odessa, lloré como una idiota. Me había perdido la boda de mi hija, pero iba a formar parte de la vida de mi nieta de una manera que nunca imaginé.

De pie aquí, en su impresionante mansión de Molvi, contemplé con afecto a las personas que se habían convertido en amigos e incluso en familia en las últimas tres décadas. Había visto crecer a Tedrick desde niño hasta convertirse en un hombre honorable, igual que su padre, Colin. Incluso ahora, estaban manteniendo una animada conversación con Isobel, Amreth y su encantadora esposa Ciara. ¿Quién iba a pensar que un encuentro fortuito durante aquel simposio médico permitiría a mi compañero reunir a estas dos hermosas almas y salvar a toda una especie de la extinción?

El agua salpicaba por todas partes mientras los tres hijos de Kaida se perseguían en la piscina gigante; los futuros pequeños Señores y Señora de las Sombras batían sus hermosas alas doradas para elevarse unos metros sobre la piscina antes de volver a sumergirse. Su padre, Cedros, había conmovido profundamente a Kayog cuando se enteró de su estado. Al igual que mi compañero, Cedros había pasado la mayor parte de su vida aislado, ya que la presencia de los demás le ponía enfermo, hasta que su Ejaya, Kaida, entró en su vida. Y ahora también puede disfrutar de una vida normal, relacionándose con amigos y familiares. Por eso, verle a él y a su mujer charlando con mi compañero me reconfortó el corazón.

Resoplé cuando vi a Helio y Maeve reprendiendo a su hijo por usar sus *veris*—las lianas que podían extenderse desde los pies, los brazos y el pelo—para atar a Nero. El compañero morador de las sombras de los hijos de Kaida no era en absoluto indefenso. De hecho, era una fuerza a tener en cuenta y actuaba como un intrépido protector de los jóvenes Derakeen. Su cuerpo era una esfera sombría con dos ojos enormes y una dentadura aterradora que llenaba su enorme boca. A su alrededor, sus sombríos tentáculos se agitaban como mecidos por una brisa mágica.

Me eché a reír cuando el pequeño demonio envolvió con sus tentáculos al hijo de Maeve y le puso ojos tristes, dándole a entender que no debía castigarlo. Estaba claro que Nero había estado de acuerdo con todo aquello.

Después de dejar mi vaso vacío en una de las mesas de refrescos junto a la piscina, me dirigí hacia una de las zonas de asientos donde los padres biológicos de Malaya y los padres de Kronos se afanaban por la pequeña Odessa. Kronos y Malaya observaban con orgullo cómo mimaban a su hija. Decir que no sentía una gran envidia por no ser también abuela oficial sería mentir. Y, sin embargo, no podía estar resentida con sus padres.

En los últimos dos años, nos habíamos hecho muy amigos. Para ellos, Kayog y yo éramos solo un regalo de Dios que ayudó a salvar a su hija y la llevó a una vida feliz. Pero justo cuando acortaba distancias con ellos, Malaya le devolvió el bebé a su padrastro y empezó a alejarse. Sus pasos vacilaron cuando nuestras miradas se cruzaron. Pareció dudar y me hizo un gesto con la cabeza para que me acercara. Curiosa, la obedecí.

—Parece que mi pequeña tiene hambre. ¿Te importa acompañarme? —preguntó Malaya.

—Claro que sí —respondí con entusiasmo.

Aunque sonreía, irradiaba una extraña mezcla de alivio y preocupación. Cuando reanudamos la marcha hacia las altas puertas del patio que conducían al salón de la casa, Malaya miró a Kronos por encima del hombro. Él asintió y le dedicó lo que yo solo pude interpretar como una sonrisa alentadora. Se me hizo un nudo en el estómago. La ceremonia aún no había tenido lugar. ¿Iba a decirnos que Kayog y yo ya no seríamos los padrinos? *No seas tonta...* Los filipinos suelen tener varios padrinos para un mismo niño. Así que no tendría sentido que nos quitara. ¿Le preocupaba que nos ofendiéramos si se agregaba otra pareja? *Ofendidos, no. Pero tal vez un poco heridos.*

Al mismo tiempo, Malaya y Ciara—la esposa de Amreth—se habían hecho muy amigas. Tendría sentido que Malaya añadiera a esta pareja como segundo par de padrinos para su bebé.

Era una estupidez, pero quería poder reivindicar algo de ella como exclusivamente mío. Entramos en la casa y seguimos el pasillo a la izquierda de la sala de estar que conducía a los dormitorios. Habían convertido una de las habitaciones de invitados en una enorme guardería en la que cabían fácilmente media docena de cunas. La mayor parte del tiempo seguían teniendo a Odessa en el dormitorio principal, pero utilizaban éste para cambiarle los pañales, darle de comer y jugar con varios juguetes.

Malaya colocó a Odessa encima de la mesa. La adorable niña empezó inmediatamente a mover sus pequeñas manos y pies. Era el vivo retrato de su madre, pero con la tez grisácea de su padre, una delicada versión de sus alas de murciélago y cuatro cuernos de bebé que sobresalían de su cabeza. Al contrario que la mayoría de los Obosianos, Odessa no había heredado su pelo blanco plateado, sino que tenía la melena más oscura.

—¿Puedo ayudar en algo? —le ofrecí.

—¿Te importaría tomar una toalla de allí? —preguntó Malaya, señalando un estante a mi derecha—. Conociéndola, es probable que se exceda y luego regurgite la mitad sobre mi hombro.

—Claro —dije, divertida, mientras me dirigía hacia ella.

Estaba tomando una toalla cuando un fuerte ruido me sobresaltó. Mirando por encima del hombro, observé cómo Malaya fruncía el ceño hacia su hija con falsa severidad antes de agacharse para recoger la botella de leche que se había caído de la mesa. Tardé un momento en darme cuenta de que Malaya la había llevado allí y de que estaba tomando el calentador antes de que se cayera la botella. Para mi sorpresa, en cuanto volvió a dejar el biberón sobre la mesa, Odessa lo tiró de un manotazo con la cola.

Resoplé cuando Malaya puso los puños en las caderas para mirar severamente a su hija. Sin arrepentirse, Odessa soltó una risita antes de dedicarle una amplia sonrisa desdentada.

—¡Ahora no es el momento de ser una diva, jovencita! Y menos delante de los estimados invitados.

Imperturbable y sin inmutarse, Odessa agitó lentamente la cola de un lado a otro, como si desafiara a su madre a intentar darle de nuevo el biberón.

—¿Quizá no tiene hambre? —sugerí con cuidado mientras me acercaba a ellas.

—Oh, no, desde luego que tiene hambre. Pero es quisquillosa. Quiere que le dé el pecho —dijo Malaya poniendo los ojos en blanco.

Aunque no percibí que estuviera realmente enfadada, dudé antes de hacer un comentario, pues no quería parecer agresiva ni prejuiciosa.

—¿Es algo que no haces? —pregunté.

Malaya sonrió de forma tranquilizadora.

—Oh, lo hago siempre. Pero ella ya sabe que no lo hago cuando tenemos invitados. Algunas especies pueden ponerse raras con eso.

—Cierto —dije con repentina comprensión—. Si quieres privacidad...

—¡No seas tonta! —exclamó, mirándome como si hubiera bebido de más—. Te invité a venir, ¿recuerdas? Y dudo que te extrañara algo tan natural como que una madre alimente a su hijo.

—Otra vez, es cierto —concedí, aunque todavía confundida de por qué no lo haría entonces—. ¿Te preocupa que alguien pueda irrumpir?

—No. Utilizo esto como excusa para dar un descanso a mis pezones —admitió avergonzada—. Odessa es un pozo sin fondo. Y cuando se engancha, va en serio.

Casi me sentí culpable por reírme, pero su expresión y sus emociones no transmitían ninguna angustia.

—Bien, pequeña diva —añadió Malaya mientras se volvía hacia su hija—. Te daré el pecho, pero solo porque hoy es tu bautizo.

Se inclinó hacia delante y acarició a su hija. Justo cuando empezaba a enderezarse, Odessa agarró la cara de su madre con ambas manos y le acarició las mejillas.

—*Oo lee oo* —arrulló la niña.

Jadeé y se me heló la sangre al dar involuntariamente un paso atrás. Malaya levantó la cabeza para mirarme, y en su rostro se reflejaron las emociones más extrañas. En otras circunstancias, habría querido analizar los sentimientos contradictorios que irradiaba, pero me encontraba en un estado de shock demasiado profundo.

Seguramente había entendido mal... ¿no?

—¿Qué...? ¿Qué ha dicho? —pregunté con la voz temblorosa.

—Ha dicho *coo lee coo* —respondió Malaya, con una mirada intensa.

Casi se me doblan las rodillas. Me apresuré a acercarme a una silla de felpa cerca de la mesa, que supuse que utilizaba para alimentar a su bebé mientras disfrutaba de la impresionante vista del paisaje de Molvi a través del gran ventanal.

—Linsea, ¿estás bien? —preguntó, acercándose a mí con aire de preocupación.

—Sí. Yo... yo... ¿Dónde aprendió eso? —pregunté, mis ojos parpadeando entre los de ella.

Malaya se lamió los labios con nerviosismo y pareció librar una guerra interna mientras elegía cuidadosamente sus palabras. ¿Por qué dudaba antes de responder a una pregunta tan directa? Un fuerte golpe en la puerta la libró de hacerlo. El recién llegado no esperó invitación y la puerta se abrió de inmediato, dejando ver a un Kayog muy preocupado. Sus ojos se centraron en mí.

—¿Va todo bien? —preguntó, corriendo a mi lado—. He percibido tu angustia.

—Sí, estoy bien —le dije mientras fracasaba miserablemente en mi intento de sonar tranquilizadora.

—¿Qué pasó? —insistió, con la mirada entre Malaya y yo.

—En realidad, menos mal que estás aquí para que no tenga que repetirte la historia dos veces —replicó Malaya con una risita nerviosa.

Kayog y yo intercambiamos una mirada de desconcierto mientras ella se dirigía hacia la puerta que había quedado abierta tras la repentina entrada de mi compañero y la cerraba con cuidado antes de volver a mirarnos con esa misma expresión extraña.

—Me temo que los balbuceos de mi hija desencadenaron una fuerte respuesta en Linsea —dijo Malaya, evitando el contacto visual mientras volvía con el bebé.

—¿De qué tipo de balbuceos estamos hablando? —preguntó Kayog, confuso.

—Una palabra de una canción que le tarareo a menudo —dijo, con los ojos desviados hacia mí.

Mi sangre volvió a helarse, confundiendo aún más a mi marido mientras un pensamiento imposible echaba raíces en mi mente.

—Verás, a los pocos días del quinto mes de embarazo, empecé a tener un sueño de lo más extraño —dijo Malaya mientras metía un biberón en el calentador, a pesar de haber declarado previamente que amamantaría a Odessa.

—¿Extraño cómo? —preguntó Kayog, con la voz tensa.

—Extraño en el sentido de que yo era una cría de pájaro. Creo que era un ave del paraíso, aunque los colores no coincidían —añadió con una risa nerviosa—. Mis plumas eran de color marrón claro, casi del mismo tono que mi piel ahora mismo.

La conmoción que recorrió a mi compañero me golpeó con fuerza. En ese instante, habría dado cualquier cosa por poder leer su mente.

—¿Y qué estabas haciendo? —preguntó, su voz casi un susurro.

Malaya apartó la mirada, sus ojos se desenfocaron ligeramente al hurgar en su memoria.

—Es difícil de decir. Creo que estaba enferma, ya que siempre estaba tumbada.

—¿*Crees* que estabas enferma? ¿No estás segura? —insistió.

—No recuerdo ningún dolor, por eso no puedo asegurar que estuviera enferma —dijo encogiéndose de hombros—. Pero en todos los sueños mis padres me cantaban. Las primeras veces lo descarté como una fantasía extraña. Pero luego el sueño volvía cada vez más detallado, más intenso, más vívido. Casi puedo recordar el tacto de las plumas de mis padres cuando me abrazaban.

—¿Y luego qué pasó? —pregunté, deslizando mi mano en la de Kayog para reconfortarme.

—Y entonces el sueño cambió. Me di cuenta de que no era un ave del paraíso, sino una Temern. Y en ese sueño, ustedes dos eran mis padres.

Se me escapó un sonido ahogado, y los ojos se me llenaron de lágrimas mientras agarraba la mano de Kayog con fuerza. Malaya parpadeó rápidamente, tratando visiblemente de contener las lágrimas que le punzaban los ojos. Ella también luchaba contra emociones fuertes, pero yo estaba demasiado abrumada para interpretarlas correctamente. De Kayog, el shock había dado paso a una mezcla de paz, alegría y asombro.

—Me hacías fingir que volaba porque no podía batir mis propias alas. Jugabas conmigo y me cantabas. Esa canción me ha estado persiguiendo. Me viene a la cabeza a cualquier hora del día, y siempre recuerdo que respondo cuando llegamos al estribillo. No entendía la letra. Pero sabía que cada vez que pronunciaba la única palabra de la letra, te hacía feliz. Y tu felicidad me llenaba de la mayor alegría.

—¿Y cuál era esa palabra? —preguntó Kayog, con la voz un poco temblorosa.

—Sonaba como *coo lee coo*.

Esta vez empecé a berrear. Los labios de Malaya temblaron y las lágrimas empezaron a correr libremente por sus mejillas. Se abrazó a sí misma mientras Kayog se agachaba junto a mi silla para rodearme con sus brazos y alas.

—¿Qué significa? —preguntó Malaya con voz temblorosa.

—Significa, "Siempre te querré" —respondí.

—No era un sueño, ¿verdad? —preguntó Malaya, aunque sonó más como una afirmación.

—¿Tú qué crees? —desafió Kayog con voz suave.

—Creo que daría lo que fuera por volver a oír a mis padres cantarla como me la cantaron cuando era una bebé enferma —respondió.

Sin vacilar, Kayog cantó, su voz profunda, rica y poderosa se elevó por toda la habitación. Malaya se apoyó en el cambiador, llorando a lágrima viva. Odessa miró a su vez a su madre y a mi compañero con indisimulada curiosidad. Como Obosiana, podía ver las auras y leer sus emociones. Aunque estaba confusa por lo que estaba ocurriendo, no percibía angustia real en su madre. No eran lágrimas de dolor.

Kayog se inclinó, frotó su sien contra la mía en un gesto afectuoso, antes de liberar su mano de la mía. Caminó hacia Malaya. Al verlo acercarse, ella se apartó de la mesa y corrió hacia él. Se arrojó a sus brazos y él la abrazó con fuerza. Apoyó la mejilla en su cabeza y continuó cantando con las alas cerrándose a su alrededor. Tardé un poco más en recuperarme lo suficiente como para volver a ponerme en pie.

Caminé hacia ellos, uniéndome a la canción, mi voz armonizando con la suya como cuando le cantábamos a la pequeña Thea. En cuanto acorté la distancia con ellos, Kayog abrió su ala derecha para atraerme. Malaya soltó inmediatamente a Kayog con su brazo izquierdo para envolverme con él.

Y ahí volvieron las aguas a su cauce.

Mi pobre compañero acabó teniendo que llevar la canción él solo mientras nosotras dos le empapábamos todo el pecho. Excepto que, cuando empezó el segundo estribillo, una vocecita aguda se le unió, aunque totalmente desincronizada con él.

—¡*Oo lee oo*! —Odessa gorjeó después de Kayog—. *Oo oo... ¡Oo lee oo*!

Entre dos mocos, todos nos echamos a reír. Con mucha reticencia, mi compañero nos soltó a las dos, solo para que yo atrajera a Malaya a mi abrazo. Por primera vez, pude abrazarla como mi corazón había deseado desde que descubrí que era mi ángel. Ella me correspondió y enterró la cara en mi cuello mientras yo la abrazaba con las alas.

∼

KAYOG

Con el corazón a reventar, contemplé a las dos mujeres más importantes de mi vida entrelazadas en un abrazo maternal que nunca pensé que llegaría. Malaya estaba radiante y su canción se elevaba en perfecta armonía con la nuestra. Se acabaron los secretos, se acabó fingir que solo éramos buenos amigos.

—Gracias por salvarme —dijo Malaya cuando Linsea la soltó por fin.

—Te fallamos una vez. No íbamos a fallarte dos veces —dije.

Para mi sorpresa, frunció el ceño, se alejó de Linsea y se paró frente a mí. Tomó mis dos manos y las estrechó entre las suyas.

—Nunca me fallaron. Yo tenía una enfermedad congénita que no se podía curar. Me dieron la mejor vida posible para el tiempo que tenía entonces. El amor y la felicidad que me dieron fueron tan grandes que tuve que volver para intentarlo de nuevo. Las dos veces me dieron mi mejor vida. Así que gracias por encontrarme de nuevo, por luchar por mí y por quererme más de lo que nadie merece.

—Nunca dejaremos de quererte —dije acariciándole la mejilla.

De repente, frunció el ceño y me miró de una forma muy extraña.

—Por cierto, gracias por arriesgar su vida para recuperar los datos que ayudaron a acabar con Wuras.

Al unísono, Linsea y yo retrocedimos.

—¿Cómo sabes eso? —Preguntó Linsea.

Ella le lanzó una mirada tímida.

—Le mencioné esos extraños sueños recurrentes a Tedrick. Su reacción había sido extraña, pero no le di mucha importancia. Luego, la semana pasada, cuando me envió más archivos para mis informes al Cónclave, incluyó *accidentalmente* un par de archivos altamente clasificados relativos, entre otras cosas, a una misión extraoficial de alto riesgo.

Linsea resopló.

—Ese mierdecilla… —susurré, con la voz llena de afecto y gratitud—. ¿Quién más lo sabe?

—Kronos, pero nadie más, aparte de con quien lo hayas podido compartir —respondió Malaya.

—Te dejaremos a ti la decisión de compartirlo con más gente o no —dijo Linsea con afecto—. No queremos molestar a tus padres biológicos ni incomodar a nadie. Lo único que nos importa es que por fin podemos decirte que te queremos.

Unos golpes en la puerta nos interrumpieron.

—¡Adelante! —gritó Malaya.

Casi me apresuré a soltarla, pero me di cuenta de que desde su unión con Kronos, ella también podía ver almas en menor medida. Sabría que era su marido quien estaba en la puerta. Kronos entró y sus ojos azul plateado escrutaron la habitación. Miró con ternura a su esposa antes de fruncir el ceño con falsa severidad.

—Su pequeña reunión familiar está muy bien, pero tienen que moderar la alegría antes de que mis nundars sufran una indigestión masiva —refunfuñó Kronos.

Todos nos reímos. Los nundars eran seres muy inteligentes que se unían a un hogar Obosiano. Realizaban tareas domésticas y cocinaban, e incluso podían proporcionar curación o protección cuando era necesario. De hecho, fueron ellos quienes salvaron la vida de Malaya cuando fue atacada por una bestia salvaje, manteniéndola a salvo hasta que Kronos pudo intervenir. Se alimentaban de la energía de las emociones positivas. Y no había duda de que las que emanaban de esta habitación tenían que saber divinas.

—Eres de los que hablan de tener una indigestión —dijo Malaya burlándose de su marido.

—¡Malaya! —Kronos y Linsea exclamaron al mismo tiempo.

Solté una carcajada, mirando sus tres caras avergonzadas. Los Obosianos también se alimentaban de las emociones, pero normalmente durante el sexo. Esa era una de las razones por las que los humanos los comparaban con los íncubos, menos la parte de chuparte la fuerza vital.

Malaya arrugó la cara y murmuró algo ininteligible.

—¿Qué tal si vas a pasar el rato con nuestros invitados? Yo alimentaré a Odessa —le ofreció Kronos.

—Eres muy amable —dijo Malaya, levantando la cara para recibir el beso de su marido.

Se volvió hacia el bebé, que soltó una risita emocionada al ver a su padre. En ese instante, sentí entre ellos el mismo amor que el que había ardido tan intensamente entre mi Thea y yo. Como si sintiera el peso de mi mirada sobre él, Kronos me miró y una extraña expresión se dibujó en su rostro.

—Gracias por hacerme entrar en razón cuando me comportaba como un idiota —dijo Kronos.

—Gracias por evitarme tener que empeorar las cosas para que vieras la luz —le contesté con tono inexpresivo.

Resopló e inclinó la cabeza en señal de concesión.

—Sobre todo, gracias por hacer feliz a mi bebé —dije, esta vez con la voz llena de sincera gratitud.

—Siempre —respondió con voz solemne.

Salimos de la sala para mezclarnos de nuevo con el amor de mi vida y mi querida hija a mi lado. Mientras mi mirada recorría a los asistentes, amigos leales que se habían convertido en mi familia, me di cuenta de que había logrado mi sueño imposible.

Miré a mi hermosa compañera y la encontré mirándome con infinito amor.

—Gracias por darme el mundo —susurré.

—Gracias por darme lo mismo —dijo ella, acariciándome la mejilla—. *Coo lee coo*, Kayog.

—*Coo lee coo*, mi paloma. En esta vida y en todas las demás, *coo lee coo*.

FIN

KAYOG & LINSEA

MARES

DARWANDIR

NORDJARIMM

SYLLEN

YINRIC

HORAC

SHAYA

STRAEF

THEA

KRONOS

KRONOS & MALAYA

OLIX & SUSAN

SZARO & SERENA

ZATRUK & RIHANNA

HELIO & MAEVE

CEDROS, KAIDA, NERO & NIÑOS

AMRETH

AMRETH & CIARA

NUNDAR

Varnog

Reaper

Wrath

Xenon

Nevrik

Rogue

CRÓNICAS VEREDIANAS

Escapando Del Destino

Destino Ciego

Criando A Amalia

Giro Del Destino

Manos Del Destino

Desafiando Al Destino

Destino Imperial

BRAXIANOS

Anton's Grace

Ravik's Mercy

Krygor's Hope

Keran's Dawn

LOS REINOS DE LAS SOMBRAS

Destinata Al Espectro

Destinata A La Parca

Destinata Al Licántropo

LA NIEBLA

El Mistwalker

La Pesadilla

DONCELLAS DE SANGRE DE KARTHIA

Seduciendo A Thalia

VALOS DE SONHADRA

La Ciudad de Hielo

La Prisión de Hielo

CUENTOS OSCUROS

La Maldición de Barba Azul

El Jorobado

OTROS

Un Alien Para Navidad

Despertar Alienígena

El Hombre de Acero

Corazón de Piedra

ACERCA DE REGINE

La autora de best-sellers de acuerdo a USA Today, Regine Abel, es una adicta a la fantasía, lo paranormal y la ciencia ficción. Todo lo que tenga un poco de magia, un toque inusual y mucho romance la hará saltar de alegría. Le encanta crear guerreros alienígenas y heroínas sin pelos en la lengua que se desenvuelven en nuevos mundos fantásticos mientras se embarcan en aventuras llenas de acción, misterio y giros inesperados.

Pero antes de dedicarse a la escritura a tiempo completo, Regine se había entregado a sus otras pasiones: ¡la música y los videojuegos! Tras una década trabajando como ingeniera de sonido en el doblaje de películas y en conciertos en directo, Regine se convirtió en diseñadora profesional de juegos y directora creativa, una carrera que la ha llevado desde su casa en Canadá hasta los Estados Unidos y varios países de Europa y Asia.

Facebook
https://www.facebook.com/regine.abel.author/

Sitio Web

https://regineabel.com

Gruppe de lectores Regine's Rebels
https://www.facebook.com/groups/ReginesRebels/

Boletín informativo
http://smarturl.it/RA_Newsletter

Goodreads
http://smarturl.it/RA_Goodreads

BookBub
https://www.bookbub.com/profile/regine-abel

Amazon
http://smarturl.it/AuthorAMS